SABAA TAHIR

Tradução
Jorge Ritter

7ª edição
Rio de Janeiro-RJ / São Paulo-SP, 2022

VERUS
EDITORA

Editora
Raïssa Castro

Coordenadora editorial
Ana Paula Gomes

Revisão
Raquel de Sena Rodrigues Tersi

Copidesque
Maria Lúcia A. Maier

Título original
An Ember in the Ashes

ISBN: 978-85-7686-839-2

Copyright © Sabaa Tahir, 2015
Todos os direitos reservados.

Tradução © Verus Editora, 2015
Direitos reservados em língua portuguesa, no Brasil, por Verus Editora. Nenhuma parte desta obra pode ser reproduzida ou transmitida por qualquer forma e/ou quaisquer meios (eletrônico ou mecânico, incluindo fotocópia e gravação) ou arquivada em qualquer sistema ou banco de dados sem permissão escrita da editora.

Verus Editora Ltda.
Rua Benedicto Aristides Ribeiro, 41, Jd. Santa Genebra II, Campinas/SP, 13084-753
Fone/Fax: (19) 3249-0001 | www.veruseditora.com.br

CIP-BRASIL. CATALOGAÇÃO NA FONTE
SINDICATO NACIONAL DOS EDITORES DE LIVROS, RJ

T136c

Tahir, Sabaa
    Uma chama entre as cinzas / Sabaa Tahir ; tradução Jorge
Ritter. - 7. ed. - Rio de Janeiro, RJ : Verus, 2022.
    23 cm.

    Tradução de: An ember in the ashes
    ISBN 978-85-7686-839-2

    1. Ficção americana. I. Ritter, Jorge. II. Título.

15-25589

CDD: 813
CDU: 821.111(73)-3

Revisado conforme o novo acordo ortográfico.

Para Kashi,
que me ensinou que meu espírito
é mais forte que meu medo

PARTE I
A BATIDA

I
LAIA

Meu irmão mais velho chega em casa antes do amanhecer, quando ainda está escuro e até os fantasmas descansam. Ele cheira a aço, carvão e forja. Ele cheira ao inimigo.

Seu corpo de espantalho passa pela janela, os pés descalços silenciosos sobre os juncos. Um vento quente do deserto sopra atrás dele, farfalhando as cortinas soltas. Seu caderno de desenhos cai no chão e ele o enfia debaixo do beliche com o pé, rápido como uma cobra.

Por onde você andou, Darin? Em minha cabeça, tenho coragem de perguntar, e Darin confia o suficiente em mim para responder. *Por que você sempre desaparece? Por quê, quando o vovô e a vovó precisam de você? Quando eu preciso de você?*

Todas as noites, por quase dois anos, eu quis perguntar. Todas as noites, não tive coragem. Só me resta um irmão. Não quero que ele se feche para mim como fez com todas as outras pessoas.

Mas esta noite é diferente. Eu sei o que há em seu caderno de desenhos. Sei o que isso significa.

— Você não deveria estar acordada.

O sussurro de Darin me arranca de meus pensamentos. Ele tem uma sensibilidade de gato para armadilhas — herdou isso de nossa mãe. Eu me ponho sentada no beliche enquanto ele acende a luz. Não faz sentido fingir que estou dormindo.

— Já passou do toque de recolher e três patrulhas passaram por aqui. Eu estava preocupada.

— Eu consigo evitar os soldados, Laia. Muita prática.

Ele pousa o queixo no beliche e abre o sorriso doce e torto da nossa mãe. Uma expressão familiar — aquela que ele usa quando acordo de um pesadelo ou quando ficamos sem grãos —, que diz que vai ficar tudo bem.

Ele pega o livro sobre a minha cama.

— *Reunião noturna* — lê o título. — Inquietante. É sobre o quê?

— Acabei de começar. É sobre um espírito... — Paro. Esperto. Muito esperto. Ele gosta de ouvir histórias tanto quanto eu gosto de contá-las. — Esqueça isso. Onde você esteve? O vovô tinha uma dúzia de pacientes esta manhã.

E eu te substituí porque ele precisa de ajuda. O que deixou a vovó sozinha para envasar as geleias do comerciante. Só que ela não terminou. Agora o comerciante não vai nos pagar, e vamos passar fome no inverno, e por que raios você não se importa?

Digo essas coisas em minha cabeça. O sorriso já deixou o rosto de Darin.

— Eu não nasci para curar — ele diz. — O vovô sabe disso.

Quero recuar, mas penso nos ombros caídos do meu avô esta manhã. Penso no caderno de desenhos.

— O vovô e a vovó dependem de você. Pelo menos converse com eles. Já se vão meses.

Espero que ele diga que eu não entenderia. Ou que me peça para dei-xá-lo em paz. Mas ele apenas balança a cabeça, cai no beliche e fecha os olhos, como se não quisesse ser incomodado.

— Eu vi seus desenhos. — As palavras saem aos borbotões, e Darin fica de pé no mesmo instante, com o rosto impassível. — Eu não estava xeretando — digo. — Uma das páginas estava solta. Eu encontrei quan-do mudei os juncos esta manhã.

— Você contou para a vovó e o vovô? Eles viram?

— Não, mas...

— Laia, escute. — *Que droga, não quero ouvir isso. Não quero ouvir suas desculpas.* — O que você viu é perigoso — ele diz. — Você não pode contar para ninguém a respeito disso. Nunca. Não é apenas minha vida que está correndo perigo. Tem outras...

— Você está trabalhando para o Império, Darin? Você está trabalhando para os Marciais?

Ele fica em silêncio. Acho que vejo a resposta em seus olhos e me sinto doente. Meu irmão é um traidor de seu próprio povo? Meu irmão está do lado do Império?

Se ele armazenasse grãos, ou vendesse livros, ou ensinasse crianças a ler, eu compreenderia. E teria orgulho dele por fazer coisas que não tenho coragem suficiente para fazer. O Império faz batidas, prende e mata por causa desses "crimes", mas ensinar a uma garota de seis anos seu nome não é maldade — não na mente do meu povo, os Eruditos.

Mas o que Darin fez é doentio. É uma traição.

— O Império matou nossos pais — sussurro. — Nossa irmã.

Quero gritar com ele, mas me engasgo com as palavras. Os Marciais conquistaram terras eruditas quinhentos anos atrás e, desde então, não fizeram nada a não ser nos oprimir e escravizar. Outrora, o Império Erudito era o lar das melhores universidades e bibliotecas no mundo. Agora, a maioria do nosso povo não sabe reconhecer a diferença entre escola e armaria.

— Como você pode ficar do lado dos Marciais? Como, Darin?

— Não é o que você está pensando, Laia. Vou explicar tudo, mas...

Ele faz uma pausa subitamente, e sua mão se ergue de maneira brusca para me silenciar quando peço pela explicação prometida. Em seguida inclina a cabeça na direção da janela.

Através das paredes finas, ouço meu avô roncar, minha avó se mexer na cama, o canto de uma pomba selvagem. Ruídos familiares. Ruídos de casa.

Darin ouve algo mais. O sangue deixa seu rosto e o pavor brilha em seus olhos.

— Laia — ele diz. — Batida.

— Mas se você trabalha para o Império...

Então por que os soldados estão dando uma batida na nossa casa?

— Eu não trabalho para eles. — Ele soa calmo. Mais calmo do que me sinto. — Esconda o caderno de desenhos. É isso que eles querem. É por isso que estão aqui.

Em seguida sai porta afora e fico sozinha. Minhas pernas nuas se movimentam como melaço frio, minhas mãos como blocos de madeira. *Rápido, Laia!*

Normalmente, o Império faz suas batidas no calor do dia. Os soldados querem que mães e crianças eruditas vejam. Querem que pais e irmãos presenciem a família de outro homem ser escravizada. Por mais desagradáveis que sejam essas batidas, as noturnas são piores. As batidas noturnas são feitas quando o Império não quer testemunhas.

Eu me pergunto se isso é real. Se é um pesadelo. *É real, Laia. Mexa-se.*

Jogo o caderno de desenhos pela janela na direção de uma cerca. Não é o melhor esconderijo, mas não tenho tempo. Minha avó caminha vacilante para dentro do quarto. Suas mãos, tão firmes quando ela mistura potes de geleia ou penteia meu cabelo, agitam-se como pássaros assustados, desesperada para que eu me mexa mais rápido.

Ela me puxa para o corredor. Darin está com vovô perto da porta dos fundos. O cabelo branco de meu avô está emaranhado como um fardo de feno, suas roupas amarrotadas, mas não há sono nos vincos profundos de seu rosto. Ele murmura algo para meu irmão, então passa para ele a maior faca de cozinha de vovó. Não sei por que ele perde tempo com isso. Contra o aço sérrico de uma espada marcial, a faca vai simplesmente se partir.

— Você e Darin, saiam pelo quintal — diz vovó, com os olhos dardejando de uma janela a outra. — Eles ainda não cercaram a casa.

Não. Não. Não.

— Vovó — sussurro e tropeço quando ela me empurra na direção de meu avô.

— Escondam-se do lado leste do bairro... — A frase termina abruptamente, seus olhos na janela da frente.

Através das cortinas esfarrapadas, vejo o brilho de um rosto prateado líquido. Sinto um aperto no estômago.

— Um Máscara — diz vovó. — Eles trouxeram um Máscara. Vá, Laia. Antes que ele entre.

— E você? E o vovô?

— Nós vamos segurá-los. — Meu avô me empurra delicadamente porta afora. — Guarde seus segredos para si, querida. Ouça Darin. Ele vai cuidar de você. Agora vá.

A sombra esguia de Darin cai sobre mim, e ele segura minha mão enquanto a porta se fecha atrás de nós. Curvado, ele caminha e se mistura à noite quente, movendo-se silenciosamente através da areia solta do quintal com uma confiança que eu gostaria de sentir. Embora eu tenha dezessete anos, idade suficiente para controlar o medo, agarro sua mão como se fosse a única coisa sólida no mundo.

"Eu não trabalho para eles", disse Darin. Então para quem ele trabalha? De qualquer maneira, ele se aproximou o suficiente das forjas de Serra para desenhar, em detalhes, o processo de criação do ativo mais precioso do Império: as cimitarras curvas e inquebráveis que podem cortar três homens de uma só vez.

Meio milênio atrás, os Eruditos se desintegraram sob a invasão marcial porque nossas espadas se quebravam em contato com o aço superior. Desde então, não aprendemos nada sobre o preparo do aço. Os Marciais guardam seus segredos como um avarento guarda ouro. Qualquer pessoa — Erudito ou Marcial — pega próxima das forjas de nossa cidade sem uma boa razão corre o risco de ser executada.

Se Darin não trabalha para o Império, como chegou perto das forjas de Serra? Como os Marciais descobriram sobre seu caderno de desenhos?

Do outro lado da casa, alguém bate na porta da frente. Ouço o ruído de botas se arrastando e o retinir do aço. Olho ansiosamente à minha volta, esperando ver a armadura prateada e a capa vermelha dos legionários do Império, mas o quintal está deserto. O ar fresco da noite em nada ajuda para evitar que o suor role pelo meu pescoço. Ao longe, ouço a batida dos tambores de Blackcliff, a escola de treinamento dos Máscaras. O som aguça meu medo, e fico paralisada. O Império não envia esses monstros de rosto prateado em qualquer batida.

As pancadas na porta soam de novo.

— Em nome do Império — diz uma voz irritada —, ordeno que abram esta porta.

Darin e eu congelamos.

— Não soa como um Máscara — ele sussurra. Os Máscaras falam suavemente, com palavras que cortam como uma cimitarra. No tempo que um legionário levaria para bater e dar uma ordem, um Máscara já estaria dentro da casa, as armas cortando qualquer um que estivesse em seu caminho.

Darin cruza o olhar com o meu e sei que nós dois estamos pensando a mesma coisa. Se o Máscara não está com o restante dos soldados na porta da frente, então onde está?

— Não tenha medo, Laia — diz Darin. — Não vou deixar nada acontecer com você.

Eu quero acreditar nele, mas meu medo é uma maré que puxa meus tornozelos e me arrasta para baixo. Penso no casal que morava na casa ao lado: sofreram uma batida, foram presos e vendidos como escravos três semanas atrás. "Contrabandistas de livros", disseram os Marciais. Cinco dias depois disso, um dos pacientes mais velhos de meu avô, um homem de noventa e três anos que mal conseguia caminhar, foi executado na própria casa, sua garganta cortada de orelha a orelha. "Colaborador da Resistência."

O que os soldados vão fazer com meus avós? Prendê-los? Escravizá-los? Matá-los?

Chegamos ao portão dos fundos. Darin fica na ponta dos pés para soltar a tranca quando um ruído de algo raspando no beco adiante o faz parar. Uma brisa passa como um suspiro, levantando uma nuvem de poeira.

Darin me empurra para trás de si. Os nós de seus dedos estão brancos em torno do punho da faca enquanto o portão se abre com um rangido. Um dedo de terror deixa um rastro em minha coluna. Espio adiante, sobre o ombro do meu irmão.

Não há nada ali a não ser o movimento silencioso da areia. Nada a não ser a rajada de vento que sopra de quando em quando e as janelas trancadas de nossos vizinhos adormecidos.

Suspiro aliviada e dou a volta em Darin.

Nesse instante, o Máscara emerge da escuridão e atravessa o portão.

11
ELIAS

O desertor estará morto antes do amanhecer.

Suas pegadas ziguezagueiam como um veado atingido pelo caçador na poeira das catacumbas de Serra. Os túneis o derrubaram. O ar quente é pesado demais aqui, o cheiro de morte e de podridão, próximos demais.

As pegadas já têm mais de uma hora quando as vejo. Os guardas têm o cheiro dele agora, pobre coitado. Se ele tiver sorte, morrerá na perseguição. Se não...

Não pense nisso. Esconda a mochila. Saia daqui.

Crânios se esmigalham quando empurro uma mochila cheia de alimento e água em direção a uma cripta na parede. Helene me daria um sermão e tanto se visse como estou tratando os mortos. Mas, se Helene soubesse por que estou aqui, a profanação seria a última de suas reclamações.

Ela não vai descobrir. Não até que seja tarde demais. Sinto ferroadas de culpa, mas as mando para longe. Helene é a pessoa mais forte que conheço. Ela ficará bem sem mim.

Pelo que parece a centésima vez, olho por sobre o ombro. O túnel está em silêncio. O desertor levou os soldados na direção oposta, mas a segurança é uma ilusão, e sei que jamais devo confiar nela. Trabalho rapidamente, empilhando ossos na frente da cripta para esconder minha trilha, os sentidos atentos a qualquer coisa fora do comum.

Um dia mais disso. Um dia mais de paranoia, e se esconder, e mentir. Um dia até a formatura. Então estarei livre.

Enquanto rearranjo os crânios na cripta, o ar quente se desloca como um urso que acorda da hibernação. O cheiro de grama e neve é cortante através do bafo fétido do túnel. Dois segundos são tudo que tenho para me afastar da cripta, me ajoelhar e examinar o chão como se pudesse haver pegadas ali. Então ela está às minhas costas.

— Elias? O que está fazendo aqui embaixo?

— Você não ficou sabendo? Tem um desertor à solta.

Mantenho a atenção fixa no chão empoeirado. Debaixo da máscara prateada que me cobre da testa ao queixo, meu rosto deveria ser ilegível. Mas Helene Aquilla e eu estivemos juntos quase todos os dias dos catorze anos que passamos treinando na Academia Militar Blackcliff; ela provavelmente pode me ouvir pensando.

Ela dá a volta em mim silenciosamente, e eu a miro nos olhos, tão azuis e pálidos quanto as águas quentes das ilhas ao sul. Minha máscara repousa sobre meu rosto, separada e estranha, escondendo meus traços e minhas emoções. Mas a máscara de Hel se prende a ela como uma segunda pele, e posso ver o ligeiro vinco em sua testa enquanto ela me olha de pé. *Relaxe, Elias*, digo a mim mesmo. *Você só está procurando um desertor.*

— Ele não veio por aqui — Hel diz, passando a mão no cabelo, bem preso, como sempre, em uma coroa louro-prateada. — Dex levou uma guarnição auxiliar da torre de vigia norte para o túnel do braço leste. Você acha que eles o pegarão?

Soldados auxiliares, embora nem de longe tão treinados quanto os legionários e nada em comparação aos Máscaras, ainda assim são caçadores impiedosos.

— É claro que eles o pegarão. — Não consigo evitar o tom rancoroso na voz, e Helene me olha duro. — O desgraçado covarde — acrescento.

— Mas por que você está acordada? Você não estava de plantão esta manhã. — *Eu me certifiquei disso.*

— Aqueles malditos tambores. — Helene olha o túnel à sua volta. — Acordaram todo mundo.

Os tambores. É claro. *Desertor*, eles haviam trovoado no meio do plantão da madrugada. *Todas as unidades ativas para as muralhas.* Helene deve ter decidido se juntar à caçada. Dex, meu tenente, teria lhe dito para qual direção eu seguira. Ele certamente não pensara nada de mais a respeito disso.

— Pensei que o desertor poderia ter vindo por aqui. — Eu me viro de costas para a mochila escondida, para mirar outro túnel. — Acho que eu estava errado. Vou procurar o Dex.

— Por mais que eu odeie admitir, você normalmente não erra. — Helene inclina a cabeça e sorri para mim. Sinto aquela culpa novamente, violenta como um soco no estômago. Ela vai ficar furiosa quando descobrir o que eu fiz e jamais vai me perdoar. *Não importa. Você escolheu assim. Não pode voltar atrás agora.*

Hel risca a poeira no chão com um traço claro e experiente.

— Eu nunca estive neste túnel.

Uma gota de suor corre pelo meu pescoço, mas ignoro.

— É quente e fedido — digo. — Como todo o resto aqui embaixo. — *Vamos embora*, quero acrescentar. Mas, se eu disser isso, seria como escrever na testa: "Estou aprontando algo". Sigo em silêncio e me recosto contra a parede da catacumba, de braços cruzados.

O campo de batalha é o meu templo. Mentalmente cantarolo um ditado que meu avô me ensinou no dia em que me conheceu, quando eu tinha seis anos. Ele insiste que o ditado afia a mente como uma pedra de amolar afia a lâmina. *A ponta da espada é o meu sacerdote. A dança da morte é a minha reza. O golpe fatal é a minha libertação.*

Helene espia meus rastros apagados e os segue até a cripta onde guardei a mochila, em seguida até os crânios ali empilhados. Ela suspeita de algo, e o clima entre nós fica subitamente tenso.

Maldição.

Preciso distraí-la. Enquanto ela olha de mim para a cripta, percorro lentamente seu corpo com o olhar. Helene tem quase um metro e oitenta de altura — quinze centímetros mais baixa que eu. Ela é a única garota que estuda em Blackcliff; com o uniforme negro e justo que todos os estudantes usam, sua forma forte e esguia sempre atraiu olhares de admiração. Só os meus que não. Somos amigos há tempo demais para isso.

Vamos lá, perceba. Perceba meu olhar malicioso e fique brava com isso.

Quando cruzo o olhar com o seu, descarado como um marinheiro que acabou de chegar ao porto, ela abre a boca, como se para me rasgar com os dentes. Então olha de volta para a cripta.

Se Helene vir a mochila e adivinhar minha intenção, estou perdido. Ela poderá odiar fazê-lo, mas a lei do Império exigiria que ela me denunciasse, e Helene jamais desobedeceu a uma lei na vida.

— Elias...

Preparo minha mentira. *Eu só queria me afastar por uns dias, Hel. Precisava de um tempo para pensar. Não queria preocupar você.*

BUM-BUM-BUM-BUM.

Os tambores.

Sem pensar, traduzo as batidas díspares na mensagem que elas querem transmitir. *Desertor pego. Todos os alunos retornem ao pátio central imediatamente.*

Sinto um aperto no estômago. Alguma parte ingênua dentro de mim gostaria que o desertor pelo menos conseguisse deixar a cidade.

— Dessa vez não demorou muito — digo. — Vamos.

Caminho na direção do túnel principal. Helene me segue, como eu sabia que faria. Ela enfiaria uma faca no próprio olho antes de desobedecer a uma ordem direta. Helene é uma Marcial de verdade, mais leal ao Império do que à própria mãe. Como qualquer bom Máscara em treinamento, ela leva a sério o lema de Blackcliff: "O dever primeiro, até a morte".

Eu me pergunto o que ela diria se soubesse o que eu realmente estava fazendo nos túneis.

Eu me pergunto como ela se sentiria a respeito do meu ódio pelo Império.

Eu me pergunto o que ela faria se descobrisse que seu melhor amigo está planejando desertar.

III
LAIA

O Máscara dá a volta no portão, as mãos grandes soltas ao longo do corpo. O estranho metal que lhe confere o nome se prende a ele da testa ao queixo, como uma pintura prateada, revelando cada traço de seu rosto, das sobrancelhas finas aos ângulos duros das maçãs do rosto. A armadura de placas de cobre se molda aos músculos, enfatizando a força de seu corpo.

Um vento passageiro encapela sua capa negra, e ele olha em torno do pátio como se tivesse chegado a uma festa a céu aberto. Seus olhos pálidos me encontram, percorrem meu corpo e param em meu rosto, com a consideração vazia de um réptil.

— Você é bonita — ele diz.

Puxo para baixo a bainha esfarrapada do vestido solto, desejando desesperadamente a saia longa e sem graça que uso durante o dia. O Máscara não move um músculo. Nada em seu rosto me diz o que ele está pensando, mas posso adivinhar.

Darin dá um passo à minha frente e olha de relance a cerca, como se calculasse o tempo que levaria para alcançá-la.

— Estou sozinho, garoto. — O Máscara se dirige a Darin com a emoção de um cadáver. — Os outros homens estão em sua casa. Você pode correr se quiser. — Ele se afasta do portão. — Mas insisto que deixe a garota.

Darin ergue a faca.

— Cavalheiresco de sua parte — diz o Máscara.

Então ele golpeia, o que faz surgir um brilho de cobre e prata, como um raio caindo do céu limpo. No tempo que levo para ofegar, o Máscara enfia o rosto do meu irmão no chão arenoso e prende o corpo dele com o joelho. A faca de minha avó cai.

Um grito emana de mim, solitário na noite de verão tranquila. Segundos mais tarde, a ponta de uma cimitarra espeta minha garganta. Nem cheguei a ver o Máscara sacar a arma.

— Quieta — ele diz. — Mãos ao alto. Agora entre.

O Máscara usa uma das mãos para arrastar Darin pelo pescoço e a outra para me cutucar com a cimitarra. Meu irmão manca, com o rosto ensanguentado e os olhos atordoados. Quanto mais ele se debate, como um peixe no anzol, mais o Máscara o aperta com força.

A porta dos fundos se abre, e um legionário de capa vermelha sai para a rua.

— A casa está segura, comandante.

O Máscara empurra Darin na direção do soldado.

— Amarre-o. Ele é forte.

Em seguida me pega pelo cabelo e o torce, até eu soltar um gemido.

— Humm. — Ele inclina a cabeça até meu ouvido e me encolho, o terror preso na garganta. — Sempre adorei garotas de cabelos escuros.

Eu me pergunto se ele tem uma irmã, uma esposa, uma mulher. Mas não importaria se tivesse. Para ele, não sou parte de uma família. Sou apenas algo que pode ser subjugado, usado e descartado. O Máscara me arrasta pelo corredor até o quarto da frente, tão casualmente quanto um caçador arrasta sua caça. *Lute*, digo a mim mesma. *Lute*. Mas, como se ele sentisse minhas tentativas patéticas de buscar coragem, sua mão me aperta com mais força, e a dor atravessa meu crânio. Eu me largo e o deixo me levar.

Os legionários estão parados ombro a ombro na sala da frente, em meio a móveis virados e potes quebrados de geleia. *O comerciante não vai receber nada agora.* Tantos dias passados sobre chaleiras ferventes, meu cabelo e minha pele cheirando a damasco e canela. Tantos vidros, fervidos e secos, cheios e fechados. Para nada. Tudo para nada.

As lâmpadas estão acesas, e meus avós estão ajoelhados no meio da sala, com as mãos amarradas às costas. O soldado que segura Darin o empurra para o chão ao lado deles.

— Devemos amarrar a garota, senhor?

Outro soldado corre o dedo pela corda que tem no cinto, mas o Máscara me deixa entre dois legionários corpulentos.

— Ela não vai causar nenhum problema. — Ele me transfixa com aqueles olhos. — Vai? — Balanço a cabeça e me encolho, odiando-me por ser tão covarde. Busco o bracelete manchado de minha mãe, que envolve meu bíceps, e toco a textura familiar à procura de força. Não encontro nenhuma. Minha mãe teria lutado. Ela teria morrido em vez de engolir essa humilhação, mas não consigo me mexer. Meu temor me paralisou.

Um legionário entra na sala, com o rosto mais do que um pouco nervoso.

— Não está aqui, comandante.

O Máscara olha para o meu irmão.

— Onde está o caderno de desenhos?

Darin olha fixamente à frente, em silêncio. Sua respiração é lenta e firme, e ele não parece mais atordoado. Na realidade, está quase tranquilo.

O Máscara gesticula, um pequeno movimento. Um dos legionários levanta minha avó pelo pescoço e joga seu corpo frágil contra uma parede. Ela morde o lábio, seus olhos de um azul cintilante. Darin tenta se levantar, mas outro soldado o força para baixo.

O Máscara pega um caco de vidro de um dos potes quebrados. Sua língua vibra para fora como a de uma cobra enquanto ele prova a geleia.

— Uma pena não ter sobrado nada. — E acaricia o rosto de minha avó com a ponta do caco. — Você deve ter sido bonita um dia. Com esses olhos. — Ele se vira para Darin. — Devo arrancá-los?

— Está do lado de fora da janela do quarto menor. Na cerca. — Não consigo emitir mais que um sussurro, mas os soldados ouvem. O Máscara anui, e um dos legionários desaparece no corredor. Darin não olha para mim, mas sinto seu desalento. *Por que você me disse para escondê-lo?*, quero gritar. *Por que você trouxe essa coisa maldita para casa?*

O legionário volta com o livro. Por segundos intermináveis, o único ruído na sala é o farfalhar das páginas enquanto o Máscara folheia os desenhos. Se o restante do caderno for qualquer coisa como a página que eu vi, sei o que o Máscara vai ver: facas, espadas, bainhas, forjas, fórmulas, instruções dos Marciais — coisas que nenhum Erudito deveria saber, muito menos recriar no papel.

— Como você entrou no Bairro das Armas, garoto? — O Máscara ergue o olhar do livro. — A Resistência subornou algum lacaio plebeu para colocá-lo para dentro?

Reprimo um soluço de choro. Metade de mim está aliviada por Darin não ser um traidor. A outra metade quer xingá-lo por ser tão tolo. A associação à Resistência dos Eruditos é punida com pena de morte.

— Eu entrei sozinho — meu irmão diz. — A Resistência não tem nada a ver com isso.

— Você foi visto entrando nas catacumbas na noite passada, depois do toque de recolher — o Máscara soa quase entediado —, na companhia de rebeldes eruditos conhecidos.

— Na noite passada ele estava em casa bem antes do toque de recolher — vovô se manifesta, e é estranho ouvi-lo mentir. Mas não faz diferença. Os olhos do Máscara são somente para o meu irmão. O homem não pisca enquanto lê o rosto de Darin como eu leria um livro.

— Aqueles rebeldes foram presos hoje — o Máscara diz. — Um deles revelou o seu nome antes de morrer. O que você estava fazendo com eles?

— Eles me seguiram. — Darin soa tão calmo, como se já tivesse feito isso antes. Como se não tivesse medo algum. — Eu nunca os tinha visto antes.

— E, no entanto, eles sabiam desse seu livro aqui. Me contaram tudo sobre ele. Como eles ficaram sabendo? O que eles queriam de você?

— Eu não sei.

O Máscara pressiona fundo o caco de vidro na pele suave abaixo do olho de vovó, e as narinas dela se expandem. Um filete de sangue risca uma ruga em seu rosto.

Darin respira curto, o único sinal de tensão.

— Eles pediram meu caderno de desenhos — ele fala. — Eu disse não. Juro.

— E o esconderijo deles?

— Não vi. Eles me vendaram. Nós estávamos nas catacumbas.

— *Onde* nas catacumbas?

— Não vi. Eles me vendaram.

O Máscara encara meu irmão por um longo momento. Não sei como Darin consegue permanecer imperturbável diante desse olhar.

— Você está preparado para isso — o Máscara diz, deixando se revelar na voz um mínimo traço de surpresa. — Costas eretas. Respiração profunda. Mesmas respostas para perguntas diferentes. Quem treinou você, garoto?

Quando Darin não responde, o Máscara dá de ombros.

— Algumas semanas na prisão vão soltar a sua língua. — Vovó e eu trocamos um olhar aterrorizado. Se Darin terminar em uma prisão marcial, jamais o veremos novamente. Ele passará semanas sendo interrogado, e depois eles o venderão como escravo ou o matarão.

— Ele é apenas um garoto — meu avô fala lentamente, como se para um paciente bravo. — Por favor...

O aço brilha e vovô cai como uma pedra. O Máscara se movimenta tão rapidamente que não compreendo o que ele fez. Não até vovô se lançar à frente. Não até ela soltar um lamento agudo, um rasgo de pura dor que me deixa de joelhos.

Vovô. Meus céus, o vovô não. Dezenas de promessas queimam em minha cabeça. *Se o vovô viver, nunca mais vou desobedecer, nunca mais vou fazer nada de errado, nunca mais vou reclamar do meu trabalho...*

Mas vovó puxa o cabelo e grita, e, se ele estivesse vivo, jamais a deixaria assim. Ele não conseguiria suportar isso. A calma de Darin é quebrada como se uma cimitarra o atingisse, seu rosto descorado com o horror que sinto em meus ossos.

Vovó se levanta tropegamente e dá um passo vacilante na direção do Máscara. Ele estende um braço para ela, como se para colocar a mão em seu ombro. A última coisa que vejo nos olhos de minha avó é terror. Então o punho de espadachim do Máscara brilha uma vez, deixando uma linha vermelha fina ao longo da garganta de vovó, uma linha que se torna maior e mais vermelha enquanto ela cai.

Seu corpo atinge o chão com uma batida seca, seus olhos ainda abertos e brilhando com as lágrimas, enquanto o sangue jorra de seu pescoço e se espalha pelo tapete que costuramos juntas no inverno passado.

— Senhor — diz um dos legionários. — Falta uma hora para o amanhecer.

— Levem o garoto daqui. — O Máscara não olha uma segunda vez para minha avó. — E queimem este lugar.

Então ele se vira para mim, e meu desejo é desaparecer como uma sombra na parede. Desejo isso com mais intensidade do que já desejei qualquer coisa na vida, sabendo o tempo inteiro quão tolo é o pedido. Os soldados a meu lado abrem um largo sorriso um para o outro enquanto o Máscara dá um passo lento em minha direção. Ele sustenta meu olhar como se pudesse farejar meu medo, como uma cobra que encanta sua presa.

Não, por favor, não. Desaparecer, eu quero desaparecer.

O Máscara pisca, e uma emoção estranha brilha em seus olhos — surpresa, choque, não sei dizer. Não importa, porque, naquele momento, Darin se levanta de um salto. Enquanto me encolho, ele solta suas cordas. Suas mãos se estendem como garras enquanto ele se lança na direção da garganta do Máscara. A ira lhe confere a força de um leão, e, por um segundo, ele é absolutamente nossa mãe, com o cabelo tom de mel brilhando, os olhos em chamas, a boca retorcida em um rosnado selvagem.

O Máscara recua até o sangue empoçado próximo da cabeça de minha avó, e Darin o derruba e começa a golpeá-lo. Os legionários ficam paralisados, sem acreditar no que veem, e então recuperam os sentidos, avançando com tudo, gritando e xingando. Darin consegue tirar uma adaga do cinto do Máscara antes de os legionários o derrubarem.

— Laia! — grita o meu irmão. — Corra...

Não corra, Laia. Ajude-o. Lute.

Mas penso no olhar frio do Máscara, na violência em seus olhos. *Sempre adorei garotas de cabelos escuros.* Ele vai me estuprar. Depois vai me matar.

Estremeço e recuo até o corredor. Ninguém me para. Ninguém me nota.

— Laia! — grita Darin, soando de maneira frenética, abafada, como eu jamais o tinha ouvido. Ele me disse para correr, mas, se eu gritasse daquele jeito, ele viria. Ele jamais me deixaria. Então paro.

Ajude seu irmão, Laia, uma voz ordena em minha cabeça. *Mexa-se.*

E outra voz, mais insistente, mais poderosa:

Você não pode salvá-lo. Faça o que ele diz. Corra.

Uma chama bruxuleia em um canto de minha visão, e sinto o cheiro de fumaça. Um dos legionários começou a incendiar a casa. Em minutos, o fogo vai consumi-la.

— Amarre-o do jeito certo dessa vez e coloque-o em uma cela de interrogatório — diz o Máscara, afastando-se da confusão e esfregando o queixo. Quando me vê fugindo pelo corredor, ele fica estranhamente imóvel. Relutantemente, cruzo o olhar com o seu, e ele inclina a cabeça.

— Corra, garotinha — ele diz.

Meu irmão ainda está lutando, e seus gritos me trespassam. Então eu sei que os ouvirei repetidamente, ecoando em todas as horas de todos os dias até eu morrer ou fizer o que é certo. Eu sei disso.

E, mesmo assim, eu corro.

◆ ◆ ◆

As ruas apinhadas e os mercados empoeirados do Bairro dos Eruditos passam por mim como a paisagem indistinta de um pesadelo. A cada passo, parte do meu cérebro grita para eu voltar e ajudar Darin. A cada passo, isso se torna menos provável, até não ser mais uma possibilidade, até que a última palavra em que consigo pensar é *corra*.

Os soldados me perseguem, mas cresci em meio aos casebres de tijolos deste bairro e despisto meus perseguidores rapidamente.

O dia amanhece e minha corrida furiosa se transforma em um cambalear à medida que perambulo de beco em beco. Para onde vou? O que eu faço? Preciso de um plano, mas não sei por onde começar. Quem pode me oferecer ajuda ou consolo? Meus vizinhos não vão me receber, temendo pela própria vida. Minha família morreu ou está presa. Minha melhor amiga, Zara, desapareceu em uma batida no ano passado, e meus outros amigos têm seus próprios problemas.

Estou sozinha.

O dia avança e chego a um prédio vazio, no coração da parte mais antiga do bairro. A estrutura demolida se agacha como um animal ferido em meio a um labirinto de moradias decaídas. O odor de esgoto contamina o ar.

Eu me encolho em um canto. Meu cabelo se soltou do penteado e virou um emaranhado irremediável de fios. Os pontos vermelhos ao longo da bainha do meu vestido estão rasgados, o tecido claro está solto. Minha avó costurou aquela bainha para a minha décima sétima passagem de ano, a fim de dar graça a meu vestuário apagado. Era um dos poucos presentes que ela tinha condições de me dar.

Agora ela está morta. Como meu avô. Como meus pais e minha irmã, muito tempo atrás.

E Darin. Levado. Arrastado para uma cela de interrogatório, onde os Marciais vão fazer sabe-se lá o que com ele.

A vida é feita de tantos momentos que não significam nada. Então, um dia, ocorre um único momento que define todos os segundos depois dele. O momento em que Darin gritou para mim foi um desses. Foi um teste de coragem, de força. E eu fracassei.

Laia! Corra!

Por que dei ouvidos a ele? Eu devia ter ficado. Eu devia ter feito algo. Gemo e seguro a cabeça. Continuo o ouvindo. Onde ele está agora? Será que começaram o interrogatório? Ele vai se perguntar o que aconteceu comigo. Ele vai se perguntar como a irmã foi capaz de deixá-lo.

Um movimento furtivo nas sombras chama minha atenção, e sinto os pelos da nuca se arrepiarem. Será um rato? Um corvo? As sombras se deslocam, e, dentro delas, dois olhos malévolos brilham. Mais jogos de olhos se juntam ao primeiro, como fendas malignas.

Alucinações, ouço vovô em minha cabeça fazendo um diagnóstico. *Um sintoma de choque.*

Alucinações ou não, as sombras parecem reais. Seus olhos brilham com o fogo de sóis em miniatura e me circulam como hienas, ficando mais corajosas a cada passo.

— *Nós vimos* — elas sibilam. — *Nós sabemos da sua fraqueza. Ele vai morrer por sua causa.*

— Não — sussurro. Mas elas estão certas, essas sombras. Eu deixei Darin. Eu o abandonei. O fato de ele ter pedido que eu fosse embora não importa. Como pude ser tão covarde?

Seguro o bracelete de minha mãe, mas tocá-lo faz com que eu me sinta ainda pior. Minha mãe teria sido mais esperta que o Máscara. De alguma maneira, ela teria salvado Darin, vovó e vovô.

Até minha avó foi mais valente que eu. Vovó, com seu corpo frágil e seus olhos ardentes. Sua determinação de aço. Minha mãe herdou o fogo de minha avó e, depois dela, Darin.

Mas não eu.

Corra, garotinha.

As sombras se aproximam e fecho os olhos para elas, esperando que desapareçam. Observo os pensamentos que ricocheteiam em minha mente e tento encurralá-los.

Ao longe, ouço gritos e a batida de botas. Se os soldados ainda estiverem procurando por mim, não estou segura aqui.

Talvez eu deva deixar que eles me encontrem e façam o que quiserem. Eu abandonei meu sangue. Mereço uma punição.

Mas a mesma sensação que me impeliu a escapar do Máscara me faz ficar de pé. Parto na direção das ruas e me perco na multidão cada vez mais densa da manhã. Alguns dos meus irmãos eruditos olham repetidas vezes para mim, uns com cautela, outros com simpatia. Mas a maioria simplesmente não me olha. Isso me faz refletir sobre quantas vezes passei caminhando bem ao lado de alguém que estava fugindo nestas mesmas ruas, alguém que tivera o mundo inteiro arrancado de si não fazia muito.

Paro para descansar em um beco escorregadio de esgoto. A fumaça escura e densa sobe em espiral do outro lado do bairro, descorando-se à medida que atinge o céu quente. Minha casa está em chamas. As geleias de minha avó, os remédios de meu avô, os desenhos de Darin, meus livros, tudo desapareceu. Tudo que eu sou desapareceu.

Não tudo, Laia. Não Darin.

Uma grade ocupa o centro do beco, a apenas alguns metros de mim. Como todas as grades no bairro, ela leva para baixo, até as catacumbas de Serra: lar de esqueletos, fantasmas, ratos, ladrões... e possivelmente da Resistência dos Eruditos.

Será que Darin andara espionando para eles? Será que a Resistência o levara para o Bairro das Armas? Apesar do que meu irmão disse ao Máscara, essa é a única resposta que faz sentido. Há rumores de que os combatentes da Resistência têm se tornado mais corajosos, recrutando não apenas Eruditos como Navegantes, do país livre de Marinn ao norte, e Tribais, cujo território desértico é um protetorado do Império.

Meus avós jamais falavam da Resistência na minha frente. Mas, tarde da noite, às vezes eu os ouvia murmurando a respeito de como os rebeldes libertavam prisioneiros eruditos quando atacavam Marciais. De como os combatentes emboscavam as caravanas da classe de negociantes marciais, os Mercadores, e assassinavam membros de sua classe mais alta, os Ilustres. Apenas os rebeldes enfrentam os Marciais. Por mais esquivos que sejam, eles são a única arma que os Eruditos têm. Se há alguém que consegue se aproximar das forjas, são eles.

A Resistência, percebo, poderia me ajudar. Minha casa foi atacada e completamente incendiada, minha família morta porque dois dos rebeldes entregaram o nome de Darin ao Império. Se eu puder encontrar a Resistência e explicar o que aconteceu, talvez eles possam me ajudar a libertar Darin da prisão — não apenas porque me devem isso, mas porque vivem pelo Izzat, um código de honra tão antigo quanto o povo erudito. Os líderes rebeldes são o que há de melhor entre os Eruditos, os

mais valentes. Meus pais me ensinaram isso antes de o Império matá-los.
Se eu pedir ajuda, a Resistência não vai me ignorar.

Dou um passo na direção da grade.

Nunca estive nas catacumbas de Serra. Elas serpenteiam por baixo
de toda a cidade, centenas de quilômetros de túneis e cavernas, alguns
cheios com a carga de séculos de ossos. Ninguém mais usa as criptas para
enterros, e mesmo o Império não mapeou as catacumbas inteiramente.
Se o Império, com todo o seu poder, não consegue caçar os rebeldes, como
eu vou encontrá-los?

Você não vai parar até conseguir. Levanto a grade e espio o buraco negro abaixo. Tenho de descer ali. Tenho de encontrar a Resistência. Porque, se eu não fizer isso, meu irmão não vai ter nenhuma chance. Se eu
não encontrar os combatentes e não conseguir a ajuda deles, jamais verei
Darin novamente.

I V
ELIAS

Quando Helene e eu chegamos à torre do sino de Blackcliff, quase todos os três mil estudantes da escola já estão em formação. Falta uma hora para o amanhecer, mas não vejo um único olhar sonolento. Em vez disso, um zum-zum-zum ansioso percorre a multidão. Na última vez que alguém havia desertado, o pátio estava coberto de gelo.

Todos os estudantes sabem o que vai acontecer. Cerro os punhos. Não quero ver isso. Como todos os alunos de Blackcliff, eu vim para essa academia aos seis anos e, nos catorze anos desde então, testemunhei punições milhares de vezes. Minhas próprias costas são um mapa da brutalidade daqui. Mas os desertores recebem sempre os piores castigos.

Meu corpo está teso como uma mola, mas nivelo o olhar e mantenho a expressão impassível. Os mestres dos pupilos de Blackcliff, os centuriões, estão observando. Atrair a ira deles quando estou tão próximo de escapar seria terrivelmente estúpido.

Helene e eu passamos pelos estudantes mais jovens, quatro turmas de novilhos sem máscara, que terão a visão mais clara da carnificina. Os menores mal têm sete anos. Os maiores, quase onze.

Os novilhos baixam o olhar quando passamos; somos alunos de turmas superiores e eles estão proibidos até de se dirigir a nós. Ficam parados com a expressão imperturbável, a cimitarra pendurada em um ângulo preciso de quarenta e cinco graus nas costas, botas reluzentes, o rosto inexpressivo como pedra. A essa altura, mesmo os novilhos mais jovens aprenderam as lições essenciais de Blackcliff: obedecer, conformar-se e manter a boca fechada.

Atrás dos novilhos, há um espaço vazio em honra ao segundo escalão de estudantes de Blackcliff, chamados cincos, pois muitos morrem no quinto ano. Aos onze anos, os centuriões nos arrancam de Blackcliff e nos jogam nas regiões remotas do Império, sem roupas, alimento ou armas, para sobreviver como pudermos por quatro anos. Os cincos restantes retornam a Blackcliff, recebem suas máscaras e passam mais quatro anos como cadetes, e então mais dois anos como caveiras. Hel e eu somos caveiras seniores — completando nosso último ano de treinamento.

Os centuriões nos monitoram posicionados debaixo dos arcos que delimitam o pátio, com chicote nas mãos, enquanto esperam pela chegada da comandante de Blackcliff. Eles esperam imóveis como estátuas, suas máscaras há muito tempo fundidas a seus traços, qualquer aparência de emoção uma memória distante.

Coloco a mão sobre minha máscara, e meu desejo é arrancá-la, mesmo que por um minuto. Assim como meus colegas, recebi a máscara em meu primeiro dia como cadete, quando tinha catorze anos. Diferentemente do resto dos estudantes — e para o desalento de Helen —, a prata líquida e lisa ainda não se dissolveu em minha pele como deveria. Provavelmente porque tiro a maldita coisa sempre que estou sozinho.

Eu odiei a máscara desde o dia em que um adivinho — um homem santo do Império — a passou para mim em uma caixa aveludada. Odeio como ela se apropria de mim como uma espécie de parasita. Odeio como ela se pressiona contra meu rosto, moldando-se à minha pele.

Sou o único estudante cuja máscara ainda não se fundiu à pele — algo que meus inimigos adoram ressaltar. Mas ultimamente a máscara começou a contra-atacar, forçando o processo de fusão ao enfiar minúsculos filamentos em minha nuca. Isso me provoca coceiras e me faz sentir como se eu não fosse mais eu mesmo. Como se nunca mais eu possa voltar a ser.

— Veturius. — O tenente magricelo e ruivo do pelotão de Hel, Demetrius, me chama enquanto assumimos nossa posição com os outros caveiras seniores. — Quem é? Quem é o desertor?

— Não sei. Dex e a guarnição auxiliar o trouxeram para cá. — Olho ao redor à procura de meu tenente, mas ele ainda não chegou.

— Ouvi dizer que é um novilho. — Demetrius olha fixamente para um tronco de madeira que se destaca das pedras manchadas de sangue escuro do pavimento na base da torre. O poste de açoitamento. — Um mais velho. Do quarto ano.

Helene e eu trocamos um olhar. O irmão menor de Demetrius também tentou desertar no quarto ano em Blackcliff, quando tinha apenas dez anos. Ele permaneceu três horas do lado de fora dos portões antes que os legionários o trouxessem para ter com a comandante — mais que a maioria.

— Talvez tenha sido um caveira. — Helene examina as fileiras dos estudantes mais velhos, tentando ver se está faltando alguém.

— Talvez tenha sido Marcus — diz Faris, um membro do meu pelotão de batalha que se sobressai em altura, com um largo sorriso e o cabelo loiro despontando em um topete rebelde. — Ou Zak.

Infelizmente não. Marcus, de pele escura e olhos amarelados, está de pé na primeira fileira com seu irmão gêmeo, Zak, o segundo a nascer, mais baixo e mais claro, mas tão perverso quanto. O Cobra e o Sapo, como Hel os chama.

A máscara de Zak ainda não se prendeu completamente em torno dos olhos, mas a de Marcus se ajustou tão completamente que todos os seus traços — mesmo a saliência de suas sobrancelhas — são claramente visíveis debaixo dela. Se Marcus tentasse remover a máscara agora, arrancaria metade do rosto com ela. O que representaria uma melhora.

Como se sentisse que Helene o observa, Marcus se vira e a mira com um olhar predatório de propriedade que faz minhas mãos comicharem para estrangulá-lo.

Nada fora do comum, lembro a mim mesmo. *Nada que o faça se destacar.*

Eu me forço a desviar o olhar. Atacar Marcus na frente de toda a escola definitivamente seria algo fora do comum.

Helene nota o olhar malicioso de Marcus. Suas mãos se cerram em punhos ao longo do corpo, mas, antes que ela possa ensinar ao Cobra uma lição, o sargento entra no pátio marchando.

— ATENÇÃO!

Três mil corpos giram para frente, três mil pares de botas se juntam ao mesmo tempo, três mil costas se esticam como se puxadas pela mão de um titereiro. No silêncio que se segue, é possível ouvir até uma gota cair.

Mas não ouvimos a comandante da Academia Militar Blackcliff se aproximar; nós a sentimos como se sente uma tempestade chegando. Ela se movimenta em silêncio, emergindo dos arcos como uma gata selvagem de pelos claros. Suas vestes são todas negras, da jaqueta justa do uniforme até as botas com pontas de aço. O cabelo loiro está preso, como sempre, em um coque firme na nuca.

Ela é a única mulher Máscara viva — pelo menos até Helene se formar, amanhã. Mas, diferentemente de Helene, a comandante exala um frio mortal, como se seus olhos cinzentos e seus traços marcantes fossem entalhados das profundezas de uma geleira.

— Tragam o acusado — ela diz.

Uma dupla de legionários aparece marchando por detrás da torre, arrastando uma forma pequena e manca. Ao meu lado, Demetrius fica tenso. Os rumores estavam certos — o desertor é um novilho do quarto ano, não tem mais do que dez anos. O sangue escorre por seu rosto e desaparece no colarinho de seu uniforme negro. Quando os soldados o largam diante da comandante, ele não se mexe.

O rosto prateado da comandante não revela nada enquanto ela observa o novilho no chão. Mas sua mão se afasta para a chibata com ferrões no cinto, feita de pau-ferro roxo-escuro. Ela não a pega. Não ainda.

— Novilho do quarto ano Falconius Barrius — sua voz ecoa, embora soe suave, quase dócil. — Você abandonou o seu posto em Blackcliff sem intenção de retornar. Explique-se.

— Não há explicação, sra. comandante. — Ele pronuncia as palavras que todos dissemos à comandante uma centena de vezes, as únicas que você pode dizer em Blackcliff quando fez uma besteira enorme.

34

É um desafio manter o rosto impassível, eliminar a emoção dos olhos. Barrius está prestes a ser punido pelo crime que vou cometer daqui a menos de trinta e seis horas. Poderia ser eu ali. Ensanguentado. Destruído.

— Vamos perguntar aos seus pares a opinião deles. — A comandante vira o olhar para nós, e é como ser atingido por um vento gelado. — O novilho Barrius é culpado de traição?

— Sim, senhora! — O grito balança o pavimento de lajes, irado em sua ferocidade.

— Legionários — diz a comandante. — Levem-no para o poste.

O rugir resultante dos alunos tira Barrius de seu estupor e, enquanto os legionários o amarram ao poste de açoitamento, ele se contorce e esperneia.

Seus colegas novilhos do quarto ano, os mesmos garotos com quem ele lutou, suou e sofreu durante anos, pisam com força o pavimento de lajes com suas botas e erguem os punhos cerrados no ar. Na fila dos caveiras seniores à minha frente, Marcus grita sua aprovação, os olhos acesos com uma alegria profana. Ele encara a comandante com uma reverência reservada às divindades.

Sinto olhos grudados em mim. À minha esquerda, um dos centuriões observa. *Nada fora do comum.* Levanto o punho e torço com os outros, odiando a mim mesmo.

A comandante saca sua chibata e a acaricia como a um amante. Então a lança, e ela assobia nas costas de Barrius. A respiração entrecortada do garoto ecoa através do pátio, e todos os estudantes caem em silêncio, unidos em um momento comum, ainda que breve, de pena. As regras de Blackcliff são tão numerosas que é impossível não descumpri-las pelo menos algumas vezes. Todos já estivemos amarrados àquele poste antes. Todos já sentimos o estalo do chicote da comandante.

O silêncio não dura. Barrius grita, e os estudantes uivam em resposta, zombando dele. Marcus é o mais ruidoso, inclinando-se para frente, praticamente cuspindo de excitação. Faris troveja sua aprovação. Até Demetrius consegue emitir um grito ou dois, seus olhos verdes inexpressivos e distantes, como se ele estivesse em algum outro lugar. Ao meu lado,

Helene vibra, mas não há alegria em sua expressão, apenas uma tristeza severa. As regras de Blackcliff demandam que ela expresse ira diante da traição do desertor, então ela o faz.

A comandante parece indiferente ao clamor, concentrada que está em seu trabalho. Seu braço sobe e desce com a graça de uma dançarina. Ela dá a volta em Barrius à medida que as pernas magras do garoto começam a se encolher, pausando entre uma e outra chibatada, sem dúvida pensando como poderá tornar a próxima mais dolorosa que a anterior.

Após vinte e cinco chibatadas, ela pega o novilho pelo pescoço débil e o vira.

— Olhe para eles — diz. — Encare os homens que você traiu.

Os olhos de Barrius suplicam ao pátio, à procura de qualquer pessoa disposta a ter um pouco de pena. Ele deveria saber melhor. Seu olhar desaba para o pavimento de lajes.

A vibração continua, e o chicote desce novamente. E mais uma vez. Barrius cai sobre as pedras brancas, e uma poça de sangue se espalha à sua volta rapidamente. Seus olhos piscam em descompasso. Espero que sua mente não esteja mais ali. Espero que ele não consiga sentir mais nada.

Eu me obrigo a observar. *É por isso que você está indo embora, Elias. Para nunca mais fazer parte disso.*

Um gemido gorgolejante verte da boca de Barrius. A comandante deixa cair o braço, e o pátio fica em silêncio. Vejo o desertor respirando. Inspirando uma vez. Expirando. E então nada. Ninguém comemora. O dia amanhece, e os raios do sol desenham o céu acima da torre de ébano de Blackcliff como dedos ensanguentados, tingindo todos no pátio com um tom vermelho sombrio.

A comandante limpa a chibata no uniforme de Barrius antes de guardá-lo no cinto.

— Levem-no para as dunas — ela ordena aos legionários. — Para os abutres. — Então volta o olhar para todos nós. — O dever primeiro, até a morte. Quem trair o Império será pego e pagará por isso. Dispensados.

As filas de estudantes se dissolvem. Dex, que havia trazido o desertor, deixa o pátio em silêncio, seu rosto sombriamente belo um tanto enojado.

Faris se arrasta atrás dele sem dúvida para dar um tapinha em suas costas e sugerir que esqueça os problemas em um bordel. Demetrius caminha desolado e sozinho, e sei que ele está se lembrando daquele dia, dois anos atrás, quando foi forçado a ver o irmão caçula morrer exatamente como Barrius. Sei também que ele não estará em condições de conversar durante horas. Os outros estudantes escoam para fora do pátio rapidamente, ainda discutindo o açoitamento.

— ... apenas trinta chibatadas, que fracote...

— ... você o ouviu ofegando? Parecia uma garotinha assustada...

— Elias. — A voz de Helene é suave, assim como o toque de sua mão em meu braço. — Vamos embora. Desse jeito a comandante vai te ver.

Ela está certa. Todos estão indo embora, e eu também deveria ir.

Mas não consigo.

Ninguém olha para os restos sangrentos de Barrius. Ele é um traidor. Ele não é nada. Mas alguém deve ficar. Alguém deve chorar por ele, mesmo que por um momento.

— Elias — diz Helene, com um tom urgente agora. — Mexa-se. Ela vai te ver.

— Preciso de um minuto — respondo. — Pode ir.

Ela quer argumentar comigo, mas sua presença chama atenção, e não estou cedendo. Helene vai embora com um último olhar sobre o ombro. Quando não está mais ali, ergo a cabeça e vejo a comandante me observando.

Nós nos encaramos através do pátio comprido, e fico chocado pela centésima vez ao me dar conta de como somos diferentes. Eu tenho cabelo preto, ela loiro. Minha pele é de um marrom-dourado, a dela é branca como giz. Sua boca é sempre desaprovadora, enquanto eu pareço entretido mesmo quando não estou. Tenho ombros largos e mais de um metro e oitenta, enquanto ela é mais baixa até que uma erudita, com formas enganosamente graciosas.

Mas qualquer um que nos veja parados lado a lado pode dizer o que ela é minha. Herdei de minha mãe as maçãs do rosto salientes e os olhos cinza-claros. Assim como o instinto e a velocidade implacáveis que me tornam o melhor estudante que Blackcliff viu em duas décadas.

Mãe. Não é a palavra certa. *Mãe* evoca calor, amor e doçura. Não abandono no deserto tribal horas depois do nascimento. Não anos de silêncio e ódio ferrenho.

Ela me ensinou muitas coisas, essa mulher que me pariu. Controle é uma delas. Abafo a fúria e o asco, esvaziando-me de todos os sentimentos. Ela franze o cenho, esboça um ligeiro torcer de boca e leva a mão ao pescoço, os dedos seguindo as espirais da estranha tatuagem azul que sai de seu colarinho.

Espero que ela se aproxime e exija saber por que ainda estou ali, por que a desafio com meu olhar fixo. Mas ela não o faz. Em vez disso, me observa por um momento mais antes de se virar e desaparecer por baixo dos arcos.

O sino bate seis horas, e os tambores ressoam surdos. *Todos os estudantes se apresentem no refeitório.* Ao pé da torre, os legionários levantam do chão o que restou de Barrius e o levam embora.

O pátio fica em silêncio. Sozinho ali, encaro a poça de sangue onde antes havia um garoto, gelado por saber que, se eu não tomar cuidado, vou acabar exatamente como ele.

V
LAIA

O silêncio das catacumbas é tão vasto e sinistro quanto uma noite sem luar. O que não quer dizer que os túneis estejam vazios; tão logo passo pela grade, um rato corre zunindo sobre meus pés descalços, e uma aranha clara do tamanho de um punho desce por um fio a centímetros do meu rosto. Mordo a mão para não gritar.

Salve Darin. Encontre a Resistência. Salve Darin. Encontre a Resistência.

Às vezes sussurro as palavras. Na maior parte do tempo, eu as cantarolo em minha cabeça. Elas me mantêm em movimento, um amuleto para afastar o medo que mordisca minha mente.

Não tenho certeza, realmente, do que devo procurar. Um acampamento? Um esconderijo? Qualquer sinal de vida que não seja um roedor?

Tendo em vista que a maior parte das guarnições do Império está localizada a leste do Bairro dos Eruditos, eu me dirijo para oeste. Mesmo neste lugar abandonado pelos céus, posso apontar com absoluta certeza para onde o sol nasce e onde se põe, para a capital do Império ao norte, Antium, e para Navium, o principal porto, ao sul. É um sentido que tenho desde que me entendo por gente. Mesmo quando eu era criança e Serra parecia uma imensidão para mim, sempre fui capaz de me localizar.

Isso me dá coragem — pelo menos não vou vagar em círculos.

Por um tempo, o brilho do sol vaza para os túneis através das grades da catacumba, iluminando fracamente o chão. Abraço as paredes cheias de criptas e contenho o enjoo por causa do forte cheiro de ossos em decomposição. Uma cripta é um bom lugar para se esconder se uma patrulha marcial se aproximar. *Ossos são apenas ossos*, digo a mim mesma. *Mas uma patrulha é capaz de matar.*

À luz do dia, é mais fácil afastar minhas dúvidas e me convencer de que vou encontrar a Resistência. Mas perambulo por horas, e finalmente a luz desaparece e a noite cai como uma cortina sobre meus olhos. Com ela, o medo adentra como uma cascata em minha mente, como um rio que rompeu a represa. Cada ruído surdo é um soldado auxiliar assassino, cada guincho uma horda de ratos. As catacumbas me engoliram como uma jiboia engole um camundongo. Estremeço, sabendo que tenho a chance de um camundongo de sobreviver aqui embaixo.

Salve Darin. Encontre a Resistência.

A fome dá um nó em meu estômago, e a sede me queima a garganta. Vejo uma tocha tremeluzindo ao longe e sinto uma vontade irresistível de ir em sua direção. Mas as tochas demarcam o território do Império, e os soldados auxiliares que recebem a missão de patrulhar os túneis são provavelmente plebeus, os mais baixos na hierarquia marcial. Se um grupo de Plebeus me pegar aqui embaixo, não quero nem pensar no que serão capazes de fazer.

Eu me sinto uma presa covarde, e é exatamente assim que o Império me vê — aliás, como vê todos os Eruditos. O imperador diz que os Eruditos são um povo livre que vive sob a sua benevolência, mas isso é uma grande piada. Não podemos ter propriedades ou frequentar escolas, e mesmo a menor transgressão resulta em escravidão.

Ninguém mais sofre tamanho rigor. Os Tribais são protegidos por um tratado; durante a invasão, eles aceitaram o domínio marcial em troca da livre circulação de seu povo. Os Navegantes são protegidos pela geografia e pela vasta quantidade de especiarias, carne e ferro que comercializam.

No Império, apenas os Eruditos são tratados como lixo.

Então desafie o Império, Laia, ouço a voz de Darin. *Salve-me. Encontre a Resistência.*

A escuridão desacelera meus passos. Estou praticamente rastejando. O túnel onde estou vai se estreitando, as paredes cada vez mais próximas.

O suor escorre por minhas costas e todo meu corpo estremece — odeio espaços pequenos. Minha respiração ecoa desigualmente. Em algum lugar à frente, a água cai em uma gota solitária. Quantos fantasmas assombram este lugar? Quantos espíritos vingativos vagam por estes túneis?

Pare, Laia. Não existem fantasmas. Quando criança, eu passava horas escutando os contadores de histórias tribais tecerem suas lendas a respeito das criaturas míticas: o Portador da Noite e seus colegas djinns; fantasmas, efrits, espectros e almas penadas.

Às vezes, as histórias invadiam meus pesadelos. Quando isso acontecia, era Darin quem acalmava meus temores. Diferentemente dos Tribais, os Eruditos não são supersticiosos, e Darin sempre teve um ceticismo saudável de Erudito. *Não existem fantasmas aqui, Laia,* ouço sua voz em minha cabeça e fecho os olhos, fingindo que ele está ao meu lado, permitindo-me ser tranquilizada por sua presença firme. *Não existem espectros também. Não existe nada disso.*

Minha mão vai até o bracelete, como sempre faz quando preciso de força. Ele está enegrecido de manchas, mas prefiro assim; chama menos atenção. Tateio o padrão na prata, uma série de linhas conectadas, e que conheço tão bem que vejo em sonhos.

Minha mãe me deu esse bracelete da última vez em que a vi, quando eu tinha cinco anos. É uma das poucas memórias claras que tenho dela — o cheiro de canela em seu cabelo, o brilho em seus olhos como um mar revolto.

— Guarde esse bracelete para mim, cigarrinha. Só uma semana. Só até eu voltar.

O que ela diria agora, se soubesse que guardei o bracelete em segurança, mas perdi seu filho? Que salvei meu pescoço e sacrifiquei o do meu irmão?

Conserte as coisas. Salve Darin. Encontre a Resistência. Solto o bracelete e sigo em frente aos tropeços.

Um sussurro. Um raspar de botas na pedra. Se as criptas não fossem silenciosas, duvido que os tivesse notado, pois os ruídos são muito baixos. Baixos demais para um soldado auxiliar. Furtivos demais para a Resistência. Será um Máscara?

Meu coração bate forte e dou um giro, procurando na escuridão fechada. Máscaras podem rondar pela escuridão tão facilmente como se fossem parte espectros. Espero, congelada, mas as catacumbas caem no silêncio novamente. Não me mexo. Não respiro. Não ouço nada.

Rato. Não é apenas um rato. *Talvez seja um realmente grande...*

Quando tomo coragem para dar outro passo, sinto um odor de couro e de fumaça — cheiros humanos. Eu me agacho e tateio o chão em busca de uma arma — uma pedra, um pedaço de pau, um osso —, qualquer coisa para manter afastado quem quer que esteja me seguindo. Então algo risca uma pedra, um ruído sibilante corta o ar e, um momento depois, uma tocha pega fogo.

Fico parada e protejo o rosto com as mãos. A impressão da chama pulsa por trás de minhas pálpebras. Quando forço os olhos a se abrir, diviso meia dúzia de figuras com capuz em um círculo à minha volta, todos com o arco carregado e apontado para o meu coração.

— Quem é você? — diz uma delas, dando um passo à frente. Embora sua voz seja fria e impessoal como a de um legionário, ele não tem a largura e a altura de um Marcial. Seus braços nus são firmes de músculos e ele se movimenta com uma graça natural. Uma faca repousa em uma das mãos, como uma extensão de seu corpo, e ele segura a tocha na outra. Tento encontrar seus olhos, mas eles estão escondidos pelo capuz.

— Fale.

— Eu... — Depois de horas de silêncio, mal consigo emitir um grasnado. — Estou procurando...

Por que eu não pensei nisso? Não posso dizer a eles que estou procurando a Resistência. Nem uma pessoa com meio cérebro admitiria estar procurando os rebeldes.

— Reviste-a — o homem diz quando não prossigo.

Outra silhueta, magra e feminina, joga o arco para as costas. A tocha crepita atrás dela, lançando seu rosto em uma sombra profunda. Ela parece pequena demais para ser uma Marcial, e a pele das mãos não é escura como a de uma Navegante. Provavelmente é uma Erudita ou uma Tribal. Talvez eu possa conversar com ela.

— Por favor — digo. — Eu preciso...

— Cale a boca — diz o homem que havia falado antes. — Sana, algo?

Sana. Um nome erudito, curto e simples. Se ela fosse Marcial, seu nome seria Agrippina Cassius, ou Chrysilla Aroman, ou algo igualmente longo e pomposo.

Mas só porque ela é uma Erudita, não significa que eu esteja segura. Já ouvi rumores de ladrões eruditos que se escondem nas catacumbas e aparecem do nada pelas grades para atacar e normalmente matar quem quer que esteja próximo, antes de recuar para o seu covil.

Sana corre as mãos sobre minhas pernas e braços.

— Um bracelete — ela diz. — Talvez seja de prata. Não sei dizer.

— Vocês não vão levar isso! — Eu me desvencilho dela, e os arcos dos ladrões, que haviam baixado um grau, sobem de novo. — Por favor, me deixem ir. Sou uma Erudita. Sou uma de vocês.

— Termine com isso — diz o homem. Então sinaliza para o resto do bando e eles começam a voltar furtivamente para os túneis.

— Sinto muito — Sana suspira, mas tem uma adaga na mão agora. Recuo um passo.

— Não. Por favor. — Cerro os dedos para esconder o tremor. — Era da minha mãe. É a única coisa que restou da minha família.

Sana baixa a faca, mas então o líder dos ladrões a chama e, vendo sua hesitação, avança bravo em nossa direção. No mesmo instante, um de seus homens sinaliza para ele.

— Keenan, olhe. Patrulha auxiliar.

— Em pares. Dispersar. — Keenan baixa a tocha. — Se alguém for seguido, leve a patrulha para longe da base, ou responderá por isso. Sana, pegue a prata da garota e vamos embora.

— Não podemos deixá-la — diz Sana. — Eles vão encontrá-la. Você sabe o que vão fazer.

— Não é problema nosso.

Sana não se mexe, e Keenan enfia a tocha em suas mãos. Quando ele me pega pelo braço, ela se coloca entre nós.

— Nós precisamos de prata, sim — diz. — Mas não do nosso próprio povo. Deixe a garota.

A cadência inconfundível, marcada, de vozes marciais chega até nós pelo túnel. Eles não viram a luz da tocha ainda, mas é só questão de tempo.

— Maldição, Sana. — Keenan tenta dar a volta na mulher, mas ela o afasta com um empurrão surpreendentemente forte e seu capuz cai. Quando a luz da tocha ilumina o rosto de Sana, fico boquiaberta. Não por ela ser mais velha do que eu achava ou por sua feroz animosidade, mas porque, em seu pescoço, vejo uma tatuagem de punho fechado erguido com uma chama por trás. Abaixo do desenho, a palavra "Izzat".

— Você... você é... — Não consigo dizer as palavras. Os olhos de Keenan caem sobre a tatuagem e ele pragueja.

— Agora você conseguiu — ele diz a Sana. — Não podemos deixar a garota aqui. Se ela disser que nos viu, eles vão invadir esses túneis até nos encontrar.

Ele apaga a tocha de maneira brutalmente rápida e agarra meu braço, puxando-me atrás de si. Quando tropeço e bato em suas costas duras, ele vira a cabeça bruscamente, e, por um segundo, vejo o brilho irado de seus olhos. Seu cheiro, forte e enfumaçado, sopra sobre mim.

— Descul...

— Fique quieta e veja onde pisa. — Ele está mais próximo do que eu achava, sua respiração quente contra o meu ouvido. — Ou vou te derrubar e te deixar desmaiada em uma das criptas. Agora mexa-se. — Mordo o lábio e sigo, tentando ignorar sua ameaça e focar na tatuagem de Sana.

Izzat. É rei antigo, a língua falada pelos Eruditos antes de os Marciais invadirem e forçarem todos a falar serrano. Izzat significa muitas coisas. Força, honra, orgulho. Mas no último século passou a significar algo específico: liberdade.

Este não é um bando de ladrões. É a Resistência.

VI
ELIAS

Os gritos de Barrius não saem da minha cabeça por horas. Vejo seu corpo cair, ouço a rouquidão de sua última respiração, sinto o cheiro de seu sangue sobre as pedras da laje.

Mortes de estudantes não me atingem dessa maneira normalmente. Não deveriam — a morte é uma velha amiga. Ela caminhou ao lado de todos nós em Blackcliff em algum momento. Mas observar Barrius morrer foi diferente. Pelo resto do dia, fico irritado e distraído.

Meu humor estranho não passa despercebido. Enquanto caminho penosamente para o treinamento de combate com um grupo de outros caveiras seniores, percebo que Faris acabou de me fazer uma pergunta pela terceira vez.

— Olhando para você, tenho a impressão de que a sua puta favorita pegou sífilis — ele diz enquanto resmungo um pedido de desculpas. — Qual o seu problema, afinal?

— Nenhum. — Percebo tarde demais como soo irado, muito diferente do que se poderia esperar de um caveira prestes a se tornar um Máscara. Eu deveria estar empolgado, animado com a expectativa.

Faris e Dex trocam um olhar cético, e reprimo um palavrão.

— Tem certeza? — pergunta Dex. Ele é um seguidor de regras, o Dex. Sempre foi. Toda vez que olha para mim, sei que ele se pergunta por que minha máscara não aderiu ao meu rosto ainda. *Não enche o saco*, quero dizer a ele. Então lembro a mim mesmo que ele não está se intrometendo. Ele é meu amigo, e está preocupado de verdade. — Hoje de manhã — ele diz —, durante o açoitamento, você estava...

— Ei, deixem o pobre homem. — Helene se aproxima tranquilamente, abrindo um sorriso para Dex e Faris e jogando um braço descuidado sobre meus ombros enquanto entramos na armaria. Ela anui para uma estante de cimitarras. — Vá em frente, Elias, pegue a sua arma. Desafio você, melhor de três.

Ela se vira para os outros e murmura algo enquanto me afasto. Ergo uma cimitarra de treino, sem corte, e confiro seu equilíbrio. Um momento mais tarde, sinto a presença serena de Helene ao meu lado.

— O que você contou a eles? — pergunto.

— Que o seu avô anda pegando no seu pé.

Assinto. As melhores mentiras vêm da verdade. Meu avô é um Máscara e, como a maioria dos Máscaras, nunca está satisfeito com nada menos que a perfeição.

— Obrigado, Hel.

— De nada. Agora se recomponha. — Ela cruza os braços diante de meu cenho franzido. — Dex é o tenente do seu pelotão, e você não o elogiou após ele ter capturado um desertor. Ele notou isso. O pelotão inteiro notou. E, durante o açoitamento, você não estava... conosco.

— Se está dizendo que eu não estava uivando pelo sangue de um garoto de dez anos, você está certa.

Os olhos de Helene se estreitam o suficiente para que eu saiba que alguma parte dela simpatiza comigo, mesmo que jamais admita.

— Marcus viu você ficar para trás depois do açoitamento. Ele e Zak estão dizendo para todo mundo que você achou a punição dura demais.

Dou de ombros. Como se eu me importasse com o que o Cobra e o Sapo dizem a meu respeito.

— Não seja idiota. Marcus adoraria sabotar o herdeiro da Gens Veturia um dia antes da formatura. — Ela se refere à minha casa familiar, uma das mais antigas e respeitadas no Império, por seu título formal. — Ele está praticamente acusando você de rebelião.

— Ele sempre me acusa de rebelião.

— Mas dessa vez você fez algo para merecer.

Meus olhos a encaram e, por um momento tenso, acho que ela sabe de tudo. Mas não há raiva ou julgamento em sua expressão. Apenas preocupação.

Ela conta meus pecados nos dedos:

— Você é o líder do esquadrão em vigília, no entanto não traz Barrius em pessoa. O seu tenente faz isso por você, e você não o elogia. Depois mal disfarça o ar de desaprovação quando o desertor é punido. Sem falar que falta um dia para a formatura e a sua máscara mal começou a se fundir a você.

Helene espera por uma resposta e, quando não dou nenhuma, suspira.

— Até você pode entender o que isso parece, Elias, a não ser que seja mais burro do que aparenta. Se Marcus denunciar você para a Guarda Negra, talvez eles tenham provas suficientes para te fazer uma visita.

Um formigar de inquietação desce por minha nuca. A Guarda Negra tem a missão de assegurar a lealdade aos militares. Seus membros usam o emblema de um pássaro, e seu líder, uma vez escolhido, abre mão do próprio nome, atendendo simplesmente como Águia de Sangue. Ele é o braço direito do imperador e o segundo homem mais poderoso do Império. O atual Águia de Sangue tem o hábito de torturar primeiro e fazer perguntas depois. Uma visita à meia-noite desses canalhas de armadura negra ia me mandar para a enfermaria por semanas. E meu plano inteiro estaria arruinado.

Tento não encarar Helene. Deve ser bom acreditar tão fervorosamente no que o Império impõe às pessoas. Por que eu não posso simplesmente ser como ela — como todos os outros? Porque minha mãe me abandonou? Porque passei os primeiros seis anos de minha vida com Tribais que me ensinaram a piedade e a compaixão, em vez da brutalidade e do ódio? Porque meus amigos de infância eram crianças tribais, navegantes e eruditas, em vez de ilustres?

Hel me passa uma cimitarra.

— Entre em linha — ela diz. — Por favor, Elias. Só mais um dia. Então estaremos livres.

Certo. Livres para nos apresentar ao trabalho como servos plenos do Império, após o que lideraremos homens para morrer nas intermináveis guerras de fronteira com Selvagens e Bárbaros. Aqueles de nós que não forem mandados para a fronteira receberão comandos na cidade, onde caçaremos combatentes da Resistência ou Navegantes espiões. Nós seremos livres, certamente. Livres para saudar o imperador. Livres para estuprar e matar.

Engraçado como isso não me parece liberdade.

Fico em silêncio. Helene está certa. Estou chamando atenção demais para mim mesmo, e Blackcliff é o pior lugar para fazer isso. Estudantes aqui são tubarões famintos quando o assunto é rebelião. Ao menor indício, estão todos em cima de você.

Pelo resto do dia, faço meu melhor para agir como um Máscara prestes a se formar — convencido, bruto, violento. É como se eu me cobrisse de sujeira.

Quando volto para o quarto — que mais parece uma cela — à noite, durante alguns preciosos minutos de tempo livre, arranco a máscara e a jogo sobre meu catre, suspirando quando o metal líquido solta sua pressão.

Diante da visão de meu reflexo na superfície polida da máscara, faço uma careta. Mesmo com os cílios grossos e negros de que Faris e Dex adoram zombar, meus olhos são tão parecidos com os de minha mãe que odeio vê-los. Não sei quem é meu pai, e não me importo mais, porém, pela centésima vez, gostaria que ele ao menos tivesse me dado seus olhos.

Assim que eu escapar do Império, isso não terá mais importância. As pessoas verão meus olhos e pensarão *Marcial* em vez de *comandante*. Uma profusão de Marciais vaga pelo sul, atuando como comerciantes, mercenários e artesãos. Serei mais um em meio a centenas.

Lá fora, o sino bate oito vezes. Doze horas até a formatura. Treze até a cerimônia ter terminado. Mais uma para amabilidades. A Gens Veturia é uma casa distinta, e meu avô vai querer que eu cumprimente dezenas de pessoas. Mas em algum momento eu pedirei licença, e então...

Liberdade. Finalmente.

Nenhum estudante jamais desertou após se formar. Por que desertariam? É o inferno de Blackcliff que faz com que os alunos fujam. Mas, depois que saímos, recebemos nossos próprios comandos, nossas próprias missões. Ganhamos dinheiro, status, respeito. Mesmo o Plebeu nascido na família de menor expressão pode se casar com alguém hierarquicamente superior se se tornar um Máscara. Ninguém de bom senso viraria as costas para isso, especialmente depois de quase uma década e meia de treinamento.

Razão pela qual amanhã é o momento perfeito para fugir. Os dois dias depois da formatura são uma loucura — festas, jantares, bailes, banquetes. Se eu desaparecer, ninguém vai pensar em me procurar por pelo menos um dia. Vão presumir que eu bebi até cair na casa de um amigo.

A passagem que segue por baixo da lareira até as catacumbas de Serra pulsa no canto de minha visão. Levei três meses para cavar aquele maldito túnel. Outros dois para fortificá-lo e escondê-lo dos olhos intrometidos das patrulhas auxiliares. E dois meses mais para mapear a rota através das catacumbas e para fora da cidade.

Sete meses de noites insones, espiando sobre o ombro e tentando agir normalmente. Se eu escapar, terá valido a pena.

Os tambores ressoam, sinalizando o começo do banquete de formatura. Segundos mais tarde, ouço uma batida em minha porta. *Que inferno.* Eu deveria me encontrar com Helene do lado de fora da caserna, e não estou nem vestido ainda.

Helene bate de novo.

— Elias, pare de pentear os cílios e saia daí. Estamos atrasados.

— Espere — eu digo. Enquanto tiro o uniforme, a porta se abre e Helene entra a passos largos. Um rubor sobe em seu pescoço diante de minha nudez, e ela desvia o olhar. Ergo uma sobrancelha. Helene já me viu nu dezenas de vezes — quando ferido, doente ou sofrendo em um dos cruéis exercícios de treinamento de força da comandante. A essa altura, me ver despido não deveria lhe causar nada mais que um revirar de olhos e um lançar-me a camisa.

— Ande logo, está bem? — Ela se esforça para romper o silêncio que caiu sobre nós. Pego meu uniforme de gala e o aboto rapidamente, tenso com o constrangimento dela. — Os caras já foram na frente. Disseram que guardariam lugares para nós.

Helene coça a tatuagem de Blackcliff que tem na nuca — um diamante negro de quatro lados com cantos curvos, tatuado em cada aluno após sua chegada à academia. Ela suportou as agulhas melhor que a maioria dos nossos colegas de classe, estoica e sem lágrimas, enquanto o restante de nós choramingava.

Os adivinhos nunca explicaram por que escolhem apenas uma garota por geração para Blackcliff. Nem mesmo para Helene. Qualquer que seja a razão, está claro que eles não fazem a escolha ao acaso. Helene pode ser a única garota aqui, mas há um motivo para ela estar em terceiro lugar na nossa classe. É o mesmo motivo que convenceu logo de saída os valentões a deixarem-na em paz. Ela é esperta, ágil e implacável.

Agora, em seu uniforme negro, com a trança reluzente dando a volta na cabeça como uma coroa, ela está tão linda quanto a primeira neve do inverno. Observo quando ela passa os dedos longos na nuca e lambe os lábios. Então me pergunto como seria beijar aquela boca, grudá-la na parede e pressionar meu corpo contra o dela, tirar os grampos de seu cabelo, sentir a suavidade dos cachos entre meus dedos.

— Hã... Elias?

— Hum... — Percebo que a encarava e saio do transe. *Fantasiando sobre sua melhor amiga, Elias. Que patético.* — Desculpa. Só estou... cansado. Vamos.

Hel me olha de maneira estranha e aponta para minha máscara, ainda largada sobre a cama.

— Acho que você vai precisar daquilo.

— Certo.

Aparecer em público sem a máscara é um delito punível com açoitamento. Não vi nenhum caveira sem máscara desde que tínhamos catorze anos. Exceto Hel, nenhum deles viu meu rosto também.

Coloco a máscara e tento não estremecer com a ânsia com a qual ela se liga a mim. *Falta um dia.* Então vou tirá-la para sempre.

O pôr do sol ressoa com trovões quando emergimos da caserna. O céu azul escurece para um tom violeta, e o ar abrasador do deserto esfria. As sombras da noite se misturam às pedras escuras de Blackcliff, fazendo com que os prédios em blocos pareçam estranhamente grandes. Meus olhos vagueiam pelas sombras, procurando ameaças, um hábito de meus anos como um cinco. Por um instante, sinto que as sombras olham de volta para mim, mas a sensação desaparece.

— Você acha que os adivinhos vão aparecer na formatura? — pergunta Hel.

Não, eu quero dizer. Nossos homens sagrados têm coisas melhores para fazer, como se trancar em cavernas e ler as entranhas de ovelhas.

— Duvido — é tudo que digo.

— Acho que vira um tédio depois de quinhentos anos. — Helene diz isso sem um traço de ironia, e me encolho com a absoluta idiotice da ideia. Como alguém tão inteligente quanto Helene pode realmente acreditar que os adivinhos são imortais?

Mas ela não é a única. Os Marciais acreditam que o "poder" dos adivinhos vem de serem possuídos pelos espíritos dos mortos. Os Máscaras, em particular, reverenciam os adivinhos, pois são estes que decidem que crianças marciais estudarão em Blackcliff. São eles que nos dão nossas máscaras. E somos ensinados que foram os adivinhos que construíram Blackcliff em um único dia, cinco séculos atrás.

Existem apenas catorze dos canalhas de olhos vermelhos, mas, nas raras ocasiões em que eles aparecem, todos os reverenciam. Muitos dos líderes do Império — generais, o Águia de Sangue e mesmo o imperador — fazem uma peregrinação anual ao covil dos adivinhos, na montanha, em busca de conselhos sobre questões de Estado. E, embora seja claro para qualquer um com um pingo de razão que eles são um bando de charlatões, são idealizados por todo o Império não apenas como imortais, mas como oráculos e médiuns.

A maioria dos estudantes de Blackcliff vê os adivinhos apenas duas vezes na vida: quando somos escolhidos para a academia e quando recebemos nossas máscaras. Mas Helene sempre teve um fascínio particular pelos homens sagrados, e não causa surpresa que ela desejasse que eles fossem à formatura.

Respeito Helene, mas, quanto a isso, não concordamos. Os mitos marciais são tão críveis quanto as fábulas tribais dos djinns e do Portador da Noite.

Meu avô é um dos poucos Máscaras que não acreditam na bobagem dos adivinhos, e repito seu mantra em minha cabeça: *O campo de batalha é o meu templo. A ponta da espada é o meu sacerdote. A dança da morte é a minha reza. O golpe fatal é a minha libertação.* Esse mantra foi tudo o que sempre precisei.

É necessário todo meu controle para segurar a língua. Helene nota isso.

— Elias — ela diz. — Estou orgulhosa de você. — Seu tom é estranhamente formal. — Sei que você se empenhou. Sua mãe... — Ela olha em volta e baixa a voz. A comandante tem espiões por toda parte. — Sua mãe tem sido mais dura com você do que com os outros alunos. Mas você demonstrou a ela o seu valor. Trabalhou duro. E fez tudo certo.

Sua voz é tão sincera que, por um momento, hesito. Daqui a dois dias, ela não pensará esse tipo de coisa. Daqui a dois dias, ela me odiará.

Lembre-se de Barrius. Lembre-se do que é esperado de você após a formatura.

Dou um empurrão de leve em seu ombro.

— Você está virando uma garotinha emotiva, é isso?

— Esqueça, seu porco. — Ela me dá um soco no braço. — Eu só estava tentando ser legal.

Minha risada é falsamente entusiasmada. *Eles vão enviar você para me capturar quando eu fugir. Você e os outros, os homens que chamo de irmãos.*

Chegamos ao refeitório, e a cacofonia do ambiente nos atinge como uma onda — risos, garotos contando vantagem e a conversa estridente de três mil jovens prestes a sair de férias ou se formar. Nunca é tão barulhento quando a comandante está presente, e relaxo em um canto, satisfeito em evitá-la.

Hel me leva para uma das dezenas de mesas longas, onde Faris está brindando nossos amigos com o relato de sua última escapada aos bordéis perto do rio. Até Demetrius, sempre assombrado por seu irmão morto, abre um sorriso.

Faris olha de soslaio, de Helene para mim, sugestivamente.

— Vocês dois não fizeram questão de se apressar.

— Veturius estava se arrumando só para você. — Hel dá um encontrão no corpanzil de Faris a fim de afastá-lo para o lado, e nos sentamos. — Tive de arrastá-lo da frente do espelho.

O resto da mesa vaia, e Leander, um dos soldados de Hel, pede que Faris termine sua história. Ao meu lado, Dex discute com o segundo-tenente de Hel, Tristas. Ele é um garoto sério, de cabelos escuros e grandes olhos azuis enganosamente inocentes. O nome de sua noiva, Aelia, está tatuado em letras maiúsculas em seu bíceps.

Tristas se inclina para frente.

— O imperador tem quase setenta anos e não tem um herdeiro homem. Este pode ser *o* ano. O ano em que os adivinhos vão escolher um novo imperador. Uma nova dinastia. Eu estava falando com Aelia sobre isso...

— Todo ano alguém pensa que é *o* ano. — Dex revira os olhos. — Todo ano isso não acontece. Elias, fale para ele. Fale ao Tristas que ele é um idiota.

— Tristas, você é um idiota.

— Mas os adivinhos dizem...

Rio baixinho, e Helene me olha duramente. *Guarde suas dúvidas para si, Elias.* Então me ocupo em empilhar comida em dois pratos, empurrando um na direção dela.

— Aqui — digo. — Coma um pouco desse grude.

— O que é isso, afinal? — Hel cutuca a mistura e a cheira, hesitante. — Esterco de vaca?

— Sem choro — diz Faris de boca cheia. — Tenho pena dos cincos. Eles precisam voltar para isso após quatro anos felizes roubando fazendas.

— Tenho pena dos novilhos — rebate Demetrius. — Você consegue imaginar ter mais doze anos pela frente? Treze?

Do outro lado do salão, a maioria dos novilhos sorri, como todos os outros alunos. Mas alguns nos observam, como raposas com fome observariam um leão — famintos pelo que temos.

Imagino metade deles ausente, metade do riso silenciada, metade dos corpos fria. Pois é isso que vai acontecer nos anos de privação e tormento que eles têm adiante. E eles os enfrentarão vivendo ou morrendo, aceitando ou questionando a situação. Aqueles que a questionam normalmente são os que morrem.

— Eles não parecem se importar muito com Barrius. — As palavras saem de minha boca antes que eu possa evitar. Ao meu lado, o corpo de Helene fica rijo como gelo. Dex franze o cenho em desaprovação. Um comentário morre em seus lábios, e o silêncio cai sobre a nossa mesa.

— Por que se importariam? — Marcus se manifesta a uma mesa de distância, com Zak e um grupo de amigos próximos. — Aquele merda recebeu o que merecia. Só lamento que ele não tenha durado mais, para sofrer mais.

— Ninguém perguntou o que você acha, Cobra — disse Helene. — De qualquer maneira, o garoto está morto agora.

— Sorte dele. — Faris pega um garfo cheio de comida e o deixa cair de maneira pouco apetitosa no prato de aço. — Pelo menos ele não precisa mais comer essa gororoba.

Um riso baixo percorre a mesa, e a conversa é retomada. Mas Marcus fareja sangue, e sua maldade polui o ar. Zak vira o olhar para Helene e murmura algo para o irmão. Marcus o ignora e fixa seus olhos de hiena em mim.

— Você estava arrasado com aquele traidor hoje de manhã, Veturius. Era amigo seu?

— Não enche, Marcus.

— Você também tem passado muito tempo lá nas catacumbas.

— O que você quer dizer com isso? — Helene pousa a mão na arma, e Faris segura o braço dela.

Marcus a ignora.

— Pensando em dar no pé, Veturius?

Minha cabeça se levanta lentamente. *É um palpite. Ele só está especulando. Ele não tem como saber.* Tenho sido cuidadoso, e "cuidadoso" em Blackcliff se traduz como "paranoico" para a maioria das pessoas.

O silêncio cai sobre minha mesa e a de Marcus. *Negue, Elias. Eles estão esperando.*

— Você era o líder do esquadrão em vigília hoje de manhã, não era? — diz Marcus. — Você devia ter ficado feliz ao ver aquele traidor ser pego. Devia ter trazido o garoto você mesmo. Diga que ele mereceu, Veturius. Diga que Barrius mereceu o que teve.

Deveria ser fácil. Não acredito nisso, e é isso que importa. Mas minha boca não se move. As palavras não saem. Barrius não merecia ser açoitado até a morte. Ele era uma criança, um garoto com tanto medo de ficar em Blackcliff que arriscou tudo para escapar daqui.

O silêncio se dissemina. Alguns centuriões erguem o olhar da mesa principal. Marcus se levanta, e, como uma inundação, o humor no salão muda, tornando-se um misto de curiosidade e expectativa.

Filho da puta.

— É por isso que a sua máscara não aderiu a você? — pergunta Marcus. — Porque você não é um de nós? Diga, Veturius. Diga que o traidor mereceu o que teve.

— Elias — sussurra Helene, com os olhos suplicantes.

Entre em linha. Só mais um dia.

— Ele... — *Diga, Elias. Não muda nada se você disser.* — Ele mereceu.

Meus olhos cruzam friamente com os de Marcus, e ele abre um largo sorriso, como se soubesse quanto as palavras me custaram.

— Foi tão difícil assim, seu bastardo?

Fico aliviado quando ele me insulta. Isso me dá a desculpa que eu tanto queria. Avanço de um salto, com os punhos à frente, mas meus amigos já esperam por isso. Faris, Demetrius e Helene estão de pé e me seguram, uma parede irritante de negro e louro que me impede de apagar a murros aquele maldito sorriso do rosto de Marcus.

— Não, Elias — diz Helene. — A comandante vai te açoitar por começar uma briga. Marcus não vale isso.

— Ele é um bastardo...

— Na verdade, esse é você — diz Marcus. — Pelo menos eu sei quem é o meu pai. *Eu* não fui criado por um bando de Tribais montadores de camelos.

— Seu lixo plebeu...

— Caveiras seniores. — Um centurião abre caminho até nossa mesa. — Algum problema?

— Não, senhor — diz Helene. — Vá, Elias — ela murmura. — Vá tomar um ar. Eu cuido disso.

Meu sangue ainda ferve. Passo pelas portas do refeitório aos empurrões e me vejo no pátio da torre antes mesmo de saber para onde estou indo.

Como raios Marcus adivinhou que eu vou desertar? Quanto ele sabe? Não muito, ou eu já teria sido chamado para o gabinete da comandante a essa altura. Maldição, estou perto. Tão perto.

Ando pelo pátio, tentando me acalmar. O calor do deserto foi embora, e uma lua crescente paira baixa no horizonte, fina e vermelha como o sorriso de um canibal. Através dos arcos, as luzes de Serra brilham sombriamente, dezenas de milhares de lamparinas a óleo ofuscadas pela vasta escuridão do deserto circundante. Ao sul, uma nuvem de fumaça cala o brilho do rio. O cheiro de aço e forja passa como uma brisa, sempre presente em uma cidade conhecida somente por seus soldados e seus armamentos.

Eu gostaria de ter visto Serra antes de tudo isso, quando ela era a capital do Império Erudito. Sob o domínio dos Eruditos, os grandes prédios eram bibliotecas, em vez de casernas e salas de treinamento. A Rua dos Contadores de Histórias era repleta de palcos e teatros, em vez de um mercado de armas onde as únicas histórias que se contam agora são de batalhas e mortes.

É um desejo estúpido, como querer voar. Apesar de todo seu conhecimento de astronomia, arquitetura e matemática, os Eruditos sucumbiram diante da invasão do Império. A beleza de Serra há muito desapareceu. Ela é uma cidade marcial agora.

Acima, o firmamento brilha, o céu claro com a luz das estrelas. Uma parte de mim há muito tempo enterrada compreende que isso é beleza, mas sou incapaz de me maravilhar, como fazia quando garoto. À época, eu escalava jaqueiras pontiagudas para ficar mais perto das estrelas, certo de que alguns metros de altura me ajudariam a vê-las melhor. A época, meu mundo era a areia, o céu e o amor da tribo Saif, que me salvou do abandono. À época, tudo era diferente.

— Tudo muda, Elias Veturius. Você não é mais um garoto, mas um homem, com o fardo de um homem sobre os ombros e a escolha de um homem à sua frente.

Minha faca está em minhas mãos, embora eu não me lembre de tê-la sacado, e a seguro na garganta do homem de capuz ao meu lado. Anos de treinamento mantêm meu braço firme como uma rocha, mas minha mente gira. De onde surgiu esse homem? Eu juraria pela vida de todos em meu pelotão que ele não estava parado ali um segundo atrás.

— Quem raios é você?

Ele puxa o capuz para baixo e tenho minha resposta.

Um adivinho.

VII
LAIA

Corremos através das catacumbas, Keenan à minha frente, Sana nos meus calcanhares. Quando Keenan está convencido de que deixamos a patrulha auxiliar para trás, diminui o ritmo e grita para Sana me vendar.

Eu me encolho com a aspereza de seu tom. É isso que a Resistência virou? Esse bando de bandidos e ladrões? Como isso aconteceu? Doze anos atrás, os rebeldes estavam no auge do poder, aliando-se com as tribos e o rei de Marinn. Eles viviam seu código — o Izzat — lutando pela liberdade, protegendo os inocentes, elevando a lealdade a seu próprio povo acima de todo o resto.

Será que a Resistência não se lembra mais desse código? Na remota chance de que se lembrem, será que vão me ajudar? Eles podem me ajudar?

Você fará com que te ajudem, a voz de Darin soa novamente, forte e confiante, como quando ele me ensinou a subir em árvores ou a ler.

— Chegamos — Sana sussurra depois do que parecem horas. Ouço uma série de batidas e o raspar de uma porta se abrindo.

Ela me guia para frente, e uma aragem de ar frio me envolve, fresco como a primavera depois do mau cheiro das catacumbas. A luz entra pelos cantos da minha venda. O cheiro vívido e rico de tabaco sobe em espirais até meu nariz, e penso em meu pai, fumando um cachimbo enquanto desenhava efrits e almas penadas para mim. O que ele diria se me visse agora, em um esconderijo da Resistência?

Vozes sussurram e murmuram. Dedos quentes se prendem ao meu cabelo, e, um momento mais tarde, minha venda cai. Keenan está bem atrás de mim.

— Sana — ele diz. — Dê a ela uma folha de neem e a tire daqui. — Em seguida, ele se vira para outro combatente, uma garota um pouco mais velha que eu, que enrubesce quando ele fala com ela. — Onde está Mazen? Raj e Navid já se apresentaram?

— O que é uma folha de neem? — pergunto a Sana quando tenho certeza de que Keenan está longe o suficiente. Nunca ouvi falar disso, e conheço a maioria das ervas por causa do trabalho com meu avô.

— É um opiáceo. Vai fazer com que você esqueça as últimas horas. — Diante de meus olhos arregalados, ela balança a cabeça. — Não vou dar a você. Ainda não, pelo menos. Sente-se. Você está um caco.

A caverna em que estamos é tão escura que é difícil dizer o tamanho. Lanternas de fogo azul, normalmente encontradas nos melhores bairros ilustres, brilham aqui e ali, com tochas de piche tremeluzindo entre elas. O ar limpo da noite sopra através de uma constelação de buracos no teto de rocha, e consigo discernir as estrelas com alguma dificuldade. Devo estar nas catacumbas há quase um dia inteiro.

— Aqui venta muito. — Sana tira a capa, e o cabelo curto e escuro se espeta como o de um pássaro descontente. — Mas é o nosso lar.

— Sana, você voltou. — Um homem atarracado e de cabelos castanhos se aproxima e olha para mim com curiosidade.

— Tariq — Sana o cumprimenta. — Nós demos de cara com uma patrulha. Pegamos uma pessoa no caminho. Você pode trazer comida para ela? — Tariq desaparece e Sana gesticula para que eu me sente em um banco próximo, ignorando os olhares em nossa direção das dezenas de pessoas que se movimentam pela caverna.

Há um número igual de homens e mulheres ali, a maioria de roupas escuras e justas, e quase todos munidos de facas e cimitarras, como se esperassem uma batida do Império a qualquer momento. Alguns afiam as armas, outros cuidam do fogo para cozinhar. Alguns homens mais velhos fumam cachimbo. Os beliches ao longo da parede da caverna estão cheios de gente dormindo.

Enquanto olho ao redor, tiro uma mecha de cabelo do rosto. Os olhos de Sana se estreitam quando ela observa meus traços.

— Você parece... familiar — ela diz.

Deixo meu cabelo cair para frente de novo. Sana tem idade suficiente para estar na Resistência há um bom tempo. Idade suficiente para ter conhecido meus pais.

— Eu vendia as geleias da minha avó no mercado.

— Sei. — Ela ainda me encara. — Você morava no bairro? Por que você...

— Por que ela ainda está aqui? — Keenan, que estivera ocupado com um grupo de combatentes no canto, se aproxima, tirando o gorro. Ele é muito mais jovem do que eu imaginava, mais próximo da minha idade que da de Sana, o que poderia explicar por que ela se irrita com o tom dele. O cabelo vermelho como uma chama se espalha em sua testa e quase entra nos olhos, tão escuros que são quase negros. Ele é apenas alguns centímetros mais alto que eu, mas é magro e forte, com os traços finos e uniformes dos Eruditos. Um indício de barba ruiva sombreia seu queixo, e sardas salpicam o nariz. Como os outros combatentes, ele carrega quase tantas armas quanto um Máscara.

Percebo que o estou encarando e desvio o olhar. O calor sobe em minhas faces. Subitamente, os olhares que ele recebe das mulheres mais jovens na caverna fazem sentido.

— Ela não pode ficar — ele diz. — Leve essa garota embora daqui, Sana. Agora.

Tariq retorna e, ao ouvir o que Keenan diz, joga o prato de comida sobre a mesa ao meu lado.

— Não diga a ela o que fazer. Sana não é nenhuma recruta estúpida, ela é a chefe da nossa facção, e você...

— Tariq. — Sana coloca a mão no braço do homem, mas o olhar que lança para Keenan é capaz de trincar uma pedra. — Eu estava dando comida à garota. Quero descobrir o que ela estava fazendo nos túneis.

— Eu estava procurando vocês — digo. — A Resistência. Preciso de ajuda. Meu irmão foi pego em uma batida ontem e...

— Não podemos ajudar — diz Keenan. — Estamos no limite da nossa capacidade.

— Mas...

— Não. Podemos. Ajudar. — Ele fala lentamente, como se eu fosse uma criança. Talvez antes da batida, a frieza em seus olhos me silenciasse. Mas não agora. Não quando Darin precisa de mim.

— Você não lidera a Resistência — eu digo.

— Sou o segundo no comando.

Ele ocupa um cargo mais alto do que eu imaginava. Mas não alto o suficiente. Afasto o cabelo do rosto com um sacudir de cabeça e me ponho de pé.

— Então não cabe a você decidir se eu fico ou não. Cabe ao seu líder. — Tento soar corajosa, mas, se Keenan discordar, não sei o que vou fazer. Talvez comece a implorar.

O sorriso de Sana é afiado como uma faca.

— A garota tem razão.

Keenan avança em minha direção até parar desconfortavelmente próximo de mim. Ele cheira a limão, vento e algo enfumaçado, como cedro. Ele me avalia da cabeça aos pés, e o olhar seria descarado se não fosse pela ligeira expressão de perplexidade em seu rosto, como se estivesse vendo algo que não entendesse direito. Seus olhos são um segredo sombrio, negros, ou castanhos, ou azuis — não sei dizer. Tenho a impressão de que ele consegue ver através de mim, até minha alma fraca e covarde. Cruzo os braços e desvio o olhar, envergonhada do meu vestido esfarrapado, da sujeira, dos machucados, dos estragos.

— Este é um bracelete incomum. — Ele estende a mão e o toca. A ponta de seu dedo resvala em meu braço, mandando uma fagulha que percorre minha pele, e o afasto com um safanão. Ele não reage. — Tão manchado, quase não notei. É prata, não é?

— Eu não roubei, está bem? — Meu corpo dói e minha cabeça gira, mas cerro os punhos, temerosa e brava ao mesmo tempo. — E, se você o quiser, vai... vai ter de me matar para pegar.

Ele encara meus olhos friamente, e espero que minha expressão não revele meu blefe. Nós dois sabemos que me matar não seria particularmente difícil.

— Imagino que sim — ele diz. — Qual é o seu nome?

— Laia. — Ele não pergunta meu sobrenome. Eruditos raramente o têm.

Sana olha de um para o outro, confusa.

— Vou chamar Maz...

— Não. — Keenan toma a dianteira. — Eu mesmo vou.

Eu me sento de volta, e Sana segue olhando de relance para meu rosto, tentando descobrir por que eu pareço familiar. Se ela tivesse visto Darin, saberia de pronto. Ele é a imagem exata de nossa mãe — e ninguém é capaz de esquecer minha mãe. Meu pai era diferente — sempre em segundo plano, desenhando, planejando, pensando. Ele me deu o cabelo negro rebelde e os olhos dourados, as maçãs do rosto salientes e os lábios carnudos e sérios.

No bairro, ninguém conhecia meus pais. Ninguém olhava duas vezes para mim ou Darin. Mas em um acampamento da Resistência é diferente. Eu devia ter me dado conta disso.

Encaro a tatuagem de Sana e sinto um aperto no estômago com a visão do punho e da chama. Minha mãe tinha uma igual, acima do coração. Meu pai passara meses aperfeiçoando aquele desenho antes de tatuá-lo na pele dela.

Sana percebe meu olhar.

— Quando eu fiz essa tatuagem, a Resistência era diferente — ela explica sem que eu pergunte. — Nós éramos melhores. Mas as coisas mudaram. Nosso líder, Mazen, nos disse que precisávamos ser mais corajosos, partir para o ataque. A maioria dos jovens combatentes, os que Mazen treina, concorda com essa filosofia.

É evidente que Sana não está feliz com isso. Fico esperando que ela diga mais quando uma porta se abre do lado mais distante da caverna para deixar entrar Keenan e um homem manco de cabelos grisalhos.

— Laia — diz Keenan. — Este é Mazen, ele é o...

— Líder da Resistência. — Eu sei o nome dele porque meus pais o citavam muitas vezes quando eu era criança. E conheço seu rosto porque ele está em cartazes de "procura-se" por toda Serra.

— Então você é a órfã do dia. — O homem para à minha frente, sinalizando que eu continue sentada quando faço menção de me levantar para cumprimentá-lo. Ele tem um cachimbo preso aos dentes, e a fumaça enevoa seu rosto arruinado. A tatuagem da Resistência, apagada, mas ainda visível, é uma sombra azul-esverdeada na pele abaixo de sua garganta. — O que você quer?

— Meu irmão Darin foi levado por um Máscara. — Observo cuidadosamente o rosto de Mazen para ver se ele reconhece o nome do meu irmão, mas ele não revela nada. — Na noite passada, em uma batida na nossa casa. Preciso da sua ajuda para encontrá-lo.

— Não resgatamos garotos desgarrados. — Mazen se vira para Keenan. — Não me faça perder tempo de novo.

Tento disfarçar o desespero.

— Darin não é um garoto desgarrado. Ele não teria sido levado se não fosse pelos seus homens.

Mazen dá um giro.

— *Meus* homens?

— Dois dos seus combatentes foram interrogados pelos Marciais. Eles entregaram o nome de Darin para o Império antes de morrerem.

Quando Mazen olha para Keenan em busca de confirmação, este fica inquieto.

— Raj e Navid — ele diz após uma pausa. — Recrutas novos. Disseram que estavam trabalhando em algo grande. Eran encontrou o corpo deles no lado oeste do Bairro dos Eruditos hoje de manhã. Fiquei sabendo alguns minutos atrás.

Mazen pragueja e volta a atenção para mim de novo.

— Por que meus homens dariam o nome do seu irmão ao Império? Como eles o conheceram?

Se Mazen não sabe a respeito do caderno de desenhos, nao sou eu quem vai contar. Nem eu mesma sei o que ele significa.

— Não sei — digo. — Talvez eles quisessem que meu irmão se juntasse à Resistência. Talvez eles fossem amigos. Qualquer que seja a razão, eles levaram o Império até nós. O Máscara que os matou veio atrás de Darin na noite passada. Ele... — Minha voz falha, mas limpo a garganta e me forço a continuar falando. — Ele matou meus avós. E levou Darin para a prisão. Por causa dos *seus* homens.

Mazen dá uma longa tragada em seu cachimbo, contemplando-me, antes de balançar a cabeça.

— Lamento por sua perda. Mesmo. Mas não podemos ajudar.

— Você... você tem uma dívida de sangue comigo. Seus homens entregaram Darin...

— E pagaram por isso com a própria vida. Você não pode pedir mais do que isso. — O pouco interesse que Mazen teve por mim desaparece. — Se ajudássemos cada Erudito capturado pelos Marciais, não sobraria nada da Resistência. Talvez se você fosse uma de nós... — Ele dá de ombros. — Mas você não é.

— E o Izzat? — Agarro seu braço e ele se livra de mim, a ira brilhando em seus olhos. — Você é obrigado pelo código. Obrigado a ajudar qualquer um que...

— O código se aplica somente a nós, membros da Resistência. Suas famílias. Aqueles que deram tudo por nossa sobrevivência. Keenan, dê a folha a ela.

Keenan pega meu braço e o segura firme, mesmo quando tento afastá-lo.

— Espere — eu digo. — Você não pode fazer isso. — Outro combatente se aproxima para me conter. — Você não compreende. Se vocês não tirarem o meu irmão da prisão, eles vão torturá-lo... vão vendê-lo ou matá-lo. Ele é tudo o que eu tenho... é o único que sobrou!

Mas Mazen continua caminhando.

VIII
ELIAS

O branco dos olhos do adivinho é vermelho como o demônio, vívido contra as íris de azeviche. A pele se estica sobre os ossos do rosto como um corpo torturado sobre o ecúleo. Fora os olhos, ele não tem mais cor do que as aranhas translúcidas que se movimentam furtivamente pelas catacumbas de Serra.

— Nervoso, Elias? — O adivinho afasta minha faca de sua garganta. — Por quê? Você não precisa ter medo de mim. Sou apenas um charlatão das cavernas. Um ledor de entranhas de ovelhas, não é?

Malditos céus. Como ele sabe que pensei essas coisas? O que mais ele sabe? E por que está aqui?

— Aquilo foi uma piada — digo apressadamente. — Uma piada idiota...

— O seu plano de desertar. Também é uma piada?

Minha garganta se aperta. Tudo que posso pensar é: *Como ele... quem lhe contou... eu mato quem foi...*

— Os fantasmas de nossas iniquidades querem vingança — diz o adivinho. — Mas o custo será alto.

— O custo...

Levo um segundo para compreender. Ele vai me fazer pagar pelo que estou planejando fazer. O ar noturno fica subitamente mais frio, e lembro da gritaria e do mau cheiro da Prisão Kauf, para onde o Império envia os desertores para que sofram nas mãos de seus interrogadores mais cruéis. Lembro do chicote da comandante e do sangue de Barrius manchando as pedras do pátio. A adrenalina vem com tudo, o treinamento entrando em ação, dizendo-me para atacar o adivinho, para me livrar de sua ameaça. Mas o bom senso se sobrepõe ao instinto. Os adivinhos são tão respeitados que matar um deles não é uma opção. Humilhar-me, no entanto, talvez não machuque.

— Eu entendo — digo. — Aceito humildemente qualquer punição que o senhor considerar...

— Não estou aqui para puni-lo. De qualquer maneira, seu futuro é punição suficiente. Diga-me, Elias, por que está aqui? Por que está em Blackcliff?

— Para defender a vontade do imperador. — Conheço essas palavras melhor que meu próprio nome, tantas vezes já as repeti. — Para manter distantes as ameaças internas e externas. Para proteger o Império.

O adivinho se vira para a torre do sino e suas paredes com padrões de diamantes. As palavras gravadas nos tijolos ali são tão familiares que já nem reparo.

Da juventude calejada pela guerra surgirá o Pressagiado, o Maior Imperador, tormento de nossos inimigos, comandante do exército mais devastador. E o Império tornar-se-á inteiro.

— A profecia, Elias — diz o adivinho. — O futuro dado aos adivinhos em visões. Esse é o motivo pelo qual construímos esta escola. Esse é o motivo pelo qual você está aqui. Você conhece a história?

A história da origem de Blackcliff era a primeira coisa que aprendíamos como novilhos: quinhentos anos atrás, um implacável guerreiro chamado Taius unificou os clãs marciais fragmentados e avançou impetuosamente do norte, destruindo o Império Erudito e dominando a maior parte do continente. Ele se proclamou imperador e estabeleceu sua dinastia. Era chamado de O Mascarado, em virtude da máscara prateada espectral que usava para provocar pânico nos inimigos.

Mas os adivinhos, considerados santos desde aquela época, tiveram visões de que a linhagem de Taius um dia acabaria. Quando esse dia chegasse, os adivinhos escolheriam um novo imperador por meio de uma série de testes físicos e mentais: as Eliminatórias. Por razões óbvias, Taius não gostou dessa previsão, mas os adivinhos devem ter ameaçado de estrangulá-lo com entranhas de ovelhas, pois ele não deu mais um pio quando construíram Blackcliff e começaram o treinamento de estudantes na academia.

E aqui estamos todos nós, cinco séculos depois, mascarados como Taius, o Primeiro, esperando que a linhagem do pobre-diabo acabe para que um de nós possa se tornar o novo e reluzente imperador.

Melhor esperar sentado. Gerações de Máscaras treinaram, serviram e morreram sem um comentário sequer a respeito das Eliminatórias. Blackcliff talvez tenha começado como um lugar de preparação do futuro imperador, mas atualmente é o local de treinamento do ativo mais mortal do Império.

— Eu conheço a história — digo em resposta à pergunta do adivinho. *Mas não acredito em uma palavra dela, pois não passa de estrume mítico de cavalo.*

— Temo que não seja mítica, tampouco estrume de cavalo — diz o adivinho com sobriedade.

Subitamente tenho dificuldade de respirar. Não sinto medo há tanto tempo que levo um segundo para reconhecê-lo.

— Vocês *conseguem* ler pensamentos.

— Uma declaração simplista para um empreendimento complexo. Mas, sim. Nós conseguimos.

Então vocês sabem de tudo. Meu plano para escapar, minhas esperanças, meus ódios. Tudo. Ninguém me entregou para o adivinho. Eu me entreguei.

— É um bom plano, Elias — ele confirma. — Quase à prova de falhas. Se quiser levá-lo adiante, não vou impedi-lo.

ARMADILHA!, grita minha mente. Mas encaro os olhos do adivinho e não vejo nenhuma mentira ali. Qual o jogo dele? Há quanto tempo os adivinhos sabem que eu quero desertar?

— Nós sabemos há meses. Mas, somente quando escondeu as provisões no túnel esta manhã, compreendemos que você estava realmente decidido. Então soubemos que havia chegado o momento de falar com você. — O adivinho aponta na direção do caminho que leva para a torre de vigia oriental. — Venha comigo.

Estou entorpecido demais para fazer qualquer coisa a não ser segui-lo. Se o adivinho não está tentando evitar que eu deserte, então o que quer? O que ele quis dizer quando declarou que o meu futuro seria punição suficiente? Ele está me dizendo que serei pego?

Chegamos à torre de vigia, e os sentinelas ali parados viram-se e vão embora, como se seguissem uma ordem silenciosa. O adivinho e eu estamos sozinhos, mirando dunas de areia enegrecida que se estendem por toda a cordilheira Serrana.

— Quando ouço seus pensamentos, lembro de Taius, o Primeiro — diz o adivinho. — Assim como você, ser soldado estava no sangue dele. E, como você, ele brigava com o próprio destino. — O adivinho sorri da minha expressão de descrença. — Ah, sim. Eu conheci Taius. Eu conheci os antepassados dele. Meus irmãos e eu caminhamos por estas terras há mil anos, Elias. Nós escolhemos Taius para criar o Império, da mesma maneira que escolhemos você, quinhentos anos mais tarde, para servi-lo.

Impossível, insiste minha mente lógica.

Cale a boca, mente lógica. Se esse homem pode ler pensamentos, então a imortalidade parece o próximo passo razoável. Isso significa que todo aquele papo sobre os adivinhos serem possuídos pelos espíritos dos mortos é verdadeiro? Se Helene pudesse me ver... como ela tripudiaria.

Observo o adivinho de canto de olho. Enquanto assimilc seu perfil, percebo que ele é estranhamente familiar.

— Meu nome é Cain, Elias. Eu trouxe você para Blackcliff. Eu escolhi você.

Mais precisamente, me condenou. Tento não pensar na manhã sombria que o Império me reivindicou, mas ela assombra meus sonhos até hoje. Os soldados cercando a caravana saif, me arrastando da cama. Mamie Rila, minha mãe adotiva, gritando com eles até que seus irmãos a puxassem de volta. Meu irmão adotivo, Shan, esfregando os olhos cheios de sono, espantado, perguntando quando eu voltaria. E esse homem, essa coisa, me puxando em direção a um cavalo com a mínima explicação. "Você foi escolhido. Você virá comigo."

Em minha mente aterrorizada de criança, o adivinho parecia maior, mais ameaçador. Agora ele bate em meu ombro, e a impressão que tenho é que até um vento mais forte seria capaz de derrubá-lo numa cova.

— Imagino que você tenha escolhido milhares de crianças nesses anos todos — digo, tomando cuidado para manter um tom respeitoso. — Esse é o seu trabalho, não é?

— Mas é de você que eu me lembro mais. Pois os adivinhos sonham o futuro: todos os resultados, todas as possibilidades. E você permeia todos os sonhos. Um fio de prata em uma tapeçaria noturna.

— E eu achando que você tirou o meu nome de uma cartola.

— Preste atenção, Elias Veturius. — O adivinho ignora minha ironia, e, embora sua voz não esteja mais alta do que um momento atrás, suas palavras estão embrulhadas em ferro, pesadas em sua certeza. — A profecia é a verdade. Uma verdade que você logo enfrentará. Você quer fugir. Você quer abandonar o seu dever. Mas não pode escapar do seu destino.

— Destino? — Dou um riso amargo. — Que destino?

Tudo aqui é sangue e violência. Após eu me formar amanhã, nada mudará. As missões, a crueldade mecânica me desgastarão até não restar mais nada do garoto que os adivinhos roubaram catorze anos atrás. Talvez esse seja um tipo de destino. Mas não é aquele que eu escolheria para mim.

— Esta vida não é sempre o que pensamos que será — diz Cain. — Você é uma chama entre as cinzas, Elias Veturius. Você vai brilhar e queimar, devastar e destruir. Você não pode mudar isso. Não pode parar.

— Eu não quero...

— O que você quer não importa. Amanhã você precisa fazer uma escolha. Entre desertar e realizar o seu dever. Entre fugir do seu destino e enfrentá-lo. Se você desertar, os adivinhos não vão impedi-lo. Você escapará. Você deixará o Império. Você viverá. Mas não encontrará consolo nisso. Seus inimigos o caçarão, sombras florescerão em seu coração, e você se tornará tudo o que mais odeia: uma pessoa má, impiedosa, cruel. Você será acorrentado à escuridão dentro de si de modo tão certeiro como se estivesse acorrentado às paredes de uma cela.

Ele caminha em minha direção, os olhos negros implacáveis.

— Mas, se você ficar, se cumprir o seu dever, tem uma chance de romper para sempre os laços que o unem ao Império. Você poderá atingir uma grandeza inconcebível. Você terá a chance de alcançar a verdadeira liberdade, do corpo e da alma.

— O que você quer dizer, se eu ficar e cumprir o meu dever? Que dever?

— Você saberá quando o momento chegar, Elias. Você precisa confiar em mim.

— Como eu posso confiar se você não explica o que quer dizer? Que dever? Minha primeira missão? Minha segunda? Quantos Eruditos terei de atormentar? Quanta maldade cometerei antes de ser liberto?

Os olhos de Cain estão fixos em meu rosto enquanto ele se afasta um passo, então outro.

— Quando eu posso deixar o Império? Em um mês? Um ano? Cain!

Ele desaparece tão rápido quanto uma estrela ao amanhecer. Estendo um braço para pegá-lo, para forçá-lo a ficar e me responder, mas minha mão encontra somente o ar.

IX
LAIA

Keenan me puxa para uma porta da caverna, e me sinto mole, o fôlego esvaído de meu corpo. Sua boca se mexe, mas não consigo ouvir o que ele está dizendo. Tudo que consigo ouvir são os gritos de Darin ecoando em meus ouvidos.

Jamais verei meu irmão de novo. Os Marciais o venderão se ele tiver sorte e o matarão se ele não tiver. De qualquer maneira, não há nada que eu possa fazer.

Conte a eles, Laia, Darin sussurra em minha cabeça. *Conte a eles quem você é.*

Eles podem me matar, contra-argumento. *Não sei se posso confiar neles.*

Se você não contar a eles, vou morrer, diz a voz de Darin. *Não me deixe morrer, Laia.*

— A tatuagem no seu pescoço — grito às costas de Mazen. — O punho e a chama. Foi meu pai quem a colocou aí. Você foi a segunda pessoa que ele tatuou, depois da minha mãe.

Mazen para.

— O nome dele era Jahan. Você o chamava de Tenente. O nome da minha irmã era Lis. Você a chamava de Pequena Leoa. Minha... — Por um segundo fraquejo, e Mazen se vira para mim com um músculo saltado no maxilar. *Fale, Laia. Ele está realmente escutando.* — O nome da minha mãe era Mirra. Mas você... todo mundo... a chamava de Leoa. Líder. Chefe da Resistência.

Keenan me solta rapidamente, como se minha pele tivesse se transformado em gelo. A respiração entrecortada de Sana ecoa no silêncio súbito da caverna. Agora ela vai saber por que me achou familiar.

Olho sem jeito à minha volta para os rostos chocados. Meus pais foram traídos por membros da Resistência. Meus avós nunca souberam quem foi.

Mazen não diz nada.

Por favor, que não seja ele o traidor. Que ele seja um dos bons.

Se minha avó pudesse me ver agora, ela me esganaria. Eu guardei o segredo da identidade dos meus pais durante toda a minha vida. Contar isso me faz sentir vazia por dentro. E agora, o que vai acontecer? Todos esses rebeldes, muitos dos quais lutaram ao lado dos meus pais, subitamente sabem de quem eu sou filha. Eles vão querer que eu seja corajosa e carismática como a minha mãe. Eles vão querer que eu seja brilhante e serena como o meu pai.

Mas eu não sou nada disso.

— Você serviu com os meus pais durante vinte anos — digo para Mazen. — Em Marinn e depois aqui, em Serra. Você se juntou à Resistência na mesma época que a minha mãe. Chegou até o topo com ela e o meu pai. Você era o terceiro no comando.

Os olhos de Keenan voam de Mazen para mim, mas seu rosto é impassível. O trabalho na caverna é interrompido, e os combatentes sussurram enquanto se reúnem à nossa volta.

— Mirra e Jahan tiveram apenas uma filha. — Mazen manca em minha direção. Seus olhos vão do meu cabelo para os meus olhos e lábios, enquanto ele se lembra e compara. — E ela morreu com eles.

— Não. — Eu mantive isso para mim durante tanto tempo que parece errado tocar no assunto. Mas eu preciso contar. É a única coisa que pode fazer diferença. — Meus pais deixaram a Resistência quando Lis tinha quatro anos. Eles estavam esperando Darin. Queriam uma vida normal para os filhos, então desapareceram. Não deixaram nenhum traço, nenhuma pista. Darin nasceu, e dois anos mais tarde eu cheguei. Mas o Império estava reprimindo com tudo a Resistência. Tudo pelo que os meus pais tinham batalhado estava sendo destruído. Eles não podiam assistir sem fazer nada. Eles queriam lutar. Lis tinha idade suficiente para ficar com eles, mas Darin e eu éramos muito pequenos. Eles nos deixaram com os pais da minha mãe. Darin tinha seis anos, e eu quatro. Eles morreram um ano depois.

— Sua história é boa, garota — diz Marin. — Mas Mirra não tinha pais. Ela era órfã, como eu. E como Jahan.

— Não estou contando histórias — digo com a voz grave, para que ela não trema. — Minha mãe saiu de casa quando tinha dezesseis anos. Meus avós não queriam que ela fosse. Depois de partir, ela cortou todo contato. Eles nem sabiam se ela estava viva até ela bater na porta deles pedindo que cuidassem de nós.

— Você não se parece nem um pouco com ela.

Ele poderia ter me dado um tapa que doeria menos. *Eu sei que não pareço com ela*, tenho vontade de dizer. *Eu chorei e me encolhi em vez de enfrentar e lutar. Abandonei Darin em vez de morrer por ele. Sou fraca de uma maneira que ela nunca foi.*

— Mazen — sussurra Sana, como se eu fosse desaparecer se ela falasse alto demais. — Olhe para ela. Ela tem os olhos de Jahan, o cabelo dele. Por dez infernos, até o rosto é parecido.

— Juro que é verdade. Esse bracelete... — Ergo a mão, e o objeto brilha na luz da caverna. — Era dela. Ela me deu uma semana antes de o Império a pegar.

— Eu sempre me perguntei o que Mirra havia feito com ele. — A rigidez no rosto de Mazen se dissolve, e a luz de uma velha memória cintila em seus olhos. — Jahan deu esse bracelete a ela quando eles se casaram. Ela nunca o tirava. Por que você não nos procurou antes? Por que seus avós não entraram em contato conosco? Nós teríamos treinado vocês do jeito que Mirra gostaria.

A resposta cruza seu rosto antes que eu possa dizê-la.

— O traidor — ele diz.

— Meus avós não sabiam em quem confiar, então decidiram não confiar em ninguém.

— E agora eles estão mortos, o seu irmão está na cadeia e você quer a nossa ajuda. — Mazen leva o cachimbo de volta à boca.

— Nós devemos ajudá-la. — Sana está ao meu lado, e sua mão repousa sobre meu ombro. — É o nosso dever. Ela é, como você diz, *uma de nós.*

Tariq está em pé atrás dela, e noto que os combatentes se dividiram em dois grupos. Aqueles que apoiam Mazen estão mais próximos da idade de Keenan. Os rebeldes que se juntaram atrás de Sana são mais velhos. "Ela é a chefe da nossa facção", dissera Tariq. Agora percebo o que ele quis dizer: a Resistência está dividida. Sana lidera os combatentes mais velhos. E, como ela havia deixado subentendido antes, Mazen lidera os mais jovens — e serve de líder geral.

Muitos dos combatentes mais velhos me encaram, talvez à procura de traços que lembrem os de meus pais. Não os culpo. Meus pais foram os maiores líderes nos quinhentos anos de história da Resistência.

Então foram traídos por seus próprios parceiros. Capturados. Torturados. Executados. Assim como minha irmã, Lis. A Resistência entrou em colapso e nunca mais se recuperou.

— Se o filho da Leoa está correndo perigo, temos obrigação de ajudá-lo — diz Sana aos que estão reunidos atrás de si. — Quantas vezes ela salvou a sua vida, Mazen? Quantas vezes ela salvou a vida de todos nós?

De repente, todos começam a falar ao mesmo tempo.

— Mirra e eu colocamos fogo em uma guarnição do Império...

— Ela podia cortar a alma de uma pessoa só com o olhar, a Leoa...

— Certa vez, eu a vi se defender de uns dez soldados de uma vez... E nem sinal de medo nela...

Eu tenho as minhas histórias. *Ela queria nos deixar. Ela queria abandonar os filhos pela Resistência, mas meu pai não permitiu. Quando eles brigavam, Lis levava a mim e a Darin para a floresta e cantava para que não os ouvíssemos. Essa é a minha primeira memória: Lis cantando uma canção para mim enquanto a Leoa esbravejava a alguns metros dali.*

Após meus pais nos deixarem com meus avós, levei semanas para parar de me sentir apreensiva, para me acostumar a viver com duas pessoas que realmente pareciam se amar.

74

Não conto nada disso, só entrelaço os dedos enquanto os combatentes contam suas histórias. Eu sei que eles querem que eu seja corajosa e encantadora, como a minha mãe. Querem que eu escute, realmente escute, como o meu pai.

Se eles souberem o que eu sou de verdade, vão me jogar para fora daqui sem titubear. A Resistência não tolera covardes.

— Laia. — Mazen superpõe sua voz à do grupo, e todos se calam. — Não temos homens suficientes para invadir uma prisão marcial. Seria muito arriscado.

Não preciso protestar, porque Sana fala por mim.

— A Leoa faria isso por você sem pensar duas vezes.

— Nós precisamos derrubar o Império — diz um homem loiro atrás de Mazen. — Não desperdiçar nosso tempo para salvar um garoto.

— Nós não abandonamos os nossos!

— Nós é que vamos lutar de verdade — exclama um dos homens de Mazen, do fundo do ajuntamento —, enquanto vocês, veteranos, ficam aí sentados, recebendo todo o crédito.

Tariq passa por Sana e a empurra para o lado, com o rosto sombrio.

— Você quer dizer enquanto nós planejamos e preparamos tudo para ter certeza de que vocês, jovens tolos, não caiam numa emboscada...

— Chega. Chega! — Mazen levanta as mãos, e Sana puxa Tariq de volta. Os outros combatentes ficam em silêncio. — Não vamos resolver isso gritando uns com os outros. Keenan, encontre Haider e traga-o para os meus aposentos. Sana, pegue Eran e junte-se a nós. Vamos decidir isso a portas fechadas.

Sana sai apressada, mas Keenan não se mexe. Coro sob seu olhar, sem saber direito o que dizer. Seus olhos são quase negros à luz obscura da caverna.

— Agora eu posso ver — ele murmura, como se falasse consigo mesmo. — Não acredito que quase deixei passar.

Ele não pode ter conhecido meus pais, não parece muito mais velho que eu. Eu me pergunto há quanto tempo ele está na Resistência, mas, antes que eu possa questionar, ele desaparece nos túneis.

Horas mais tarde, após eu ter forçado a comida goela abaixo e fingido dormir em um beliche duro como uma rocha, após as estrelas terem desaparecido e o sol nascido, uma das portas da caverna é escancarada.

Mazen entra, seguido por Keenan, Sana e dois homens mais jovens. O líder da Resistência manca até uma mesa onde Tariq está sentado e gesticula para que eu me aproxime. Tento ler o rosto de Sana quando me junto a eles, mas sua expressão é cuidadosamente neutra. Os outros combatentes se reúnem à nossa volta, tão interessados quanto eu em qual será o meu destino.

— Laia — diz Mazen. — O Keenan aqui acha que devemos manter você no acampamento. Em segurança. — Ele entoa a palavra com desdém. Ao meu lado, Tariq olha de soslaio para Keenan.

— Ela vai causar menos problemas aqui. — Os olhos do combatente ruivo brilham. — Resgatar o irmão dela vai custar homens... bons homens... — Ele para diante do olhar de Mazen e não diz mais uma palavra. Embora eu mal conheça Keenan, dói perceber quão violentamente ele se opõe a mim. O que eu fiz para ele?

— Isso *vai* custar bons homens — diz Mazen. — Razão pela qual decidi que, se Laia quer a nossa ajuda, deve estar disposta a dar algo em troca. — Combatentes de ambas as facções olham para o seu líder com desconfiança. Mazen se volta para mim. — Nós vamos ajudá-la, se você nos ajudar.

— Mas o que eu posso fazer pela Resistência?

— Você sabe cozinhar, não sabe? — pergunta Mazen. — E limpar? Pentear cabelo, passar roupa...

— Fazer sabão, lavar louça, fazer escambo... Sim. Você acabou de descrever todas as mulheres livres do Bairro dos Eruditos.

— Você sabe ler também — diz Mazen. Quando começo a negar a acusação, ele balança a cabeça. — As regras do Império que se danem. Você esquece que eu conheci seus pais.

— O que tudo isso tem a ver com ajudar a Resistência?

— Nós resgataremos o seu irmão da prisão se você for nossa espiã.

Por um momento não digo nada, embora sinta uma comichão de curiosidade. Essa é a última coisa que eu esperava.

— Quem vocês querem que eu espione?

— A comandante da Academia Militar Blackcliff.

X
ELIAS

Na manhã após a visita do adivinho, chego trôpego ao refeitório, como um cadete que sofre sua primeira ressaca, amaldiçoando o sol excessivamente brilhante. O pouco sono que consegui ter foi sabotado por um pesadelo familiar, no qual perambulo através de um campo de batalha malcheiroso e cheio de corpos. No sonho, gritos rasgam o ar, e de alguma maneira sei que a dor e o sofrimento são culpa minha, que os mortos foram executados pelas minhas mãos.

Não é o melhor jeito de começar o dia. Especialmente o dia da formatura.

Dou de cara com Helene enquanto ela, Dex, Faris e Tristas deixam o refeitório. Ela enfia um biscoito duro como pedra em minha mão, ignorando meus protestos, e me puxa para fora do refeitório.

— Estamos atrasados. — Mal a ouço com a batida incessante dos tambores, que ordenam que todos os formandos se dirijam à armaria para pegar os trajes cerimoniais: a armadura completa de Máscara. — Demetrius e Leander já foram.

Helene tagarela sobre como será emocionante colocar os trajes cerimoniais. Eu a ouço vagamente, e também os demais, anuindo nos momentos certos, exclamando algo quando necessário. O tempo inteiro, penso sobre o que Cain me disse na noite passada. *Você escapará. Você deixará o Império. Você viverá. Mas não encontrará consolo nisso.*

Devo confiar no adivinho? Ele pode estar tentando me prender aqui, na esperança de que eu permaneça um Máscara por tempo suficiente para decidir que a vida de soldado é melhor que o exílio. Penso em como os olhos da comandante brilham quando ela açoita um aluno, como meu avô se orgulha da sua contagem de corpos. Eles são meus parentes; o sangue deles é o meu sangue. E se seus desejos ardentes por guerra, glória e poder forem meus também, e eu simplesmente não sei? Será que eu poderia aprender a me deleitar por ser um Máscara? O adivinho leu os meus pensamentos. Será que ele vê algo de perverso em mim que sou cego demais para encarar?

Mas Cain parecia convencido de que eu encontrarei o mesmo destino se desertar. *Sombras florescerão em seu coração, e você se tornará tudo o que mais odeia.*

Então minha escolha é entre ficar e ser perverso, ou fugir e ser perverso. Que maravilha.

Quando estamos a meio caminho da armaria, Hel finalmente nota meu silêncio, avalia as roupas amassadas e os olhos avermelhados.

— Você está bem? — ela pergunta.

— Estou.

— Você está com uma aparência horrível.

— Noite difícil.

— O que acont...

Faris, que caminha à frente com Dex e Tristas, se junta a nós e interfere:

— Deixe-o em paz, Aquilla. O homem está cansado. Deu uma chegada nas docas para festejar um pouco antes da hora, hein, Veturius? — Ele bate em meu ombro com a mão grande e ri. — Podia ter convidado um colega para ir junto.

— Não seja nojento — diz Helene.

— Não seja puritana — rebate Faris.

Uma discussão aberta se segue, durante a qual a desaprovação de Helene em relação a prostitutas é veementemente criticada aos gritos por Faris, enquanto Dex argumenta que deixar as cercanias da academia para visitar um bordel não é estritamente proibido. Tristas aponta para a tatuagem do nome de sua noiva e declara neutralidade.

Em meio aos insultos lançados velozmente, o olhar de Helene me percorre repetidamente. Ela sabe que não frequento as docas. Evito seus olhos. Ela quer uma explicação, mas por onde eu começaria? *Bem, veja só, Hel, eu queria desertar hoje, mas um maldito adivinho apareceu, e agora...*

Quando chegamos à armaria, os estudantes escancaram as portas da frente, e Faris e Dex desaparecem na confusão. Eu nunca tinha visto caveiras seniores tão... felizes. Faltando apenas alguns minutos para serem liberados, todos estão sorrindo. Caveiras com quem raramente converso me cumprimentam, dão tapinhas em minhas costas, brincam comigo.

— Elias, Helene. — Leander, com o nariz torto da vez em que Helene o quebrou, nos chama. Demetrius está parado ao lado dele, sombrio como sempre. Eu me pergunto se ele sente alguma alegria hoje. Talvez só esteja aliviado por deixar o lugar onde viu seu irmão morrer.

Quando vê Helene, Leander corre timidamente a mão pelo cabelo crespo, que se espiga todo não importa quão curto ele o corte. Tento não sorrir. Ele gosta dela há séculos, embora finja que não.

— O armeiro já chamou o nome de vocês. — Leander anui para duas pilhas de armaduras e armamentos atrás de si. — Nós pegamos os trajes cerimoniais para vocês.

Helene se dirige ao seu como uma ladra de joias atrás de rubis, segurando os braçais na luz e exclamando ao ver como o símbolo do diamante de Blackcliff está pregado sem emendas ao escudo. A armadura justa é forjada pela oficina de ferreiros Teluman — uma das mais antigas do Império — e é forte o suficiente para afastar todas as lâminas, com exceção das melhores. O presente final de Blackcliff para nós.

Após colocar a armadura, prendo os armamentos: cimitarras e adagas de aço sérrico, graciosas e afiadíssimas, especialmente se comparadas às armas utilitárias e sem fio que usamos até agora. A última peça é uma capa negra, presa por uma corrente. Quando termino, ergo o olhar e vejo Helene me encarando.

— O quê? — pergunto. Sua expressão é tão absorta que olho de relance para baixo, presumindo que coloquei a placa do peito virada. Mas tudo está no devido lugar. Quando volto a olhar para frente, ela está parada diante de mim, ajustando minha capa, os dedos longos tocando meu pescoço.

— Não estava direito. — Ela coloca o capacete. — Como estou?

Se os adivinhos fizeram minha armadura para acentuar a força do meu corpo, fizeram a de Hel para acentuar sua beleza.

— Você está... — *Como uma deusa guerreira. Como uma djinn celestial que veio para nos deixar a todos de joelhos. Céus, que raios há de errado comigo?* — ...como uma Máscara — digo.

Ela ri, feminina e ridiculamente sedutora, chamando a atenção dos outros estudantes: Leander, que desvia o olhar prontamente e coça o nariz torto culposamente quando o pego olhando; Faris, que abre um largo sorriso e murmura algo para Dex, que a admira. Do outro lado do aposento, Zak a encara também, com uma expressão entre o desejo e a perplexidade. Então vejo Marcus ao lado de Zak, observando o irmão enquanto este observa Hel.

— Vejam só, rapazes — diz Marcus. — Uma cadela de armadura.

Minha cimitarra está quase desembainhada quando Hel coloca a mão em meu braço, os olhos me lançando chispas. *Minha briga. Não sua.*

— Vá para o inferno, Marcus. — Helene encontra sua capa a alguns metros de distância e a coloca. O Cobra passa ao largo, os olhos deslizando pelo corpo de Helene sem deixar dúvida alguma sobre o que está pensando.

— A armadura não cai bem em você, Aquilla — ele diz. — Eu preferiria você em um vestido. Ou sem nada. — Ele ergue a mão até o cabelo dela, enrolando delicadamente um cacho solto em torno do dedo antes de puxá-lo com força, trazendo o rosto de Helene em direção ao seu.

Levo um segundo para reconhecer que o rosnado que rasga o ar é meu. Estou a dois palmos de Marcus, os punhos famintos por sua carne, quando dois de seus bajuladores, Thaddius e Julius, me agarram pelas costas e torcem meus braços para trás. Demetrius está ao meu lado em um instante, o cotovelo afiado se projetando contra o rosto de Thaddius, mas Julius dá um chute em suas costas, e ele vai ao chão.

Então, como um raio prateado, Helene está segurando uma faca contra o pescoço de Marcus e outra em sua virilha.

— Solte o meu cabelo — ela diz. — Ou eu alivio você de sua masculinidade.

Marcus solta o cacho loiro-claro e sussurra algo no ouvido de Helene. Então, de uma hora para outra, o ar confiante dela se dissolve, a faca no pescoço treme, e Marcus agarra seu rosto e a beija.

Fico tão enojado ao presenciar aquele momento que tudo que consigo fazer é olhar, perplexo, e tentar não vomitar. Em seguida um grito abafado é expelido por Helene, e livro meus braços de Thaddius e Julius. Em um segundo, passo pelos dois, empurro Marcus para longe dela e acerto um belo golpe atrás do outro em seu rosto.

Em meio aos meus socos, Marcus ri, e Helene limpa a boca enfurecidamente. Leander puxa meus ombros, demandando raivosamente sua vez para bater no Cobra.

Atrás de mim, Demetrius se levanta e troca socos com Julius, que o domina, enfiando sua cabeça clara no chão. Faris aparece zunindo do meio do agrupamento, e seu corpo gigante se choca com um ruído surdo contra Julius, derrubando-o como um touro quando tenta atravessar uma cerca de cabeça. Vejo a tatuagem de Tristas e a pele escura de Dex, e o pau quebra de verdade.

Então alguém sussurra "comandante!". Faris e Julius se levantam, cambaleantes. Empurro Marcus para longe, e Helene para de passar as mãos freneticamente pelo rosto. O Cobra se ergue devagar, trôpego, a área em volta dos olhos escurecendo com os hematomas.

Minha mãe corta caminho através dos caveiras e vem direto em direção a mim e Helene.

— Veturius. Aquilla. — Ela cospe nossos nomes como uma fruta passada. — Expliquem-se.

— Não há explicação, sra. comandante — Helene e eu dizemos ao mesmo tempo.

Eu olho além dela, para longe, como fui treinado, e seu olhar frio e penetrante me trespassa com a delicadeza de uma faca sem fio. De seu lugar atrás da comandante, Marcus sorri afetado, e eu travo o queixo. Se Helene for açoitada por causa da depravação dele, vou deixar minha deserção para depois, só para poder matá-lo.

— Faltam minutos para o oitavo sino. — A comandante desvia o olhar para o restante da armaria. — Recomponham-se e apresentem-se no anfiteatro. Se houver qualquer incidente dessa natureza novamente, os envolvidos serão mandados para Kauf imediatamente. Entendido?

— *Sim, senhora!*

Os caveiras enfileiram-se silenciosamente. Como cincos, todos passamos pela missão de seis meses de guarda na Prisão Kauf, bem ao norte. Nenhum de nós arriscaria ser enviado para lá por algo tão estúpido quanto uma briga no dia da formatura.

— Você está bem? — pergunto a Hel quando a comandante não está mais ao alcance da nossa voz.

— Minha vontade é arrancar meu rosto e substituir por um que nunca foi tocado por aquele porco.

— Você precisa que outra pessoa te beije, só isso — eu digo, antes de me dar conta de como isso soa. — Não... hum... não que eu esteja me oferecendo. Quer dizer...

— Sim, entendi. — Helene revira os olhos. Seu queixo fica tenso, e meu desejo é que eu tivesse ficado de boca fechada sobre o beijo. — Aliás, obrigada — ela diz. — Por bater nele.

— Eu o teria matado se a comandante não tivesse aparecido.

Seu olhar é carinhoso quando ela olha para mim, e estou prestes a lhe perguntar o que Marcus sussurrou em seu ouvido quando Zak passa por nós. Ele brinca com o próprio cabelo e diminui o passo, como se quisesse dizer algo. Mas eu o encaro com um olhar assassino, e, após alguns segundos, ele se vira e vai embora.

Minutos mais tarde, Helene e eu nos juntamos aos caveiras seniores. Nós nos enfileiramos do lado de fora da entrada do anfiteatro, e a briga na armaria é esquecida. Em seguida marchamos anfiteatro adentro, sob aplausos das famílias, dos estudantes, dos dirigentes da cidade, dos emissários do imperador e de uma guarda de honra de quase duzentos legionários.

Cruzo o olhar com o de Helene e vejo meu próprio espanto espelhado ali. É surreal estar no campo em vez de observar com inveja das arquibancadas. O sol acima queima brilhante e limpo, sem uma única nuvem de um horizonte ao outro. Bandeiras engrinaldam as partes mais altas do teatro, a flâmula vermelha e dourada da Gens Taia tremulando ao vento ao lado do estandarte negro com o desenho de um diamante de Blackcliff.

Meu avô, o general Quin Veturius, líder da Gens Veturia, está sentado em um camarote coberto na fila da frente. Aproximadamente cinquenta de seus parentes mais próximos — irmãos, irmãs, sobrinhas, sobrinhos — estão reunidos à sua volta. Não preciso ver seus olhos para saber que ele está me avaliando, conferindo o ângulo de minha cimitarra, examinando minuciosamente o encaixe de minha armadura.

Após eu ter sido escolhido para Blackcliff, meu avô olhou uma vez em meus olhos e reconheceu a filha neles. Ele me levou para a casa dele quando minha mãe se recusou a me levar para a dela. Sem dúvida, estava enfurecida que eu houvesse sobrevivido quando ela presumia que se livrara de mim.

Passei todas as folgas do treinamento com meu avô, suportando agressões e uma dura disciplina, mas ganhando, em troca, um diferencial claro em relação aos meus colegas. Ele sabia que eu precisaria desse diferencial. Poucos estudantes de Blackcliff têm pais desconhecidos, e nenhum jamais foi criado entre as tribos. Ambos os fatos me tornavam objeto de curiosidade — e de ridicularização. Mas, se alguém tivesse coragem de me maltratar em virtude da minha criação, meu avô o colocaria no lugar, normalmente com a ponta de sua espada — e rapidamente me ensinou a fazer o mesmo. Ele pode ser tão impiedoso quanto a filha, mas é o único parente que me trata como um membro da família.

Embora não seja norma, ergo a mão e o saúdo quando passo por ele, grato quando ele anui em retorno.

Após uma série de exercícios de formação, os formandos marcham até os bancos de madeira no centro do campo e sacam a cimitarra, segurando-a alto no ar. Um ruído surdo e baixo começa, crescendo até soar como uma tempestade solta no anfiteatro. São os outros estudantes de Blackcliff, chutando os assentos de pedra e rugindo com um misto de orgulho e inveja. Ao meu lado, Helene e Leander não conseguem evitar um largo sorriso.

Em meio ao ruído, um silêncio baixa em minha cabeça. É um silêncio estranho, infinitamente pequeno, infinitamente grande, e estou preso dentro dele, andando de um lado para o outro, fazendo mil vezes a pergunta. *Devo fugir? Devo desertar?* Ao longe, como uma voz ouvida debaixo d'água, a comandante ordena que recoloquemos as cimitarras e nos sentemos. Ela pronuncia um discurso conciso de um tablado mais alto, e, quando chega o momento de fazer nosso juramento ao Império, só sei que devo ficar de pé porque todo mundo o faz.

Ficar ou fugir?, pergunto a mim mesmo. *Ficar ou fugir?*

Acho que minha boca se mexe com a de todos enquanto eles juram solenemente dedicar seu sangue e seu corpo ao Império. A comandante nos declara formados, e o grito de alegria que explode dos novos Máscaras, rude e aliviado, é o que me tira de meus pensamentos. Faris arranca os distintivos da escola e os joga para o alto, e o gesto é seguido por todos nós. Eles voam no ar, refletindo o sol como um bando de pássaros prateados.

As famílias cantam os nomes dos formandos. Os pais e as irmãs de Helene chamam: "Aquilla!" A família de Faris grita: "Candelan!" Ouço: "Vissan! Tullius! Galerius!" E então ouço uma voz acima de todo o resto. "Veturius! Veturius!" Meu avô está de pé em seu camarote, cercado pelo restante da família, lembrando a todos ali que um dos genes mais poderosos do Império tem um filho recém-formado.

Cruzo o olhar com o seu, e dessa vez não há crítica nele, apenas orgulho arrebatado. Ele abre um largo sorriso para mim, como o de um lobo, branco contra o prata de sua máscara, e me vejo sorrindo de volta antes que a confusão me arrebate novamente e eu desvie o olhar. Ele não vai sorrir se eu desertar.

— Elias! — Helene joga os braços em torno de mim, com os olhos brilhando. — Nós conseguimos! Nós...

Vemos os adivinhos no mesmo instante, e os braços de Helene me soltam. Nunca vi todos os catorze ao mesmo tempo, e sinto um aperto no estômago. Por que estão aqui? Seus capuzes estão jogados para trás, revelando seus traços perturbadoramente severos, e, liderados por Cain, eles caminham como fantasmas pela grama e formam um meio-círculo em torno do tablado da comandante.

Os gritos do público desaparecem em um sussurro questionador. Minha mãe observa, a mão solta sobre o punho da cimitarra. Quando Cain sobe no tablado, ela abre espaço para ele, como se o esperasse.

O adivinho ergue a mão pedindo silêncio, e em segundos a multidão está muda. De onde estou sentado no campo, ele é um espectro bizarro, tão frágil e cinzento. Mas, quando fala, sua voz ecoa através do anfiteatro com uma força que faz todos se endireitarem no assento.

— Da juventude calejada pela guerra surgirá o Pressagiado — ele diz. — O Maior Imperador, tormento de nossos inimigos, comandante do exército mais devastador. E o Império tornar-se-á inteiro. Assim os adivinhos previram quinhentos anos atrás, quando extraíram as pedras desta escola da terra estremecida. E assim a profecia se provará verdadeira. A linhagem do imperador Taius XXI *acabará*.

Um zum-zum-zum quase amotinado percorre a multidão. Se qualquer pessoa que não fosse um adivinho tivesse questionado a linhagem do imperador, já teria sido derrubada com um golpe. Os legionários da guarda de honra se eriçam, com as mãos nas armas, mas, a um olhar de Cain, eles recuam, um bando de cães claramente amedrontados.

— Taius XXI não terá herdeiro homem direto — diz Cain. — Com sua morte, o Império entrará em declínio, a não ser que um novo imperador guerreiro seja escolhido. Taius, o Primeiro, pai de nosso Império e pater da Gens Taia, foi o maior guerreiro de seu tempo. Ele foi testado e submetido a provas antes de ser considerado apto para governar. O povo do Império não espera menos de seu novo líder.

Por todos os céus. Atrás de mim, Tristas cutuca triunfantemente com o cotovelo um Dex boquiaberto. Todos sabemos o que Cain dirá em seguida. Mas ainda não acredito no que estou ouvindo.

— Desse modo, é chegado o momento das Eliminatórias.

O anfiteatro explode, ou pelo menos soa como se tivesse explodido, pois nunca ouvi algo tão alto.

Tristas berra para Dex:

— Eu lhe disse! — enquanto Dex parece atingido na cabeça com um martelo.

Leander grita:

— Quem? Quem?

Marcus ri, um cacarejar presunçoso que me dá vontade de esfaqueá-lo. Helene tem a mão aberta sobre a boca, os olhos comicamente arregalados enquanto busca encontrar as palavras.

A mão de Cain se ergue novamente, e, mais uma vez, a multidão cai em silêncio mortal.

— As Eliminatórias estão aí — ele diz. — Para assegurar o futuro do Império, o novo imperador tem de estar no ápice de sua força, como Taius quando assumiu o trono. Desse modo, nos voltamos para nossa juventude calejada pela guerra, para nossos mais novos Máscaras. Mas nem todos competirão por essa grande honra. Apenas os melhores dentre os formandos terão esse direito, os mais fortes. Apenas quatro. Desses quatro aspirantes, um será nomeado o Pressagiado. Um jurará lealdade e servirá como Águia de Sangue. Os outros estarão perdidos, como folhas ao vento. Isso, também, já vimos.

Meu sangue começa a latejar nos ouvidos.

— Elias Veturius, Marcus Farrar, Helene Aquilla, Zacharias Farrar. — Ele chama nossos nomes na ordem em que estamos classificados. — Levantem-se e venham até aqui.

O anfiteatro está em silêncio absoluto. Sem sentir o corpo, eu me ponho de pé, ignorando os olhares perscrutadores de meus colegas, o brilho no rosto de Marcus, a indecisão no de Zak. *O campo de batalha é o meu templo. A ponta da espada é o meu sacerdote...*

As costas de Helene estão retas como uma vareta, mas ela olha para mim, para Cain, para a comandante. Em um primeiro momento, penso que ela está assustada. Então noto o reluzir em seus olhos, a leveza em seus passos.

Quando Hel e eu éramos cincos, um grupo de ataque bárbaro nos fez prisioneiros. Fui amarrado como uma cabra em dia de festival, e Helene teve as mãos atadas à sua frente com um cordão. Eles a colocaram sobre o lombo de um pônei, presumindo que ela fosse inofensiva. Naquela noite, ela usou o cordão como garrote para asfixiar três dos nossos carcereiros e quebrou o pescoço dos outros três apenas com as mãos.

"Eles sempre me subestimam", ela disse depois, soando perplexa. E estava certa, é claro. Trata-se de um erro que até eu cometo. Hel não está assustada, percebo. Ela está eufórica. Ela quer isso.

A caminhada até o palco é rápida demais. Em segundos, estou parado diante de Cain, ao lado dos outros.

— Ser escolhido como aspirante para as Eliminatórias é receber a maior honraria que o Império pode oferecer. — Cain olha para cada um de nós, mas parece que seu olhar se prolonga em mim. — Em troca desse grande presente, os adivinhos exigem um juramento: que, como aspirantes, vocês sigam até o fim das Eliminatórias, até que o imperador seja escolhido. A penalidade pela quebra do juramento é a morte. Vocês não devem subestimar esse juramento — continua Cain. — Se desejarem, podem dar meia-volta agora e deixar este pódio. Vocês permanecerão Máscaras, com todo o respeito e a honra devidos àqueles que possuem esse título. Outro combatente será escolhido em seu lugar. No fim, a escolha é de vocês.

A escolha é de vocês. Essas palavras me fazem tremer até a espinha. *Amanhã você precisa fazer uma escolha. Entre desertar e realizar o seu dever. Entre fugir do seu destino e enfrentá-lo.*

Cain não se refere a realizar o meu dever como um Máscara. Ele quer que eu escolha entre participar das Eliminatórias e desertar.

Seu diabo de olhos vermelhos sorrateiro. Eu quero me ver livre do Império. Mas como poderei encontrar a liberdade se eu participar das Eliminatórias? Se eu vencer e me tornar imperador, estarei preso ao Império pelo resto da vida. E, se eu jurar lealdade, estarei preso ao imperador como o segundo no comando — o Águia de Sangue.

Ou serei uma folha perdida ao vento, que é apenas uma maneira bacana de o adivinho dizer *morto*.

Não dê ouvidos a ele, Elias. Fuja. Amanhã, a essa hora, você estará a quilômetros de distância.

Cain observa Marcus, e a cabeça do adivinho se inclina como se ele estivesse ouvindo algo além do nosso alcance.

— Marcus Farrar. Você está pronto.

Não é uma pergunta. Marcus se ajoelha, saca sua espada e a oferece ao adivinho, os olhos reluzindo com um zelo estranhamente exultante, como se ele já tivesse sido nomeado imperador.

— Repita depois de mim — diz Cain. — Eu, Marcus Farrar, juro por sangue e por osso, por minha honra e pela honra da Gens Farrar, que me dedicarei às Eliminatórias, participando delas até o imperador ser nomeado ou meu corpo quedar frio.

Marcus repete o juramento, a voz ecoando no silêncio absoluto do anfiteatro. Cain fecha as mãos de Marcus sobre sua lâmina, pressionando até o sangue pingar das palmas. Um momento mais tarde, Helene se ajoelha, oferece sua espada, repete o juramento, sua voz reverberando através do campo tão claramente quanto um sino ao amanhecer.

O adivinho se volta para Zak, que olha para o irmão por um longo momento antes de anuir e fazer o juramento. Subitamente, sou o único dos quatro aspirantes ainda de pé, e Cain está diante de mim, esperando minha decisão.

Como Zak, hesito. As palavras de Cain me voltam à mente: *Você permeia todos os sonhos. Um fio de prata em uma tapeçaria noturna.* Tornar-me imperador é meu destino, então? Como um destino desses pode levar à liberdade? Não tenho desejo de governar — a mera ideia de fazê-lo é repugnante para mim.

Mas meu futuro como desertor não é mais atraente. *Você se tornará tudo o que mais odeia: uma pessoa má, impiedosa, cruel.*

Devo confiar em Cain quando ele diz que encontrarei a liberdade se participar das Eliminatórias? Em Blackcliff aprendemos a classificar as pessoas: civis, combatentes, inimigos, aliados, informantes, desertores. Com base nisso, decidimos nossos próximos passos. Mas não tenho compreensão alguma em relação ao adivinho. Não sei quais são suas motivações, seus desejos. A única coisa que tenho é o meu instinto, que me diz que, sobre essa questão pelo menos, Cain não estava mentindo. Seja sua previsão verdadeira ou não, ele confia que é. E, tendo em vista que minha intuição me diz para confiar nele, embora a contragosto, só há uma decisão que faz sentido.

Sem que meus olhos jamais deixem os dele, eu me ajoelho, saco minha espada e corro a lâmina por minha palma. Meu sangue cai sobre o tablado em um gotejamento rápido.

— Eu, Elias Veturius, juro por sangue e por osso...

XI
LAIA

A comandante da Academia Militar Blackcliff.

Minha curiosidade pela missão de espionagem definha. O Império treina os Máscaras em Blackcliff — Máscaras como o que assassinou minha família e roubou meu irmão. A academia se espalha no topo dos penhascos orientais de Serra como um urubu colossal, um emaranhado de prédios austeros encerrados por um muro alto de granito negro. Ninguém sabe o que acontece atrás daquele muro, como os Máscaras treinam, quantos são, como são escolhidos. Todos os anos, uma nova turma de Máscaras deixa Blackcliff, jovens, selvagens e letais. Para um Erudito — especialmente uma garota —, Blackcliff é o lugar mais perigoso na cidade.

— Ela perdeu sua escrava pessoal — continua Mazen.

— A garota se jogou dos penhascos uma semana atrás — retruca Keenan, desafiando o olhar penetrante de Mazen. — É a terceira escrava que morre a serviço da comandante este ano.

— Calado — diz Mazen. — Não vou mentir para você, Laia. A mulher é desagradável...

— Ela é totalmente maluca — diz Keenan. — É chamada de Cadela de Blackcliff. Você não vai sobreviver à comandante. A missão vai fracassar.

Mazen bate com o punho na mesa. Keenan não se mexe.

— Se você não consegue manter a boca fechada — rosna o líder da Resistência —, então saia daqui.

Tariq fica boquiaberto enquanto olha de um homem para o outro. Sana observa Keenan com uma expressão pensativa. Os outros na caverna analisam a cena também, e tenho a sensação de que Keenan e Mazen não costumam discordar com muita frequência. Keenan arrasta a cadeira para trás e sai, desaparecendo na balbúrdia que se instala ao redor da mesa.

— Você é perfeita para o trabalho, Laia — diz Mazen. — Tem todas as habilidades que a comandante espera de uma escrava doméstica. Ela vai presumir que você é analfabeta. E temos como colocar você lá dentro.

— O que acontece se eu for pega?

— Eles matam você. — Mazen me olha direto nos olhos, e sinto uma gratidão amarga por sua honestidade. — Todos os espiões que enviamos para Blackcliff foram descobertos e mortos. Essa não é uma missão para os covardes.

Quase quero rir. Ele não poderia ter escolhido uma pessoa pior para fazer isso.

— Você não está fazendo um trabalho muito bom de convencimento.

— Não preciso convencê-la — diz Mazen. — Nós podemos encontrar o seu irmão e resgatá-lo. Você pode ser nossos olhos e ouvidos em Blackcliff. Uma troca simples.

— Você confia em mim para fazer isso? — pergunto. — Você mal me conhece.

— Eu conhecia os seus pais. Isso é o suficiente para mim.

— Mazen — Tariq intervém. — Ela é apenas uma garota. Certamente não precisamos...

— Ela invocou o Izzat — diz Mazen. — Mas o Izzat significa mais que liberdade. Significa mais que honra. Significa coragem. Provar a si mesmo.

— Ele está certo — digo. Se a Resistência vai me ajudar, não posso deixar que os combatentes pensem que sou fraca. Um brilho vermelho chama minha atenção, e olho para o outro lado da caverna, onde Keenan se recosta em um beliche. Ele me observa, o cabelo como fogo à luz da tocha. Ele não quer que eu aceite essa missão porque não quer arriscar seus homens para salvar Darin. Coloco a mão em meu bracelete. *Seja corajosa, Laia*

Eu me volto para Mazen:

— Se eu fizer isso, você vai encontrar Darin? Vai tirar o meu irmão da prisão?

— Você tem a minha palavra. Não será difícil localizá-lo. Ele não é um líder da Resistência, então não deve ter sido enviado para Kauf. — Mazen bufa com desdém, mas a menção à prisão infame ao norte me dá calafrios. Os interrogadores de Kauf têm uma meta: fazer com que os detentos sofram o máximo possível antes de morrer.

Meus pais morreram em Kauf. Minha irmã, que tinha apenas doze anos na época, morreu lá também.

— Quando você fizer seu primeiro relatório — diz Mazen —, serei capaz de dizer onde Darin está. Quando sua missão estiver completa, nós o soltaremos.

— E depois?

— Nós abrimos suas algemas de escrava e a tiramos da academia. Podemos fazer parecer um suicídio, para que não mandem ninguém atrás de você. Você pode se juntar a nós, se quiser. Ou podemos conseguir passagens para Marinn, para você e o seu irmão.

Marinn. As terras livres. O que eu não faria para escapar para lá com meu irmão, para viver em um lugar sem Marciais, sem Máscaras, sem o Império.

Mas primeiro tenho de sobreviver a uma missão de espionagem. Tenho de sobreviver à Academia Blackcliff.

Do outro lado da caverna, Keenan balança a cabeça, mas os combatentes à minha volta anuem. *O Izzat é isso*, eles parecem dizer. Caio em silêncio, como se considerasse a questão, mas minha decisão é tomada assim que percebo que ir a Blackcliff é a única maneira de trazer Darin de volta.

— Eu aceito.

— Muito bem. — Mazen não parece surpreso, e me pergunto se ele sabia o tempo inteiro que eu diria sim. Em seguida ergue a voz para que seja ouvido por todos. — Keenan será o seu treinador.

Com isso, o rosto do rapaz fica mais sombrio ainda, se é que isso é possível. Ele aperta os lábios, como se para evitar dizer alguma coisa.

— As mãos e os pés dela estão machucados — diz Mazen. — Cuide dos ferimentos dela, Keenan, e diga o que ela precisa saber. Ela parte para Blackcliff hoje à noite.

Mazen vai embora, seguido por membros de sua facção, enquanto Tariq coloca a mão em meu ombro e me deseja boa sorte. Seus aliados me enchem de conselhos: "Nunca saia à procura do seu treinador. Não confie em ninguém". Eles só querem ajudar, mas acabam me sufocando, e, quando Keenan atravessa o agrupamento para me tirar dali, sinto quase um alívio.

Quase. Ele inclina a cabeça em direção a uma mesa no canto da caverna e caminha sem esperar por mim.

Um reluzir próximo à mesa revela-se uma pequena fonte. Keenan enche duas bacias com água e um pó que reconheço ser raiz-castanha. Depois coloca uma delas na mesa e a outra no chão.

Esfrego as mãos e os pés para limpá-los, e sinto a dor que a erva produz nos arranhões que ganhei nas catacumbas. Keenan me observa em silêncio. Sob seu olhar perscrutador, sinto-me envergonhada com quão rapidamente a água ficou escura de sujeira — e irritada comigo mesma por me sentir envergonhada.

Quando termino, Keenan se senta à mesa à minha frente e pega minhas mãos. Fico esperando que ele seja bruto, mas suas mãos são... não exatamente gentis, mas também não insensíveis. Enquanto ele examina meus cortes, penso em uma dezena de perguntas que eu poderia fazer, mas nenhuma delas o fará pensar que sou forte e capaz em vez de infantil e insignificante. *Por que você parece me odiar? O que eu fiz para você?*

— Você não deveria fazer isso. — Ele esfrega um unguento anestésico em um dos cortes mais profundos, mantendo a atenção fixa em meus ferimentos. — Essa missão.

Você já deixou isso claro, imbecil.

— Não vou decepcionar Mazen. Farei o que preciso fazer.

— Você vai tentar, tenho certeza disso. — Fico chocada com sua franqueza, embora a essa altura devesse estar claro que ele não tem a mínima fé em mim. — A mulher é uma selvagem. A última pessoa que mandamos...

— Você acha que eu quero espioná-la? — desabafo. Ele ergue a cabeça com surpresa nos olhos. — Eu não tenho escolha. Não se eu quiser salvar a única família que me sobrou. Então apenas... — *Cale a boca*, quero dizer. — Não torne as coisas mais difíceis.

Algo parecido com constrangimento cruza seu rosto, e ele me olha com um pouco menos de desdém.

— Desculpe.

Suas palavras são relutantes, mas um pedido de desculpas relutante é melhor que nenhum. Anuo nervosamente e percebo que seus olhos não são azuis ou verdes, mas de um tom castanho profundo. *Você está notando os olhos dele, Laia. O que significa que o está encarando. O que significa que precisa parar.* O cheiro do unguento irrita minhas narinas, e enrugo o nariz.

— Você está usando cardo nesse unguento? — pergunto. Diante de sua indiferença, pego o pote e cheiro novamente. — Tente esquisandra da próxima vez. Não cheira a bosta de ovelha, pelo menos.

Keenan ergue uma sobrancelha irascível e enrola minha mão em uma gaze.

— Você conhece remédios. Uma habilidade útil. Seus avós eram curandeiros?

— Meu avô. — É doloroso falar de vovô, e faço uma longa pausa antes de seguir em frente. — Ele começou a me treinar formalmente um ano e meio atrás. Eu só misturava os remédios antes disso.

— Você gosta? De ser curandeira?

— É um ofício. — A maioria dos Eruditos que não é escravizada trabalha em funções servis. São agricultores, faxineiros ou estivadores, um trabalho duro pelo qual não ganham quase nada. — Tenho sorte de ter um. Mas, quando eu era criança, queria ser uma kehanni.

A boca de Keenan se curva em um ínfimo sorriso. É algo insignificante, mas transforma todo o seu rosto e tira o peso do meu peito.

— Uma contadora de histórias tribal? — ele diz. — Não me diga que você acredita nos mitos dos djinns, dos efrits e dos espectros que raptam crianças à noite.

— Não. — Penso na batida. No Máscara. Minha leveza vai embora.

— Não preciso acreditar no sobrenatural. Não quando existe algo pior que ronda a noite.

Ele fica parado, uma imobilidade súbita que me faz erguer os olhos. Minha respiração fica presa por um instante com o que vejo claramente exposto em seu olhar penetrante: um conhecimento doloroso, uma compreensão amarga, da dor que conheço bem. À minha frente está alguém que trilhou caminhos tão sombrios quanto os meus. Talvez até mais sombrios.

Então a frieza retorna ao seu rosto, e suas mãos se mexem novamente.

— Certo — ele diz. — Ouça bem. Hoje foi dia de formatura em Blackcliff. Mas ficamos sabendo há pouco que a cerimônia deste ano foi diferente. Especial.

Ele me conta das Eliminatórias e dos quatro aspirantes. Então fala da minha missão.

— Nós precisamos de três informações: precisamos saber o que é cada Eliminatória, onde vai acontecer e quando. E precisamos saber disso *antes* de cada etapa começar, não depois.

Tenho uma dúzia de perguntas a fazer, mas não faço, sabendo que ele vai me achar mais boba ainda.

— Quanto tempo vou ficar na academia?

Keenan dá de ombros e termina de enfaixar minhas mãos.

— Não sabemos quase nada sobre as Eliminatórias — ele diz. — Mas não consigo imaginar que elas levem mais do que algumas semanas... um mês, no máximo.

— Você... você acha que Darin vai durar esse tempo?

Ele não responde.

◆ ◆ ◆

Horas mais tarde, ao anoitecer, eu me vejo em uma casa no Bairro Estrangeiro com Keenan e Sana, parada diante de um Tribal idoso. Ele veste a túnica solta típica de seu povo e parece mais um velho tio carinhoso do que um colaborador da Resistência.

Quando Sana explica o que quer dele, ele dá uma olhada em mim e cruza os braços.

— Nem pensar — diz com um forte sotaque serrano. — A comandante vai comê-la viva.

Keenan lança um olhar agudo para Sana, como quem diz: *O que você esperava?*

— Com todo respeito — Sana diz para o Tribal —, podemos... — Ela gesticula para o vão da porta com uma tela treliçada que leva a outro aposento. Eles desaparecem lá dentro. Sana fala baixo demais para que eu a ouça, mas o que quer que ela esteja dizendo não deve estar funcionando, pois, mesmo através da tela, posso ver o Tribal balançando a cabeça.

— Ele não vai topar — digo.

Ao meu lado, Keenan se recosta na parede, despreocupado.

— Sana pode convencê-lo. Ela não é líder de facção por acaso.

— Eu gostaria de poder fazer alguma coisa.

— Tente parecer mais corajosa.

— Como você? — Rearranjo meu rosto para que pareça inexpressivo feito uma lousa largada contra a parede e olho ao longe. Keenan sorri por uma fração de segundo. O sorriso tira anos de seu rosto.

Roço um pé descalço pelas tranças hipnóticas do tapete tribal grosso estendido no chão. Há almofadas bordadas com espelhos minúsculos ao longo dele, e lâmpadas de vidro colorido pendem do teto, refletindo os últimos raios de sol.

— Darin e eu fomos a uma casa como essa para vender as geleias da minha avó uma vez. — Estendo a mão para cima para tocar uma das lâmpadas. — Eu perguntei a ele por que os Tribais têm espelhos por toda parte, e ele disse... — A memória é clara e aguçada em minha mente, e a dor por meu irmão, por meus avós, pulsa em meu peito com tamanha violência que me calo.

"Os Tribais acreditam que os espelhos afastam o mal", disse Darin naquele dia. Em seguida pegou o caderno enquanto esperávamos pelo comerciante tribal e começou a desenhar, capturando a complexidade das telas de treliça e das lamparinas com traços pequenos e rápidos feitos a carvão. "Aparentemente, djinns e espectros não suportam a visão de si mesmos."

Depois, ele respondeu a tantas outras perguntas que lhe fiz, com sua confiança tranquila de sempre. À época, eu me perguntei como ele sabia tanto. E só agora compreendo — Darin sempre ouvia mais que falava, observando, aprendendo. Nesse sentido, ele era como o vovô.

A dor em meu peito aumenta, e meus olhos ficam subitamente quentes.

— Vai melhorar — diz Keenan. Ergo o olhar e vejo a tristeza cruzar seu rosto, quase instantaneamente substituída por aquela frieza já conhecida. — Você jamais vai se esquecer deles, nem mesmo depois de anos. Mas um dia você vai passar um minuto inteiro sem sentir dor. Então uma hora. Depois um dia. É tudo o que você pode pedir, realmente. — Sua voz baixa. — Você vai se curar. Eu prometo.

Ele desvia o olhar para longe novamente, mas estou grata de qualquer forma, pois, pela primeira vez desde a batida, me sinto menos sozinha. Um segundo mais tarde, Sana e o Tribal se juntam a nós.

— Você tem certeza de que é isso que quer? — o Tribal me pergunta.

Eu anuo, sem confiar em minha voz.

Ele suspira.

— Muito bem. — E se vira para Sana e Keenan. — Então se despeçam. Se eu a levar agora, posso colocá-la dentro da academia antes do anoitecer.

— Você vai ficar bem. — Sana me dá um abraço apertado, e me pergunto se ela está tentando convencer a mim ou a si mesma. — Você é a filha da Leoa. E a Leoa era uma sobrevivente.

Até o dia em que deixou de ser. Baixo o olhar para que Sana não perceba minha dúvida. Ela segue em direção à porta, e Keenan fica diante de mim. Cruzo os braços, não querendo que ele pense que preciso de um abraço dele também.

Mas ele não me toca. Apenas deixa a cabeça ereta e leva o punho ao coração — a saudação da Resistência.

— A morte antes da tirania — ele diz. Então também vai embora.

◆ ◆ ◆

Meia hora mais tarde, o entardecer cai sobre a cidade de Serra, e sigo o Tribal rapidamente através do Bairro dos Mercadores, lar dos membros mais ricos da classe comerciante marcial. Paramos diante do portão de ferro adornado da casa de um fornecedor de escravos, e o Tribal confere meus grilhões, sua túnica cor de tijolo chiando baixinho enquanto ele se movimenta à minha volta. Entrelaço as mãos enfaixadas para que parem de tremer, mas o Tribal separa delicadamente meus dedos.

— Comerciantes de escravos pegam mentiras como aranhas pegam moscas — ele diz. — O seu medo é bom, faz sua história parecer real. Lembre-se: não fale.

Anuo vigorosamente. Mesmo se eu quisesse dizer algo, estou assustada demais. "Este é o único fornecedor de escravos de Blackcliff", Keenan havia explicado enquanto me levava à casa do Tribal. "Nosso colaborador levou meses para ganhar a confiança dele. Se ele não escolher você para a comandante, sua missão terá terminado antes mesmo de começar."

Somos levados através dos portões, e pouco depois o comerciante de escravos está andando à minha volta, suando. Ele é tão alto quanto o Tribal, mas duas vezes mais largo, com uma barriga que deixa tensos os botões da camisa de brocado dourada.

— Nada mal. — O comerciante estala os dedos, e uma escrava aparece dos recessos da mansão trazendo uma bandeja de bebidas. O homem toma uma sofregamente, fazendo questão de não oferecer para o Tribal. — Os bordéis pagarão bem por ela.

— Como prostituta, ela não passa de cem marcos — diz o Tribal em sua cadência hipnótica. — Preciso de duzentos.

O comerciante bufa, e quero estrangulá-lo por isso. As ruas sombreadas de seu bairro estão cheias de fontes espumantes e escravos eruditos curvados. A casa do homem é uma miscelânea exagerada de arcos, colunas e pátios. Duzentas moedas de prata é um pingo d'água em um balde para ele. Ele provavelmente pagou mais pelos leões de gesso que flanqueiam a porta da frente.

— Eu gostaria de vendê-la como escrava doméstica — continua o Tribal. — Ouvi dizer que o senhor estava procurando por uma.

— E estou — admite o comerciante. — A comandante está no meu pé há dias. A bruxa continua matando as garotas. O humor de uma víbora. — Ele me olha do jeito que um fazendeiro olha para uma novilha, e prendo a respiração. Então balança a cabeça. — Ela é pequena demais, jovem demais, bonita demais. Não vai durar nem uma semana em Blackcliff, e não quero ter o trabalho de substituí-la. Dou cem por ela e a vendo para a madame Moh, nas docas.

Uma gota de suor escorre pelo rosto sereno do Tribal. Mazen lhe ordenou que fizesse o que fosse necessário para me colocar dentro da Academia Blackcliff. Mas, se ele baixar o preço subitamente, o comerciante de escravos vai suspeitar. E, se me vender como prostituta, a Resistência vai ter de me tirar de lá — e não há garantia de que eles possam fazer isso tão rapidamente. Se ele não me vender de maneira alguma, minha tentativa de salvar Darin vai fracassar.

Faça alguma coisa, Laia. É Darin novamente, insuflando minha coragem. *Ou eu morro.*

— Eu passo roupa bem, senhor. — As palavras ecoam antes que eu possa reconsiderar. A boca do Tribal se escancara, e o comerciante me olha como se eu fosse uma rata que começou a fazer malabarismos. — E, hum... sei cozinhar. E lavar e fazer penteados — termino a frase em um sussurro. — Eu... eu daria uma boa empregada.

O fornecedor de escravos me encara de cima a baixo, e lamento não ter ficado de boca fechada. Então seu olhar se torna cortante, quase divertido.

— Tem medo de trabalhar como prostituta, garota? Não vejo por quê, é um trabalho honesto. — Ele dá uma volta em mim novamente, então puxa meu queixo para cima até eu olhar para seus olhos verdes reptilianos. — Você disse que sabe fazer penteados e passar roupa? Você sabe fazer escambo e se virar no mercado?

— Sim, senhor.

— Você não sabe ler, é claro. Sabe contar?

É claro que sei contar. E sei ler também, seu porco papudo.

— Sim, senhor. Sei contar.

— Ela vai ter que aprender a ficar de boca fechada — diz o comerciante. — Vou ter que descontar o custo da limpeza. Não posso mandá-la para Blackcliff parecendo uma limpadora de chaminés. — Ele considera a questão. — Aceito a garota por cento e cinquenta marcos de prata.

— Eu também posso levá-la para uma das casas ilustres — sugere o Tribal. — Por baixo de toda essa sujeira, ela é uma bela garota. Tenho certeza de que pagariam bem por ela.

O comerciante estreita os olhos, e me pergunto se o homem de Mazen se equivocou, tentando barganhar. *Vamos lá, seu sovina*, penso. *Desembolse um pouco mais.*

O fornecedor de escravos puxa um saco de moedas, e luto para esconder o alívio.

— Cento e oitenta marcos, então. Nem um cobre a mais. Tire as correntes dela.

Menos de uma hora depois, estou trancada dentro de uma carruagem fantasma, rumo à Academia Blackcliff. Faixas largas e prateadas me marcam como escrava e adornam cada punho. Uma corrente vai da coleira em torno do pescoço até um trilho de aço dentro da carruagem. Ainda sinto ferroadas na pele da esfregação que recebi de duas escravas, e minha cabeça dói por causa do coque apertado no qual prenderam meu cabelo. Meu vestido de seda negra, com um corpete apertado e saia com estampa de diamantes, é o traje mais fino que já usei na vida. Eu o odeio de cara.

Os minutos se arrastam. Dentro da carruagem está tão escuro que sinto que fiquei cega. O Império joga crianças eruditas dentro desses veículos, algumas com apenas dois ou três anos, arrancadas aos gritos dos pais. As carruagens fantasmas são chamadas assim porque aqueles que desaparecem dentro delas nunca mais são vistos.

Não pense nessas coisas, Darin sussurra para mim. *Concentre-se na missão. Ou em como você vai me salvar.*

Enquanto repasso as instruções de Keenan, a carruagem começa a subir, deslocando-se numa dolorosa lentidão. O calor penetra meu corpo, e, quando sinto que vou desmaiar, procuro uma lembrança para me distrair — vovô enfiando o dedo em um pote de geleia fresca três dias atrás e rindo quando vovó o acertou com uma colher.

A ausência deles é uma ferida em meu peito. Sinto falta da risada rosnada de vovô e das histórias de vovó. E Darin — como sinto falta do meu irmão. Suas piadas, seus desenhos, como ele parece saber tudo. A vida sem ele não é simplesmente vazia, é assustadora. Ele tem sido meu guia, meu protetor e meu melhor amigo por tanto tempo que não sei o que fazer sem ele. Só de pensar que ele está sofrendo já é um tormento para mim. Será que ele está em uma cela agora? Ou sendo torturado?

No canto da carruagem fantasma, algo bruxuleia, escuro e rastejante.

Espero que seja um animal — um camundongo ou, céus, mesmo uma ratazana. Mas então os olhos da criatura estão em cima de mim, cintilantes e vorazes. É uma daquelas *coisas*. Uma das sombras da noite da batida. *Estou ficando maluca. Completamente maluca.*

Fecho os olhos, desejando que a coisa desapareça. Quando ela não o faz, eu a estapeio com as mãos trêmulas.

— *Laia...*

— Vá embora. Você não é real.

A coisa se aproxima. *Não grite, Laia,* digo a mim mesma, mordendo forte o lábio. *Não grite.*

— *Seu irmão está sofrendo, Laia.* — Cada uma das palavras é calculada, como se a criatura quisesse ter certeza de que não perco nem uma sílaba. — *Os Marciais lhe provocam dor lentamente e com prazer.*

— Não. Você é só uma alucinação.

O riso da criatura é como vidro quebrando.

— *Sou tão real quanto a morte, pequena Laia. Tão real quanto ossos esmigalhados, irmãs traidoras e Máscaras odiosos.*

— Você é uma ilusão. Você é a minha... minha culpa — digo e agarro o bracelete de minha mãe.

A sombra abre seu largo sorriso de predadora, e agora está a apenas um palmo de mim. Mas então a carruagem para, e a criatura me lança um último olhar malevolente antes de desaparecer com um sibilar insatisfeito. Segundos mais tarde, a porta se abre e os muros proibitivos de Blackcliff estão à minha frente, seu peso opressor expulsando a alucinação de minha mente.

— Olhos para baixo. — O comerciante de escravos me solta do trilho e força meu olhar para a rua de pedras. — Só fale com a comandante se ela falar com você. Não a olhe nos olhos. Ela açoitou escravos por menos que isso. Quando ela lhe passar uma tarefa, faça rapidamente e direito. Ela vai desfigurá-la nas primeiras semanas, mas você vai agradecer por isso. Se a cicatriz for ruim o suficiente, isso evitará que os estudantes mais velhos estuprem você com tanta frequência. A última escrava durou duas semanas — o homem continua, indiferente ao meu crescente terror. — A comandante não ficou feliz com isso. Minha culpa, é claro; eu deveria ter avisado a garota. Parece que ela enlouqueceu quando a comandante a marcou a ferro. Jogou-se dos penhascos. Não faça a mesma coisa. — Ele me olha duro, como um pai que avisa um filho distraído para não se afastar muito. — Ou a comandante vai achar que só lhe forneço porcaria.

O comerciante faz uma saudação para os guardas posicionados nos portões e puxa minha corrente como se eu fosse um cão. Eu me arrasto atrás dele. *Estupro... desfiguramento... marcação a ferro. Não vou conseguir, Darin. Não vou.*

Uma vontade visceral de fugir percorre meu corpo, tão poderosa que diminuo o passo, paro e me afasto do fornecedor de escravos. Meu estômago está embrulhado. Acho que vou vomitar, mas o homem dá um puxão forte na corrente e avanço aos tropeções.

Não há para onde fugir, percebo quando passamos pela ponte levadiça com lanças de ferro e entramos nas terras lendárias. *Não há para onde fugir. Não há outra maneira de salvar Darin.*

Estou dentro agora. E não há como voltar.

XII
ELIAS

Horas depois de eu ter sido nomeado aspirante, estou obedientemente parado ao lado do meu avô em seu saguão cavernoso para receber os convidados da minha festa de formatura. Embora Quin Veturius tenha setenta e sete anos, as mulheres coram quando ele as olha nos olhos, e os homens se encolhem quando ele se digna a apertar suas mãos. A luz da lâmpada dá um tom dourado a seu basto cabelo grisalho, e o jeito como ele se posiciona acima de todas as pessoas, a maneira como cumprimenta com a cabeça quando elas entram em sua casa me fazem imaginar um falcão observando o mundo através de uma corrente de ar ascendente.

Na oitava batida do sino, a mansão está repleta das mais finas famílias ilustres e de alguns dos Mercadores mais ricos. Os únicos Plebeus são os cavaleiros.

Minha mãe não foi convidada.

— Parabéns, aspirante Veturius — um homem de bigode que poderia ser um primo diz ao apertar forte a minha mão, usando o título que os adivinhos me concederam durante a formatura. — Ou devo dizer... *Sua Majestade imperial.* — O homem ousa cruzar o olhar com o de meu avô com um largo sorriso obsequioso. Quin Veturius o ignora.

É assim a noite toda. Pessoas cujos nomes eu não conheço me tratam como se eu fosse seu filho, irmão ou primo há muito perdido. Muitos deles provavelmente são meus parentes, mas nunca se deram o trabalho de reconhecer minha existência antes.

Os bajuladores são intercalados com amigos — Faris, Dex, Tristas, Leander —, mas a pessoa por quem espero mais impacientemente é Helene. Após fazer o juramento, as famílias dos formandos lotaram o campo, e ela foi levada por uma maré da Gens Aquilla antes que eu tivesse chance de falar com ela.

O que Helene pensa a respeito das Eliminatórias? Estamos competindo um contra o outro pelo cargo de imperador? Ou vamos trabalhar juntos, como fazemos desde que entramos em Blackcliff? Minhas perguntas não cessam, e penso em como me tornar o líder de um Império que eu desprezo pode resultar em minha "verdadeira liberdade, do corpo e da alma".

Uma coisa é certa: por mais que eu queira escapar de Blackcliff, a academia não terminou comigo ainda. Em vez de um mês de dispensa, recebemos apenas dois dias. Os adivinhos demandaram que todos os estudantes — mesmo os recém-formados — retornem a Blackcliff para servir de testemunha para as Eliminatórias.

Quando Helene finalmente chega à casa de meu avô, acompanhada de seus pais e irmãs, esqueço de cumprimentá-la. Estou ocupado demais olhando fixamente para ela. Helene saúda meu avô, esguia e reluzente em seus trajes cerimoniais, sua capa negra tremulando levemente. Os cabelos, prateados à luz das velas, se derramam por suas costas como um rio.

— Cuidado, Aquilla — digo quando ela se aproxima. — Você quase parece uma garota.

— E você quase parece um aspirante. — Seu sorriso não chega aos olhos, e instantaneamente sei que há algo errado. Sua euforia anterior se evaporou, e Helene está nervosa, como costuma ficar antes de uma batalha que acredita que não vai vencer.

— O que há de errado? — pergunto. Ela tenta passar por mim, mas pego sua mão e a puxo de volta. Há uma tempestade em seus olhos, mas ela força um sorriso e delicadamente solta os dedos dos meus.

— Não há nada de errado. Onde está a comida? Estou morrendo de fome.

— Vou com você...

— Aspirante Veturius — meu avô me chama com sua voz grave. — O governador Leif Tanalius gostaria de ter uma palavra com você.

— É melhor não deixar Quin esperando — diz Helene. — Ele parece determinado.

Ela se manda, e eu cerro os dentes enquanto meu avô me obriga a participar de uma discussão empolada com o governador. Repito a mesma conversa chata com uma dúzia de outros líderes ilustres durante a próxima hora, até que, finalmente, meu avô se afasta do fluxo sem fim de convidados e me puxa para um canto.

— Você está distraído, quando não pode se dar ao luxo disso — ele diz. — Esses homens podem ser de grande ajuda.

— Eles podem participar das Eliminatórias por mim?

— Não seja idiota — diz meu avô, descontente. — Um imperador não é uma ilha. São necessários milhares para administrar o Império efetivamente. Os governadores das cidades se reportarão a você, mas o enganarão e o manipularão a cada passo. Sendo assim, você precisará de uma rede de espionagem para mantê-los sob controle. A Resistência dos Eruditos, os guerrilheiros das fronteiras e as tribos mais problemáticas verão a mudança na dinastia como uma oportunidade para semear a desordem. Você precisará de todo o apoio do exército para acabar com qualquer indício de rebelião. Resumindo, você precisa desses homens, como conselheiros, ministros, diplomatas, generais, chefes de espionagem.

Anuo distraidamente. Há uma garota mercadora em um vestido desconcertantemente delicado me encarando da porta que leva ao jardim cheio de gente. Ela é bonita. Muito bonita. Sorrio para ela. Talvez depois que eu encontrar Helene...

Quin Veturius agarra meu ombro e me afasta do jardim, para onde eu estava me dirigindo.

— Preste atenção, garoto — ele diz. — Os tambores levaram a notícia das Eliminatórias para o imperador esta manhã. Meus espiões me disseram que ele deixou a capital tão logo a ouviu. Ele e a maioria de sua casa estarão aqui em questão de semanas... O Águia de Sangue também, se quiser se salvar. — Diante de meu olhar de surpresa, meu avô bufa.

— Você acha que a Gens Taia cairia sem lutar?

Mas o imperador praticamente venera os adivinhos. Ele os visita todos os anos.

— De fato. E agora os adivinhos se voltaram contra ele, ameaçando usurpar sua dinastia. Ele vai lutar, você pode contar com isso. — Meu avô estreita os olhos. — Se quiser vencer, você precisa acordar. Já desperdicei tempo demais consertando seus erros. Os irmãos Farrar estão falando para todo mundo que você quase deixou um desertor escapar ontem, e que o fato de sua máscara não aderir ao seu rosto é um sinal de deslealdade. Você tem sorte de o Águia de Sangue estar no norte, ou ele teria você nas mãos a essa altura. De qualquer forma, a Guarda Negra decidiu não investigar assim que lembrei a eles que os Farrar são descendentes de uma escória plebeia e você é da casa mais fina do Império. Está me ouvindo?

— É claro que estou. — Finjo me sentir ofendido, mas, como estou observando a garota mercadora e ao mesmo tempo procurando Helene no jardim, meu avô não se convence. — Eu queria encontrar a Hel...

— Não ouse se distrair com a Aquilla — diz meu avô. — Não entendo como ela conseguiu ser nomeada aspirante. Mulheres não têm vez no exército.

— Aquilla é uma das melhores combatentes da academia. — Ao me ouvir defendê-la, meu avô bate a mão com tanta força na mesa de entrada antiga que um vaso cai e se despedaça. A garota mercadora dá um grito e some. Quin Veturius nem pisca.

— Bobagem — diz meu avô. — Não me diga que nutre sentimentos pela rapariga.

— Meu avô...

— Ela pertence ao Império. Embora eu suponha que, se você for nomeado imperador, pode colocá-la de lado como Águia de Sangue e se casar com ela. Ela é uma Ilustre de boa cepa, então pelo menos você teria herdeiros...

— Meu avô, pare. — Eu me sinto desconfortavelmente ciente do calor que sobe em meu pescoço com a perspectiva de fazer herdeiros com Helene. — Não penso nela *desse* jeito. Ela é... ela é...

Quin Veturius ergue uma sobrancelha prateada enquanto gaguejo como um tolo. Estou mentindo, é claro. Estudantes não têm muito acesso a mulheres em Blackcliff, a não ser que estuprem uma escrava ou paguem uma prostituta, possibilidades que jamais me interessaram. Tive um número suficiente de oportunidades para me divertir durante as dispensas, que ocorrem apenas uma vez por ano. Helene é uma garota, uma garota bonita, e passo a maior parte do tempo com ela. É claro que pensei nela *desse* jeito, mas isso não significa nada.

— Ela é uma companheira de batalha, meu avô. O senhor poderia amar um colega soldado do mesmo jeito que amou minha avó?

— Nenhum dos meus colegas era uma garota alta e loira.

— Terminamos aqui? Eu gostaria de comemorar minha formatura.

— Mais uma coisa. — Meu avô desaparece, retornando alguns momentos depois com um pacote longo enrolado em seda negra. — São para você — ele diz. — Eu estava planejando lhe deixar isso quando você se tornasse o pater da Gens Veturia. Mas elas lhe servirão melhor agora.

Quando abro o pacote, quase o deixo cair.

— Mas que inferno. — Olho fixamente para as cimitarras em minhas mãos, um par com desenhos complexos em negro, provavelmente único no Império. — São cimitarras telumanas.

— Feitas pelo atual avô telumano. Um bom homem. Um bom amigo.

A Gens Teluman produziu os ferreiros mais talentosos do Império durante séculos. O atual ferreiro telumano passa meses produzindo a armadura de aço sérrico dos Máscaras todos os anos. Mas uma cimitarra telumana — uma verdadeira cimitarra telumana, capaz de cortar cinco corpos ao mesmo tempo — é forjada a intervalos de anos.

— Não posso ficar com elas.

Tento devolvê-las, mas meu avô puxa minhas cimitarras penduradas nas costas e as substitui pelas espadas telumanas.

— São um presente à altura de um imperador — ele diz. — Faça por merecê-las. *Sempre vitorioso.*

— *Sempre vitorioso* — ecoo o lema da Gens Veturia, e meu avô sai para receber os convidados. Ainda me recuperando da surpresa, vou até a tenda onde está sendo servido o jantar, esperando encontrar Helene. A cada passo, as pessoas param para conversar comigo. Alguém põe em minha mão um prato de kebabs apimentados. Outra pessoa, um drinque. Uma dupla de Máscaras mais velhos lamenta o fato de que as Eliminatórias não ocorreram em sua época, enquanto um grupo de generais ilustres discute sobre o imperador Taius aos sussurros, como se seus espiões os observassem. Ninguém fala a respeito dos adivinhos em um tom que não seja o de reverência. Ninguém teria coragem.

Quando finalmente escapo da multidão, Helene não está em parte alguma, embora eu veja suas irmãs, Hannah e Livia, olhando para um Faris aparentemente entediado.

— Veturius — ele resmunga para mim, e fico aliviado que ele não me trate com a mesma deferência aduladora dos outros. — Preciso que você me apresente. — Ele olha para algumas garotas ilustres em vestidos de seda e cobertas de joias que estão às margens da tenda. Algumas delas me observam de maneira perturbadoramente predatória. Eu conheço bem algumas — bem demais, na verdade, para que algo de bom saia de todos aqueles murmúrios delas.

— Faris, você é um Máscara. Não precisa de apresentação. Apenas vá até lá conversar com elas. Se está tão nervoso assim, peça para Dex ou Demetrius te acompanharem. Você viu Helene?

Ele ignora minha pergunta.

— Demetrius não veio. Provavelmente porque se divertir é contra o seu código moral. E o Dex está bêbado, se soltando pela primeira vez na vida, graças aos céus.

— E Trist...

— Ocupado demais babando pela noiva. — Faris aponta para uma das mesas, onde Tristas está sentado com Aelia, uma moça bela, de cabelos negros. Ele parece mais feliz do que o vi o ano todo. — E Leander confessou seu amor pela Helene...

— De novo?

— De novo. Ela o mandou cair fora antes que ela quebrasse o nariz dele pela segunda vez, e ele foi procurar consolo no jardim dos fundos com uma ruiva. Você é a minha última esperança. — Faris olha lascivamente para as garotas ilustres. — Se lembrarmos a elas que você vai ser imperador, aposto que pegamos duas cada um.

— É de se pensar. — Na realidade considero a possibilidade por um momento antes de me lembrar de Helene. — Mas preciso encontrar Aquilla.

Neste momento, ela entra na tenda e passa pelo grupo de garotas, parando quando uma fala com ela. Ela me olha de relance antes de sussurrar algo. A garota fica boquiaberta, e Helene se vira e sai da tenda.

— Preciso falar com Helene — digo a Faris, que notou Hannah e Livia e sorri de maneira convidativa para elas enquanto alisa o topete. — Não fique bêbado demais — aconselho. — E, a não ser que você queira acordar sem a sua virilidade, fique longe daquelas duas. São as irmãs mais novas da Hel.

O sorriso desaparece do rosto de Faris, e ele se afasta da tenda, resoluto. Eu me apresso atrás de Helene, acompanhando um brilho loiro que avança através dos vastos jardins de meu avô, na direção de um abrigo velho nos fundos da casa. A iluminação das tendas da festa não chega tão longe, e conto apenas com a luz das estrelas para me guiar. Seguro meu prato, jogo fora meu drinque e me lanço para cima do abrigo antes de escalar o telhado inclinado da construção.

— Você poderia ter escolhido um lugar mais fácil de chegar, Aquilla.

— É tranquilo aqui — ela diz da escuridão. — Além disso, dá para ver tudo até o rio. Você trouxe comida para mim?

— Sai fora. Você provavelmente comeu dois pratos enquanto eu cumprimentava todos aqueles empetecados.

— Minha mãe diz que estou magra demais. — Ela espeta um salgado do meu prato com uma adaga. — Aliás, por que você demorou tanto para chegar aqui? Cortejando seu bando de donzelas?

Minha conversa constrangedora com meu avô me volta à mente, e um silêncio espinhoso cai entre nós. Helene e eu não conversamos sobre garotas. Ela brinca com Dex e com os outros a respeito de seus flertes, mas não comigo. Nunca comigo.

— Eu... hum...

— Você acredita que Lavinia Tanalia teve a coragem de me perguntar se você alguma vez falou dela? Tive vontade de enfiar um espeto de kebab naquele corpete quase estourando. — Um mínimo frêmito de tensão transparece na voz de Helene, e limpo a garganta.

— O que você disse a ela?

— Que você chamava o nome dela toda vez que visitava as garotas das docas. Isso a calou na hora.

Irrompo em uma risada, compreendendo agora a expressão horrorizada no rosto de Lavinia. Helene sorri, mas seus olhos estão tristes. De repente, ela parece sozinha. Quando inclino a cabeça para capturar seu olhar, ela o desvia. O que quer que esteja errado, ela não está pronta para me contar.

— O que você vai fazer se virar imperatriz? — pergunto. — O que vai mudar?

— Você vai vencer, Elias. E eu serei sua Águia de Sangue. — Ela fala com tal convicção que, por um segundo, é como se falasse alguma verdade antiga, como se me contasse a cor do céu. Mas então dá de ombros e desvia o olhar. — Mas, se eu vencer, vou mudar tudo. Vou ampliar o comércio para o sul, trazer mulheres para o exército, abrir relações com os Navegantes. E eu faria... eu faria algo a respeito dos Eruditos.

— Você quer dizer a Resistência?

— Não. O que acontece no bairro. As batidas. As mortes. Não é... — Eu sei que ela quer dizer que não é certo, mas isso seria rebelião. — As coisas poderiam ser melhores — ela diz.

Há um desafio em seu rosto quando ela olha para mim, e ergo as sobrancelhas. Helene nunca me pareceu uma simpatizante dos Eruditos, e gosto mais dela por isso.

— E você? — ela pergunta. — O que faria?

— O mesmo que você, eu acho. — Não posso lhe dizer que não tenho interesse em ser o soberano e que jamais terei. Ela não vai compreender. — Talvez eu simplesmente deixe você administrar as coisas enquanto eu me refestelo em meu harém.

— Fale sério.

— Estou falando muito sério. — Abro um largo sorriso para ela. — O imperador tem um harém, certo? Eu só fiz o juramento por causa disso... — Ela me empurra praticamente para fora do telhado, e imploro por sua piedade.

— Não é engraçado. — Ela soa como um centurião, e tento manter uma expressão apropriadamente sóbria. — Nossa vida depende disso — ela diz. — Prometa que vai lutar para vencer. Prometa que vai fazer o máximo que puder nas Eliminatórias. — Ela agarra uma correia em minha armadura. — Prometa!

— Está bem, meus céus. Foi só uma piada. É claro que vou lutar para vencer. Não estou planejando morrer, com certeza. Mas e você? Não quer se tornar imperatriz?

Ela balança a cabeça veementemente.

— Eu me encaixaria melhor como Águia de Sangue. E não quero competir com você, Elias. No momento em que começarmos a trabalhar um contra o outro, deixaremos Marcus e Zak vencerem.

— Hel... — Penso em perguntar novamente o que está errado, esperando que toda essa conversa de nos mantermos unidos a faça se abrir comigo. Mas ela não me dá chance.

— Veturius! — Seus olhos se arregalam quando ela vê as bainhas às minhas costas. — São espadas telumanas?

Mostro-lhe as cimitarras, e ela fica com inveja, como qualquer um ficaria. Permanecemos calados por um tempo, contentes por contemplar as estrelas acima de nós, por encontrar música nos ruídos distantes que se elevam das forjas.

Observo seu corpo esguio, seu perfil delgado. O que Helene teria sido se não tivesse se tornado uma Máscara? É impossível imaginá-la como uma típica garota ilustre, buscando um bom casamento, comparecendo a festas e deixando-se seduzir por homens bem-nascidos.

Acho que não importa. O que quer que pudéssemos ter sido — curandeiros ou políticos, juristas ou construtores — foi tirado de nós pelo treinamento, revirado e lançado ao funil de escuridão que é Blackcliff.

— O que está acontecendo com você, Hel? — pergunto. — Não me insulte fingindo que não sabe do que estou falando.

— Estou só nervosa por causa das Eliminatórias — ela responde sem gaguejar. Em seguida me encara, as íris azuis suaves e claras, a cabeça ligeiramente inclinada. Qualquer um acreditaria nela sem questionar. Mas eu conheço Helene, e sei na mesma hora que ela está mentindo. Em mais um lampejo de discernimento, nascido da consciência que só se revela nas profundezas da noite, quando a mente abre estranhas portas, percebo algo mais. Essa não é uma mentira tranquila. É violenta e demolidora.

Helene suspira diante de minha expressão.

— Deixe pra lá, Elias.

— Então *há* algo...

— Está bem. — Ela me interrompe. — Eu conto o que está me incomodando se você me contar o que realmente estava fazendo nos túneis ontem de manhã.

O comentário é tão inesperado que tenho de desviar o olhar.

— Eu já disse, eu...

— Sim. Você disse que estava procurando o desertor. E eu estou dizendo que não tem nada de errado comigo. Agora está tudo claro e em pratos limpos. — Há uma mordacidade em sua voz com a qual não estou acostumado. — E não temos mais nada para conversar.

Ela cruza o olhar com o meu, exibindo um cansaço pouco familiar nos olhos. *O que você está escondendo, Elias?*, sua expressão parece dizer.

Hel é mestre em deslindar segredos. Algo a respeito de sua combinação de lealdade e paciência cria em mim uma vontade incomum de lhe fazer confidências. Ela sabe, por exemplo, que contrabandeio lençóis para os novilhos, para que não sejam açoitados por molhar a cama. Ela sabe que escrevo para Mamie Rila e para meu irmão adotivo, Shan, todos os meses. Sabe que uma vez derramei um balde de bosta de vaca na cama de Marcus. Ela se divertiu durante dias com essa.

Mas há tantas coisas que ela não sabe. Meu desprezo pelo Império. Quão desesperadamente quero me ver livre dele.

Não somos mais crianças, rindo de confidências compartilhadas. Jamais seremos novamente.

No fim, não respondo à pergunta dela, e ela não responde à minha. Em vez disso, ficamos sentados sem dizer nada, observando a cidade, o rio, o deserto além, com nossos segredos pesando entre nós.

XIII
LAIA

A pesar do aviso do comerciante de escravos para que eu mantivesse a cabeça baixa, olho fixamente para a academia com um assombro doentio. A noite se mistura ao cinza das pedras, e é impossível dizer onde as sombras terminam e onde começam os prédios de Blackcliff. Luminárias de chama azul fazem os campos de treinamento de areia desertos da escola parecerem fantasmagóricos. Ao longe, a luz do luar é refletida nas colunas e nos arcos de um anfiteatro estonteantemente alto.

Os alunos de Blackcliff estão de férias, e o raspar das minhas sandálias é o único ruído que rompe o silêncio sinistro do lugar. Cada sebe é cortada reta como se por uma plaina, cada caminho é caprichosamente pavimentado, sem uma única rachadura à vista. Não há flores ou vinhas florescendo e escalando os prédios, nenhum banco onde os estudantes possam relaxar.

— Rosto para frente — o fornecedor de escravos late. — Olhos para baixo.

Seguimos na direção de uma estrutura agachada na ponta dos penhascos ao sul, como um sapo negro. Ela é construída do mesmo granito que está por toda parte no restante da escola. A casa da comandante. Um mar de dunas de areia se estende abaixo dos penhascos, implacável e sem vida. Bem além das dunas, as proeminências azuis da cordilheira Serrana cortam o horizonte.

Uma escrava pequenina abre a porta da frente da casa. A primeira coisa que noto é seu tapa-olho. "Ela vai desfigurá-la nas primeiras semanas", o comerciante disse. Será que a comandante vai arrancar o meu olho também?

Não importa. Estendo a mão para o bracelete. *É por Darin. Tudo por Darin.*

O interior da casa é tão sombrio quanto uma masmorra, as velas dispersas proporcionando pouca iluminação contra as paredes de pedra escuras. Olho ao redor, observando de relance os móveis simples, quase dignos de um mosteiro, que compõem a sala de jantar e a sala de estar, antes que o fornecedor de escravos pegue um punhado do meu cabelo e o puxe tão forte que acho que meu pescoço vai quebrar. Uma faca aparece em sua mão, a ponta acariciando meus cílios. A escrava se encolhe.

— Se você olhar para frente mais uma vez — ele diz, o hálito quente e fétido em meu rosto —, vou arrancar seus olhos, entendeu?

Meus olhos se enchem de lágrimas, e, com meu rápido anuir, ele me solta.

— Pare de choramingar — ele diz enquanto a escrava nos leva escada acima. — A comandante prefere atravessar uma cimitarra em você a ter de lidar com lágrimas, e eu não gastei cento e oitenta marcos só para jogar o seu corpo para os abutres.

A escrava nos leva até uma porta no fim de um corredor, endireitando o vestido negro já perfeitamente passado antes de bater suavemente. Uma voz ordena que entremos.

Enquanto o comerciante empurra a porta, vejo de relance uma janela com cortinas pesadas, uma escrivaninha e uma parede de rostos desenhados à mão. Então me lembro da faca do homem e fixo os olhos no chão.

— Você demorou — uma voz suave nos recebe.

— Perdão, comandante — diz o comerciante. — Meu fornecedor..

— Silêncio.

Ele engole em seco. Suas mãos soam como o chocalho de uma cascavel enquanto ele esfrega uma na outra. Fico absolutamente imóvel. Será que a comandante está olhando para mim? Examinando-me? Tento parecer submissa e obediente, da maneira que sei que os Marciais gostam que os Eruditos pareçam.

Um segundo mais tarde, ela está diante de mim. Levo um susto, surpresa com quão silenciosamente ela deu a volta em sua escrivaninha. Ela é menor do que eu imaginava — mais baixa que eu e magra como um caniço. Quase delicada. Se não fosse a máscara, eu poderia confundi-la com uma criança. Seu uniforme está passado à perfeição, as calças enfiadas em botas negras, reluzentes como um espelho. Cada botão da camisa ébano brilha com o bruxulear dos olhos de uma serpente.

— Olhe para mim — ela diz. Forço-me a obedecer, ficando instantaneamente paralisada quando cruzo com seu olhar intenso. Olhar para o seu rosto é como olhar para a superfície lisa e uniforme de uma lápide. Não há um fiapo de humanidade em seus olhos cinza, tampouco qualquer evidência de bondade nos contornos de seus traços mascarados. Uma espiral de tinta azul esmaecida sobe retorcida pelo lado esquerdo de seu pescoço — uma tatuagem.

— Qual é o seu nome, garota?

— Laia.

Minha cabeça é jogada para o lado, e minha face fica em chamas antes que eu perceba que ela me acertou. Lágrimas saltam de meus olhos com a rispidez do tapa, e cravo as unhas nas coxas para não sair correndo.

— Errado — a comandante me informa. — Você não tem nome. Nenhuma identidade. Você é uma escrava. É tudo o que você é. É tudo o que jamais será. — Ela se volta para o comerciante de escravos para discutir o pagamento. Meu rosto ainda está doendo quando ele solta minha coleira. Antes de ir embora, ele para.

— Posso lhe oferecer meus parabéns, comandante?

— Por quê?

— Pela escolha dos aspirantes. É só o que se comenta na cidade. O seu filho...

— Saia — diz a comandante. Ela dá as costas para o comerciante sobressaltado, que rapidamente se retira, e fixa o olhar intenso em mim. Essa *coisa* realmente deu cria? Que tipo de demônio ela pariu? Tenho um arrepio, desejando jamais descobrir.

O silêncio se prolonga, e fico imóvel como um poste, temerosa demais até para piscar. Dois minutos com a comandante e ela já me intimidou.

— Escrava — ela diz. — Olhe atrás de mim.

Eu olho para frente, e a impressão peculiar de rostos que tive quando entrei no aposento se esclarece. A parede atrás da comandante está coberta de pôsteres emoldurados em madeira de homens e mulheres, velhos e jovens. Há dezenas deles, todos enfileirados.

Procuram-se:
espiões rebeldes... ladrões eruditos... integrantes da Resistência...
Recompensa: 250 marcos... 1.000 marcos

— Esses são os rostos de cada combatente da Resistência que eu cacei, cada Erudito que prendi e executei, a maioria antes de assumir o cargo de comandante. Alguns depois.

Um cemitério de papel. A mulher é doente. Desvio o olhar.

— Vou contar a você a mesma coisa que conto a todos os escravos trazidos para Blackcliff. A Resistência tentou penetrar nesta escola inúmeras vezes. Descobri todas elas. Se você está trabalhando para a Resistência, se você contatá-los, se pensar em contatá-los, eu saberei e a destruirei. *Olhe.*

Faço o que ela pede, tentando ignorar os rostos e deixando que as imagens e palavras desapareçam em uma mancha.

Mas então vejo dois rostos que não vão desaparecer. Dois rostos que, por pior que estivessem retratados, eu jamais poderia ignorar. O choque me percorre lentamente, como se meu corpo lutasse contra ele. Como se eu não quisesse acreditar no que vejo.

Mirra e Jahan de Serra
Líderes da Resistência
Prioridade absoluta
Mortos ou vivos
Recompensa: 10.000 marcos

Meus avós nunca me contaram quem destruiu minha família. "Um Máscara", eles disseram. "Tem alguma importância qual deles foi?" E aqui está ela. Esta é a mulher que esmagou meus pais debaixo de sua bota com solado de aço, que colocou a Resistência de joelhos, matando seus maiores líderes.

Como ela fez isso? Como, se meus pais dominavam de tal forma a arte da dissimulação que poucos sabiam como eles eram e muito menos como encontrá-los?

O traidor. Alguém que jurou lealdade à comandante. Alguém em quem meus pais confiavam.

Será que Mazen sabia que estava me enviando para o covil da assassina dos meus pais? Ele é um homem severo, mas não parece intencionalmente cruel.

— Se tentar me trair — a comandante sustenta meu olhar implacavelmente — você se juntará aos rostos naquela parede. Entendeu?

Arranco o olhar fixo sobre meus pais e anuo, tremendo com a luta para não deixar que meu corpo traia meu choque. Minhas palavras são um sussurro estrangulado.

— Eu entendi.

— Que bom. — Ela vai até a porta e puxa uma corda. Momentos mais tarde, a garota de um olho só aparece para me acompanhar escada abaixo. A comandante fecha a porta atrás de mim, e a ira me toma como uma doença. Quero voltar e atacar a mulher. Quero gritar com ela. *Você matou minha mãe, que tinha o coração de uma leoa, e minha irmã, que ria como a chuva, e meu pai, que capturava a verdade com traços de caneta. Você os tirou de mim. Você os tirou deste mundo.*

Mas não volto. A voz de Darin chega até mim novamente. *Salve-me, Laia. Lembre por que você está aqui. Para espionar.*

Céus. Não notei nada no gabinete da comandante, exceto sua parede de mortos. Da próxima vez que entrar, terei de prestar mais atenção. Ela não sabe que sei ler. Talvez eu aprenda algo apenas olhando de relance os papéis sobre sua escrivaninha.

Minha mente está tão ocupada que mal ouço o sussurro suave como uma pena da garota quando ele passa junto ao meu ouvido.

— Você está bem?

Embora ela seja apenas alguns centímetros mais baixa que eu, parece minúscula de certa maneira, o corpo fino como um palito nadando no vestido, o rosto aflito e assustado, como o de um camundongo faminto. Uma parte mórbida de mim quer perguntar como ela perdeu o olho.

— Estou bem — digo. — Só não acho que ganhei a simpatia dela.

— Ela não tem simpatia.

Isso está bastante claro.

— Qual é o seu nome?

— Eu... eu não tenho nome — diz a garota. — Nenhum de nós tem.

Sua mão vagueia para o tapa-olho, e subitamente me sinto enjoada. Foi isso que aconteceu com essa garota? Ela disse o seu nome a alguém e lhe arrancaram o olho?

— Tenha cuidado — ela diz suavemente. — A comandante vê coisas. Sabe de coisas que não deveria. — A garota se apressa à minha frente, como se desejasse escapar fisicamente das palavras que falou há pouco.

— Vamos, vou levar você até a cozinheira.

Seguimos para a cozinha, e tão logo entro me sinto melhor. O lugar é amplo, quente e bem iluminado, com uma fornalha e um fogão gigantes encostados em um canto e uma bancada de madeira no centro. O teto é tomado de réstias de pimenta vermelha seca e cebola de casca fina. Uma prateleira cheia de temperos corre ao longo de uma parede, e o cheiro de limão e cardamomo permeia o ar. Se não fosse pela grandeza do lugar, eu diria que estava de volta à cozinha de vovó.

Uma pilha de panelas sujas se eleva de uma pia, e uma chaleira de água ferve sobre o fogão. Alguém dispôs uma bandeja com biscoitos e geleia. Uma mulher pequena de cabelos brancos em um vestido com padrões de diamantes idêntico ao meu está de pé junto à bancada, cortando uma cebola de costas para nós. Além dela, há uma porta de tela que leva para a rua.

— Cozinheira — diz a garota. — Esta é a...

— Auxiliar de cozinha — a mulher se dirige a ela sem se virar. Sua voz é estranha, rouca, como se estivesse doente. — Não pedi para você lavar aquelas panelas horas atrás? — A auxiliar não tem chance de protestar. — Pare de vadiar e vá fazer o serviço — dispara a mulher. — Ou vai dormir de barriga vazia e não vou sentir um fio de culpa.

Quando a garota pega o avental, a cozinheira se vira e contenho o espanto, tentando não olhar, boquiaberta, para a ruína em seu rosto. Cicatrizes grossas e vermelhas correm da testa até as faces, os lábios e o queixo, chegando ao colarinho alto de seu vestido negro. Parece que um animal selvagem a rasgou em pedaços com suas garras, e ela teve o azar de sobreviver. Apenas seus olhos, de um azul-ágata escuro, permaneceram inteiros.

— Quem... — Ela me percebe ali parada, estranhamente imóvel. Então, sem explicação, se vira e sai mancando pela porta dos fundos.

Olho para a auxiliar de cozinha em busca de ajuda.

— Eu não queria ter ficado olhando.

— Cozinheira? — A auxiliar vai timidamente até a porta e abre uma fresta. — Cozinheira?

Quando nenhuma resposta vem, a garota olha de relance entre mim e a porta. A chaleira sobre o fogão assobia agudamente.

— É quase o nono sino. — Ela retorce as mãos. — É quando a comandante toma o chá da noite. Você deve levá-lo para cima, mas, se chegar atrasada... a comandante... ela vai...

— Ela vai o quê?

— Ela... ela vai ficar brava. — Um terror animal e verdadeiro toma conta do rosto da garota.

— Certo — eu digo. O temor da auxiliar de cozinha é contagiante, e sirvo apressadamente água da chaleira na xícara sobre a bandeja. — Como ela toma? Com açúcar? Com creme?

— Com creme. — Ela corre até um guarda-louça e pega um jarro coberto, derramando parte do leite. — Ah!

— Aqui. — Eu tomo o jarro dela e tiro o creme com uma colher, tentando permanecer calma. — Está vendo? Tudo feito, só vou limpar...

— Não dá tempo. — A garota enfia a bandeja em meus braços e me empurra na direção do corredor. — Por favor, depressa. São quase...

Os sinos começam a tocar.

Os degraus são íngremes, e caminho rápido demais. A bandeja se inclina, e mal consigo segurar o pote de creme antes que a colher caia ruidosamente no chão. O sino toca pela nona vez e cai em silêncio.

Calma, Laia. Isso é ridículo. A comandante provavelmente nem vai notar se estou cinco segundos atrasada, mas vai notar se a bandeja estiver desarrumada. Equilibro-a em uma das mãos e me agacho para pegar a colher, sem esquecer de arrumar a louça antes de me aproximar da porta.

Ela se abre quando ergo a mão para bater. A bandeja é arrancada das minhas mãos, a xícara de chá quente voa ao lado da minha cabeça e explode contra a parede atrás de mim.

Ainda estou boquiaberta quando a comandante me puxa para dentro do escritório.

— Vire-se.

Meu corpo inteiro treme enquanto me viro para ficar de frente para a porta fechada. Não registro o zunido da madeira cortando o ar até que a chibata da comandante acerta minhas costas. O choque do impacto me faz cair de joelhos. A chibata desce mais três vezes antes que eu sinta suas mãos em meu cabelo. Dou um grito quando ela traz meu rosto para junto do seu, a prata de sua máscara quase tocando minha face. Cerro os dentes contra a dor, forçando as lágrimas de volta enquanto penso nas palavras do comerciante de escravos. *A comandante prefere atravessar uma cimitarra em você a ter de lidar com lágrimas.*

— Não tolero atrasos — ela diz, com os olhos sinistramente calmos. — Isso não acontecerá de novo.

— S-sim, comandante. — Meu sussurro não é mais alto que o da auxiliar de cozinha. Dói demais falar mais alto. A mulher me solta.

— Limpe a sujeira no corredor. Apresente-se a mim amanhã de manhã, no sexto sino.

A comandante passa por cima de mim, e momentos mais tarde a porta é fechada.

A prataria chacoalha quando levanto a bandeja. Apenas quatro chibatadas e sinto como se minha pele tivesse sido aberta e empapada de sal. O sangue escorre por minhas costas.

Quero ser lógica, prática, como vovô me ensinou quando lidava com lesões. *Corte a camisa, minha garota. Limpe os ferimentos com hamamélis e os cubra com cúrcuma. Então os enfaixe e troque o curativo duas vezes ao dia.* Mas onde vou conseguir uma camisa nova? Hamamélis? Como vou enfaixar os ferimentos sem que ninguém me ajude?

Por Darin. Por Darin. Por Darin.

Mas e se ele estiver morto?, uma voz sussurra em minha cabeça. *E se a Resistência não o encontrar? E se estou prestes a passar pelo inferno por nada?*

Não. Se eu seguir por esse caminho, não chegarei até a noite, muito menos sobreviverei durante semanas espionando a comandante.

Enquanto empilho cacos de louça sobre a bandeja, ouço um barulho no patamar. Ergo o olhar e me encolho, aterrorizada pela volta da comandante. Mas é apenas a auxiliar de cozinha. Ela se ajoelha ao meu lado e limpa silenciosamente com um pano o chá derramado.

Quando lhe agradeço, ela levanta a cabeça subitamente, como um veado sobressaltado. Termina de secar o chão e desce a escada em disparada.

De volta à cozinha vazia, coloco a bandeja na pia e desabo na bancada, deixando a cabeça cair entre as mãos. Estou entorpecida demais para chorar. Então me ocorre que a porta do gabinete da comandante provavelmente ainda está aberta, com papéis espalhados por ali, visíveis para qualquer um que tenha coragem de olhar.

A comandante saiu, Laia. Vá até lá e veja o que consegue descobrir. Darin faria isso. Ele veria essa oportunidade como a chance perfeita de reunir informações para a Resistência.

Mas eu não sou Darin. E, neste momento, não consigo pensar na missão ou no fato de que sou uma espiã, não uma escrava. Tudo que consigo pensar é no latejar em minhas costas e no sangue que encharca minha camisa.

"Você não vai sobreviver à comandante", Keenan disse. "A missão vai fracassar."

Baixo a cabeça até a mesa e fecho os olhos de dor. Ele estava certo. Céus, ele estava certo.

PARTE II
AS ELIMINATÓRIAS

XIV
ELIAS

O restante da dispensa passa voando, e num piscar de olhos meu avô está me arremessando conselhos enquanto rodamos na direção de Blackcliff em sua carruagem ébano. Ele passou metade do meu período de dispensa me apresentando aos chefes de casas poderosas e a outra metade ralhando comigo por não formar o maior número de alianças possível. Quando eu lhe disse que queria visitar Helene, ele ficou furioso.

— Essa garota está perturbando o seu juízo — ele bradou. — Você não consegue perceber uma sereia quando vê uma? — Eu me contenho para não rir, imaginando o rosto de Helene se ela soubesse que alguém a chamou de sereia.

Parte de mim sente pena do meu avô. Ele é uma lenda, um general que venceu tantas batalhas que ninguém as conta mais. Os homens em suas legiões o idolatram não somente por sua coragem e astúcia, mas também por sua capacidade excepcional de driblar a morte, mesmo ao enfrentar adversidades aterrorizantes.

Mas, aos setenta e sete anos, há muito ele deixou de liderar homens nas guerras de fronteira. O que provavelmente explica sua fixação com as Eliminatórias.

Independentemente de sua argumentação, seus conselhos são sólidos. Eu preciso me preparar para as Eliminatórias, e a melhor maneira de fazer isso é obter mais informações a respeito delas. Eu esperava que os adivinhos, em algum momento, tivessem desenvolvido sua profecia original — talvez até descrevendo o que os aspirantes deveriam esperar. Mas, apesar de ter pesquisado a vasta biblioteca de meu avô, não encontrei nada.

— Maldito seja, preste atenção. — Meu avô me chuta com sua bota de bico de aço, e agarro o assento da carruagem, a dor subindo pela perna. — Você ouviu uma palavra do que eu disse?

— As Eliminatórias são um teste da minha determinação. Posso não saber o que me espera, mas devo estar preparado de qualquer maneira. Devo vencer minhas fraquezas e explorar as dos meus competidores. Acima de tudo, devo lembrar que um Veturius é...

— *Sempre vitorioso.* — Dizemos juntos, e meu avô anui de maneira aprovadora enquanto tento não trair minha impaciência.

Mais batalhas. Mais violência. Tudo o que eu quero é escapar do Império. No entanto, aqui estou. *Verdadeira liberdade, do corpo e da alma.* É por isso que estou lutando, lembro a mim mesmo. Não pelo poder. Pela liberdade.

— Eu me pergunto qual o posicionamento da sua mãe sobre tudo isso — reflete meu avô.

— Ela não vai me favorecer, isso é certo.

— Não, não vai — ele diz. — Mas ela sabe que você tem as melhores chances de vencer. Keris ganha muito se apoiar o aspirante certo. E perde muito se apoiar o errado. — Meu avô olha pensativo pela janela da carruagem. — Ouvi estranhos rumores a respeito de minha filha. Coisas de que um dia eu poderia ter achado graça. Ela vai fazer tudo que estiver ao seu alcance para evitar que você vença. Não espere nada menos que isso.

Quando chegamos a Blackcliff, em meio a dezenas de outras carruagens, Quin Veturius esmaga minha mão com seu aperto.

— Você não vai desapontar a Gens Veturia — ele me informa. — Você não vai *me* desapontar. — Eu me encolho com seu aperto de mão e me pergunto se o meu um dia será tão intimidante.

Helene vem ao meu encontro depois que meu avô sai.

— Já que todos estão de volta para acompanhar as Eliminatórias, não haverá uma nova turma de novilhos até a competição terminar. — Ela cumprimenta Demetrius, que sai da carruagem de seu pai a alguns metros de nós. — Vamos continuar na nossa velha caserna. E manter o mesmo cronograma de aulas de antes, só que, em vez de retórica e história, vamos ter turnos extras de vigília nas muralhas.

— Mesmo sendo Máscaras formados?

— Eu não faço as regras — diz Helene. — Vamos lá, estamos atrasados para o treino de cimitarras.

Abrimos caminho em meio à aglomeração de alunos, na direção do portão principal de Blackcliff.

— Você descobriu alguma coisa a respeito das Eliminatórias? — pergunto a Hel. Alguém bate em meu ombro, mas ignoro. Provavelmente um cadete zeloso querendo chegar à aula a tempo.

— Nada — diz ela. — Passei a noite acordada na biblioteca do meu pai.

— O mesmo aqui. — Maldição. Pater Aquillus é um jurista, e sua biblioteca está cheia de tudo, de livros de direito obscuros a tomos eruditos antigos sobre matemática. Entre ele e meu avô, temos os livros mais importantes do Império. Não há outro lugar para procurar. — Nós devíamos conferir a... O que é, droga?

As batidas em minhas costas se tornaram insistentes, e me viro com a intenção de me livrar do cadete. Em vez disso, me vejo diante de uma escrava que olha para mim através de cílios incrivelmente longos. Um choque visceral, febril, percorre meu corpo diante da clareza de seus olhos dourado-escuros. Por um segundo, esqueço meu nome.

Nunca a vi antes, porque, se tivesse visto, eu lembraria. Apesar dos punhos de prata pesados e do coque alto e aparentemente doloroso que marcam todas as servas de Blackcliff, nada a respeito dela diz *escrava*. O vestido negro lhe serve como uma luva, correndo sobre cada curva de maneira que faz mais de uma cabeça se virar. Seus lábios carnudos e o nariz fino e reto causariam inveja na maioria das garotas, eruditas ou não. Eu a encaro, percebo o que estou fazendo, digo a mim mesmo para parar, mas não consigo. Minha respiração falha e meu corpo me trai, puxando-me para frente, até estarmos a centímetros um do outro.

— As-aspirante Veturius.

É a maneira como ela diz meu nome — como se fosse algo a ser temido — que me traz de volta a mim mesmo. *Contenha-se, Veturius.* Dou um passo para trás, estarrecido comigo mesmo quando vejo o terror em seus olhos.

— O que é? — pergunto calmamente.

— A... a comandante ordenou que o senhor e a aspirante Aquilla se apresentem em seu gabinete no... no sexto sino.

— No sexto sino? — Helene passa aos empurrões pelos guardas do portão na direção da casa da comandante, desculpando-se com um grupo de novilhos quando derruba dois deles no chão. — Estamos atrasados. Por que você não nos chamou mais cedo?

A garota nos segue a distância, amedrontada demais para se aproximar.

— Tem tanta gente... eu não conseguia encontrá-los.

Helene dispensa a explicação da garota.

— Ela vai nos matar. Deve ser sobre as Eliminatórias, Elias. Talvez os adivinhos tenham dito algo a ela. — Helene apressa o passo, na esperança de chegar ao gabinete de minha mãe pontualmente.

— As Eliminatórias vão começar? — A garota leva as duas mãos à boca. — Desculpe — ela sussurra. — Eu...

— Está tudo bem — digo sem sorrir, pois isso só iria assustá-la. Para uma escrava, o sorriso de um Máscara geralmente não é uma boa coisa. — Na verdade estou me perguntando a mesma coisa. Qual o seu nome?

— Es-escrava.

É claro. Minha mãe já açoitou seu nome para muito longe.

— Certo. Você trabalha para a comandante?

Quero que ela diga que não. Quero que ela diga que minha mãe a aliciou para isso. Quero que ela diga que foi designada para a cozinha ou a enfermaria, onde os escravos não têm cicatrizes ou mutilações.

Mas a garota concorda com a cabeça em resposta à minha pergunta. *Não deixe que minha mãe acabe com você*, penso. Ela cruza o olhar com o meu, e tenho aquela sensação novamente, baixa, quente, intensa. *Não seja fraca. Lute. Escape.*

Uma rajada de vento faz um fio de cabelo se soltar de seu coque e lhe atravessar o rosto. Enquanto ela sustém meu olhar, percebo uma rebeldia em sua expressão e, por um segundo, vejo meu próprio desejo de liberdade espelhado e intensificado em seus olhos. É algo que jamais detectei nos olhos de um colega de academia, muito menos em uma escrava erudita. Por um estranho momento, eu me sinto menos sozinho.

Mas então ela olha para baixo, e me espanto com minha própria ingenuidade. Ela não pode lutar. Ela não pode escapar. Não de Blackcliff. Sorrio tristemente; nisso, ao menos, a escrava e eu somos mais parecidos do que ela jamais saberá.

— Quando você começou aqui? — pergunto a ela.

— Três dias atrás. Senhor. Aspirante. Hum... — Ela aperta as mãos.

— Veturius está bom.

Ela caminha devagar, com cautela — a comandante deve tê-la chicoteado recentemente. E no entanto ela não se curva nem arrasta os pés como outros escravos. A graciosidade de suas costas eretas ao caminhar conta sua história melhor que palavras. Ela já foi uma mulher livre eu apostaria minhas cimitarras nisso. E não faz ideia de como é bonita, ou que tipo de problemas sua beleza lhe causará em um lugar como Blackcliff. O vento joga seu cabelo novamente, e sinto seu cheiro — como de fruta e açúcar.

— Posso lhe dar um conselho?

Sua cabeça se levanta como a de um animal assustado. Pelo menos ela é cautelosa.

— Como está, você... — *Vai chamar a atenção de todos os homens em um quilômetro quadrado.* — Se destaca — completo. — Está quente, mas você deveria usar um capuz ou uma capa... algo para ajudá-la a se misturar.

Ela anui, mas seus olhos estão cheios de suspeita. Abraça a si mesma e se deixa ficar para trás um pouco. Não falo com ela novamente.

Quando chegamos ao gabinete de minha mãe, Marcus e Zak já estão sentados, trajando a armadura de combate completa. Eles ficam em silêncio conforme entramos, e é óbvio que estavam falando de nós.

A comandante nos ignora e se volta de sua janela, de onde mirava as dunas. Ela gesticula para que a escrava se aproxime, então lhe dá um tapa tão forte com as costas da mão que gotas de sangue lhe escapam da boca.

— Eu disse sexto sino.

A raiva toma conta de mim, e a comandante a sente.

— Sim, Veturius?

Ela aperta os lábios e inclina a cabeça, como se dissesse: *Você quer interferir e fazer minha ira se voltar a você?*

Helene me cutuca com o cotovelo, e, enfurecido, fico quieto.

— Saia — minha mãe diz para a garota trôpega. — Aquilla, Veturius. Sentem-se.

Marcus observa a escrava enquanto ela vai embora. O desejo estampado em seu rosto me dá vontade de empurrar a garota mais rápido para fora da sala enquanto arranco os olhos do Cobra. Zak, enquanto isso, ignora a garota e olha furtivamente para Helene. Seu rosto angular está pálido, e sombras arroxeadas escurecem seus olhos. Eu me pergunto como ele e Marcus passaram o período de dispensa. Ajudando seu pai plebeu com a ferragem? Visitando a família? Tramando maneiras de matar a mim e a Helene?

— Os adivinhos estão ocupados — um sorriso estranho, afetado, surge no rosto da comandante — e me pediram que eu passasse a vocês os detalhes das Eliminatórias no lugar deles. Aqui. — A comandante desliza um pedaço de pergaminho sobre a escrivaninha, e todos nos inclinamos para ler.

Quatro eles são, e quatro traços buscamos:
Coragem para enfrentar seus temores mais sombrios
Astúcia para sobrepujar seus inimigos
Força de braços, mente e coração
Lealdade para domar a alma.

— É uma profecia. Vocês aprenderão seu significado nos próximos dias. — A comandante se vira para a janela novamente, com as mãos atrás das costas. Observo seu reflexo, irritado com a autossatisfação que emana dela. — Os adivinhos vão planejar e julgar as Eliminatórias. Mas, tendo em vista que essa competição tem como objetivo eliminar os fracos, propus aos nossos homens sagrados que vocês permaneçam em Blackcliff durante as Eliminatórias. Os adivinhos concordaram.

Contenho um riso de desdém. É claro que os adivinhos concordaram. Eles sabem que este lugar é um inferno, e desejam que as Eliminatórias sejam o mais difíceis possível.

— Ordenei aos centuriões que intensifiquem o treinamento de vocês para refletir seu status de aspirantes. Não posso interferir de maneira alguma em sua conduta durante a competição. No entanto, fora das Eliminatórias, vocês ainda estão sujeitos às minhas regras. E às minhas punições.

Ela começa a andar de um lado para o outro no gabinete e seus olhos me atravessam, avisando-me de açoitamentos e coisas piores.

— Quem vencer uma Eliminatória receberá uma lembrança dos adivinhos, um prêmio, de certa maneira. Quem passar por uma Eliminatória, mas não vencer, será recompensado com a vida. E quem fracassar em uma Eliminatória será executado.

Ela deixa esse fato agradável ser assimilado por um momento antes de seguir em frente.

— O aspirante que primeiro vencer duas Eliminatórias será considerado o vencedor. Quem vier em segundo, com uma vitória, será nomeado Águia de Sangue. Os outros morrerão. Não haverá empate. Os adivinhos me pediram para salientar que, durante as Eliminatórias, serão aplicadas as regras do espírito esportivo. Trapaças, sabotagens e maquinações estão proibidas.

Olho de relance para Marcus. Dizer a ele para não trapacear é como lhe dizer para não respirar.

— E o imperador Taius? — ele diz. — O Águia de Sangue? A Guarda Negra? A Gens Taia não vai simplesmente desaparecer.

— Taius retaliará. — A comandante passa por trás de mim, e meu pescoço formiga desagradavelmente. — Ele deixou Antium com sua família e está se dirigindo para o sul, para acabar com as Eliminatórias. Mas os adivinhos compartilharam outra profecia: *Vinhas à espera circulam e estrangulam o carvalho. O caminho estará aberto pouco antes do fim.*

— O que isso quer dizer? — pergunta Marcus.

— Quer dizer que as ações do imperador não nos dizem respeito. Quanto ao Águia de Sangue e à Guarda Negra, sua lealdade é para com o Império, não o imperador. Eles serão os primeiros a jurar lealdade à nova dinastia.

— Quando começam as Eliminatórias? — pergunta Helene.

— Elas podem começar a qualquer momento. — Minha mãe finalmente se senta e estica os dedos, com a expressão remota. — E podem assumir qualquer forma. A partir do instante em que deixarem este gabinete, vocês devem estar preparados.

— Se elas podem assumir qualquer forma — Zak se manifesta pela primeira vez —, então como devemos nos preparar? Como vamos saber quando elas começaram?

— Vocês saberão — diz a comandante.

— Mas...

— Vocês saberão. — Ela encara Zak diretamente, e ele cai em silêncio. — Alguma outra pergunta? — A comandante não espera por uma resposta. — Dispensados.

Nós a saudamos e nos retiramos. Sem querer voltar as costas para o Cobra e o Sapo, eu lhes dou passagem, mas imediatamente me arrependo. A escrava está parada nas sombras próximas à escada, e, quando Marcus passa por ela, estende um braço e a puxa com força para junto de si. Ela se contorce sob seu controle, tentando soltar o aperto de ferro em sua garganta. Ele se inclina e murmura algo para ela. Levo a mão até minha cimitarra, mas Helene segura meu braço.

— Comandante — ela me avisa. Atrás de nós, minha mãe observa da porta de seu gabinete, com os braços cruzados. — É a escrava dela — sussurra Helene. — Não seja idiota de se meter.

— A senhora não vai impedi-lo? — eu me viro para a comandante, mantendo a voz baixa.

— Ela é uma escrava — ela responde, como se isso explicasse tudo.
— E deve receber dez chibatadas por sua incompetência. Se você quer tanto ajudá-la, talvez queira ser punido no lugar dela?

— É claro que não, comandante. — Helene crava as unhas em meu braço e fala por mim, sabendo que estou prestes a fazer por merecer um açoitamento. Então me conduz pelo corredor. — Deixe pra lá — ela diz. — Não vale a pena.

Ela não precisa explicar. O Império não se arrisca em relação à lealdade de seus Máscaras. A Guarda Negra viria com tudo para cima de mim se ficasse sabendo que fui castigado no lugar de uma serva erudita.

À minha frente, Marcus ri e solta a escrava, então segue Zak escada abaixo. A garota respira sofregamente, as marcas aparecendo em seu pescoço.

Ajude-a, Elias. Mas não posso. Hel está certa. O risco de punição é muito grande.

Helene avança a passos largos pelo corredor, olhando-me com uma expressão severa. *Mexa-se.*

A garota recua os pés quando passamos, tentando se encolher. Enojado comigo mesmo, não dou mais atenção a ela do que daria a um monte de lixo. Sinto-me um covarde enquanto a deixo ali para enfrentar a punição de minha mãe. Sinto-me como um Máscara.

♦ ♦ ♦

Naquela noite, meus sonhos são viagens, cheios de sibilos e sussurros. O vento circula minha cabeça como um urubu, e escapo de mãos que queimam com um calor anormal. Tento despertar à medida que o desconforto se torna um pesadelo, mas apenas escorrego cada vez mais fundo, até que eventualmente não há nada, a não ser uma luz sufocante, ardente.

Quando abro os olhos, a primeira coisa que noto é o chão duro e arenoso debaixo de mim. A segunda é que o chão está quente. Quente de ressecar a pele.

Minha mão treme enquanto protejo os olhos do sol e examino a paisagem inóspita à minha volta. Uma jaqueira nodosa e solitária se eleva da terra partida a alguns metros de distância. Ao longe, a oeste, um vasto leito d'água repousa, bruxuleante como uma miragem. O ar tem um cheiro horrível, uma combinação de carniça, ovos podres e os aposentos dos cadetes no auge do verão. O terreno é tão estéril e desolado que eu poderia estar em uma lua morta e distante.

Meus músculos doem, como se eu estivesse deitado na mesma posição há horas. A dor me diz que isso não é um sonho. Fico de pé, cambaleante, uma silhueta solitária em um vasto vazio.

As Eliminatórias, pelo visto, começaram.

XV
LAIA

O amanhecer ainda é um rumor azul no horizonte quando entro mancando nos aposentos da comandante. Ela está sentada à sua penteadeira, observando seu reflexo no espelho. Sua cama parece intocada, como todas as manhãs. Eu me pergunto quando ela dorme. Se dorme.

A comandante está vestindo um robe solto que suaviza o desprezo em seu rosto mascarado. É a primeira vez que a vejo sem o uniforme. O robe cai pelos ombros, e as voltas esquisitas de sua tatuagem se revelam como parte de um intrincado A, a tinta escura vívida contra a palidez fria de sua pele.

Dez dias se passaram desde que minha missão começou, e, embora eu não tenha descoberto nada que vá me ajudar a salvar Darin, aprendi como passar um uniforme de Blackcliff em cinco minutos exatos, como carregar uma bandeja pesada escada acima com meia dúzia de chibatadas nas costas e como permanecer tão calada que esqueço minha própria existência.

Keenan me passou apenas os mais ínfimos detalhes a respeito dessa missão. Devo reunir informações sobre as Eliminatórias, e então, quando sair de Blackcliff para fazer algum serviço, a Resistência vai me contatar. "Podemos levar três dias", disse Keenan. "Ou dez. Esteja preparada para fazer um relatório toda vez que for à cidade. E nunca saia à nossa procura."

À época, eu havia reprimido a vontade de lhe fazer uma dúzia de perguntas. Como de que maneira conseguir as informações que eles querem. Ou de que modo evitar que a comandante me pegue.

Agora estou pagando por isso. Não quero que a Resistência me encontre. Não quero que eles fiquem sabendo que péssima espiã eu sou.

No fundo de minha mente, a voz de Darin soa cada vez mais fraca: *Encontre algo, Laia. Algo que possa me salvar. Depressa.*

Não, diz mais alto outra parte de mim. *Vá devagar. Não se arrisque a espionar até ter certeza de que não será pega.*

Que voz devo escutar? A da espiã ou a da escrava? A da lutadora ou a da covarde? Achei que as respostas a essas questões seriam fáceis, mas isso foi antes de eu aprender o que é ter medo de verdade.

Por ora, eu me movimento em torno da comandante silenciosamente, levando sua bandeja de café da manhã, limpando os restos de seu chá da noite anterior, arrumando seu uniforme. *Não olhe para mim. Não olhe para mim.* Meus apelos parecem funcionar. A comandante age como se eu não existisse.

Quando abro as cortinas, os primeiros raios da manhã iluminam o quarto. Paro para olhar para o vazio além da janela da comandante, quilômetros de dunas sussurrantes, encrespando-se como ondas no vento do amanhecer. Por um segundo, eu me perco em sua beleza. Então os tambores de Blackcliff ressoam surdos, um chamado para a escola inteira e metade da cidade.

— Escrava. — A impaciência da comandante me põe em movimento antes que ela diga outra palavra. — Meu cabelo.

Enquanto pego uma escova e prendedores na gaveta de uma mesa, eu me vejo de relance no espelho. As marcas de meu encontro com o aspirante Marcus uma semana atrás estão desaparecendo, e as dez chibatadas que levei depois já se fecharam. Outros ferimentos tomaram seu lugar. Três chibatadas nas pernas por uma mancha de pó em minha saia. Quatro nos pulsos por não terminar um conserto dela. Um olho roxo de um caveira mal-humorado.

A comandante abre uma carta sobre a penteadeira. Ela mantém a cabeça parada enquanto puxo seu cabelo para trás, ignorando-me totalmente. Por um segundo, paro congelada, mirando o pergaminho que ela lê. Ela não nota. É claro que não. Eruditos não sabem ler — pelo menos assim ela presume. Penteio seu cabelo claro rapidamente.

Olhe para ele, Laia, a voz de Darin ressoa. *Descubra o que está escrito.*
Ela vai perceber. E vai me punir.

Ela não sabe que você pode ler. Ela vai pensar que você é uma Erudita idiota pasma diante de símbolos bonitos.

Engulo em seco. Eu preciso olhar. Dez dias em Blackcliff sem nada para mostrar, exceto machucados e chibatadas, é desastroso. Quando a Resistência pedir um relatório, não terei nada para eles. Então, o que vai acontecer com Darin?

Novamente, olho de relance para o espelho para ter certeza de que a comandante está absorta na leitura de sua carta. Quando estou certa disso, arrisco uma rápida olhada.

... perigoso demais no sul, e a comandante não é confiável. Aconselho você a voltar para Antium. Se precisar vir para o sul, viaje com poucos homens...

A comandante muda de posição e desvio o olhar, apavorada de ter parecido óbvia demais. Mas ela segue lendo, e arrisco mais uma olhadela. A essa altura, ela virou o pergaminho de lado.

... aliados estão desertando da Gens Taia como ratos fugindo de um incêndio. Fiquei sabendo que a comandante está planejando...

Mas não descubro o que a comandante está planejando, pois neste momento ergo o olhar. Ela está me observando no espelho.

— As... as marcas são bonitas — digo em um sussurro sufocado, deixando cair um dos grampos de cabelo. Eu me inclino para pegá-lo, aproveitando aqueles preciosos segundos para esconder o meu pânico. Serei açoitada por ler algo que nem faz sentido. Por que deixei que ela me visse? Por que não fui mais cuidadosa? — Não vi direito as palavras — acrescento.

— Não. — Os olhos da mulher piscam ligeiramente, e por um momento acho que ela está zombando de mim. — Gente do seu tipo não precisa saber ler. — Ela examina o cabelo. — O lado direito está muito baixo. Arrume.

Embora eu sinta vontade de chorar de alívio, mantenho uma expressão cuidadosamente neutra e insiro outro grampo em seu cabelo sedoso.

— Há quanto tempo você está aqui, escrava?

— Dez dias, senhora.

— Você fez amigos?

Essa pergunta é tão despropositada vindo da comandante que quase rio. Amigos? Em Blackcliff? A auxiliar de cozinha é tímida demais para falar comigo, e a cozinheira só abre a boca para me dar ordens. Os outros escravos de Blackcliff vivem e trabalham nas terras principais da academia. Eles são silenciosos e distantes — sempre sós, sempre desconfiados.

— Você está aqui para o resto da vida, garota — diz a comandante, inspecionando o próprio cabelo, agora pronto. — Talvez devesse conhecer seus colegas. Aqui. — Ela me passa duas cartas seladas. — Leve a de selo vermelho para a agência do correio e a de selo negro para Spiro Teluman. Não vá embora sem uma resposta da parte dele.

Quem é Spiro Teluman e como encontrá-lo são perguntas que não tenho coragem de fazer. A comandante pune perguntas com dor. Solto a respiração sofregamente quando fecho a porta. Graças aos céus a mulher é arrogante demais para imaginar que sua serva erudita sabe ler. Enquanto sigo pelo corredor, dou uma espiada na primeira carta e quase a deixo cair. É dirigida ao imperador Taius.

Sobre o que ela estaria escrevendo para Taius? Sobre as Eliminatórias? Passo um dedo hesitante próximo do selo. Ainda mole, ele cede.

Ouço um rangido atrás de mim, a carta cai de minha mão e me viro imediatamente. Minha mente grita *comandante!*, mas o corredor está vazio. Pego a carta do chão e a enfio no bolso. Ela parece viva, como um bicho peçonhento que decidi pegar como animal de estimação. Toco o selo novamente antes de afastar a mão. *É perigoso demais.*

Mas preciso de algo para dar à Resistência. Todos os dias, quando deixo Blackcliff para cumprir alguma ordem da comandante, tenho medo de que Keenan me puxe em um canto e exija um relatório. Todos os dias em que isso não acontece, é como se esse encontro fosse prorrogado. Logo, logo, não terei mais tempo.

Tenho de pegar minha capa, então sigo para os aposentos dos escravos no vestíbulo a céu aberto, ao lado da cozinha. Meu quarto, assim como o da auxiliar de cozinha e o da cozinheira, é um buraco úmido com uma entrada baixa e uma cortina esfarrapada que serve de porta. Dentro, é largo o suficiente para caber um catre de cordas e uma caixa que serve como mesa de apoio.

Dali, ouço a voz baixa da cozinheira e da auxiliar conversando. Esta, pelo menos, tem sido um pouco mais amigável que a cozinheira. Ela me ajudou com as tarefas mais de uma vez, e, ao cabo do meu primeiro dia, quando achei que desmaiaria por causa da dor das chibatadas que eu havia levado, eu a vi saindo a passos rápidos do meu quarto. Quando entrei, encontrei um unguento curativo e um chá para aliviar a dor.

Esse é o grau de proximidade da nossa amizade. Já fiz perguntas a ela e a cozinheira, conversei sobre o tempo, reclamei da comandante. Nenhuma resposta. Tenho praticamente certeza de que, se eu caminhasse cozinha adentro completamente nua e piando como uma galinha, ainda assim não arrancaria uma palavra delas. Não quero abordá-las novamente apenas para dar de cara num muro de silêncio, mas preciso de alguém para me dizer quem é Spiro Teluman e como encontrá-lo.

Entro na cozinha e encontro as duas suando por conta do calor da fornalha em chamas. O almoço já está cozinhando. Minha boca saliva, e sinto saudade da comida da vovó. Nunca tivemos muito, mas o que quer que tivéssemos era feito com amor, o que, agora eu sei, transforma uma simples refeição em um banquete. Aqui, comemos as sobras da comandante, e, não importa quão faminta eu esteja, elas têm gosto de serragem.

A auxiliar de cozinha me olha de relance, como se me cumprimentasse, e a cozinheira me ignora. A mulher mais velha se equilibra em um banquinho frágil para alcançar um feixe de alho. Ela parece prestes a cair, mas, quando estendo uma das mãos para segurá-la, ela me fulmina com o olhar.

Baixo a mão e fico parada sem jeito por um momento.

— Você... você poderia me dizer onde encontrar Spiro Teluman? Silêncio.

— Escute — eu digo. — Sei que eu sou nova, mas a comandante me disse para fazer amigos, então pensei...

Muito lentamente, a cozinheira se vira para mim. Seu rosto está cinzento, como se ela estivesse doente.

— Amigos. — É a primeira palavra que ela diz para mim que não é uma ordem. A velha balança a cabeça e leva o alho para a bancada. A raiva com que golpeia o tempero é clara. Não sei o que fiz de tão terrível para ela, mas ela não vai me ajudar. Suspiro e deixo a cozinha. Terei de perguntar a outra pessoa a respeito de Spiro Teluman.

— Ele é um ferreiro — ouço uma voz suave dizer. A auxiliar me seguiu para fora da cozinha e está olhando sobre o ombro, preocupada que a cozinheira a ouça. — Você pode encontrá-lo ao longo do rio, no Bairro das Armas. — Ela se vira rapidamente, pronta para se afastar, e é isso, mais do que qualquer coisa, que me faz falar com ela. Não converso com uma pessoa normal há dez dias; mal disse alguma coisa, exceto "sim, senhora" e "não, senhora".

— Eu sou a Laia.

A garota congela.

— Laia. — Ela vira a palavra de um lado para o outro na boca. — Eu sou... eu sou a Izzi.

Pela primeira vez desde a batida, sorrio. Quase esqueci o som de meu próprio nome. Izzi olha em direção ao quarto da comandante.

— A comandante quer que você faça amigos para que ela possa usá-los contra você — ela sussurra. — É por isso que a cozinheira está brava.

Balanço a cabeça. Não compreendo.

— É assim que ela nos controla. — Izzi passa um dedo sobre o tapa-olho. — É por isso que a cozinheira faz tudo o que ela pede. É por isso que todo escravo em Blackcliff faz o que ela pede. Se você fizer algo errado, nem sempre ela castiga você. Às vezes ela castiga as pessoas de quem você gosta. — Izzi fala tão baixo que tenho de me inclinar para ouvi-la. — Se... se você quiser ter amigos, certifique-se de que ela não saiba. Certifique-se de que seja segredo.

Ela desliza de volta para a cozinha, rápida como um gato à espreita. Saio para a agência do correio, mas não consigo parar de pensar no que ela me disse. Se a comandante é doente o suficiente para usar as amizades dos escravos contra eles, não é de espantar que Izzi e a cozinheira mantenham distância. Foi assim que Izzi perdeu o olho? Foi assim que a cozinheira ficou com o rosto cheio de cicatrizes?

A comandante não me deixou marcada para sempre — ainda. Mas isso é apenas questão de tempo. A carta do imperador em meu bolso parece subitamente mais pesada, e a agarro firme. Eu ouso fazer isso? Quanto mais rápido eu conseguir as informações, mais rápido a Resistência pode salvar Darin, e mais rápido posso deixar Blackcliff.

Debato comigo mesma durante todo o caminho, até os portões da academia. Quando me aproximo, os sentinelas em armaduras de couro, que normalmente adoram atormentar os escravos, mal reparam em mim. Eles estão atentos a dois cavaleiros que abrem caminho até a academia. Uso sua distração para passar por eles sem me fazer notar.

Embora ainda seja cedo, o calor do deserto já se faz presente, e me mexo inquieta debaixo do peso irritante da capa. Toda vez que a coloco, penso no aspirante Veturius, naquele fogo indômito deflagrado quando ele se virou para mim pela primeira vez, em seu cheiro quando ele se aproximou, perturbadoramente limpo e masculino. Penso em suas palavras, ecoadas quase cuidadosamente. *Posso lhe dar um conselho?*

Não sei o que eu esperava do filho da comandante. Alguém como Marcus Farrar, que me deixou com um colar de hematomas que doeu durante dias? Alguém como Helene Aquilla, que falou comigo como se eu fosse um lixo?

No mínimo, achei que ele se pareceria com a mãe — loiro, pálido e frio até os ossos. Mas ele tem cabelos escuros, pele marrom-dourada, e, embora seus olhos sejam do mesmo tom cinza-claro dos da comandante, não há neles um traço sequer da monotonia perfurante que define a maioria dos Máscaras. Em vez disso, quando ele cruzou o olhar com o meu por um momento surpreendente, vi a vida que irrompia dele, caótica e fascinante por baixo da sombra da máscara. Vi fogo e desejo, e meu coração bateu mais rápido.

E a máscara. É tão estranho que ela pouse sobre seu rosto como um objeto à parte. Será um sinal de fraqueza? Não pode ser — dizem que ele é um dos melhores soldados de Blackcliff.

Pare, Laia. Pare de pensar nele. Se ele é atencioso, há maldade por trás disso. Se há fogo em seus olhos, é o desejo por violência. Ele é um Máscara. Eles são todos iguais.

Desço o caminho que sai de Blackcliff, passo pelo Bairro Ilustre e entro na Praça de Execuções, lar do maior mercado a céu aberto da cidade, assim como de uma das duas agências de correio. Os cadafalsos que dão nome à praça estão vazios. Mas o dia apenas começou.

Certa vez, Darin desenhou os cadafalsos da Praça de Execuções, com os corpos pendurados nas forcas. Minha avó viu a imagem e teve um calafrio.

— Queime isso — ela disse.

Darin concordou, porém, mais tarde naquela noite, eu o peguei desenhando novamente em nosso quarto.

— É um lembrete, Laia — ele disse do seu jeito calado. — Seria errado destruí-lo.

A multidão se movimenta apaticamente pela praça, definhada pelo calor. Tenho de empurrar e usar o cotovelo para fazer qualquer avanço, provocando resmungos de comerciantes irritados e um empurrão de um fornecedor de escravos de feições duras. Enquanto passo correndo por baixo de uma liteira marcada com o símbolo de uma casa ilustre, vejo a agência do correio a uns dez metros de distância. Diminuo o ritmo, e meus dedos se perdem na direção da carta para o imperador. Uma vez que eu a passar adiante, não haverá como recuperá-la.

— Malas, bolsas e sacolas! Costuradas com fio de seda!

Eu preciso abrir a carta. Preciso ter algo para dar à Resistência. Mas onde posso fazer isso sem que ninguém me veja? Atrás de um dos estábulos? Na sombra entre duas tendas?

— Nós usamos o melhor couro e o melhor material!

O selo vai se abrir sem deixar marcas, mas não posso ser empurrada. Se a carta se rasgar ou o selo ficar manchado, a comandante provavelmente vai cortar a minha mão. Ou a minha cabeça.

— Malas, bolsas e sacolas! Costuradas com fio de seda!

O vendedor de malas está logo atrás de mim, e tenho vontade de mandá-lo passear. Então sinto a fragrância de cedro e olho de relance sobre o ombro. Vejo um homem erudito sem camisa, o torso musculoso, bronzeado e suado. Seu cabelo, vermelho como fogo, brilha debaixo de um chapéu negro. Choque e reconhecimento reviram meu estômago. É Keenan.

Seus olhos castanhos encontram os meus, e, enquanto ele continua gritando suas mercadorias, inclina a cabeça bem de leve na direção de um beco lateral que sai da praça. Minhas mãos suam em uma expectativa nervosa, e abro caminho na direção do beco. O que vou dizer a ele? Não tenho nada — nenhuma pista, nenhuma informação. Keenan duvidava de mim desde o início, e estou prestes a provar que ele estava certo.

Prédios de alvenaria cobertos de poeira elevam-se quatro andares de cada lado do beco, e os ruídos do mercado desaparecem. Keenan não está em parte alguma, mas uma mulher enrolada em trapos se desencosta de uma parede e me aborda. Olho para ela desconfiada até que ela levanta a cabeça. Através do emaranhado sujo de seu cabelo escuro, reconheço Sana.

Siga-me, ela diz sem emitir nenhum som.

Quero perguntar sobre Darin, mas ela se afasta apressadamente, me levando de um beco a outro, até nos aproximarmos da Travessa dos Sapateiros, a cerca de um quilômetro e meio da Praça de Execuções. O ar é denso com o tagarelar dos sapateiros e o cheiro de couro, tanino e tintura. Quando acho que vamos entrar na travessa, Sana se esgueira no espaço estreito entre dois prédios. Ela desce para um porão por uma escada tão encardida que parece que estamos dentro de uma chaminé.

Keenan abre a porta na base da escada antes de Sana bater. Ele trocou as malas de couro pela camisa negra e o conjunto de facas que estava usando quando o encontrei pela primeira vez. Um cacho de cabelo ruivo cai sobre seu rosto e ele me examina, o olhar intenso se demorando sobre meus machucados.

— Achei que ela estava sendo seguida — diz Sana enquanto tira a capa e a peruca. — Mas não estava.

— Mazen está esperando. — Keenan coloca a mão em minhas costas e me leva na direção do corredor estreito. Eu me encolho e recuo; as chibatadas ainda doem.

Seus olhos se voltam bruscamente para mim e acho que ele vai dizer algo, mas, em vez disso, deixa cair a mão sem jeito, com o cenho ligeiramente franzido. Atravessamos o corredor e em seguida uma porta. Mazen está sentado a uma mesa na sala ao fundo, o rosto marcado iluminado por uma única vela.

— Bem, Laia. — Ele ergue as sobrancelhas cinza. — O que você tem para mim?

— Você pode me contar sobre Darin primeiro? — pergunto, finalmente capaz de externar a questão que me perturba há mais de uma semana. — Ele está bem?

— O seu irmão está vivo, Laia.

Solto um suspiro que mais parece uma rajada, e me sinto respirar de novo.

— Mas não posso contar mais nada até que você me fale o que tem. Nós fizemos um trato.

— Deixe a garota pelo menos se sentar. — Sana puxa uma cadeira para mim, e, quase antes de eu me sentar, Mazen se inclina para frente.

— Temos pouco tempo — ele diz. — O que quer que você tenha, é importante para nós.

— As Eliminatórias começaram em... mais ou menos uma semana atrás. — Luto para conectar os poucos fragmentos de informação que tenho. Não estou pronta para lhe dar a carta. Não ainda. Se ele quebrar o selo ou rasgar o papel, estou frita. — Foi quando os aspirantes desapareceram. Eles são em quatro. O nome deles...

— Já sabemos de tudo isso. — Mazen desconsidera minhas palavras com um aceno de mão. — Para onde eles foram levados? Quando termina essa Eliminatória? Qual é a próxima?

— Ficamos sabendo que dois dos aspirantes voltaram hoje — diz Keenan. — Não faz muito tempo, aliás. Talvez meia hora.

Penso nos guardas conversando animadamente no portão de Blackcliff enquanto dois cavaleiros subiam pela estrada. *Laia, sua tola.* Se eu tivesse prestado mais atenção na fofoca dos sentinelas, saberia quais aspirantes sobreviveram a essa primeira etapa. E poderia ter algo de útil para contar a Mazen.

— Eu não sei. Tem sido tão... tão difícil — digo. Enquanto falo, percebo quão patética eu soo e me odeio por isso. — A comandante matou meus pais. Ela tem uma parede com o retrato de cada rebelde que já pegou. Meus pais estão ali... o rosto deles...

Os olhos de Sana se arregalam, e até Keenan parece ligeiramente enjoado, sua indiferença o deixando por um momento. Eu me pergunto por que estou contando isso a Mazen. Talvez porque uma parte de mim se pergunta se ele sabia que a comandante matou meus pais, se ele sabia disso e me mandou para Blackcliff de qualquer maneira.

— Eu não sabia — diz Mazen, percebendo minha pergunta não feita. — Mais um motivo pelo qual essa missão precisa ser bem-sucedida.

— Eu quero ser bem-sucedida mais que qualquer um, mas não consigo entrar no gabinete da comandante. Ela nunca recebe visitas, então não consigo ouvir as conversas dela...

Mazen ergue a mão para me fazer calar.

— O que você *sabe*, exatamente?

Por um momento frenético, considero mentir. Já li uma centena de histórias de heróis e os desafios que eles enfrentam. Qual o problema se eu inventar uma e passá-la como se fosse verdade? Mas não consigo fazer isso. Não quando a Resistência está confiando em mim.

— Eu... Nada. — Olho para o chão, envergonhada diante da incredulidade no rosto de Mazen. Estendo a mão até a carta, mas não a tiro. *É arriscado demais. Talvez ele lhe dê outra chance, Laia. Talvez você possa tentar de novo.*

— O que exatamente você tem feito esse tempo todo?

— Sobrevivido, ao que parece — diz Keenan. Seus olhos escuros lampejam em direção aos meus, e não sei dizer se ele está me defendendo ou insultando.

— Eu era leal à Leoa — diz Mazen. — Mas não posso desperdiçar meu tempo ajudando uma pessoa que não quer me ajudar.

— Mazen, pelo amor dos céus. — Sana soa consternada. — Olhe para a pobre garota...

— Sim. — Mazen encara os machucados em meu pescoço. — Olhe só para ela. Ela está um caco. A missão é difícil demais. Eu cometi um erro, Laia. Achei que você correria riscos. Achei que você era mais como a sua mãe.

O insulto me derruba mais rápido que um golpe da comandante. É claro que ele está certo. Não sou nada parecida com a minha mãe. Ela jamais estaria nessa posição para começo de conversa.

— Vamos ver como tirar você de lá. — Mazen dá de ombros e se levanta. — Nosso trato termina aqui.

— Espere... — Mazen não pode me abandonar agora. Darin está perdido se ele fizer isso. Relutantemente, pego a carta da comandante. — Eu tenho essa carta. É da comandante para o imperador. Acho que vocês podem dar uma olhada nela.

— Por que você não disse isso logo? — Ele toma o envelope da minha mão e quero lhe dizer para ser cuidadoso. Mas Sana sai na minha frente, e Mazen lhe lança um olhar breve e irritado antes de abrir o selo com cautela.

Segundos mais tarde, sinto um aperto no coração novamente. Mazen joga a carta sobre a mesa.

— Não serve para nada — ele diz. — Olhe.

Exma. Majestade Imperial,
Tomarei as providências necessárias.
Sempre sua serva,
Comandante Keris Veturia

— Não desista de mim — digo quando Mazen balança a cabeça, descontente. — Darin não tem mais ninguém. O senhor era próximo dos meus pais. Pense neles, por favor. Eles não iriam querer que o seu único filho morresse porque você se recusou a ajudar.

— Estou tentando ajudar. — Mazen não cede, e o modo como ele movimenta os ombros e me olha me faz lembrar minha mãe. Agora compreendo por que ele é o líder da Resistência. — Mas você precisa me ajudar. Essa missão de resgate vai custar mais do que vidas apenas. Arriscaremos a própria Resistência. Se nossos combatentes forem pegos, corremos o risco de que eles revelem informações ao serem interrogados. Estou apostando tudo para ajudá-la, Laia. — Ele cruza os braços. — Faça valer a pena.

— Eu vou. Prometo que vou. Me dê mais uma chance.

Ele me encara friamente por um momento antes de se voltar para Sana, que anui, e Keenan, que oferece um menear de ombros que pode significar uma série de coisas.

— Só mais uma chance — diz Mazen. — Se você me deixar na mão novamente, está tudo acabado. Keenan, acompanhe a garota até a rua.

XVI
ELIAS

SETE DIAS ANTES

Os Grandes Desertos. Foi aqui que os adivinhos me deixaram, nessa vastidão branca como sal que se estende por centenas de quilômetros, marcada por nada além de nervosas rachaduras negras e uma ocasional jaqueira nodosa.

O perfil claro da lua paira acima de mim como algo esquecido. Ela está quase cheia, e ontem era crescente — o que significa que de alguma maneira os adivinhos me transportaram uns quinhentos quilômetros para longe de Serra em uma noite só. A essa hora, ontem, eu estava na carruagem de meu avô, a caminho de Blackcliff.

Minha adaga atravessa um pedaço solto de pergaminho no chão crestado ao lado da árvore. Enfio a arma no cinto — é a diferença entre a vida e a morte por aqui. O pergaminho está escrito com uma caligrafia que não reconheço.

A Eliminatória da Coragem:
A torre do sino. Pôr do sol no sétimo dia.

Bastante claro. Se hoje conta como o primeiro dia, eu tenho seis dias inteiros para chegar à torre, ou os adivinhos me matarão por ter fracassado na primeira etapa.

O ar está tão quente que queima minhas narinas. Umedeço os lábios, já sedento, e me agacho sob a sombra escassa da jaqueira para refletir sobre o apuro em que me encontro.

O mau cheiro no ar me diz que a faixa azul reluzente, a oeste de onde estou, é o lago Vitan. Seu odor sulfuroso é lendário, e é a única fonte de água nestas terras áridas. Mas o lago é puro sal, assim completamente inútil para mim. De qualquer maneira, meu caminho encontra-se a leste, através da cordilheira Serrana.

Dois dias para chegar até lá, e mais dois para alcançar o desfiladeiro Walker's, a única passagem. Um dia para atravessar o desfiladeiro e um para descer até Serra. Exatamente seis dias completos, se tudo correr como planejado.

Fácil demais.

Penso de novo na profecia que li no gabinete da comandante. *Coragem para enfrentar seus temores mais sombrios*. Algumas pessoas podem temer o deserto, mas não sou uma delas.

O que significa que há algo mais lá fora. Algo que não se revelou.

Rasgo faixas da minha camisa e enrolo nos pés. Tenho apenas as roupas com as quais caí no sono — meu uniforme e minha adaga. Subitamente me sinto imensamente grato por estar exausto demais do treinamento de combate para me despir antes de dormir. Atravessar os Grandes Desertos nu seria um tipo de inferno muito peculiar.

Logo o sol se põe no céu selvagem do oeste, e o ar esfria rapidamente enquanto estou ali parado. Hora de correr. Parto em um passo firme, os olhos perscrutando à frente. Após um quilômetro, uma brisa passa por mim, e por um segundo tenho a sensação de que senti cheiro de fumaça e morte. O cheiro desaparece, mas me deixa inquieto.

Quais são meus temores? Vasculho meu cérebro, mas não consigo pensar em nada. A maioria dos estudantes de Blackcliff teme algo, mas nunca por muito tempo. Quando éramos novilhos, a comandante ordenou que Helene descesse os penhascos de rapel muitas vezes, até conseguir fazê-lo com apenas o maxilar cerrado a trair seu terror. Naquele mesmo ano, a comandante forçou Faris a manter uma tarântula do deserto, que se alimenta de pássaros, como animal de estimação, dizendo a ele que, se a aranha morresse, ele morreria também.

Deve haver algo que eu tema. Espaços fechados? O escuro? Se eu não conheço meus medos, não estarei preparado para eles.

A meia-noite vem e vai, e o deserto à minha volta ainda está silencioso e vazio. Já avancei quase quarenta quilômetros, e minha garganta está seca como a terra. Passo a língua pelo suor dos meus braços, ciente de que minha necessidade de sal será tão grande quanto a de água. A umidade ajuda, mas apenas por um momento. Eu me forço a me concentrar na dor em meus pés e pernas. A dor eu posso suportar, mas a sede pode levar um homem à loucura.

Em seguida, subo uma elevação e vejo algo estranho à frente: um bruxulear de luzes, como o luar refletido em um lago. Só que não existem lagos por aqui. Com a adaga na mão, reduzo o ritmo para uma caminhada.

Então eu a ouço. Uma voz.

Começa bem baixo, um sussurro que poderia se passar pelo vento, um arranhar que soa como o eco dos meus passos no solo craquelado. Mas a voz se torna mais próxima, mais clara.

Eliassss.

Eliassss.

Um monte baixo se eleva à minha frente, e, quando chego ao topo, a brisa da noite sopra gelada, trazendo consigo os cheiros inequívocos da guerra — sangue, esterco e podridão. Todos estão mortos. A luz do luar se reflete na armadura dos homens derrubados. Foi isso que vi anteriormente, da elevação.

É um campo de batalha estranho, diferente de qualquer um que eu tenha visto. Ninguém geme ou implora por ajuda. Bárbaros de terras fronteiriças estão caídos ao lado de soldados marciais. Vejo o que parece ser um comerciante tribal e, ao lado dele, corpos menores — sua família. Que lugar é este? Por que um Tribal lutaria com Marciais e com Bárbaros no meio do nada?

— Elias.

Praticamente saio do corpo com um salto ao escutar o som do meu nome ecoar em tal silêncio, e minha adaga se cola à garganta do interlocutor antes que eu possa pensar. É um garoto bárbaro, de não mais que treze anos. Seu rosto está pintado com ísate azul, e seu corpo escuro exibe tatuagens geométricas próprias do seu povo. Mesmo à luz da lua, eu o reconheço. Eu o reconheceria em qualquer lugar.

É a primeira pessoa que eu matei.

Meus olhos baixam para o ferimento aberto em seu estômago, um ferimento que coloquei ali nove anos atrás. Um ferimento que ele não parece perceber.

Baixo o braço e recuo. Impossível.

O garoto está morto. O que significa que tudo isso — o campo de batalha, o cheiro, o deserto — deve ser um pesadelo. Belisco o braço para acordar. O garoto inclina a cabeça e eu me belisco de novo. Pego a adaga e corto minha mão com ela. Sangue pinga no chão.

O garoto não se mexe. Não consigo acordar.

Coragem para enfrentar seus temores mais sombrios.

— Minha mãe gritou e arrancou o cabelo por três dias depois que eu morri — minha primeira morte diz. — E não voltou a falar por cinco anos. — Ele fala calmamente na voz recém-aprofundada de um garoto que entrou na adolescência. — Eu era o seu único filho — ele acrescenta, como se em explicação.

— Eu... eu sinto muito..

O garoto dá de ombros e se afasta, gesticulando para que eu o siga até o campo de batalha. Não quero ir, mas ele fecha a mão fria em torno do meu braço e me puxa atrás de si com uma força surpreendente. Enquanto serpenteamos pelos primeiros corpos, olho para baixo. Um sentimento doentio me atravessa.

Eu reconheço esses rostos. Eu matei cada uma dessas pessoas.

Quando passo por elas, suas vozes murmuram segredos em minha cabeça...

Minha esposa estava grávida...

Eu tinha certeza de que o mataria primeiro...

Meu pai jurou vingança, mas morreu antes...

Tapo os ouvidos com as mãos, mas o garoto vê, e seus dedos frios e úmidos puxam os meus para longe de minha cabeça com uma força inexorável.

— Vamos — ele diz. — Tem mais.

Balanço a cabeça. Sei exatamente quantas pessoas matei, quando elas morreram, como, onde. Há muito mais que vinte e um homens neste campo de batalha. Não posso ter matado todos eles.

Mas continuamos caminhando, e agora há rostos que não reconheço. Então sinto uma espécie de alívio, pois esses rostos devem ser dos pecados de outra pessoa, das trevas de outra pessoa.

— Suas mortes — o garoto interrompe meus pensamentos. — São todas suas. O passado. O futuro. Tudo aqui. Tudo feito por suas mãos.

Minhas mãos suam e me sinto tonto.

— Eu... eu não...

Há muitas pessoas neste campo de batalha. Bem mais de quinhentas. Como posso ser responsável pela morte de tanta gente? Olho para baixo. Há um Máscara magro de cabelos claros à minha esquerda, e sinto um aperto no estômago, pois o conheço. Demetrius.

— Não. — Eu me abaixo para sacudi-lo. — Demetrius. Acorde. Levante.

— Ele não consegue ouvir você — diz a minha primeira morte. — Ele se foi.

Ao lado de Demetrius está Leander, o sangue manchando seu halo de cabelo crespo, escorrendo lentamente do nariz adunco e caindo do queixo. E, a alguns metros dali, Ennis, outro membro do pelotão de batalha de Helene. Mais adiante, vejo cabelos brancos bastos e um corpo poderoso. Meu avô?

— Não. Não. — Não existe outra palavra para o que estou vendo, pois algo tão terrível não deveria existir. Eu me inclino próximo de outro corpo: a escrava de olhos dourados que conheci há pouco. Uma linha vermelha crua corta sua garganta. Seu cabelo está todo emaranhado, caindo para todos os lados. Seus olhos estão abertos, o dourado brilhante esmaecido até a cor de um sol morto. Penso em seu cheiro inebriante, de fruta, açúcar e calor. Então me viro para minha primeira morte.

— Esses são meus amigos, minha família. Pessoas que eu conheço. Eu não os machucaria.

— Suas mortes — insiste o garoto, e o terror dentro de mim cresce com a certeza com a qual ele fala. É isso que eu serei? Um assassino em massa?

Acorde, Elias. Acorde. Mas não consigo acordar, pois não estou dormindo. Os adivinhos de alguma maneira deram vida ao meu sonho e o exibiram diante de meus olhos.

— Como eu faço para isso parar? Eu preciso fazer isso parar.

— Já está feito — diz o garoto. — Esse é o seu destino, está escrito.

— Não.

Eu o empurro para o lado. O campo de batalha tem de ter um fim. Vou conseguir superar, vou continuar atravessando o deserto, vou sair daqui.

Mas, quando a carnificina por fim acaba, o chão dá uma guinada e o campo de batalha se estende por completo à minha frente novamente. Além dele, a paisagem mudou. Ainda estou me deslocando para o leste através do deserto.

— Você pode continuar caminhando — o sussurro sem corpo da minha primeira morte passa junto ao meu ouvido, e me sobressalto violentamente. — Você pode até chegar às montanhas, mas, até dominar o seu medo, os mortos seguirão com você.

Isso é uma ilusão, Elias. Bruxaria dos adivinhos. Continue caminhando até encontrar a saída.

Eu me forço a seguir na direção das sombras da cordilheira Serrana, mas, sempre que chego ao fim do campo de batalha, sinto a guinada e vejo os corpos estendidos à minha frente outra vez. A cada vez que isso acontece, fica mais difícil ignorar a carnificina aos meus pés. Meu ritmo diminui e luto para avançar. Passo pelas mesmas pessoas repetidamente, até seus rostos estarem impressos em minha memória.

O céu clareia e irrompe o amanhecer. *Segundo dia,* penso. *Siga para o leste, Elias.*

O campo de batalha fica quente e fétido. Nuvens de moscas e animais carniceiros caem sobre ele. Eu grito e os ataco com minha adaga, mas não consigo afastá-los. Quero morrer de sede e fome, mas não sinto nenhuma das duas coisas neste lugar. Conto quinhentos e trinta e nove corpos.

Não vou matar tantas pessoas, digo a mim mesmo. *Não vou.* Mas uma voz insidiosa em minha cabeça dá uma risadinha quando tento me convencer disso. *Você é um Máscara*, a voz diz. *É claro que você vai matar toda essa gente. Vai matar até mais.* Fujo do pensamento e tento com todas as forças me livrar do campo de batalha, mas não consigo.

O céu escurece, a lua nasce. Não consigo sair. Luz do dia de novo. *É o terceiro dia.* O pensamento aparece em minha cabeça, mas eu mal sei o que ele significa. Eu deveria fazer algo a essa altura. Deveria estar em algum lugar. Olho à direita, para as montanhas. *Lá. Eu deveria estar lá.* Forço meu corpo a virar naquela direção.

Às vezes, converso com as pessoas que matei. Em minha cabeça, eu as ouço sussurrar de volta. Elas não me acusam, mas me revelam suas esperanças, seus desejos. Eu preferiria que me xingassem. É pior ouvir tudo o que teria acontecido se eu não as tivesse matado.

Leste. Elias, siga para o leste. É a única coisa lógica que consigo pensar. No entanto, perdido no horror do meu futuro, esqueço que estou indo para o leste. Em vez disso, perambulo de corpo em corpo, implorando pelo perdão das pessoas que matei.

Escuridão. Luz do dia. *O quarto dia.* E logo depois o quinto. Mas por que estou contando os dias? Os dias não importam. Estou no inferno. Um inferno que criei para mim mesmo, pois sou mau. Tão mau quanto minha mãe. Tão mau quanto qualquer Máscara que passa a vida se regozijando no sangue e nas lágrimas de suas vítimas.

Para as montanhas, Elias, uma voz tênue sussurra em minha cabeça, o último fragmento de sanidade que tenho. *Para as montanhas.*

Meus pés sangram, e meu rosto está castigado pelo vento. O céu está abaixo de mim. O chão, acima. Velhas memórias passam voando por minha mente — Mamie Rila me ensinando a escrever meu nome tribal; a dor do chicote de um centurião cortando minhas costas da primeira vez; Helene e eu sentados nas terras selvagens do norte, observando o céu se mover em círculos, em incríveis faixas de luz.

Tropeço sobre um corpo e levo um tombo. O impacto sacode algo solto em minha mente.

Montanhas. Leste. Eliminatória. Isso é uma Eliminatória.

Pensar essas palavras é como me puxar de um poço de areia movediça. Isso é uma Eliminatória e preciso sobreviver a ela. A maioria das pessoas no campo de batalha ainda não morreu; eu as vi agora mesmo. Isso é um teste — da minha coragem, da minha força —, o que significa que deve haver algo específico que preciso fazer para sair daqui.

Até dominar o seu medo, os mortos seguirão com você.

Ouço um ruído. Tenho a impressão de que é o primeiro ruído que ouvi em dias. Ali, tremeluzindo como uma miragem na beira do campo de batalha, surge uma figura. Minha primeira morte de novo? Caminho cambaleante em sua direção, mas caio de joelhos quando estou a apenas alguns metros dela. Porque não é a minha primeira morte. É Helene, e ela está coberta de sangue e arranhões, seu cabelo prateado emaranhado enquanto ela olha fixamente para mim com olhos vazios.

— Não — digo roucamente. — Helene não. Helene não. Helene não.

Entoo isso como um maluco a quem só restam essas duas palavras. O fantasma de Helene se aproxima.

— Elias. — Céus, é a voz dela. Falha e assombrada. *Tão real.* — Elias, sou eu. Helene.

Helene, no meu campo de batalha de pesadelo? Helene, mais uma vítima?

Não. Não vou matar minha melhor amiga, minha mais antiga amiga. Isso é fato, não um desejo. Não vou matá-la.

Percebo naquele momento que não posso ter medo de algo, se não existe chance alguma de que vá acontecer. A percepção me liberta, finalmente, do medo que me consumiu por dias.

— Não vou matar você — digo. — Eu juro. Por sangue e por osso, eu juro. E não vou matar nenhum dos outros também. Não vou.

O campo de batalha desaparece, o cheiro desaparece, os mortos desaparecem, como se nunca tivessem sido reais. Como se só tivessem existido em minha mente. Diante de mim, tão perto que posso tocá-las, surgem as montanhas em direção às quais cambaleei por cinco dias, suas trilhas rochosas fazendo curvas e voltas como uma caligrafia tribal.

— Elias?

O fantasma de Helene ainda está ali.

Por um momento, não compreendo. Ela estende a mão na direção do meu rosto, e me encolho para trás, esperando o carinho frio de um espírito.

Mas sua pele está quente.

— Helene?

Então ela me puxa para perto, segura minha cabeça com carinho, sussurra que estou vivo, que ela está viva, que estamos bem, que ela me encontrou. Abraço sua cintura e enterro o rosto em sua barriga. E, pela primeira vez em nove anos, começo a chorar.

◆ ◆ ◆

— Temos apenas dois dias para voltar. — Foram as primeiras palavras que Hel disse desde que praticamente me arrastou para longe dos contrafortes e para dentro de uma caverna na montanha.

Eu não digo nada. Não estou pronto para palavras ainda. Uma raposa assa sobre o fogo, e salivo com o cheiro. A noite caiu, e fora da caverna um trovão reverbera. Nuvens negras avançam do deserto e os céus se abrem, a chuva caindo em cascata através de fendas circundadas por raios no firmamento.

— Eu vi você lá pelo meio-dia. — Ela acrescenta mais alguns gravetos ao fogo. — Mas levei umas duas horas para descer a montanha. Achei que você fosse um animal num primeiro momento. Então o sol se refletiu em sua máscara. — Ela olha para fora, para a chuva torrencial. — Você parecia mal.

— Como você sabia que não era Marcus? — sussurro, rouco. Minha garganta está seca e tomo outro gole de água do cantil de junco que ela fez. — Ou Zak?

— Sei notar a diferença entre você e uma dupla de répteis. Além disso, Marcus tem medo de água, e os adivinhos não o deixariam em um deserto. E Zak odeia espaços apertados, então está debaixo da terra em alguma parte. Aqui, coma.

Como lentamente, observando Helene o tempo inteiro. Seu cabelo normalmente macio está emaranhado, o brilho prateado, apagado. Ela está coberta de cicatrizes e sangue seco.

— O que você viu, Elias? Você estava seguindo na direção das montanhas, mas caía toda hora e tentava arranhar algo no ar. Você falava sobre... sobre me matar.

Balanço a cabeça. A Eliminatória não acabou, e tenho de esquecer o que vi se quiser sobreviver até o fim.

— Onde eles a deixaram? — eu pergunto.

Helene se abraça encolhida, e mal dá para ver seus olhos.

— A noroeste. Nas montanhas. No ninho de um abutre-agulha.

Paro de comer. Os abutres-agulhas são pássaros enormes, com garras de quase quinze centímetros e envergadura de asa que passa de seis metros. Seus ovos são do tamanho da cabeça de um homem, seus filhotes notoriamente sedentos de sangue. Mas, o pior de tudo para Helene, os abutres-agulhas constroem seus ninhos acima das nuvens, no topo dos picos mais inacessíveis.

Ela não precisa explicar o nó em sua garganta. Helene costumava tremer durante horas depois de a comandante obrigá-la a escalar os penhascos. Os adivinhos sabiam disso, é claro. Eles colheram isso da mente dela, como um ladrão colhe uma ameixa de uma árvore.

— Como você desceu?

— Sorte. A mãe abutre saiu, e os filhotes começaram a quebrar a casca dos ovos, ainda lá dentro. E eles já eram bem perigosos, mesmo antes de nascerem completamente. — Ela levanta a camisa e mostra a pele clara e retesada do estômago, marcada por um emaranhado de arranhões. — Eu pulei para fora do ninho e caí em uma saliência três metros abaixo. Eu não... eu não tinha me dado conta de como estava no alto. Mas essa não foi a pior parte. Eu ficava vendo... — Ela para, e percebo que os adivinhos a forçaram a enfrentar uma alucinação terrível, como meu campo de batalha imaginário. Que escuridão ela teve de suportar, a milhares de metros de altura, sem nada entre ela e a morte exceto alguns centímetros de rocha?

— Os adivinhos são doentes — eu digo. — Não acredito que eles...

— Eles estão fazendo o que devem fazer, Elias. Eles estão nos obrigando a enfrentar nossos medos. Eles precisam encontrar o mais forte, lembra? O mais corajoso. Nós precisamos confiar neles.

Helene fecha os olhos, tremendo. Diminuo o espaço entre nós e coloco as mãos sobre seus braços para fazê-la parar. Quando ela abre os olhos, sinto o calor de seu corpo e percebo que meros centímetros separam nossos rostos. Ela tem belos lábios, noto distraidamente, o superior mais carnudo que o inferior. Cruzo o olhar com o seu por um momento íntimo, infinito. Ela se inclina em minha direção, e seus lábios se abrem. Sinto uma palpitação de desejo violenta, seguida de um toque de alarme frenético. *Má ideia. Péssima ideia. Ela é a sua melhor amiga. Pare.*

Baixo os braços e me afasto apressadamente, tentando não notar o enrubescimento em seu pescoço. Os olhos de Helene brilham — de raiva ou constrangimento, não sei dizer.

— Enfim — ela diz — consegui descer na noite passada e pensei em tomar a trilha da margem até o desfiladeiro Walker's. É o caminho mais rápido de volta. Tem um posto militar do outro lado. Nós podemos conseguir um barco para atravessar o rio e pegar algumas provisões... roupas e botas, pelo menos. — Ela aponta para o próprio uniforme, rasgado e manchado de sangue. — Não que eu esteja reclamando.

Depois ergue o olhar para mim, com uma pergunta nos olhos.

— Eles deixaram você no deserto, mas... — *Mas você não tem medo do deserto. Você cresceu lá.*

— Não adianta pensar nisso — digo.

Ficamos em silêncio, e, quando o fogo baixa, Helene diz que vai dormir. Mas, embora ela se deite sobre uma pilha de folhas, sei que ela não conciliará o sono. Ela ainda está se segurando à encosta de sua montanha, exatamente como eu ainda perambulo perdido em meu campo de batalha.

◆ ◆ ◆

Helene e eu estamos exaustos e com os olhos vermelhos na manhã seguinte, mas partimos bem antes do amanhecer. Precisamos chegar ao desfiladeiro Walker's hoje se quisermos voltar para Blackcliff até o pôr do sol de amanhã.

Não conversamos — não precisamos. Viajar com Helene é como colocar uma camisa favorita. Passamos juntos toda nossa época como cincos, e caímos instintivamente de volta ao padrão daqueles dias, comigo assumindo a frente e Helene a retaguarda.

A tempestade se afasta para o norte revelando um céu azul e uma terra limpa e reluzente. Mas a beleza natural esconde árvores caídas, trilhas destruídas e barrancos traiçoeiros com lama e fragmentos de rocha. Há uma tensão inconfundível no ar. Como antes, tenho a sensação de que algo nos espera mais à frente. Algo desconhecido.

Helene e eu não paramos para descansar. Nossos olhos estão atentos a ursos, linces e caçadores nômades — qualquer criatura que chame as montanhas de lar.

À tarde, escalamos a elevação que leva ao desfiladeiro, uma faixa de floresta de vinte e cinco quilômetros, em meio aos picos pontilhados de azul da cordilheira Serrana. O desfiladeiro parece quase suave, acarpetado de árvores, montes ondulados e a explosão dourada ocasional de uma campina de flores silvestres. Helene e eu trocamos um olhar. Nós dois sentimos. O que quer que esteja vindo se aproxima.

À medida que avançamos para dentro da floresta, a sensação de perigo aumenta, e vejo de relance um movimento furtivo. Helene olha para mim novamente. Ela também viu.

Alteramos nossa rota frequentemente e ficamos longe das trilhas, o que desacelera nosso ritmo, mas torna uma emboscada mais difícil. Com a chegada do anoitecer, ainda não saímos do desfiladeiro e somos forçados a voltar para a trilha, para encontrar o caminho à luz do luar.

O sol acabou de se pôr quando a floresta cai em silêncio. Grito um aviso para Helene e mal tenho tempo de puxar minha faca antes que uma figura escura se lance rapidamente das árvores.

Não sei o que me espera. Um exército das pessoas que matei, vindo para se vingar? Uma criatura de pesadelo conjurada pelos adivinhos?

Algo que vai me causar medo até os ossos. Algo para testar minha coragem.

Não espero a máscara. Não espero o dardejar dos olhos frios e inexpressivos de Zak me olhando com raiva.

Atrás de mim Helene grita, e ouço o impacto de dois corpos atingindo o chão. Eu me volto e vejo Marcus a atacando. O rosto de Helene está congelado de terror ao vê-lo, e ela não reage para se defender enquanto ele imobiliza seus braços, rindo como fez quando a beijou.

— Helene! — Ao ouvir meu grito, ela sai de seu aturdimento, golpeia Marcus e se desvencilha dele.

Então Zak cai sobre mim, socando minha cabeça e meu pescoço. Ele luta de maneira inconsequente, quase frenética, e consigo me esquivar facilmente de seu ataque. Dou a volta por trás dele e giro minha adaga em um arco. Ele dá um volteio para trás a fim de desviar do golpe e mergulha contra mim, os dentes à mostra feito um cão raivoso. Passo a cabeça por baixo de seu braço e enfio a adaga em seu flanco. Um sangue quente espirra em minha mão. Arranco a adaga, Zak solta um gemido e recua, trôpego. Com a mão sobre o flanco, ele caminha cambaleante até as árvores, gritando para o irmão gêmeo.

Marcus, serpente que é, corre floresta adentro atrás de Zak. Sangue brilha em sua coxa, e me encho de satisfação. Hel o acertou. Saio em perseguição, a ira da batalha crescendo, cegando-me para todo o resto. Ao longe, Helene me chama. À minha frente, a sombra do Cobra se junta à de Zak, e eles correm em disparada, sem perceber que os sigo de perto.

— Por dez infernos, Zak! — diz Marcus. — A comandante disse para acabarmos com os dois antes que eles saíssem do desfiladeiro, e você corre para a mata feito uma garotinha amedrontada...

— Ele me esfaqueou, não está vendo? — A voz de Zak soa esbaforida. — E ela não disse que teríamos que lidar com os dois ao mesmo tempo, disse?

— Elias!

Mal registro o grito de Helene. A conversa de Marcus e Zak me deixa estupefato. Não me causa surpresa que minha mãe esteja mancomunada com o Cobra e o Sapo. O que não compreendo é como ela sabia que Hel e eu estaríamos atravessando o desfiladeiro naquele momento.

— Nós precisamos acabar com eles. — A sombra de Marcus se vira e empunho minha adaga. Então Zak o agarra.

— Nós precisamos é sair daqui — ele diz. — Ou não chegaremos a tempo. Deixe os dois para trás. Vamos.

Parte de mim quer perseguir Marcus e Zak e arrancar as respostas às minhas perguntas. Mas Helene me chama de novo, com a voz fraca. Ela pode estar machucada.

Quando volto para a clareira, Hel está caída no chão, com a cabeça virada para o lado. Um braço está largado inutilmente enquanto ela tateia o ombro com a outra mão, tentando estancar o fluxo de sangue lento que escorre dali.

Eu me aproximo em dois passos, rasgo o que resta de minha camisa e a pressiono contra o ferimento. Ela sacode a cabeça, o cabelo loiro trançado batendo em suas costas enquanto ela emite um lamento animal agudo.

— Está tudo bem, Hel. — Minhas mãos tremem, e uma voz em minha cabeça grita que não está tudo bem, que minha melhor amiga vai morrer. Eu continuo falando. — Você vai ficar bem. Vou cuidar de você.

— Pego o cantil. Preciso limpar o ferimento e fazer um curativo. — Fale comigo. Me diga o que aconteceu.

— Ele me atacou de surpresa. Não consegui me mexer. Eu... eu o vi nas montanhas. Era ele... ele e eu... — Ela estremece, e agora compreendo. No deserto, vi cenas de guerra e morte. Helene viu Marcus. — As mãos dele... por toda parte. — Ela fecha bem os olhos e recolhe as pernas para se proteger.

Vou matar esse cara, penso calmamente, tomando a decisão tão facilmente quanto escolheria minhas botas pela manhã. Se ela morrer, ele também morre.

— Você não pode deixar os dois vencerem. Se eles vencerem... — As palavras de Helene transbordam de sua boca. — Lute, Elias. Você precisa lutar. Você precisa vencer.

Corto a camisa dela com minha adaga, chocado por um momento com a delicadeza de sua pele. A escuridão caiu sobre nós, e mal posso ver o ferimento, mas posso sentir o calor do sangue enquanto ele escorre sobre a minha mão.

Helene agarra meu braço com a mão boa enquanto derramo água sobre o ferimento. Eu o enfaixo usando o que sobrou da minha camisa e algumas tiras do uniforme dela. Após alguns minutos, sua mão relaxa — ela desmaiou.

Meu corpo dói de exaustão, mas começo a puxar as vinhas das árvores para fazer uma espécie de rede. Hel não consegue caminhar, então terei de carregá-la até Blackcliff. Enquanto trabalho, minha mente gira. Os Farrar nos emboscaram seguindo ordens da comandante. Não causa espanto que ela mal conseguisse conter a alegria antes do início das Eliminatórias. Ela estava planejando esse ataque. Mas como ela ficou sabendo onde estaríamos?

Não precisaria ser um gênio, imagino. Se ela sabia que os adivinhos me deixariam nos Grandes Desertos e Helene no território dos abutres-agulhas, também sabia que a única maneira de voltarmos para Serra seria através do desfiladeiro. Mas, se ela contou para Marcus e Zak, isso significa que eles trapacearam e nos sabotaram, o que os adivinhos claramente proíbem.

Os adivinhos certamente sabem o que aconteceu. Por que não fizeram nada a respeito?

Quando a rede está pronta, coloco Helene cuidadosamente sobre ela. Sua pele está descorada como um osso, e ela treme de frio. Ela parece leve. Leve demais.

Novamente, os adivinhos se aproveitaram de um medo inesperado, um medo que eu não fazia ideia de que tinha. Helene está morrendo. Eu não sabia quão aterrorizante isso seria, pois ela nunca havia chegado tão perto de morrer.

Minhas dúvidas se multiplicam: não vou conseguir chegar a Blackcliff antes do pôr do sol; o médico não vai ser capaz de salvá-la; ela vai morrer durante o trajeto. *Pare, Elias. Mexa-se.*

Após anos de marchas forçadas através do deserto, carregar Helene não é um fardo. Embora a noite esteja escura, avanço rapidamente. Ainda preciso descer o desfiladeiro, conseguir um barco do posto militar instalado junto ao rio e remar até Serra. Já perdi muito tempo fazendo a rede, e Marcus e Zak com certeza estão bem mais adiantados. Mesmo se eu não parar até chegar à cidade, será muito difícil alcançar a torre antes do pôr do sol.

O céu clareia e lança sombras sobre os picos escarpados das montanhas à minha volta. O dia está bem avançado quando saio do desfiladeiro. O rio Rei se estende abaixo, lento e cheio de curvas, como uma jiboia saciada. Barcaças e barcos pontilham a água, e, das margens orientais, avista-se a cidade de Serra, suas muralhas em tons sombrios imponentes, mesmo a quilômetros de distância.

O cheiro de fumaça polui o ar. Uma coluna negra eleva-se no céu, e, embora eu não consiga ver o posto militar deste ponto da trilha, sei com uma certeza desalentadora que os Farrar chegaram lá antes de mim. E que eles o queimaram, assim como a casa de barcos ali perto.

Desço correndo a montanha, mas, quando chego ao posto militar, ele não passa de um esqueleto enfumaçado e cheio de fuligem. A casa de barcos ao lado é uma pilha de troncos que queimam lentamente. Os legionários responsáveis pela edificação foram embora, provavelmente seguindo as ordens dos Farrar.

Desamarro Helene das minhas costas. A viagem montanha abaixo reabriu seu ferimento, e minhas costas estão cobertas de sangue.

— Helene? — Caio de joelhos e acaricio seu rosto suavemente. — Helene! — Seus olhos estão imóveis. Ela está perdida dentro de si, e a pele em torno do ferimento está vermelha e febril. Sinal de infecção.

Olho duramente para o posto militar, desejando que um barco apareça. Qualquer barco. Uma jangada. Um escaler. Um maldito tronco oco, não me importa. Qualquer coisa. Mas, é claro, não há nada. Falta no máximo uma hora para o pôr do sol. Se eu não conseguir atravessar o rio com Helene, estaremos mortos.

Estranhamente, é a voz da minha mãe, fria e impiedosa, que ouço em minha cabeça. *Nada é impossível.* É algo que ela já disse aos alunos uma centena de vezes — quando estávamos exaustos de horas seguidas de batalhas de treinamento ou quando não tínhamos dormido durante dias. Ela sempre exigia mais. Mais do que achávamos que tínhamos a ofere-

163

cer. "Encontrem uma maneira de realizar as tarefas que eu estabeleci", ela nos dizia, "ou morram tentando. A escolha é de vocês."

A exaustão é temporária. A dor é temporária. Mas Helene está morrendo porque não encontrei um jeito de trazê-la de volta a tempo — e isso é permanente.

Vejo uma viga de madeira soltando fumaça, metade para dentro da água, metade para fora. Tem de servir. Chuto, empurro e rolo a viga maldita, e ela balança ameaçadoramente debaixo da água antes de flutuar para a superfície. Com cuidado, coloco Helene sobre a viga e a amarro no lugar. Então jogo um braço em torno dela e me lanço para o barco mais próximo, como se todos os djinns do ar e do mar me perseguissem.

As águas do rio correm livremente a essa hora, na maior parte vazias das barcaças e canoas que o enxameiam de manhã. Vou na direção de uma embarcação mercadora que balança no meio do rio, os remos repousando na água. Os marinheiros não notam minha aproximação, e, quando estou bem ao lado da escada de cordas que leva ao convés, solto Hel da viga. Ela afunda na água quase que imediatamente. Agarro a corda escorregadia com uma das mãos e Helene com a outra, e finalmente consigo colocar seu corpo sobre meu ombro, escalando a escada até o convés.

Um Marcial de cabelos grisalhos com porte de soldado — o capitão, presumo — supervisiona um grupo de escravos plebeus e eruditos que empilham caixas de carga.

— Sou o aspirante Elias Veturius, de Blackcliff. — Regulo a voz até que ela soe tão nivelada quanto o convés no qual estou de pé. — E vou assumir o comando desta embarcação a partir de agora.

O homem pisca, assimilando a visão diante de si: dois Máscaras, um tão coberto de sangue que parece que foi torturado, e o outro praticamente nu, com uma semana de barba por fazer, o cabelo emaranhado e uma expressão insensata nos olhos.

O comerciante claramente passou algum tempo no exército marcial, pois, após um instante, ele anui.

— Estou à sua disposição, lorde Veturius.

— Ancore este barco em Serra. Imediatamente.

O capitão grita ordens a seus homens e os ameaça com seu chicote, e em menos de um minuto o barco segue a todo vapor na direção das docas de Serra. Olho malignamente para o sol que se põe, desejando que ele demore a fazê-lo. Não me resta mais que meia hora, e ainda tenho de vencer o tráfego perto das docas e até Blackcliff.

Estou muito próximo do tempo estabelecido. Próximo demais.

Helene geme, e eu a coloco sobre o convés cuidadosamente. Ela transpira, apesar do ar frio do rio, e sua pele assume um tom pálido mortal. Ela abre os olhos por um momento.

— Estou tão mal assim? — sussurra, vendo a expressão em meu rosto.

— Na verdade, melhorou. Esse visual de mulher selvagem cai bem em você.

Ela sorri, um sorriso raro, doce, que desaparece rapidamente.

— Elias... você não pode me deixar morrer. Se eu morrer, você...

— Não fale, Hel. Descanse.

— Não posso morrer. O adivinho disse... ele disse que, se eu vivesse, então...

— Shhh...

Seus olhos se fecham, trêmulos, e, impacientemente, miro as docas de Serra, ainda a quase um quilômetro de distância, repletas de marinheiros, soldados, cavalos e carruagens. Quero apressar o barco, mas os escravos já remam furiosamente, com o chicote do capitão a ameaçá-los.

Antes que o barco ancore, o capitão baixa a rampa de desembarque, chama um legionário que patrulha ali perto e toma seu cavalo. Dessa vez me sinto grato pela severidade da disciplina marcial.

— Boa sorte, lorde Veturius — diz o capitão. Eu agradeço e coloco Hel sobre o cavalo. Ela cai para frente, mas não tenho tempo de acomodá-la melhor. Então salto sobre o animal e acerto seu flanco com o calcanhar, os olhos voltados para o sol, que paira pouco acima do horizonte.

Vejo a cidade passar em um borrão de Plebeus boquiabertos, soldados que murmuram e uma confusão de comerciantes em suas tendas. Passo a galope por todos, sigo pela via principal de Serra, atravesso a pequena multidão que ocupa a Praça das Execuções e subo as ruas de pedra do Bairro Ilustre. O cavalo avança afoitamente, e estou tão enlouquecido que derrubo um vendedor ambulante e seu carrinho. A cabeça de Helene balança de um lado para o outro, como uma marionete solta.

— Aguente firme, Helene — sussurro. — Estamos quase lá.

Entramos em um mercado ilustre. Vários escravos se dispersam com a nossa súbita passagem, e, antes de virarmos uma esquina, Blackcliff aparece diante de nós tão inesperadamente como se tivesse nascido pronta da terra. Não distingo os rostos dos guardas do portão enquanto passo a galope por eles.

O sol cai mais um pouco. *Ainda não*, digo a ele. *Ainda não.*

— Vamos lá. — Cravo os calcanhares no animal. — Mais rápido!

Então cruzamos o campo de treinamento, subimos a colina e adentramos o pátio central. A torre do sino se eleva diante de mim, a alguns preciosos metros de distância. Paro o cavalo bruscamente e desço com um salto.

A comandante está parada na base da torre, com a expressão séria, não sei se de raiva ou de aflição. Ao lado dela, Cain espera com duas adivinhas. Eles olham para mim com um interesse mudo, como se eu fosse a atração ligeiramente menor de um circo.

Um grito corta o ar. O pátio está forrado de centenas de pessoas: alunos, centuriões, famílias — inclusive a de Helene. Sua mãe cai de joelhos, histérica diante da visão de sua filha coberta de sangue. As irmãs de Hel, Hannah e Livia, caem ao lado dela enquanto pater Aquillus permanece impassível.

Ao lado dele, meu avô está parado com seu uniforme de batalha. Ele parece um touro prestes a atacar, e seus olhos cinzentos reluzem de orgulho.

Puxo Helene para os meus braços e avanço a passos largos até a torre. O pátio jamais pareceu tão longo, nem mesmo quando corri uma centena de piques através dele no auge do verão.

Meu corpo se arrasta. Tudo o que eu quero é desabar no chão e dormir por uma semana. Mas dou aqueles últimos passos, deito Helene ao pé da torre e estendo a mão para tocar a pedra. Um instante depois de minha pele encontrar a rocha, os tambores do pôr do sol ressoam.

A multidão explode. Não sei ao certo quem começa a celebração. Faris? Dex? Talvez até meu avô. Toda a praça ecoa com ela. Eles devem ouvi-la lá na cidade.

— Veturius! Veturius! Veturius!

— Traga o médico — berro para um cadete próximo que celebra com os outros. Suas mãos se congelam em meio a um aplauso, e ele me olha boquiaberto. — Agora! Vá!

Helene parece uma boneca de cera. Coloco a mão em sua face fria e esfrego um círculo sobre sua pele com o polegar. Ela não se mexe nem respira. Quando posiciono os dedos em seu pescoço, onde sua pulsação deveria estar, não sinto nada.

XVII
LAIA

Sana e Mazen desaparecem por uma escada enquanto Keenan me acompanha para fora do porão. Imagino que ele vá me deixar o mais rapidamente possível. Em vez disso, ele acena para que eu o siga em direção a uma ruela tomada pelo capim. A rua está vazia, exceto pela presença de um bando de garotos agachados em torno de algum pequeno tesouro, mas eles se dispersam com a nossa aproximação.

Olho de lado rapidamente para o combatente de cabelos ruivos e encontro sua atenção fixa em mim, com uma intensidade que provoca uma palpitação inesperada em meu peito.

— Eles andaram machucando você.

— Estou bem — digo. Não vou deixar que ele pense que sou fraca. Já piso em ovos do jeito que as coisas estão. — Darin é só o que me importa. O resto é... — Dou de ombros. Keenan inclina a cabeça e passa o polegar sobre os machucados agora quase indistintos em meu pescoço. Então toma meu punho e vê as marcas iradas que a comandante deixou ali. Suas mãos são lentas e carinhosas como a chama de uma vela, e o calor em meu peito se espalha pela clavícula e até a ponta dos dedos. Meu pulso dispara e puxo a mão, aflita com minha reação.

— Isso tudo foi a comandante?

— Não tem importância — digo mais bruscamente do que pretendia. Seus olhos ficam frios com a agressividade em minha voz, e eu me suavizo. — Eu posso fazer isso, está bem? É a vida de Darin que está em risco aqui. Eu só queria saber... — *Se ele está perto. Se ele está bem. Se ele está sofrendo.*

— Darin ainda está em Serra. Eu ouvi o espião que fez o relatório. — Keenan me leva mais adiante pela rua. — Mas ele não está... bem. Eles têm andado em cima dele.

Um soco no estômago teria sido mais suave. Não preciso perguntar quem são "eles", pois eu já sei. *Interrogadores. Máscaras.*

— Escuta — diz Keenan. — Você não sabe nada de espionagem, isso está claro. Vou lhe ensinar algumas noções básicas: faça fofoca com as outras escravas. Você vai ficar surpresa com o que pode ficar sabendo. Mantenha-se ocupada... costurando, esfregando, pegando coisas. Quanto mais ocupada você estiver, menor a chance de que alguém questione sua presença, onde quer que você esteja. Se tiver oportunidade de colocar as mãos em informações reais, aproveite. Mas sempre tenha um plano de fuga. A capa que você tem usado é boa... ajuda a se misturar às pessoas. Mas você caminha e age como uma mulher livre. Se eu notei isso, outros também vão notar. Arraste os pés, ande curvada. Pareça que está por baixo, derrotada.

— Por que você está tentando me ajudar? — pergunto. — Você não queria arriscar seus homens para salvar o meu irmão.

Subitamente, ele foca o interesse nos tijolos de um prédio próximo.

— Meus pais também morreram — ele diz. — Minha família inteira, na verdade. Muito tempo atrás. — Ele me lança um olhar rápido, quase bravo, e por um segundo os vejo em seus olhos, essa família perdida, flashes de cabelos cor de fogo e sardas. Ele tinha irmãos? Irmãs? Ele era o mais velho? O mais novo? Quero perguntar, mas seu rosto está fechado.

— Ainda acho que essa missão é uma péssima ideia — ele diz. — Mas isso não quer dizer que eu não compreenda por que você a está levando adiante. E não significa que eu queira que você fracasse. — Ele toca o punho no coração e estende a mão para mim. — A morte antes da tirania — murmura.

— A morte antes da tirania. — Seguro sua mão, ciente de cada músculo em seus dedos.

Ninguém me tocou nos últimos dez dias, exceto para me machucar. Como sinto falta de ser tocada — vovó acariciando meu cabelo, Darin disputando queda de braço comigo e fingindo perder, vovô apertando meu ombro para dar boa-noite.

Não quero deixar Keenan partir. Como se compreendesse, ele segura minha mão um momento mais. Mas então se vira e vai embora, deixando-me sozinha em uma rua vazia com os dedos ainda formigando.

◆ ◆ ◆

Após entregar a primeira carta da comandante na agência do correio, sigo na direção das ruas tomadas de fumaça próximas às docas do rio. Os verões serranos são sempre terríveis, mas o calor no Bairro das Armas assume uma voracidade animal.

O distrito é uma colmeia de movimentos e ruídos. Um dia comum ali é mais barulhento que a maioria dos mercados em dias de festival. Faíscas voam de martelos tão grandes quanto a minha cabeça, fogos das forjas brilham um vermelho mais profundo que o sangue, e plumas de vapor que parecem algodão explodem aqui e ali das espadas recém-esfriadas na água. Ferreiros gritam ordens enquanto aprendizes se viram para cumpri-las. E, acima de tudo isso, a tensão e o bombeamento de centenas de foles rangem como uma frota de barcos na tempestade.

Poucos segundos depois de entrar no distrito, sou interceptada por um pelotão de legionários que exigem saber o que estou fazendo ali. Ofereço a eles a carta da comandante, apenas para me ver discutindo sobre sua autenticidade por dez minutos. Finalmente, e a contragosto, eles me deixam seguir meu caminho.

Fico me perguntando como Darin conseguiu entrar no distrito não uma vez, mas dia após dia.

"Eles têm andado em cima dele", disse Keenan. Quanto tempo Darin pode suportar diante de seus torturadores? Mais tempo que eu, certamente. Quando Darin tinha quinze anos, caiu de uma árvore enquanto tentava desenhar Eruditos trabalhando em um pomar marcial. Ele chegou em casa com um osso saindo para fora do punho, e eu gritei e quase desmaiei com a visão. "Está tudo bem", ele me disse. "O vovô vai dar um jeito nisso. Vá procurá-lo e depois volte para buscar meu caderno de desenhos. Eu deixei cair e não quero que alguém o leve."

Meu irmão tem a vontade de ferro da minha mãe. Se alguém pode sobreviver a um interrogatório marcial, esse alguém é ele.

Enquanto caminho, sinto um puxão na saia e olho para baixo, esperando encontrá-la presa debaixo da bota de uma pessoa. Em vez disso, vejo de relance uma sombra de olhos semicerrados afastando-se rapidamente sobre as pedras. A sensação de uma picada percorre minha espinha diante da visão, e ouço uma risadinha baixa e cruel. Minha pele formiga — aquela risada foi dirigida a mim. Tenho certeza.

Perturbada, acelero o passo, persuadindo um Plebeu idoso a me mostrar a direção da forja de Teluman. Eu a encontro quando saio da rua principal, marcada somente por um T de ferro adornado, preso à porta.

Diferentemente das outras forjas, esta está absolutamente silenciosa. Eu bato, mas ninguém responde. E agora? Abro a porta e arrisco irritar o ferreiro ao entrar sem pedir licença, ou volto sem uma resposta para a comandante, quando ela deixou bem claro que esperava por uma?

Não é uma escolha difícil.

A porta da frente se abre para uma antecâmara. Uma bancada coberta de poeira divide o aposento, com dezenas de expositores de vidro ao fundo e outra porta mais estreita. A forja em si se situa em uma sala maior à direita, fria e vazia, com seus foles parados. Um martelo está largado sobre uma bigorna, mas as outras ferramentas estão penduradas em cavilhas nas paredes. Algo me chama a atenção a respeito da sala. Ela me lembra outra que já vi, mas não consigo precisar qual.

A luz entra fracamente através de uma série de janelas altas, iluminando a poeira que chutei para cima quando entrei. Há uma sensação de abandono no lugar, e sinto a frustração crescer. Como devo levar uma resposta se o ferreiro não está aqui?

A luz do sol é refletida por uma fileira de expositores de vidro, e meu olhar é atraído para as armas dentro deles. São graciosamente forjadas, cada uma trabalhada com o mesmo detalhamento intrincado, quase obsessivo, do punho ao dorso, passando pela lâmina detalhadamente gravada. Intrigada por sua beleza, eu me aproximo. As lâminas me lembram algo, assim como toda a oficina — algo importante, algo que eu deveria ser capaz de dizer o que é

E então eu compreendo. A carta da comandante cai de minha mão subitamente entorpecida, e eu *sei*. Darin desenhou *estas* armas. Ele desenhou *esta* forja. Ele desenhou aquele martelo e aquela bigorna. Eu passei tanto tempo tentando descobrir como salvar meu irmão que quase esqueci os desenhos que o meteram em apuros. E aqui está a origem deles, bem diante dos meus olhos.

— Algum problema, garota?

Um Marcial entra pela porta dos fundos, mais parecendo um pirata que um ferreiro. Seu cabelo é totalmente raspado e ele goteja de piercings — seis em cada orelha, um no nariz, nas sobrancelhas, nos lábios. Tatuagens multicoloridas — estrelas de oito pontas, vinhas de folhagens viçosas, um martelo e uma bigorna, um pássaro, os olhos de uma mulher, escamas — sobem dos punhos até os braços e o colete de couro preto. Ele parece ser uns quinze anos mais velho que eu. Como a maioria dos Marciais, é alto e musculoso, mas magro, sem o porte que eu esperaria de um ferreiro.

Este é o homem que Darin andou espionando?

— Quem é você? — Estou tão perturbada que esqueço que ele é um Marcial.

O homem ergue as sobrancelhas, como se dissesse: *Eu? Quem raios é você?*

— Esta é a minha oficina — ele diz. — Sou Spiro Teluman.

É claro que é ele, Laia, sua idiota. Eu me atrapalho para encontrar a carta da comandante, esperando que o ferreiro pense que meu comentário foi devido à minha condição de reles Erudita sem noção. Ele lê a carta, mas não diz nada.

— Ela... ela pediu uma resposta, senhor.

— Não estou interessado. — Ele ergue o olhar. — Diga a ela que não estou interessado. — Então volta para a sala dos fundos.

Acompanho Teluman com o olhar, incerta. Ele sabe que meu irmão foi levado para a prisão por espionar sua oficina? O ferreiro viu o que Darin desenhou? Sua oficina está sempre abandonada? Foi assim que Darin chegou tão perto dela? Ainda estou tentando montar o quebra-cabeça quando uma sensação perturbadora se insinua em minha nuca, como o toque sôfrego dos dedos de um fantasma.

— *Laia.*

Um aglomerado de sombras se reúne ao pé da porta, negras como tinta derramada. As sombras assumem a forma de olhos brilhando, e começo a suar. *Por que aqui? Por que agora? Como posso não controlar criaturas da minha própria mente? Por que não posso decidir que desapareçam?*

— *Laia.* — As sombras se erguem e se juntam numa forma que lembra um homem. Elas assumem formatos e cores, e a voz é tão familiar e verdadeira como se meu irmão estivesse parado diante de mim. — *Por que você me deixou, Laia?*

— Darin? — Esqueço que isso é uma alucinação, que estou em uma forja marcial com um ferreiro com cara de assassino a metros dali.

O simulacro inclina a cabeça, bem como Darin costumava fazer.

— *Eles estão me machucando, Laia.*

Não é Darin. Minha mente está perdendo o controle. Isso é culpa, é medo. A voz muda, se deforma e engrossa, como se houvesse três Darins falando ao mesmo tempo. A luz nos olhos do falso Darin se apaga tão rapidamente quanto o sol em uma tempestade, e suas íris escurecem em poços negros, como se seu corpo inteiro estivesse cheio de sombra.

— *Não vou sobreviver a isso, Laia. Dói muito.*

A mão do simulacro se estende inesperadamente para segurar meu braço, e um choque de enregelar os ossos percorre meu corpo. Grito antes que possa evitar, e, um segundo mais tarde, a mão da criatura me larga. Sinto uma presença atrás de mim e me viro para encontrar Spiro Teluman segurando a mais bela cimitarra que já vi na vida. Ele me empurra casualmente para o lado, apontando a cimitarra para o simulacro.

Como se ele pudesse ver as criaturas. Como se pudesse ouvi-las.

— Vão embora — ele diz.

O simulacro incha, dá um riso abafado, então desaba em uma pilha de sombras, suas gargalhadas batendo em meus ouvidos como lascas de gelo.

— *Nós temos o garoto agora. Nossos irmãos estão roendo a sua alma. Logo ele estará maluco e no ponto. Então faremos um banquete.*

Spiro golpeia com sua cimitarra. As sombras gritam, e o som é como o de pregos contra a madeira. Elas se apertam por debaixo da porta, como uma massa de ratos escapando de uma enchente. Segundos mais tarde, elas desaparecem.

— Você... você pode vê-las — digo. — Achei que estavam todas em minha cabeça. Achei que estava enlouquecendo.

— Elas se chamam ghuls — diz Teluman.

— Mas... — Dezessete anos de pragmatismo erudito protestam contra a existência de criaturas que não deveriam passar de lenda. — Mas ghuls não são reais.

— São tão reais quanto você e eu. Eles deixaram o nosso mundo por um tempo, mas voltaram. Nem todos podem vê-los. Eles se alimentam do sofrimento, da tristeza e do cheiro de sangue. — Ele olha à sua volta, para a forja. — E gostam deste lugar.

Seus olhos verde-claros cruzam com os meus, cuidadosos e desconfiados.

— Mudei de ideia. Diga à comandante que vou considerar o pedido dela. Diga a ela para me enviar as especificações. E para enviá-las por você.

◆ ◆ ◆

Minha mente dá voltas com perguntas quando deixo o ferreiro. Por que Darin desenhou a oficina de Teluman? Como ele entrou ali? Por que Teluman consegue ver ghuls? Ele viu o Darin das sombras também? Será que Darin está morrendo? Se ghuls são reais, então djinns também são?

Quando chego a Blackcliff, eu me entrego completamente às minhas tarefas. Dou lustro nos pisos e esfrego banheiros para escapar do turbilhão de pensamentos que giram em minha cabeça.

Já é tarde da noite e a comandante ainda não voltou. Vou para a cozinha cheirando a cera, a cabeça doendo com o eco indecifrável dos tambores de Blackcliff, que estiveram batendo o dia inteiro.

Izzi arrisca um olhar em minha direção enquanto dobra uma pilha de toalhas. Quando sorrio, ela oferece uma espécie de repuxar dos lábios em retorno. A cozinheira limpa os balcões para a noite e me ignora, como sempre. Penso no conselho de Keenan: fofoque e se mantenha ocupada. Silenciosamente, pego um cesto de roupas para arrumar e me sento na bancada de trabalho. Enquanto observo Izzi e a cozinheira, subitamente me pergunto se elas não são parentas. Elas inclinam a cabeça da mesma maneira, ambas pequenas e de cabelos claros. E há uma camaradagem silenciosa entre elas que faz meu coração doer por vovó.

A cozinheira se retira para dormir, e o silêncio toma conta da cozinha. Em algum lugar na cidade, meu irmão sofre em uma prisão marcial. *Você precisa conseguir informações, Laia. Você precisa conseguir algo para a Resistência. Faça com que Izzi conte alguma coisa.*

— Os legionários estavam numa agitação só na rua — digo sem erguer o olhar da costura, e Izzi faz um ruído educado. — E os alunos também. Eu me pergunto por quê. — Quando ela não responde, troco a posição em que estou sentada, e ela me olha de relance sobre o ombro.

— São as Eliminatórias. — Ela para de dobrar por um momento. — Os irmãos Farrar voltaram esta manhã. Aquilla e Veturius quase não chegaram a tempo. Eles teriam sido mortos se tivessem aparecido um segundo mais tarde.

Isso é o máximo que ela me disse de uma só vez, e tenho de lembrar a mim mesma para não encará-la.

— Como você sabe de tudo isso? — pergunto.

— A academia inteira está falando sobre isso. — Izzi baixa a voz, e eu me aproximo um pouco. — Até os escravos. Não há muito mais para conversar por aqui, a não ser que você queira ficar por aí comparando machucados.

Dou uma risadinha, e parece estranho, quase errado, como fazer uma piada em um funeral. Mas Izzi sorri, e não me sinto tão mal. Os tambores começam de novo, e, embora ela não pare o seu trabalho, percebo que está prestando atenção.

— Você entende os tambores.

— Na maior parte das vezes eles dão ordens. *Pelotão azul, apresente-se para a vigília. Todos os cadetes para a armaria.* Esse tipo de coisa. Agora estão ordenando uma varredura dos túneis orientais. — Ela olha para baixo, para a pilha arrumada de toalhas. Um fio de cabelo loiro cai sobre seu rosto, fazendo com que pareça especialmente jovem. — Quando você já estiver aqui por um tempo, vai compreendê-los.

Enquanto assimilo esse fato perturbador, a porta da frente bate com força. Izzi e eu saltamos ao mesmo tempo.

— Escrava. — É a comandante. — Suba.

Izzi e eu trocamos um olhar de relance, e me surpreendo ao sentir que meu coração bate desconfortavelmente rápido. Um temor lento toma conta dos meus ossos a cada degrau. Não sei por quê. A comandante ordena que eu suba todas as noites para pegar suas roupas sujas e pentear seu cabelo antes de dormir. *Não será diferente hoje, Laia.*

Quando entro em seu quarto, ela está parada diante do toucador, passando preguiçosamente uma adaga pela chama de uma vela.

— Você trouxe uma resposta do ferreiro?

Retransmito a resposta de Teluman, e a comandante se vira para me observar com um interesse distante. É o máximo de emoção que já a vi demonstrar.

— Spiro não aceita uma nova encomenda há anos. Ele deve ter gostado de você. — A maneira como ela diz isso me dá arrepios. Ela testa o fio da faca no dedo indicador, então limpa a gota de sangue que fica ali. — Por que você a abriu?

— Senhora?

— A carta — ela diz. — Você a abriu. Por quê? — Ela está parada à minha frente, e, se correr adiantasse alguma coisa, eu correria porta afora neste mesmo instante. Torço o tecido da camisa nas mãos. A comandante inclina a cabeça, esperando minha resposta como se estivesse genuinamente curiosa, como se eu pudesse de alguma maneira dizer algo que fosse satisfazê-la.

— Foi um acidente. A minha mão escorregou e... e rompeu o selo.

— Você não sabe ler — ela diz. — Então não vejo por que se daria o trabalho de abri-la intencionalmente. A não ser que seja uma espiã e esteja planejando passar meus segredos para a Resistência. — Sua boca se retorce com o que poderia ser um sorriso, se não parecesse tão sem vida.

— Não sou... eu... — Como ela descobriu sobre a carta? Penso no rangido que ouvi no corredor após eu ter deixado seu aposento esta manhã. Será que ela me viu mexendo na carta? Será que a agência do correio notou uma falha no selo? Não importa. Penso no aviso de Izzi quando cheguei aqui. *A comandante vê coisas. Sabe de coisas que não deveria.*

Alguém bate à porta, e, ao comando dela, dois legionários entram e a saúdam.

— Segurem a garota — diz a comandante.

Os legionários me agarram, e a presença da faca da comandante se torna súbita e doentiamente clara.

— Não... Por favor, não...

— Silêncio. — Ela emite a palavra suavemente, como o nome de um amante.

Os soldados me prendem a uma cadeira, suas mãos em armaduras tão pesadas quanto grilhões em torno dos meus braços. Seus joelhos se apoiam sobre os meus pés. Seus rostos não denotam emoção alguma.

— Normalmente, eu arrancaria um olho por tal insolência — reflete a comandante. — Ou uma mão. Mas não creio que Spiro Teluman ficará tão interessado em você se estiver desfigurada. Você tem sorte de eu querer uma espada telumana, garota. Você tem sorte de ele querer uma prova de você.

Os olhos dela caem sobre meu peito, sobre a pele macia acima do coração.

— Por favor — digo. — Foi um erro.

Ela se inclina para perto, seus lábios a centímetros dos meus, os olhos mortos brilhando, apenas por um momento, com uma fúria aterrorizante.

— Garota estúpida — ela sussurra. — Ainda não aprendeu? Eu não tolero erros.

Ela enfia uma mordaça em minha boca, então sinto sua faca me queimar, me cauterizar, abrir caminho em minha pele. Ela trabalha lentamente, tão lentamente. O cheiro de pele queimada invade minhas narinas, e me ouço implorar por piedade, então soluçar, depois gritar.

Darin. Darin. Pense em Darin.

Mas não consigo pensar em meu irmão. Perdida na dor, não consigo me lembrar nem do rosto dele.

XVIII
ELIAS

Helene não morreu. Não pode ter morrido. Ela sobreviveu à iniciação, às terras selvagens, às batalhas fronteiriças, aos açoitamentos. Que ela morra agora, nas mãos de uma pessoa tão vil quanto Marcus, é impensável. A parte de mim que ainda é uma criança, a parte de mim que eu não sabia que existia até este momento, uiva de raiva.

A multidão no pátio se aproxima de nós. Os alunos esticam o pescoço tentando ver Helene. O rosto de minha mãe, como uma escultura de gelo, some de vista.

— Acorda, Helene — grito para ela, ignorando a pressão da multidão. — Vamos.

Ela partiu. Foi demais para ela. Por um segundo que parece não terminar nunca, eu a seguro, entorpecido, enquanto a ideia se torna uma certeza. *Ela está morta.*

— Saiam da frente, seus malditos. — A voz de meu avô parece distante, mas, um segundo mais tarde, ele está ao meu lado. Eu o encaro, abalado. Apenas alguns dias atrás, eu o vi morto em meu campo de batalha do pesadelo. Mas aqui está ele, são e salvo. Ele pousa a mão no pescoço de Helene. — Ainda está viva — diz. — Por pouco. Saiam do caminho. — Ele saca sua cimitarra, e a multidão recua. — Tragam um médico! Encontrem uma maca! Vamos!

— Adivinho — consigo dizer. — Onde está o adivinho? — Como se meus pensamentos o chamassem, Cain aparece. Passo Helene para o meu avô, lutando para não estrangular o adivinho pelo que ele nos fez passar. — Você tem o poder de curar — digo entredentes. — Salve Helene. Enquanto ela ainda está viva.

— Eu compreendo a sua ira, Elias. Você está sentindo dor, trist... — Suas palavras caem em meus ouvidos como os grasnados incessantes de um corvo.

— Suas regras... nada de trapaças. — *Fique calmo, Elias. Não perca a cabeça. Não agora.* — Mas os Farrar trapacearam. Eles sabiam que sairíamos pelo desfiladeiro e nos armaram uma emboscada.

— As mentes dos adivinhos são interligadas. Se um de nós tivesse ajudado Marcus e Zak, os outros saberiam. O paradeiro de vocês era incerto para todos os outros.

— Até para a minha mãe?

Cain para por um momento revelador.

— Até para ela.

— Você leu a mente dela? — meu avô pergunta atrás de mim. — Você tem certeza absoluta de que ela não sabia onde Elias estava?

— Ler pensamentos não é como ler um livro, general. É necessário estudo...

— Você consegue ler a mente da comandante ou não?

— Keris Veturia trilha caminhos sombrios. A escuridão a protege, escondendo-a de vista.

— Isso é um não, então — diz meu avô secamente.

— Se vocês não conseguem ler a mente da comandante — digo —, como sabem se ela não ajudou Marcus e Zak a trapacearem? Vocês leram a mente deles?

— Não sentimos necessidade...

— Pois reconsiderem. — Começo a perder o controle. — Minha melhor amiga está morrendo porque aqueles filhos da puta enganaram vocês.

— Cyrena — diz Cain para uma das adivinhas —, estabilize Aquilla e isole os Farrar. Ninguém deve vê-los. — O adivinho se volta para mim.

— Se o que você diz é verdadeiro, então o equilíbrio foi perturbado, e temos de restaurá-lo. Nós vamos curar Helene. Mas, se não conseguirmos provar que Marcus e Zacharias trapacearam, então deixaremos a aspirante Aquilla seguir o seu destino.

Anuo sucintamente, mas, em minha cabeça, estou gritando para Cain: *Seu idiota. Seu demônio estúpido e repulsivo. Você está deixando aqueles cretinos vencerem. Você está deixando que eles matem impunemente.*

Meu avô, estranhamente calado, me acompanha até a enfermaria. Quando nos aproximamos da entrada, as portas se abrem e a comandante aparece.

— Avisando seus lacaios, Keris? — Ele paira sobre a filha, crispando o lábio.

— Não sei o que você quer dizer.

— Você traiu a sua gens, garota — diz o meu avô, o único homem no Império bravo o suficiente para se referir à minha mãe como "garota". — Não pense que vou esquecer isso.

— Você escolheu o seu favorito, general. — Os olhos de minha mãe escorregam para mim, e capto um brilho de ódio insano. — Eu escolhi o meu.

Ela nos deixa na porta da enfermaria. Meu avô a observa ir embora, e eu gostaria de saber o que ele está pensando. O que ele vê quando olha para ela? A garotinha que ela foi um dia? A criatura desalmada que é agora? Ele sabe por que ela ficou assim? Ele viu isso acontecer?

— Não a subestime, Elias — ele diz. — Ela não está acostumada a perder.

XIX
LAIA

Quando abro os olhos, o teto baixo do meu quarto paira sobre mim. Não me lembro de ter perdido a consciência. Talvez eu tenha passado minutos desmaiada, talvez horas. Através da cortina pendurada no vão da porta, vejo de relance um céu que parece indeciso se é noite ou dia. Eu me apoio nos cotovelos para levantar e contenho um gemido. A dor toma conta de mim, tão penetrante que parece que nunca vivi sem ela.

Não olho para o ferimento. Não preciso. Eu vi quando a comandante o entalhou em mim, um K preciso, grosso, que vai da clavícula ao coração. Ela me marcou. Ela me marcou como sua propriedade. É uma cicatriz que vou carregar para o túmulo.

Limpe o ferimento. Faça um curativo. E volte para o trabalho. Não dê a ela uma desculpa para machucar você de novo.

A cortina se mexe. Izzi entra em silêncio e se senta na ponta do meu catre, tão pequena que não precisa se abaixar para evitar bater a cabeça.

— Está quase amanhecendo. — Sua mão deriva para o tapa-olho, mas, ao perceber o gesto, ela enreda os dedos na camisa. — Os legionários trouxeram você para baixo ontem à noite.

— É tão feio. — Odeio a mim mesma por dizer isso. *Como você é fraca, Laia. Você é tão fraca.* Minha mãe tinha uma cicatriz de quinze centímetros no quadril, de um legionário que quase acabou com ela. Meu pai tinha marcas de chibatadas nas costas. Ele nunca disse como as conseguiu. Ambos exibiam orgulhosamente suas cicatrizes, prova de sua capacidade de sobrevivência. *Seja forte como eles, Laia. Seja corajosa.*

Mas eu não sou forte. Sou fraca, e estou cansada de fingir que não.

— Poderia ser pior. — Izzi leva a mão ao olho que lhe falta. — Este foi o meu primeiro castigo.

— Como... quando... — Céus, não há uma maneira delicada de perguntar sobre isso. Fico em silêncio.

— Um mês depois de chegarmos aqui, a cozinheira tentou envenenar a comandante. — Izzi brinca com o tapa-olho. — Eu tinha cinco anos, acho. Já faz mais de dez anos. A comandante sentiu o cheiro do veneno; os Máscaras são treinados nessas coisas. Ela não encostou um dedo na cozinheira, só veio até mim com um atiçador de brasas fumegante e obrigou a cozinheira a assistir. Um instante antes, eu me lembro de desejar que alguém aparecesse. Minha mãe? Meu pai? Alguém que a fizesse parar. Alguém que me levasse embora. Depois, lembro de querer morrer.

Cinco anos de idade. Pela primeira vez, eu me dou conta de que Izzi foi escrava quase a vida inteira. O que eu passei durante onze dias, ela sofre há anos.

— Depois a cozinheira cuidou de mim. Ela é boa com remédios. Ela quis fazer um curativo em você na noite passada, mas... bem, você não deixou a gente chegar perto.

Então eu me lembro dos legionários jogando meu corpo meio desfalecido na cozinha. Em seguida, mãos gentis, vozes suaves. Lutei contra elas com as forças que me restavam, pensando que queriam me machucar.

Nosso silêncio é rompido pelo eco dos tambores do amanhecer. Um momento mais tarde, a voz rouca da cozinheira ecoa pelo corredor, perguntando a Izzi se eu já acordei.

— A comandante quer que você traga areia das dunas para uma esfoliação — diz Izzi. — Depois quer que você leve uma lista para Spiro Teluman. Mas você deve deixar a cozinheira cuidar de você primeiro.

— Não — digo com tanta veemência que Izzi se sobressalta. Baixo a voz. Tantos anos convivendo com a comandante me deixariam nervosa também. — A comandante vai querer que eu a esfolie durante o banho matinal. Não quero ser punida por me atrasar.

Izzi anui, então me oferece uma cesta para recolher a areia e se retira apressada. Quando me levanto, minha visão se embaralha. Enrolo um cachecol em torno do pescoço para cobrir o κ e saio cambaleando do quarto.

Cada passo é doloroso, cada quilo repuxa o ferimento, deixando-me tonta e enjoada. Sem que eu queira, minha mente revive a expressão absolutamente focada do rosto da comandante enquanto ela me cortava. Ela é uma conhecedora da dor, da mesma maneira que existem conhecedores de vinho. Ela não teve a menor pressa comigo — e isso tornou tudo muito pior.

Caminho até os fundos da casa com uma lentidão torturante. Quando chego à trilha do penhasco que desce para as dunas, todo o meu corpo treme. A desesperança toma conta de mim. Como vou conseguir ajudar Darin se não consigo nem caminhar? Como vou poder espionar se cada tentativa que eu fizer for punida desse jeito?

Você não vai poder salvá-lo, porque não vai sobreviver à comandante por muito mais tempo. As dúvidas crescem insidiosamente do solo da minha mente, como vinhas rasteiras e sufocantes. *Será o fim para você e para a sua família. Uma existência esmagada, como a de tantos outros.*

A trilha serpenteia e dá voltas, traiçoeira como as dunas que se deslocam. Um vento quente sopra em meu rosto, forçando as lágrimas a brotarem de meus olhos antes que eu possa evitá-las, até que mal posso ver para onde estou indo. Na base dos penhascos, caio na areia. Meus soluços ecoam no vazio, mas não me importo. Não há ninguém para ouvir.

Minha vida no Bairro dos Eruditos nunca foi fácil — às vezes foi horrível, como quando minha amiga Zara foi levada, ou quando Darin e eu acordávamos e dormíamos com a dor da fome na barriga. Como todos os Eruditos, aprendi a baixar os olhos diante dos Marciais, mas pelo menos nunca tive de fazer mesuras diante deles. Pelo menos minha vida era livre desse tormento, dessa espera constante por mais dor. Eu tinha os meus avós, que me protegiam de muito mais coisas do que eu me dava conta à época. E Darin, que pairava tão grande em minha vida que eu achava que ele fosse imortal como as estrelas.

Desaparecidos. Todos eles. Lis com seus olhos sorridentes, tão vívidos em minha mente que parece impossível que ela tenha morrido há doze anos. Meus pais, que queriam tanto libertar os Eruditos, mas só conseguiram ser mortos. Desaparecidos, como todos os outros. E eu aqui, sozinha.

Sombras emergem da areia e me cercam. Ghuls. *Eles se alimentam do sofrimento, da tristeza e do cheiro de sangue.*

Um deles dá um grito e me assusta tanto que eu largo a cesta. O som é sinistramente familiar.

— *Piedade!* — zombam com uma voz aguda, em múltiplos tons. — *Por favor, tenha piedade!*

Tapo os ouvidos com as mãos, reconhecendo minha própria voz na deles, meus apelos à comandante. Como eles sabem? Como ouviram?

As sombras dão risadinhas e andam à minha volta. Uma delas, mais corajosa que o resto, belisca a minha perna. Um arrepio percorre a minha pele, e dou um grito.

— Pare!

Os ghuls gargalham e imitam meu apelo.

— *Pare! Pare!*

Se eu tivesse pelo menos uma cimitarra, uma faca — algo para assustá-los, como Spiro Teluman fez. Mas não tenho nada, então tento me afastar tropegamente, apenas para dar de cara com uma parede.

Pelo menos é isso que parece. Levo um momento para perceber que não é uma parede, mas uma pessoa. Uma pessoa alta, de ombros largos e musculosa como um leopardo da montanha.

Recuo, perdendo o equilíbrio, e duas mãos grandes me seguram. Olho para cima e congelo quando me vejo encarando olhos cinza-claros tão familiares.

XX
ELIAS

Na manhã seguinte à Eliminatória, acordo antes do amanhecer, ainda sonolento por causa do sonífero que percebo que me deram. Meu rosto está barbeado, estou limpo e de uniforme novo.

— Elias. — Cain emerge das sombras do meu quarto. Seu rosto está cansado, como se ele tivesse passado a noite em claro. Ele ergue a mão diante do meu metralhar imediato de perguntas. — A aspirante Aquilla está sob os cuidados do médico de Blackcliff — ele diz. — Se for para ela viver, ela viverá. Os adivinhos não vão interferir, pois não encontramos nada que indicasse que os Farrar trapacearam. Declaramos Marcus o vencedor da primeira Eliminatória. Ele recebeu uma adaga como prêmio e...

— O quê?

— Ele chegou primeiro...

— Porque ele *trapaceou*...

A porta se abre e Zak entra mancando. Estendo a mão para pegar a adaga que meu avô deixou ao lado da minha cama. Antes que eu possa arremessá-la no Sapo, Cain se coloca entre nós. Eu me levanto e calço as botas rapidamente — não vou ser pego deitado em uma cama enquanto esse lixo estiver a três metros de mim.

Cain estica os dedos sem sangue e examina Zak.

— Você tem algo a dizer.

— Você deveria curá-la. — Veias saltam no pescoço de Zak, e ele balança a cabeça como um cachorro molhado livrando-se da água. —

Pare com isso! — ele diz para o adivinho. — Pare de tentar entrar na minha cabeça. Apenas a cure, está bem?

— Sentindo-se culpado, imbecil? — Tento forçar passagem por Cain, mas o adivinho me bloqueia com rapidez surpreendente.

— Não estou dizendo que trapaceamos. — Zak olha rapidamente para Cain. — Só estou dizendo que você deveria curá-la. Aqui.

O corpo inteiro de Cain fica imóvel enquanto ele foca a atenção em Zak. O ar muda e fica mais pesado. O adivinho o está lendo. Posso sentir isso.

— Você e Marcus se encontraram. — Cain franze o cenho. — Vocês foram... levados um até o outro... mas não por um dos adivinhos. Tampouco pela comandante. — O adivinho fecha os olhos, como se se esforçasse para ouvir, antes de abri-los novamente.

— E então? — pergunto. — O que você viu?

— O suficiente para me convencer de que os adivinhos devem curar a aspirante Aquilla. Mas não o suficiente para me convencer de que os Farrar cometeram sabotagem.

— Por que você simplesmente não lê a mente de Zak, como faz com todas as outras pessoas e...

— Nosso poder não é ilimitado. Não podemos entrar na mente daqueles que aprenderam a se proteger.

Lanço um olhar avaliador a Zak. Que raios ele fez para descobrir como manter os adivinhos longe de sua mente?

— Vocês dois têm uma hora para deixar a área da academia — diz Cain. — Vou informar à comandante que os liberei de suas atividades por hoje. Deem um passeio, vão ao mercado, ao bordel... não me importa. Não voltem para cá antes do anoitecer, e não apareçam na enfermaria. Entenderam?

Zak franze o cenho.

— Por que temos que sair?

— Porque os seus pensamentos, Zacharias, são um poço de agonia. E os seus, Veturius, ecoam com tamanha vingança que não consigo ouvir mais nada. Nenhum dos dois permitirá que eu faça o que preciso fazer para curar a aspirante Aquilla. Então vocês vão partir. Agora.

Cain abre caminho, e, relutantemente, Zak e eu saímos porta afora. Zak tenta apressar o passo para se afastar de mim, mas tenho perguntas que precisam de respostas e não pretendo deixar que ele escape delas. Eu o alcanço.

— Como vocês descobriram onde estávamos? Como a comandante sabia?

— Ela tem os seus meios.

— Que meios? O que você mostrou a Cain? Como você conseguiu impedir que ele lesse seus pensamentos? Zak! — Puxo seu ombro e ele vira de frente para mim. Ele se livra da minha mão, mas não se afasta.

— Toda aquela bobagem tribal sobre djinns, efrits, ghuls e espectros... não é bobagem, Veturius. Não é um mito. As velhas criaturas são reais. Elas estão vindo atrás de nós. Proteja Helene. Você só serve para isso.

— E por que você se importa com ela? O seu irmão a atormenta há anos, e você nunca disse uma palavra para impedir.

Zak olha para os campos de treinamento de areia, vazios a esta hora.

— Sabe o que é o pior de tudo isso? — ele diz em voz baixa. — Eu estive tão próximo de deixá-lo para trás para sempre. Tão próximo de me ver livre dele.

Não é o que eu esperava ouvir. Desde que chegamos a Blackcliff, não existe Marcus sem Zak. O Farrar mais novo é mais próximo do irmão do que a própria sombra de Marcus.

— Se você quer se ver livre dele, por que concorda com cada capricho do seu irmão? Por que você não o enfrenta?

— Nós estamos juntos há tanto tempo. — Zak balança a cabeça. Seu rosto é ilegível onde a máscara ainda não se fundiu. — Não sei quem eu sou sem ele.

Quando ele caminha na direção dos portões de entrada, não o sigo. Preciso espairecer. Vou até a torre de observação oriental, visto um arnês e desço de rapel até as dunas.

A areia redemoinha à minha volta. Meus pensamentos estão confusos. Caminho penosamente ao longo da base dos penhascos, observando o horizonte pálido enquanto o sol sobe. O vento fica mais forte, quente e insistente. Enquanto caminho, tenho a impressão de que formas aparecem nas areias, figuras girando e dançando, alimentando-se da ferocidade do vento. Sussurros pegam carona no ar, e penso que ouço o staccato penetrante de uma risada selvagem.

As velhas criaturas são reais. Elas estão vindo atrás de nós. Será que Zak está tentando me dizer algo a respeito da próxima Eliminatória? Será que ele está dizendo que minha mãe está mancomunada com demônios? Foi assim que ela nos sabotou, a mim e a Hel? Digo a mim mesmo que esses pensamentos são ridículos. Acreditar no poder dos adivinhos é uma coisa. Mas djinns de fogo e vingança? Efrits ligados a elementos como o vento, o mar ou a areia? Talvez Zak tenha simplesmente perdido a cabeça com a tensão da primeira Eliminatória.

Mamie Rila costumava contar histórias sobrenaturais. Ela era a kehanni da nossa tribo, nossa contadora de histórias, e tecia mundos inteiros com a voz, com um mínimo gesto de mão ou um inclinar de cabeça. Algumas dessas lendas me acompanharam por anos — o Portador da Noite e seu ódio pelos Eruditos; a habilidade dos efrits em despertar a magia latente nos seres humanos; os ghuls, famintos por almas, se alimentando da dor como os abutres da carniça.

Mas são apenas histórias.

O vento carrega o ruído assombrado de um choro aos meus ouvidos. Em um primeiro momento, acho que é fruto da minha imaginação, e me repreendo por me deixar levar pela conversa de Zak. Mas então o barulho fica mais alto. À minha frente, no começo da trilha tortuosa que leva até a casa da comandante, há uma figura encolhida.

É a escrava de olhos dourados. A garota que Marcus estrangulou quase até a morte. A que vi sem vida no pesadelo do campo de batalha.

Ela segura a cabeça com uma das mãos e dá bordoadas no vazio com a outra, murmurando algo entre os soluços. Cambaleante, cai no chão, então se põe de pé a duras penas. É evidente que ela não está bem, que precisa de ajuda. Eu diminuo o passo, pensando em dar meia-volta. Minha mente vagueia para o campo de batalha, para a afirmação da minha primeira morte: que todos naquele campo morrerão pelas minhas mãos.

Fique longe dela, Elias, uma voz precavida insiste. *Não se envolva com ela de maneira alguma.*

Mas por que devo ficar longe? O campo de batalha era a visão do adivinho a respeito do meu futuro. Talvez eu devesse mostrar àqueles canalhas que vou lutar contra esse futuro. Que não vou simplesmente aceitá-lo.

Uma vez eu me comportei como um idiota diante dessa garota. Fiquei só observando e não fiz nada enquanto Marcus deixava marcas por todo o seu corpo. Ela precisava de ajuda, e eu me recusei a oferecer. Não vou cometer o mesmo erro novamente. Sem hesitar mais, caminho em sua direção.

XXI
LAIA

É o filho da comandante. Veturius.

De onde ele surgiu? Eu o empurro violentamente, mas no mesmo instante me arrependo. Qualquer aluno de Blackcliff me bateria por tocá-lo sem permissão — e este não é só um aluno, mas um aspirante e a cria da comandante. Preciso sair daqui. Preciso voltar para a casa. Mas a fraqueza que se apoderou de mim a manhã inteira não me deixa, e caio na areia a alguns metros dali, transpirando e enjoada.

Infecção. Eu conheço os sinais. Eu devia ter deixado a cozinheira cuidar do meu ferimento ontem à noite.

— Com quem você estava falando? — pergunta Veturius.

— N-n-ninguém, aspirante, senhor. — Nem todos podem ver essas criaturas, Teluman havia dito sobre os ghuls. E é evidente que Veturius não consegue.

— Você parece mal — ele diz. — Venha para a sombra.

— A areia. Eu preciso pegar areia, ou ela vai... ela vai...

— Sente-se. — Não é um pedido. Ele pega minha cesta e minha mão e me leva para a sombra perto dos penhascos. Em seguida me faz sentar em uma pequena pedra.

Quando arrisco olhar para ele, Veturius está mirando o horizonte, a máscara refletindo a luz do amanhecer, como a água reflete o sol. Mesmo a alguns metros, tudo a respeito dele grita violência, do cabelo negro às mãos enormes, a cada músculo talhado a uma perfeição mortal. As bandagens que enfaixam seus antebraços e os cortes que marcam suas mãos e seu rosto apenas o fazem parecer mais cruel.

Ele carrega apenas uma arma, uma adaga no cinto. Mas ele é um Máscara. Não precisa de armas, porque ele já é uma, particularmente diante de uma escrava que mal chega ao seu ombro. Tento fugir, mas meu corpo está pesado demais.

— Qual é o seu nome? Você nunca disse. — Ele enche minha cesta de areia, sem olhar para mim.

Penso em quando a comandante me fez essa pergunta e o golpe recebido por responder honestamente.

— E-escrava.

Ele fica calado por um momento.

— Me diga o seu verdadeiro nome.

Embora proferidas calmamente, as palavras são um comando.

— Laia.

— Laia — ele diz. — O que ela fez com você?

Que estranho que um Máscara possa soar tão gentil, que o grave de sua voz de barítono possa oferecer tanto conforto. Eu poderia fechar os olhos e nem perceber que estou falando com um Máscara.

Mas não posso confiar em sua voz. Ele é o filho *dela*. Se está demonstrando alguma preocupação, tem uma razão para isso — e certamente não é uma razão que me favoreça.

Lentamente, afasto o cachecol. Quando ele vê o K em meu pescoço, seus olhos se endurecem por detrás da máscara, e por um momento tristeza e fúria queimam em seu olhar. Levo um susto quando ele fala novamente.

— Posso? — Ele levanta a mão, e mal sinto quando seus dedos tocam meu ferimento. — Sua pele está quente. — Ele levanta a cesta de areia. — O ferimento está feio. Precisa de cuidados.

— Eu sei — digo. — A comandante queria areia, e eu não tive tempo de... de...

O rosto de Veturius se perde por um instante, e me sinto estranhamente sem peso. Ele está tão próximo que sinto o calor emanar de seu corpo. A fragrância de cravo e chuva me perpassa como uma corrente. Fecho os olhos para que tudo pare de rodar, mas não ajuda. Seus braços estão à minha volta, ao mesmo tempo firmes e gentis, e ele me levanta.

— Me largue! — Reúno toda a força e o empurro. O que ele está fazendo? Aonde está me levando?

— Como você planeja subir os penhascos? — ele pergunta. Seus passos largos nos carregam com facilidade na subida pelas trilhas tortuosas.

— Você mal consegue ficar de pé.

Ele realmente acha que sou burra o suficiente para aceitar sua "ajuda"? Esse é mais um truque que ele planejou com sua mãe. Alguma punição a mais me espera. Preciso escapar dele.

Mas, enquanto ele caminha, outra onda de tontura se abate sobre mim, e agarro seu pescoço. Se eu segurar firme o suficiente, ele não será capaz de me jogar nas dunas. Não sem cair junto.

Olho seus braços enfaixados e lembro que a primeira Eliminatória terminou ontem.

Veturius percebe meu olhar.

— São só arranhões — ele diz. — Os adivinhos me deixaram no meio dos Grandes Desertos na primeira Eliminatória. Após alguns dias sem água, tive muitas quedas.

— Eles te deixaram nos Grandes Desertos? — estremeço. Todos já ouviram falar desse lugar. As terras tribais parecem quase habitáveis quando comparadas a ele. — E você sobreviveu? Pelo menos eles te avisaram antes?

— Eles gostam de surpresas.

Mesmo enjoada, o impacto de suas palavras não me passa despercebido. Se os aspirantes não sabem o que vai acontecer nas Eliminatórias, qual a minha chance de descobrir alguma coisa?

— A comandante não sabe o que vocês vão ter que enfrentar? — Por que estou fazendo tantas perguntas a ele? Não cabe a mim. Minha cabeça deve estar confusa por causa do ferimento. Mas, se minha curiosidade incomoda Veturius, ele não demonstra.

— Talvez ela saiba. Não importa. Mesmo se ela soubesse, não me contaria.

Sua mãe não quer que ele vença? Parte de mim se espanta com essa relação bizarra. Mas então lembro a mim mesma que eles são Marciais. E Marciais são diferentes.

Veturius chega ao topo do penhasco e se abaixa atrás das roupas que tremulam nos varais, seguindo pelo corredor dos escravos. Quando ele me carrega para dentro da cozinha e me coloca em uma cadeira ao lado da bancada de trabalho, Izzi, que esfregava o chão, larga a escova e nos encara, boquiaberta. O olhar da cozinheira vai até meu ferimento, e ela balança a cabeça.

— Auxiliar — diz a cozinheira. — Leve a areia para cima. Se a comandante perguntar sobre a escrava, diga que ela está doente e que estou cuidando dela para que possa voltar ao trabalho.

Izzi pega a cesta de areia sem fazer um ruído e desaparece. Uma onda de enjoo irrompe sobre mim, e sou forçada a baixar a cabeça entre as pernas por alguns minutos.

— O ferimento de Laia está infeccionado — diz Veturius quando Izzi sai. — Você tem soro de sanguinária?

Se a cozinheira está surpresa que o filho da comandante esteja usando meu nome de batismo, ela não demonstra.

— Soro de sanguinária é caro demais para nós, escravos. Tenho raiz-castanha e chá da mata.

Veturius franze o cenho e dá à cozinheira as mesmas instruções que vovô daria. Chá da mata três vezes ao dia, raiz-castanha para limpar o ferimento e nenhuma bandagem. Depois se vira para mim.

— Vou procurar um pouco de soro de sanguinária e trazer para você amanhã. Prometo. Você vai ficar bem. A cozinheira conhece os remédios.

Anuo, sem saber ao certo se devo lhe agradecer, ainda esperando que ele revele o verdadeiro propósito de me ajudar. Mas ele não diz mais nada, aparentemente satisfeito com minha resposta. Então enfia as mãos nos bolsos e sai pela porta dos fundos.

A cozinheira vasculha os armários, e, alguns minutos mais tarde, uma xícara de chá bem quente está em minhas mãos. Eu o bebo, e ela se senta à minha frente, suas cicatrizes a centímetros do meu rosto. Eu as observo, mas elas não parecem mais grotescas. Será porque me acostumei a vê-las? Ou porque eu mesma estou desfigurada?

— Quem é Darin? — pergunta a cozinheira. Seus olhos safira brilham e, por um momento, me parecem assombrosamente familiares. — Você chamou por ele durante a noite.

O chá melhora minha tontura e eu me sento.

— É o meu irmão.

— Entendo. — A cozinheira pinga o óleo de raiz-castanha sobre um quadrado de gaze e o passa cuidadosamente sobre o ferimento. Eu me encolho de dor e agarro o assento. — Ele também está na Resistência?

— Como você pode... — *Como você pode saber disso?*, quase digo, mas então recupero o autocontrole e fecho os lábios. A cozinheira percebe meu escorregão e continua.

— Não é difícil adivinhar. Já vi uma centena de escravos irem e virem. Os soldados da Resistência são sempre diferentes. Nunca se dão por derrotados. Pelo menos quando chegam, num primeiro momento. Eles têm... esperança. — Ela curva o lábio, como se falasse de uma turma de criminosos malucos, e não de seu povo.

— Não estou com os rebeldes. — Eu gostaria de não ter falado. Darin diz que fico com a voz fina quando minto, e a cozinheira parece ser do tipo que nota isso. De fato, seus olhos se estreitam.

— Não sou idiota, garota. Você faz alguma ideia do que está fazendo? A comandante vai descobrir. Ela vai te torturar, te matar, então vai punir qualquer um que ela pensar que está com você nessa. Isso quer dizer Iz... a auxiliar de cozinha.

— Não estou fazendo nada errad...

— Teve uma mulher certa vez — ela me interrompe abruptamente. — Ela se juntou à Resistência. Aprendeu a misturar pós e poções para transformar o ar em fogo e as pedras em areia. Mas foi longe demais. Fez coisas para os rebeldes... coisas horríveis... que ela jamais sonharia em fazer. A comandante a pegou, como a tantos outros. Talhou a mulher para valer, desfigurou o seu rosto, a obrigou a engolir brasas e arruinou sua voz. Mas não sem antes matar todas as pessoas que a mulher conhecia. Todas as pessoas que ela amava.

Ah, não. A razão das cicatrizes da cozinheira fica doentiamente clara. Ela anui, reconhecendo sombriamente o horror que se descortina em meu rosto.

— Eu perdi tudo... minha família, minha liberdade... tudo por uma causa que nunca teve uma chance sequer, para começo de conversa.

— Mas...

— Antes de você chegar, a Resistência mandou um garoto. Zain. Ele era supostamente um jardineiro. Eles lhe contaram sobre Zain?

Quase balanço a cabeça, mas paro e cruzo os braços em vez disso. Ela não dá importância ao meu silêncio. Ela não está supondo coisas a meu respeito. Simplesmente sabe.

— Foi dois anos atrás. A comandante o pegou e o torturou na masmorra da escola durante dias. Algumas noites podíamos ouvi-lo gritando. Quando ela acabou com Zain, reuniu até o último escravo de Blackcliff. Ela queria saber quem era amigo dele. Queria nos ensinar uma lição por não delatar um traidor. — Os olhos da cozinheira estão fixos em mim, implacáveis. — E então matou três escravos para ter certeza de que a mensagem tinha sido compreendida. Por sorte, eu tinha avisado a Izzi para ficar longe do garoto, e por sorte ela me ouviu.

A cozinheira junta suas provisões e as enfia de volta em um armário. Pega um cutelo e faz um talho em um pedaço de carne sobre a bancada.

— Não sei por que você fugiu da sua família para se juntar a esses canalhas rebeldes. — Ela atira as palavras em mim como pedras. — E não me importo. Diga a eles que você caiu fora. Peça outra missão, em algum lugar onde você não vá machucar ninguém. Porque, se não fizer isso, você vai morrer, e só os céus sabem o que vai acontecer com o resto de nós. — Ela aponta o cutelo para mim, e recuo em minha cadeira, observando a lâmina. — É isso o que você quer? — ela diz. — Mortes? Que Izzi seja torturada? — Ela se inclina para frente, e gotas de saliva voam de sua boca. O cutelo está a centímetros do meu rosto. — É isso?

— Eu não fugi — irrompo. O corpo de vovô, os olhos vidrados de vovó, Darin se debatendo, tudo isso passa de relance pelos meus olhos. — Eu nem queria me juntar a eles, mas os meus avós... Um Máscara apareceu...

Mordo a língua. *Cale-se, Laia*. Fecho a cara para a velha, nem um pouco surpresa em vê-la me encarando fixamente.

— Me conte a verdade sobre por que você se juntou aos rebeldes — ela diz — e ficarei de boca fechada sobre o seu segredinho sujo. Experimente não fazer isso e vou correndo contar para aquele abutre de coração de gelo lá em cima exatamente o que você é. — Ela crava o cutelo na bancada e se larga no assento ao meu lado, à espera.

Maldita. Se eu contar a ela sobre a batida e o que aconteceu depois, mesmo assim ela pode me entregar. Mas, se eu não disser nada, não tenho dúvida de que ela irá correndo até o quarto da comandante agora mesmo. Ela é simplesmente maluca o suficiente para fazer isso.

Não tenho escolha.

Enquanto conto o que aconteceu naquela noite, ela segue impassível e em silêncio. Quando termino, meus olhos estão inchados, mas o rosto mutilado da cozinheira não revela nada. Seco o rosto com a manga.

— Darin está trancafiado numa prisão. É só questão de tempo para eles o torturarem até a morte ou o venderem como escravo. Tenho que tirar meu irmão de lá antes disso. Mas não posso fazer isso sozinha. Os rebeldes disseram que, se eu atuasse como espiã, eles me ajudariam. — Eu me levanto com dificuldade. — Você pode ameaçar entregar a minha alma para o próprio Portador da Noite. Não importa. Darin é a única pessoa que restou da minha família. Eu preciso salvá-lo.

A cozinheira não diz nada, e, após um minuto, presumo que ela decidiu me ignorar. Então, quando caminho em direção à porta, ela fala:

— A sua mãe. Mirra. — Ao ouvir o nome de minha mãe, viro a cabeça imediatamente. A cozinheira me analisa. — Você não se parece nem um pouco com ela.

Estou tão surpresa que não me importo nem em negar. A cozinheira deve ter uns setenta anos. Deveria ter uns sessenta quando meus pais chefiavam a Resistência. Qual é o seu nome verdadeiro? Qual fora o seu papel?

— Você conheceu a minha mãe?

— Se eu a conheci? Sim, eu a conheci. Sempre gostei mais do s-s-seu pai. — Ela limpa a garganta e balança a cabeça, irritada. Que estranho, eu nunca a ouvi gaguejar antes. — Um bom homem. Um homem in-inteligente. Diferente da sua m-m-mãe.

— Minha mãe era a Leoa...

— A sua mãe... não... vale as suas palavras. — A voz da cozinheira vira um rosnado. — Nunca... nunca quis saber de nada a não ser do próprio egoísmo. A *Leoa*. — Sua boca se retorce ao pronunciar o nome. — Ela é a razão... a razão... de eu estar aqui. — Sua respiração é difícil agora, como se ela estivesse tendo uma espécie de ataque, mas ela segue em frente, determinada a colocar para fora o que quer que esteja querendo dizer.

— A Leoa, a Resistência e seus grandes planos. Traidores. Mentirosos. T-tolos. — Ela se levanta e estende a mão para o cutelo. — Não confie neles.

— Não tenho escolha — digo. — Eu preciso confiar neles.

— Eles vão usar você. — Suas mãos tremem e ela se agarra à bancada. Suas últimas palavras saem quase sem fôlego: — Eles tomam... tomam... tomam. E então... então... eles te jogam aos lobos. Eu avisei. Lembre-se. Eu avisei.

XXII
ELIAS

Exatamente à meia-noite, retorno a Blackcliff em minha armadura de batalha completa, carregada de armas. Após a Eliminatória da Coragem, não quero que me peguem desprevenido, com apenas uma adaga para me defender.

Embora eu esteja desesperado para saber se Hel está bem, resisto ao desejo de ir até a enfermaria. As ordens de Cain para que eu me mantenha distante não deixaram espaço para discussão.

Enquanto passo silenciosamente pelos guardas do portão, espero fervorosamente não dar de cara com minha mãe. Acho que perderia a cabeça se a visse, especialmente sabendo que suas manobras quase mataram Helene. E também após ver esta manhã o que ela fez com aquela escrava.

Quando vi o K entalhado na garota — *Laia* —, flexionei os punhos, imaginando, por um momento glorioso, a sensação de infligir uma dor como aquela na comandante. *Ver se ela ia gostar, aquela bruxa.* Ao mesmo tempo, quis me afastar de Laia, de tanta vergonha. Porque a mulher que lhe fez tal maldade compartilha do meu sangue. Ela é metade de mim. Minha própria reação — o desejo voraz por violência — é uma prova disso.

Não sou como ela.

Ou sou? Lembro do campo de batalha do pesadelo. Quinhentos e trinta e nove corpos. Até a comandante teria dificuldade para tirar tantas vidas. Se os adivinhos estão certos, não sou como a minha mãe. Sou pior.

"Você se tornará tudo o que mais odeia", disse Cain quando considerei desertar. Mas como deixar minha máscara para trás poderia me tornar uma pessoa pior do que aquela que eu vi no campo de batalha?

Perdido em pensamentos, não noto nada fora do comum nos aposentos dos caveiras quando chego ao meu quarto. Mas, após um momento, percebo que há algo diferente. Leander não está roncando e Demetrius não está murmurando o nome do irmão. A porta de Faris não está aberta, como quase sempre.

A caserna está abandonada.

Empunho minhas cimitarras. O único ruído é o estalo ocasional das lamparinas a óleo tremeluzindo contra o tijolo negro.

Então, uma a uma, as lamparinas se apagam. Uma fumaça cinzenta passa por baixo da porta em uma extremidade do corredor, expandindo-se como a massa ondulada de uma nuvem de tempestade. Em um instante, percebo o que está acontecendo.

A segunda Eliminatória, a Eliminatória da Astúcia, começou.

— Cuidado! — uma voz grita atrás de mim. Helene, *viva*, passa pela porta às minhas costas com um encontrão, totalmente armada e sem um fio de cabelo fora do lugar. Quero derrubá-la com um abraço, mas, em vez disso, me jogo no chão enquanto uma saraivada de estrelas ninjas afiadas passa zunindo pelo espaço onde estava o meu pescoço.

As estrelas são seguidas por um trio de agressores, que saltam da fumaça como cobras enroscadas. Eles são ágeis e rápidos, e têm o corpo e o rosto enrolados em faixas fúnebres de tecido negro. Quase antes de eu me levantar, um dos assassinos encosta uma cimitarra em minha garganta. Dou um giro para trás e chuto seus pés na tentativa de derrubá-lo, mas minha perna encontra apenas ar.

Que estranho, ele estava ali agora mesmo...

Ao meu lado, a cimitarra de Helene brilha rápida como mercúrio enquanto um agressor a pressiona na direção da fumaça.

— Boa noite, Elias — ela diz sobre o ruído do choque das cimitarras. Depois me olha, um largo sorriso irrepreensível no rosto. — Sentiu minha falta?

Não tenho fôlego para responder. Os outros dois agressores já estão em cima de mim, e, embora eu lute com as duas cimitarras, não consigo obter vantagem. Minha cimitarra esquerda finalmente atinge o alvo, afundando-se no peito do meu oponente. Um triunfo sedento de sangue toma conta de mim.

Então o agressor pisca e desaparece.

Congelo, duvidando do que vi. O outro assassino aproveita minha hesitação e me empurra de volta para a fumaça.

A sensação é de cair na caverna mais sombria e escura do Império. Tento tatear o caminho, mas minhas pernas estão pesadas e escorrego para o chão, meu corpo um peso morto. Uma estrela lançada corta o ar, e mal registro o fato de que ela arranhou meu braço. Minhas cimitarras atingem a pedra do corredor, e Helene grita. Os sons parecem abafados, como se eu os ouvisse debaixo da água.

Veneno. A palavra me tira da inação. *A fumaça é venenosa.*

Com os últimos fragmentos de consciência, tateio o chão em busca de minhas cimitarras e me arrasto para fora da escuridão. Respiro o ar limpo para retomar os sentidos, e noto que Helene desapareceu. Enquanto busco na fumaça por qualquer sinal dela, um agressor emerge.

Evito a cimitarra dele com uma esquiva, então busco abraçar o seu peito e jogá-lo no chão. No entanto, quando minha pele encontra a dele, o frio me trespassa e, ofegante, me afasto com um empurrão. Parece que enfiei o braço em um balde de neve. O assassino pisca e desaparece, ressurgindo a alguns metros de distância.

Eles não são humanos, me dou conta. O aviso de Zak ecoa em minha cabeça. *As velhas criaturas são reais. Elas estão vindo atrás de nós.* Dez malditos infernos. Achei que ele havia perdido a cabeça. Como é possível? Como os adivinhos podem...

O agressor dá a volta em mim, e arquivo minhas perguntas. Como essa coisa chegou aqui não importa. Como matá-la — essa é a pergunta que vale a pena responder.

Um reluzir prateado chama minha atenção — a mão enluvada de Helene se agarrando ao chão enquanto ela tenta se desvencilhar da fumaça. Eu a arrasto para fora, mas ela está atordoada demais para ficar de pé, então a coloco sobre o ombro e fujo pelo corredor. Quando estou a uma boa distância, eu a largo no chão e me viro para enfrentar o inimigo.

Os três estão em cima de mim ao mesmo tempo, mexendo-se rápido demais para que eu possa reagir. Em questão de segundos, tenho pequenos cortes por todo o rosto e um talho no braço esquerdo.

— Aquilla! — berro. Ela se levanta cambaleante. — Uma ajudinha, hum?

Ela empunha sua cimitarra e mergulha na luta, forçando dois dos agressores a entrarem em combate com ela.

— São espectros, Elias — ela grita. — Malditos, desgraçados espectros.

Por dez infernos. Máscaras treinam com cimitarras, bastões e com os próprios punhos, sobre cavalos e barcos, vendados e acorrentados, sem dormir, sem comer. Mas nunca treinamos contra algo que não deveria nem existir.

O que aquela maldita profecia dizia mesmo? *Astúcia para sobrepujar seus inimigos.* Há uma maneira de matar essas coisas. Elas devem ter um ponto fraco, e eu só preciso descobrir qual é.

Ofensiva Lemokles. Meu avô criou essa ofensiva. *Uma série de ataques ao corpo inteiro que permite que você identifique as deficiências do oponente.*

Eu ataco a cabeça, então as pernas, os braços e o torso. Lanço uma adaga no peito do espectro, e ela passa direto por ele, caindo no chão com um retinir. Mas ele não tenta bloquear a lâmina. Em vez disso, protege rapidamente a garganta com a mão.

Atrás de mim, Helene grita pedindo ajuda enquanto outros dois espectros vão para cima dela. Um deles ergue a adaga bem acima do coração de Helene, mas, antes do golpe, enfio minha cimitarra no pescoço do inimigo.

A cabeça do espectro mergulha em direção ao chão, e faço uma careta enquanto um grito sobrenatural ecoa no corredor. Segundos mais tarde, a cabeça — e o corpo que a acompanha — desaparecem.

— Cuidado, à esquerda! — grita Hel. Giro minha cimitarra em um arco nessa direção, e uma mão se fecha em meu punho. Um frio penetrante adormece meu braço até o ombro. Mas então acerto o alvo, e a mão também desaparece, com outro grito espectral rasgando o ar.

O ataque diminui à medida que o último espectro nos circula.

— É melhor fugir — Helene diz para a criatura. — Porque você vai morrer.

O espectro olha de um para o outro e se decide por Helene. *Eles sempre me subestimam.* Até os espectros, aparentemente. Ela se esquiva por baixo do braço dele, ágil como uma dançarina, e arranca a cabeça da criatura com um golpe certeiro. O espectro desaparece, a fumaça se dissipa e a caserna fica em silêncio, como se os últimos quinze minutos nunca tivessem acontecido.

— Bem, isso foi... — Helene arregala os olhos, e me jogo para o lado sem que ela precise me dizer para fazê-lo, virando-me a tempo de ver uma faca zunindo no ar. Ela me erra por pouco, e Helene passa por mim como uma mancha de loiro e prata.

— Marcus — ela diz. — Vou atrás dele.

— Espere! Pode ser uma armadilha!

Mal acabo de falar e a porta se fecha atrás dela. Ouço a batida de cimitarra contra cimitarra, seguida pelo moer de ossos sob punhos.

Saio correndo da caserna e dou de cara com Helene avançando sobre Marcus, que leva a mão ao nariz ensanguentado. Os olhos dela são dois riscos ferozes, e pela primeira vez a vejo como os outros deveriam — mortal, sem remorsos. Uma Máscara.

Embora queira ajudá-la, eu me seguro e examino o terreno escuro à nossa volta. Se Marcus está aqui, Zak não pode estar longe.

— Já está inteira, Aquilla? — Marcus se esquiva à esquerda com sua cimitarra e, quando Helene contra-ataca, ele abre um largo sorriso. — Você e eu temos pendências a resolver. — Seus olhos perscrutam o corpo dela. — Sabe o que eu sempre me perguntei? Se te estuprar é como lutar com você. Todos esses músculos definidos, essa energia acumulada...

Helene lança um cruzado que deixa Marcus de costas no chão com sangue saindo da boca. Ela pisa no braço em que ele empunha a espada e pressiona a ponta da cimitarra na garganta dele.

203

— Seu filho da puta imundo — ela cospe para ele. — Só porque você teve sorte na floresta, não significa que eu não possa acabar com você de olhos fechados.

Marcus abre aquele sorriso doentio para ela, pouco impressionado com o aço que espeta sua garganta.

— Você é minha, Aquilla. Você pertence a mim, e nós dois sabemos disso. Os adivinhos me contaram. Poupe-se do trabalho e junte-se a mim agora.

Helene fica pálida. Há um ódio sombrio, de desesperança, em seu olhar, o tipo de ira que se sente quando se está amarrado e com uma faca na jugular.

Só que é Helene quem está segurando a lâmina. Que raios há de errado com ela?

— Nunca. — O tom de sua voz não combina com a força da cimitarra em seu punho, e, como se ela percebesse isso, sua mão treme. — Nunca, Marcus.

Um tremeluzir nas sombras atrás da caserna chama minha atenção. Estou quase lá quando vejo o cabelo castanho-claro de Zak e o brilho de uma flecha cortando o ar.

— Abaixe-se, Hel!

Ela se joga no chão, e a flecha passa inofensivamente sobre seu ombro. Na mesma hora sei que ela nunca correu perigo algum, pelo menos não vindo de Zak. Nem um novilho caolho com um braço ruim erraria uma flechada tão fácil.

A breve distração é tudo de que Marcus precisa. Achei que ele fosse atacar Hel, mas ele rola para o lado e foge noite adentro, ainda sorrindo abertamente, com Zak logo atrás.

— Que inferno foi aquilo? — grito com Helene. — Você podia ter aberto a garganta do cara de fora a fora e *engasga*? Que besteira era aquela que ele estava falando...

— Agora não é o momento. — A voz de Helene soa aflita. — Precisamos ir para um espaço aberto. Os adivinhos estão tentando nos matar.

— Me diga algo que eu não sei...

— Não, *esta* é a segunda Eliminatória, Elias: eles tentarem ativamente nos matar. Cain me contou depois de me curar. A Eliminatória vai durar até o amanhecer, e precisamos ser espertos o suficiente para evitar nossos assassinos, sejam eles coisas ou pessoas.

— Então precisamos de um lugar seguro — digo. — Aqui, qualquer um pode nos acertar com uma flecha. As catacumbas são escuras demais, e as casernas são muito apertadas.

— Lá — Hel aponta para a torre de vigia oriental voltada para as dunas. — Os legionários que a guarnecem podem colocar uma guarda na entrada, e é um bom local para combater.

Partimos em direção à torre, colados aos muros e às sombras. A essa hora, não há um único estudante ou centurião aqui fora. O silêncio paira sobre Blackcliff, e minha voz parece extraordinariamente alta. Passo a falar aos sussurros.

— Que bom que você está bem.

— Você estava preocupado?

— É claro que eu estava preocupado. Achei que você tivesse morrido. Se acontecesse alguma coisa com você... — Não vale a pena pensar nisso agora. Olho fixamente para Helene, e ela me encara por um segundo antes de desviar o olhar.

— É, você deveria mesmo estar preocupado. Ouvi dizer que você me arrastou até a torre coberta de sangue.

— É. E não foi agradável. Você estava fedendo, para começo de conversa.

— Eu lhe devo essa, Veturius. — Seus olhos se suavizam, e minha parte forte, a que foi treinada em Blackcliff, balança a cabeça. Ela não pode virar uma garota para mim agora. — Cain me contou tudo o que você fez por mim depois que Marcus atacou. E eu quero que você saiba...

— Você teria feito o mesmo — eu a corto rispidamente, satisfeito ao perceber o enrijecimento de seu corpo, o gelo em seus olhos. *Antes gelo que calor. Antes força que fraqueza.*

Coisas veladas surgiram entre mim e Helene, coisas que têm a ver com a maneira como eu me sinto quando vejo sua pele nua e com sua falta de jeito quando eu lhe digo que me preocupo com ela. Após tantos anos de amizade sincera, não sei o que essas coisas querem dizer. Só sei que agora não é o momento para pensar nelas. Não se quisermos sobreviver à segunda Eliminatória.

Helene deve compreender, pois gesticula para que eu siga na frente, e não conversamos enquanto vamos na direção da torre de vigia. Quando chegamos ao pé da torre, permito-me relaxar por um segundo. A torre está na beira dos penhascos e voltada para as dunas a leste e a escola a oeste. A muralha de observação de Blackcliff estende-se nas direções norte e sul. Assim que estivermos no topo, será possível avistar qualquer ameaça muito tempo antes de ela nos alcançar.

Mas, quando estamos subindo a escada interna da torre, Helene diminui o passo atrás de mim.

— Elias. — O tom de advertência em sua voz me faz empunhar ambas as cimitarras, a única coisa que me salva. Um grito soa abaixo de nós, outro acima, e subitamente o poço da escada ecoa com o zunido de flechas e o arrastar de botas. Um esquadrão de legionários verte escada abaixo, e por um segundo fico confuso. Então eles estão em cima de mim. — Legionários! — grita Helene. — Dispersar... disp...

Quero dizer a ela para poupar seu fôlego. Não há dúvida de que os adivinhos disseram aos legionários que, nesta noite, nós somos os inimigos e eles devem nos matar sem hesitar. Maldição. *Astúcia para sobrepujar seus inimigos.* Nós devíamos ter percebido que qualquer um — e todos — poderia ser o inimigo.

— Colados, Hel!

Nós nos juntamos de costas em um piscar de olhos. Cruzo cimitarras com os soldados que descem do topo da torre enquanto ela combate os que sobem da base. Minha ira irrompe com tudo, mas eu a contenho, lutando para ferir, não para matar. Eu conheço alguns desses homens, não posso simplesmente assassiná-los.

— Maldição, Elias! — grita Hel. Um dos legionários que atingi passa por mim e acerta o braço com que ela segura a espada. — *Lute!* Eles são Marciais, não uma ralé bárbara covarde!

Hel combate três soldados abaixo dela e dois acima, com mais vindo. Preciso abrir caminho na escada para que possamos chegar ao topo da torre. É a única maneira de evitarmos sermos espetados até a morte.

Deixo que a ira da batalha tome conta de mim e subo a escada com determinação, minhas cimitarras voando. Uma penetra o abdome de um legionário, a outra corta transversalmente uma garganta. O poço da escada não é largo o suficiente para duas cimitarras, então embainho uma e empunho a adaga, enfiando-a no rim de um terceiro soldado e no coração de um quarto. Em segundos o caminho está livre, e Helene e eu corremos escada acima. Chegamos ao topo da torre de vigia apenas para encontrar mais soldados à espera.

Você vai matar todos eles, Elias? Quantos se somaram à sua contagem? Quatro já — dez mais? Quinze? Bem como a sua mãe. Rápido como ela. Implacável como ela.

Meu corpo se congela como jamais aconteceu em uma batalha, e meu coração tolo assume o controle. Helene grita, gira, mata, defende, enquanto fico ali parado. Então já é tarde demais para lutar, porque um bruto de queixo quadrado e braços que parecem troncos de árvore avança e me agarra.

— Veturius! — diz Helene. — Mais soldados vindo do norte!

— *Mrffggg...* — O enorme soldado auxiliar esmaga meu rosto contra a parede da torre de vigia, e sua mão aperta meu crânio com tanta força que parece que ele vai se desfazer em pedaços. O grandalhão usa o joelho para me prender, e não consigo me mexer um centímetro.

Por um momento, admiro sua técnica. Reconhecendo que não podia contra-atacar minhas habilidades de luta, ele usou do elemento surpresa e de seu tamanho colossal para me superar.

Minha admiração diminui quando vejo estrelas diante dos olhos. *Astúcia! Você tem de usar de astúcia!* Mas o momento para a astúcia já se foi. Eu não devia ter me distraído. Devia ter atravessado uma cimitarra no peito do soldado auxiliar antes que ele chegasse até mim.

Helene foge rapidamente de seus agressores para me ajudar e puxa meu cinto para me arrancar das mãos do soldado gigante, mas ele a afasta com um empurrão.

Em seguida me arrasta ao longo da parede até um nicho entre as ameias e me empurra através dele, segurando-me pelo pescoço acima das dunas como uma criança faria com uma boneca de pano. Duzentos metros de ar faminto agarram-se às minhas pernas. Atrás do meu captor, um mar de legionários tenta empurrar Helene para baixo, mal conseguindo controlá-la enquanto ela gira e golpeia, como uma gata presa à rede.

Sempre vitorioso. A voz de meu avô ecoa em minha cabeça. *Sempre vitorioso.* Enterro os dedos nos braços do brutamontes e tento me livrar dele.

— Apostei dez marcos em você. — O soldado parece genuinamente condoído. — Mas ordens são ordens.

Então ele abre a mão e me deixa cair.

A queda dura uma eternidade e tempo nenhum. Meu coração salta até a garganta, meu estômago se afunda, e então, com um puxão que sacode meu crânio, não estou mais caindo. Mas não estou morto, também. Meu corpo fica pendurado, amarrado por uma corda enganchada no cinto.

Helene havia mexido em meu cinto — ela deve ter amarrado a corda nele. O que significa que ela está na outra extremidade. O que significa que, se os soldados a jogarem sobre a amurada e eu ainda estiver pendurado como uma aranha em coma, nós dois seguiremos com tudo para o além.

Balanço na direção do penhasco e tateio em busca de apoio. A corda tem dez metros de comprimento, e, tão perto da base da torre de vigia, os rochedos não são tão escarpados. Uma saliência de rocha se projeta de uma fissura a alguns metros de onde estou. Eu me enfio ali com dificuldade bem a tempo.

Um grito agudo ecoa acima de mim, seguido por uma queda de loiro e prata. Firmo as pernas e puxo a corda o mais rápido que posso, mas mesmo assim quase sou arrancado da saliência rochosa pela força do peso de Helene.

— Peguei você, Hel — grito, sabendo como ela deve estar aterrorizada de estar pendendo a centenas de metros no ar desse jeito. — Segure firme.

Quando a puxo para a fissura, ela está tremendo, com os olhos arregalados. Mal há espaço para nós dois na saliência, e Helene se segura em meus ombros para se ancorar.

— Está tudo bem, Hel. — Cutuco a saliência com a bota. — Está vendo? Rocha sólida. — Ela anui em meu ombro, agarrando-se a mim de maneira que não lembra em nada minha velha amiga.

Mesmo através das armaduras, sinto suas curvas e meu estômago salta estranhamente. Ela se mexe inquieta — o que realmente não ajuda em nada —, aparentemente tão consciente quanto eu da proximidade de nosso corpo. Meu rosto esquenta com a súbita tensão entre nós. *Foco, Elias.*

Eu me afasto dela quando uma flecha acerta a rocha ao nosso lado com um ruído surdo. Fomos vistos.

— Somos um alvo fácil neste lugar — digo. — Aqui. — Desamarro a corda do meu cinto e do dela e a enfio em suas mãos. — Amarre isso numa flecha. Com um nó bem apertado.

Helene faz o que pedi, enquanto pego o arco das costas e examino o penhasco em busca de um arnês. Há um pendurado a cinco metros de distância. É uma flechada que eu poderia dar de olhos fechados — só que os legionários estão puxando o arnês de volta pela parede do penhasco e para dentro da torre.

Helene me passa a flecha, e, antes que mais mísseis caiam zunindo sobre nós, ergo meu arco, insiro a flecha, atiro.

E erro.

— Maldição! — Os legionários puxam o arnês para longe do meu alcance. Trazem para cima os outros arneses ao longo do penhasco, se amarram neles e começam a descer de rapel.

— Elias... — Helene quase se joga para fora da saliência tentando evitar uma flecha, agarrando-se em meu braço. — Precisamos sair daqui.

— Já percebi isso, obrigado. — Eu também me esquivo por pouco de uma flecha. — Se você tiver um plano genial, sou todo ouvidos.

Helene pega o arco de mim, faz pontaria com a flecha amarrada e, um segundo depois, um dos legionários que desce de rapel fica imóvel.

Ela puxa o corpo em nossa direção e o solta do arnês. Tento ignorar o ruído surdo distante do corpo do soldado acertando as dunas. Hel libera a corda enquanto pego o arnês e me amarro nele — terei de carregá-la para baixo.

— Elias — ela sussurra quando se dá conta do que devemos fazer.

— Eu não... não consigo...

— Consegue sim. Não vou te deixar cair. Prometo.

Testo a âncora do arnês com um puxão brusco, esperando que ele suporte o peso de dois Máscaras com todas as armas.

— Suba em minhas costas. — Pego o seu queixo e a forço a me olhar nos olhos. — Amarre-se a mim como fizemos antes. Prenda as pernas em torno da minha cintura. Não solte até chegarmos na areia.

Ela faz o que pedi e enfia a cabeça em meu pescoço enquanto salto da saliência. Sua respiração é curta e rápida.

— Não caia, não caia — eu a ouço sussurrando. — Não caia, não...

Flechas descem da torre como raios em nossa direção. Os legionários chegaram até nosso nível agora. Eles empunham cimitarras e deslizam pela face do penhasco. Minha mão formiga em direção à arma, mas resisto — tenho de manter controle das cordas para não despencarmos no solo do deserto.

— Não deixe que se aproximem, Hel.

Suas pernas se apertam em torno dos meus quadris e seu arco produz um ruído seco ao lançar uma flecha após a outra em nossos perseguidores.

Tunk. Tunk. Tunk.

Gemidos de agonia ecoam enquanto Helene arma e atira, rápida como um raio. À medida que baixamos, as flechas da torre já não nos atingem com tanta frequência, refletindo inutilmente em nossa armadura. Cada músculo dos meus braços se força ao máximo para sustentar nosso peso na descida. *Quase lá... quase...*

Então sinto uma dor ardente subindo pela coxa esquerda. Escorregamos quinze metros quando perco o controle do mecanismo de descida. Helene me agarra, sua cabeça sacode violentamente para trás, e ela solta um grito tão agudo e de menininha que sei que jamais, em tempo algum, devo mencionar.

— Maldição, Veturius!

— Desculpe. — Trinco os dentes quando recupero o controle das cordas. — Fui atingido. Eles ainda estão vindo?

— Não. — Helene estica o pescoço para trás e mira a face escarpada do penhasco acima. — Eles estão voltando para cima.

Sinto um arrepio na nuca. Não há razão para os soldados pararem o ataque. A não ser que eles acreditem que alguém vai assumir a missão por eles. Espio as dunas abaixo, ainda sessenta metros abaixo de nós. Não sei dizer se há alguém lá embaixo.

Uma rajada de vento sopra do deserto, jogando-nos com força contra a face do penhasco, e quase perco o controle das cordas novamente. Helene grita e me abraça forte. Minha perna queima de dor, mas ignoro — é apenas um ferimento superficial.

Por um segundo, acho que ouço o ressoar de um riso profundo, zombeteiro.

— Elias. — Helene olha para o deserto, e sei de antemão o que ela vai dizer. — Tem alguma coisa...

O vento rouba as palavras de sua boca e as varre na direção das dunas com uma fúria extraordinária. Solto o mecanismo de descida e caímos. Mas não rápido o suficiente.

Uma rajada violenta arranca minhas mãos das cordas e interrompe nossa queda. A areia das dunas sobe afunilada ao nosso redor. Diante de meus olhos descrentes, as partículas se entrelaçam e se fundem em enormes formas humanas, com mãos ávidas e buracos no lugar dos olhos.

— O que são? — Helene corta o ar inutilmente com sua cimitarra, com golpes cada vez mais descontrolados.

Não são humanos e não são amigáveis. Os adivinhos já soltaram um terror sobrenatural sobre nós. Não seria nem um pouco estranho se desencadeassem mais um.

Busco as cordas, agora irremediavelmente emaranhadas. A dor em minha coxa explode, e olho para baixo para ver a flecha sendo lentamente puxada de minha carne por uma mão arenosa. A risada ecoa de novo enquanto quebro apressadamente a ponta da flecha — estarei aleijado para sempre se isso for arrancado através de minha perna.

A areia fustiga meu rosto e mordisca minha pele antes de se solidificar em outra criatura, que paira sobre nós. É uma montanha em miniatura, e, embora seus traços sejam mal definidos, ainda consigo distinguir seu sorriso de lobo.

Disfarço a descrença e tento relembrar as histórias de Mamie Rila. Nós já lidamos com espectros, e esta coisa é grande — não como uma alma penada ou um ghul. Efrits teoricamente são tímidos, mas djinns são violentos e astutos...

— É um djinn! — grito acima do ruído do vento. A criatura de areia ri de maneira tão divertida como se eu fizesse malabarismos e caretas.

— *Os djinns estão mortos, pequeno aspirante.* — Seus gritos são como um vento vindo do norte. Então ele se aproxima velozmente, os olhos estreitando-se. Sua forma irmã, que o acompanha, dança e dá cambalhotas com o zelo de um acrobata no carnaval. — *Foram destruídos pela sua espécie muito tempo atrás, em uma grande guerra. Eu sou Rowan Goldgale, rei dos efrits da areia. Reivindicarei suas almas como minhas.*

— Por que um rei dos efrits se preocuparia com meros humanos? — Helene tenta ganhar tempo enquanto desembaraço freneticamente as cordas e ajeito o mecanismo de descida.

— *Meros humanos!* — Os efrits atrás do rei caem na risada. — *Vocês são aspirantes. Seus passos ecoam na areia e nas estrelas. Conquistar almas como a de vocês é uma grande honra. Vocês nos servirão bem.*

— Do que ele está falando? — Helene me pergunta baixinho.

— Não faço ideia — digo. — Mantenha-o distraído.

— Por que nos escravizar? — pergunta Helene. — Se nós os serviríamos... hum... de boa vontade?

Garota burra! Nesses sacos de carne, suas almas são inúteis. Eu devo despertá-las e domá-las. Só então vocês poderão me servir. Só então...

Sua voz se perde em uma rajada de vento enquanto despencamos. Os efrits dão gritos estridentes e partem como raios atrás de nós, nos cercando, nos cegando, arrancando minhas mãos das cordas mais uma vez.

— *Peguem os dois* — Rowan uiva para o seu bando. Helene se solta de mim enquanto um efrit se põe entre nós. Outro arranca a cimitarra da mão dela e o arco de suas costas, guinchando de contentamento enquanto as armas caem nas dunas.

Outro efrit corta nossa corda com uma pedra afiada. Empunho minha cimitarra e atravesso a criatura com ela, na esperança de que o aço a mate. O efrit uiva — de dor ou de raiva, não sei dizer. Tento arrancar sua cabeça, mas ele voa e fica fora do meu alcance, gargalhando terrivelmente.

Pense, Elias! Os assassinos-sombras tinham um ponto fraco. Os efrits também devem ter. Mamie Rila contava histórias sobre eles, eu sei que contava. Mas não me lembro de nenhuma delas.

— Ahhhh! — Os braços de Helene se soltam de mim com um puxão, e ela se segura apenas com as pernas. Os efrits festejam entusiasticamente, dobrando seus esforços para arrancá-la de mim. Rowan coloca as mãos nos dois lados do rosto dela e os aperta, impregnando Helene com uma luz dourada de outro mundo.

— *Minha!* — diz o efrit. — *Minha. Minha. Minha.*

A corda se desgasta. O sangue escorre do ferimento em minha coxa. Os efrits arrancam Helene de mim, e, quando o fazem, percebo um nicho no penhasco que percorre toda a distância até o solo do deserto. O rosto de Mamie Rila aparece em minha cabeça, iluminado pelo fogo do acampamento enquanto ela canta:

Efrit, efrit do vento, mate-o com um broche de estrela de aço.

Efrit, efrit do mar, acenda o fogo para fazê-lo fugir.

Efrit, efrit da areia, uma canção é mais do que ele pode suportar.

Lanço minha cimitarra no efrit que cortou as cordas e me balanço para frente. Arranco Helene das garras dos demais seres e a enfio no nicho, ignorando seu grito de surpresa e as mãos dilacerantes e cheias de ódio às minhas costas.

— Cante, Hel! Cante.

Ela abre a boca para gritar ou cantar, não sei ao certo, porque a corda finalmente cede e eu despenco. O rosto pálido de Helene desaparece acima de mim. Então tudo fica silencioso e branco, e não sei de mais nada.

XXIII
LAIA

Izzi me encontra depois que saio da cozinha, ainda abalada com a advertência da cozinheira. A garota me oferece um maço de papéis — as especificações da comandante para Teluman.

— Eu me ofereci para levar — ela diz. — Mas ela... ela não gostou da ideia.

Ninguém me nota enquanto abro caminho pela cidade até a forja de Teluman. Ninguém consegue ver o κ sangrento e em carne viva debaixo da minha capa. Enquanto caminho aos tropeções, fica claro que não sou a única escrava machucada. Alguns escravos eruditos têm hematomas. Outros têm marcas de chicotadas. E outros ainda caminham como se estivessem feridos por dentro, curvados e mancando.

No Bairro Ilustre, passo diante de uma grande vitrine de vidro com selas e rédeas, e paro sobressaltada com meu próprio reflexo, com a criatura assombrada e de olhos vazios que olha de volta para mim. O suor empapa minha pele, em parte por causa da febre, em parte por causa do calor que não cede. Meu vestido se cola ao corpo, e minha saia se emaranha em torno das pernas.

É por Darin. Sigo caminhando. *Não importa quanto você esteja sofrendo, ele está sofrendo mais.*

À medida que me aproximo do Bairro das Armas, meus pés diminuem o ritmo. Lembro das palavras da comandante na noite passada. *Você tem sorte de eu querer uma espada telumana, garota. Você tem sorte de ele querer uma prova de você.* Fico à toa junto à porta do ferreiro por longos minutos antes de entrar. Certamente Teluman não vai querer se aproximar de mim quando minha pele é da cor do leite e estou pingando de suor.

A oficina está tão silenciosa quanto da primeira vez que a visitei, mas o ferreiro está aqui. Eu sei disso. Como esperado, segundos após eu abrir a porta, ouço o ressoar de passos, e Teluman emerge da sala dos fundos.

Ele me olha uma vez e desaparece, retornando segundos mais tarde com um copo cheio de água gelada e uma cadeira. Caio no assento e tomo toda a água, sem parar para pensar que poderia estar envenenada.

A forja está fria, a água mais fria ainda, e por um instante meu tremor febril diminui. Então Spiro Teluman passa por mim e vai até a porta da forja.

Ele a tranca.

Lentamente fico de pé, segurando o copo como uma oferta, como uma troca, como se eu fosse lhe devolver o copo e ele fosse destrancar a porta e me deixar ir embora sem me machucar. Teluman o toma de minha mão, então lamento não ter ficado com ele e o quebrado para usar como arma. Ele olha para o copo.

— Quem você viu quando os ghuls apareceram?

A pergunta é tão inesperada que me faz dizer a verdade:

— Eu vi meu irmão.

O ferreiro examina meu rosto atentamente, com o cenho franzido, como se considerasse algo, tomando uma decisão.

— Você é a irmã dele então — ele diz. — Laia. Darin falava muito de você.

— Ele... ele falava... — Por que Darin falaria com esse homem sobre mim? Por que falaria qualquer coisa com esse homem?

— Coisa mais estranha. — Teluman se recosta no balcão. — O Império tentou plantar aprendizes aqui dentro durante anos, mas não encontrei nenhum até pegar Darin me espionando ali de cima. — As persianas na fileira alta de janelas estão abertas, revelando a sacada cheia de caixas do prédio ao lado. — Eu o arrastei para baixo. Ele pensou que eu fosse entregá-lo aos soldados, mas então vi seu caderno de desenhos. — Ele balança a cabeça e não precisa explicar. Darin colocava tanta vida em seus desenhos que parecia que bastava estender a mão para tirá-los da página.

— Ele não estava apenas desenhando o interior da minha forja. Estava projetando as próprias armas. Coisas que eu só tinha visto em sonhos. Ofereci a ele a vaga de aprendiz na hora, pensando que ele fugiria, que eu nunca mais o veria.

— Mas ele não fugiu — sussurro. Ele não fugiria, não Darin.

— Não. Ele entrou na forja e olhou tudo. Com cuidado, mas sem medo. Nunca vi seu irmão com medo. Certamente ele sentia medo, tenho certeza que sim. Mas jamais parecia pensar que algo pudesse dar errado. Ele só pensava que as coisas poderiam dar certo.

— O Império acha que ele era da Resistência — falei. — Todo esse tempo, ele estava trabalhando para os Marciais? Se isso é verdade, por que ele ainda está na prisão? Por que vocês não o tiraram de lá?

— Você acha que o Império permitiria que um Erudito aprendesse seus segredos? Ele não estava trabalhando para o Império. Estava trabalhando para mim. E eu me desliguei do Império há muito tempo. Eu faço o suficiente para mantê-los longe do meu pé. Armaduras, principalmente. Até Darin aparecer, eu não tinha feito uma cimitarra telumana de verdade em sete anos.

— Mas... o caderno dele tinha desenhos de espadas...

— Aquele maldito caderno de desenhos. — Spiro bufa. — Eu falei para ele deixar o caderno aqui, mas ele não me ouviu. Agora o Império está com as anotações, e não há como recuperá-las.

— Ele anotava fórmulas no caderno — digo. — Instruções. Coisas... coisas que ele não deveria saber...

— Ele era meu aprendiz. Eu o ensinei a fazer armas. Armas de primeira. Armas telumanas. Mas *não* para o Império.

Engulo em seco, enquanto as implicações de suas palavras são assimiladas. Não importa quão engenhosas tenham sido as revoltas dos Eruditos, no fim das contas a questão é aço contra aço, e, nessa guerra, os Marciais sempre vencem.

— Você queria que ele fizesse armas para os Eruditos? — *Isso seria traição.* Quando Spiro anui, não consigo acreditar. É um truque, como com Veturius esta manhã. É algo que ele planejou com a comandante para testar minha lealdade. — Se você estivesse realmente trabalhando com o meu irmão, alguém teria visto. Outras pessoas devem trabalhar aqui. Escravos, ajudantes...

— Eu sou o ferreiro telumano. Fora o meu aprendiz, eu trabalho sozinho, como meus antepassados faziam. É por isso que o seu irmão e eu nunca fomos pegos. Eu *quero* ajudar Darin, mas não consigo. O Máscara que levou Darin reconheceu meu trabalho em seus desenhos. Já fui questionado sobre isso duas vezes. Se o Império ficar sabendo que eu peguei o seu irmão como aprendiz, eles o matarão. Depois matarão a mim, e neste momento eu sou a única chance que os Eruditos têm de se libertar.

— Você estava trabalhando com a Resistência?

— Não — diz Spiro. — Darin não confiava neles. Ele tentou ficar longe dos combatentes. Mas ele usava os túneis para chegar aqui, e algumas semanas atrás dois rebeldes o viram deixando o Bairro das Armas. Acharam que ele era um colaborador marcial. Ele foi obrigado a mostrar o caderno de desenhos para evitar que o matassem. — Spiro suspira. — Então, é claro, eles quiseram que ele se juntasse à Resistência. E não o deixaram em paz. O que foi uma sorte, no fim. Essa ligação com a Resistência é a única razão para qualquer um de nós estar vivo. Enquanto o Império achar que ele esconde segredos dos rebeldes, vão manter Darin na prisão.

— Mas meu irmão disse para eles que não trabalhava para a Resistência — digo. — Quando o Máscara fez a batida na nossa casa.

— Resposta padrão. O Império espera que os rebeldes neguem sua participação por dias, semanas até, antes de se entregarem. Nós nos preparamos para isso. Eu o ensinei a sobreviver a um interrogatório e a uma prisão. Enquanto ficar por aqui, em Serra, longe de Kauf, ele vai ficar bem.

Por quanto tempo?, eu me pergunto.

Tenho receio de interromper Teluman, mas mais ainda de não interrompê-lo. Se ele estiver contando a verdade, então, quanto mais eu ouvir, maior o perigo que estou correndo.

— A comandante está esperando uma resposta. Ela vai me mandar de volta aqui em alguns dias. Pegue.

— Laia... espere...

Mas eu enfio os papéis em suas mãos, voo para a porta e a destranco. Ele pode facilmente vir atrás de mim, mas não o faz. Em vez disso, observa enquanto me afasto rápido pelo beco. Quando viro a esquina, acho que o ouço dizer um palavrão.

◆ ◆ ◆

À noite, eu me viro de um lado para o outro na caixa apertada que é meu quarto, a corda do catre marcando minhas costas, o teto e as paredes tão próximos que não consigo respirar. Meu ferimento queima, e minha mente ecoa com as palavras de Teluman.

O aço sérrico está no cerne do poder do Império. Nenhum Marcial abriria mão de seus segredos para um Erudito. E, no entanto, algo a respeito das alegações de Teluman soa verdadeiro. Quando ele falou de Darin, capturou meu irmão perfeitamente — seus desenhos, a maneira como ele pensa. E Darin, assim como Spiro, me disse que não trabalhava para os Marciais nem para a Resistência. Tudo faz sentido.

Exceto que o Darin que eu conheço não estava interessado em rebelião. Ou estava? As lembranças passam como um filme em minha cabeça: o silêncio de Darin quando vovô nos contou como colocara no lugar os ossos de uma criança que apanhara dos soldados auxiliares. Darin pedindo licença quando nosso avós discutiam as batidas marciais mais recentes, os punhos cerrados. Darin nos ignorando para desenhar mulheres eruditas se encolhendo diante dos Marciais e crianças brigando por causa de uma maçã podre no esgoto.

Eu achava que o silêncio do meu irmão significava que ele estava se afastando de nós. Mas talvez o silêncio fosse seu consolo. Talvez essa fosse a única maneira que ele tinha de combater a indignação com o que estava acontecendo com o seu povo.

Quando caio no sono, a advertência da cozinheira a respeito da Resistência cava caminho até meus sonhos. Vejo a comandante me cortando repetidamente. A cada vez que isso acontece, seu rosto muda para o de Mazen, para o de Keenan, para o de Teluman, para o da cozinheira.

Acordo em uma escuridão sufocante e respiro com dificuldade, tentando afastar as paredes do meu alojamento. Saio com dificuldade da cama, passo pelo corredor a céu aberto e entro no pátio dos fundos, inspirando sofregamente a brisa fria da noite.

Já passa da meia-noite, e as nuvens correm rapidamente sobre uma lua quase cheia. Em poucos dias, haverá o Festival da Lua dos Eruditos, a celebração, no solstício de verão, da maior lua do ano. Vovó e eu distribuiríamos bolos e doces este ano. Darin dançaria até os pés caírem.

À luz do luar, os prédios ameaçadores de Blackcliff são quase belos, o granito negro suavizado para o azul. Como sempre, a academia está sinistramente silenciosa. Nunca tive medo da noite, nem mesmo quando era criança, mas a noite em Blackcliff é diferente, pesada com um silêncio que faz você olhar sobre o ombro, um silêncio que parece uma criatura viva.

Olho para as estrelas baixas em um céu que me faz pensar que estou vendo o infinito. Mas, debaixo de seu olhar frio, eu me sinto pequena. Toda a beleza das estrelas não significa nada quando a vida aqui na terra é tão feia.

Eu não costumava pensar assim. Darin e eu passávamos horas e horas no telhado da casa dos nossos avós traçando a trajetória do grande rio, do arqueiro, do espadachim. Observávamos as estrelas cadentes, e quem visse a primeira lançava um desafio. Como Darin tinha a visão aguçada de um gato, acabava sempre sendo eu a roubar damascos dos vizinhos ou derramar água fria nas costas da camisa de vovó.

Darin não consegue ver as estrelas agora. Ele está enfiado em uma cela, perdido no labirinto das prisões de Serra. Jamais verá as estrelas novamente, a não ser que eu consiga para a Resistência o que eles querem.

Vejo o clarão de uma luz no gabinete da comandante e me assusto, surpresa que ela ainda esteja acordada. As cortinas tremulam, e vozes são carregadas pelo vento, através da janela aberta. Ela não está sozinha.

As palavras de Teluman ecoam em minha cabeça. *Nunca vi seu irmão com medo. Ele jamais parecia pensar que algo pudesse dar errado. Ele só pensava que as coisas poderiam dar certo.*

Uma treliça gasta sobe ao lado da janela da comandante, coberta de vinhas queimadas pelo verão. Dou uma sacudida na estrutura — ela é fraca, mas não impossível de escalar.

Provavelmente ela não está dizendo nada de útil mesmo. Deve estar falando com um aluno.

Mas por que ela se encontraria com um aluno à meia-noite? Por que não durante o dia?

Ela vai te açoitar, meu medo protesta comigo. Vai arrancar seu olho. Uma mão...

Mas já fui açoitada, espancada e estrangulada, e sobrevivi. Já fui entalhada com uma faca quente, e sobrevivi.

Darin não deixava que o medo o controlasse. Se eu quiser salvá-lo, não posso deixar que me controle também.

Ciente de que minha coragem vai perder força quanto mais eu pensar a respeito, agarro a treliça e começo a escalar. O conselho de Keenan surge em minha cabeça. *Sempre tenha um plano de fuga.*

Faço uma careta. Tarde demais para isso agora.

Cada ruído do raspar das minhas sandálias soa como uma detonação para mim. Um estalo alto faz meu coração disparar, mas, após um minuto de paralisia, percebo que é apenas a treliça resmungando sob meu peso.

Quando chego ao topo, ainda consigo ouvir a comandante. O peitoril da janela está meio metro à minha esquerda. Um metro abaixo do peitoril, uma lasca de pedra forma um pequeno apoio para os pés. Respiro fundo, agarro o parapeito e balanço da treliça para a janela. Meus pés raspam na parede inclinada por um momento aterrorizante antes que eu encontre o apoio.

Não desmorone, imploro para a lasca debaixo de meus pés. *Não quebre.*

Meu ferimento no peito se abriu novamente, e tento ignorar o sangue que escorre. Minha cabeça está na mesma altura da janela da comandante. Se ela se inclinar para fora, será o meu fim.

Esqueça isso, Darin me diz. *Ouça.* Os tons entrecortados da voz da comandante flutuam através da janela, e eu me inclino para frente.

220

— ... vai chegar com todo o seu séquito, meu lorde Portador da Noite Todo mundo, seus conselheiros, o Águia de Sangue, a Guarda Negra, assim como a maior parte da Gens Taia. — A brandura na voz da comandante é uma revelação.

— Certifique-se disso, Keris. Taius precisa chegar após a terceira Eliminatória, ou nosso plano será em vão.

Ao som da segunda voz, fico boquiaberta e quase caio. É profunda e suave, parece menos um som que um sentimento. É tempestade, vento e folhas dando voltas à noite. São raízes que sugam profundamente na terra, e criaturas pálidas e cegas que vivem abaixo do solo. Mas há algo errado com essa voz, algo doente em sua essência.

Embora nunca tenha ouvido essa voz antes, eu me vejo tremendo, tentada por um segundo a me jogar no chão apenas para me livrar dela.

Laia, ouço Darin. *Seja corajosa.*

Arrisco uma espiada através das cortinas e vejo de relance uma figura parada no canto do aposento, envolta em escuridão. Parece apenas um homem de estatura média vestindo uma capa. Mas sei em meus ossos que esse homem não é normal. Sombras se juntam próximas a seus pés e se contorcem, como se tentassem chamar a atenção da figura. Ghuls. Quando a coisa se vira para a comandante, eu me encolho, pois a escuridão debaixo de seu capuz não existe no mundo humano. Seus olhos brilham, sóis estreitos plenos de malevolência antiga.

A figura se mexe, e eu me afasto rapidamente da janela.

O Portador da Noite, minha mente grita. *Ela o chamou de Portador da Noite.*

— Nós temos um outro problema, meu lorde — diz a comandante. — Os adivinhos suspeitam da minha interferência. Meus... instrumentos não são tão sutis quanto eu esperava.

— Deixe que suspeitem — diz a criatura. — Enquanto você proteger sua mente e continuarmos ensinando os Farrar a proteger a deles, os adivinhos permanecerão ignorantes. Embora eu me pergunte se você escolheu os aspirantes certos, Keris. Eles acabaram de desperdiçar uma segunda emboscada, mesmo eu tendo dito tudo o que eles precisavam saber para acabar com Aquilla e Veturius.

— Os Farrar são a única opção. Veturius é muito cabeça-dura, e Aquilla é leal demais a ele.

— Então Marcus precisa vencer, e eu preciso ser capaz de controlá-lo — o homem-sombra diz.

— Mesmo se for um dos outros... — A voz da comandante está cheia de uma dúvida que jamais imaginei que ela fosse capaz de expressar. — Veturius, por exemplo. Você pode matá-lo e assumir a forma dele.

— Mudar de forma não é tarefa fácil. E eu não sou um assassino, comandante, para ser usado para matar aqueles que são pedras no seu sapato.

— Ele não é uma pedra...

— Se quer o seu filho morto, faça você mesma. Mas não deixe que isso interfira na tarefa que lhe foi dada. Se você não pode realizar essa tarefa, nossa parceria termina aqui.

— Restam duas Eliminatórias, meu lorde Portador da Noite. — A voz da comandante soa baixa com a ira reprimida. — Como ambas ocorrerão aqui, tenho certeza de que posso...

— Você tem pouco tempo.

— Treze dias é o suficiente...

— E se suas tentativas de sabotar a Eliminatória da Força fracassarem? A quarta Eliminatória é apenas um dia depois. Em duas semanas, Keris, você *terá* um novo imperador. Garanta que seja o certo.

— Não fracassarei, meu lorde.

— É claro que não, Keris. Você nunca me decepcionou. Como demonstração de minha fé em você, eu lhe trouxe outro presente.

Um farfalhar, um rasgo e então uma inspiração funda.

— Algo para acrescentar àquela tatuagem — o convidado da comandante diz. — Posso?

— Não — ela sussurra. — Não, essa é minha.

— Como queira. Vamos. Acompanhe-me até o portão.

Segundos mais tarde, a janela é trancada, quase me derrubando do meu poleiro, e as luzes são apagadas. Ouço a batida surda e distante da porta, e tudo cai em silêncio.

Todo o meu corpo estremece. Finalmente, *finalmente* tenho algo útil para contar à Resistência. Não é tudo o que eles querem saber, mas pode ser o suficiente para saciar Mazen, para ganhar mais tempo. Metade de mim está vibrando, mas a outra metade ainda pensa na criatura que a comandante chamou de Portador da Noite. O que *era* aquela coisa?

Em princípio, Eruditos não acreditam no sobrenatural. O ceticismo é um dos poucos resquícios do nosso passado dado aos estudos, e a maioria de nós se atém a ele tenazmente. Djinns, efrits, ghuls, espectros — eles pertencem aos mitos e às lendas tribais. Sombras que parecem estar vivas são um truque do olhar. Um homem-sombra com uma voz saída do inferno... Bem, deve haver uma explicação para ele também.

Só que não há explicação. Ele é real. Como os ghuls são reais.

Uma súbita rajada de vento sopra do deserto, ameaçando me arrancar de minha posição instável. O que quer que venha a ser aquela coisa, decido que, quanto menos eu souber sobre ela, melhor. O que importa é que consegui a informação de que preciso.

Estico o pé para me agarrar à treliça, mas o puxo rapidamente quando outra rajada de vento passa com tudo. A treliça range, enverga e, para o meu espanto, cai com um estrondo enorme sobre o calçamento de pedra. *Maldição.* Eu me encolho, certa de que Izzi e a cozinheira vão aparecer e me descobrir.

Segundos mais tarde, sandálias raspam as pedras do pátio. Izzi surge do corredor dos criados, com um xale enrolado em torno dos ombros. Olha para a treliça no chão e então para cima, em direção à janela. Quando me vê, não consegue conter uma exclamação de surpresa, mas simplesmente levanta a treliça e me observa enquanto desço.

Quando me viro para encará-la, penso rapidamente numa série de explicações, mas nenhuma delas faz sentido. Izzi é a primeira a falar:

— Eu quero que você saiba que acho o que está fazendo muito corajoso. Muito mesmo. — Suas palavras são despejadas como uma torrente, como se ela as estivesse guardando para este momento. — Eu sei sobre a batida na sua casa, e a sua família, e a Resistência. Eu não estava te espionando, juro. Só que, depois de levar a areia para cima esta manhã, eu me dei conta de que tinha deixado o ferro de passar no forno para aquecer. Quando voltei para pegar, você e a cozinheira estavam conversando, e eu não quis interromper. De qualquer maneira, eu estava pensando... Eu posso ajudar. Eu sei de muitas coisas. Estou em Blackcliff desde sempre.

Por um segundo, fico sem palavras. Imploro que ela não conte isso a mais ninguém? Fico injustamente brava por ela ter ouvido a nossa conversa? Ou simplesmente devo admirá-la, pois eu não achava que ela tivesse tanto para falar? Não faço ideia, mas sei de uma coisa: não posso aceitar sua ajuda. É arriscado demais.

Antes que eu diga qualquer coisa, ela enfia as mãos debaixo do xale e balança a cabeça.

— Esqueça. — Ela parece tão solitária. Uma solidão de anos, de uma vida inteira. — Foi uma ideia idiota. Desculpe.

— Não é idiota — digo. — Apenas perigoso. Não quero que você se machuque. Se a comandante descobrir, ela vai matar nós duas.

— Talvez seja melhor do que deixar as coisas como estão. Pelo menos vou morrer sabendo que fiz algo de útil.

— Não posso deixar, Izzi. — Minha rejeição a machuca, e me sinto péssima por isso. Mas não estou tão desesperada a ponto de pôr a vida dela em risco. — Desculpe.

— Tudo bem. — Ela se fecha novamente. — Não importa. Só. esqueça.

Tomei a decisão certa. Sei disso. Mas enquanto Izzi se afasta, solitária e miserável, odeio o fato de que fui eu quem a fez se sentir assim.

◆ ◆ ◆

Embora eu implore à cozinheira para ir ao mercado no lugar dela, não tenho notícia alguma da Resistência.

Até que finalmente, no terceiro dia após ouvir a conversa da comandante, estou abrindo caminho em meio ao aglomerado de gente que lota a agência do correio e uma mão pousa em minha cintura. Instintivamente dou uma cotovelada para deixar sem fôlego o idiota que acha que pode tomar liberdades comigo. Mas outra mão pega meu braço.

— Laia — uma voz baixa murmura em meu ouvido. É Keenan.

Minha pele formiga com seu cheiro familiar. Ele solta meu braço, mas aperta minha cintura. Fico tentada a empurrá-lo e xingá-lo por me tocar, mas, ao mesmo tempo, a sensação de sua mão em meu corpo me eletriza.

— Continue olhando para frente — ele diz. — A comandante colocou uma pessoa para seguir você. Ele está tentando abrir caminho pela multidão. Não podemos arriscar um encontro agora. Você tem algo para nós?

Levo a carta da comandante ao rosto e me abano, esperando que o movimento esconda o fato de que estou falando.

— Tenho.

Estou praticamente vibrando de empolgação, mas sinto apenas tensão da parte de Keenan. Quando me viro para olhá-lo, ele me dá um apertão brusco como um aviso, não antes que eu possa ver a expressão sombria em seu rosto. Minha animação desaparece. Algo está errado.

— Darin está bem? — sussurro. — Ele está... — Não consigo dizer as palavras. O temor que sinto me impõe o silêncio.

— Ele está em uma cela da morte aqui em Serra, na Prisão Central. — Keenan fala suavemente, como vovô costumava fazer quando dava as piores notícias aos pacientes. — Ele vai ser executado.

Todo o ar deixa meus pulmões. Não ouço a gritaria dos funcionários da agência, não sinto as pessoas me empurrando, não sinto o cheiro de suor da multidão.

Executado. Assassinado. Morto. Darin vai morrer.

— Mas ainda temos tempo. — Para minha surpresa, Keenan soa sincero. "Meus pais também morreram", ele disse quando o vi pela última vez. "Minha família inteira, na verdade." Ele entende o que a execução de Darin fará comigo. Talvez seja o único que entende. — A execução vai acontecer depois da nomeação do novo imperador. Pode levar um tempo ainda.

Errado, penso.

"Em duas semanas", o homem-sombra dissera, "você terá um novo imperador." Meu irmão não tem tempo. Ele tem duas semanas. Preciso contar isso a Keenan, mas, quando me viro para fazê-lo, vejo um legionário parado na entrada da agência. Ele me observa. O espião.

— Mazen não vai estar na cidade amanhã. — Keenan se agacha, como se tivesse deixado cair alguma coisa. Absolutamente consciente do homem enviado pela comandante, continuo olhando para frente. — Mas, depois de amanhã, se você conseguir sair da academia e despistar o espião...

— Não — sussurro, abanando-me novamente. — Hoje à noite. Vou sair hoje à noite de novo. Quando ela estiver dormindo. Ela nunca deixa o quarto antes do amanhecer. Vou dar um jeito de sair. Eu encontro você.

— Haverá patrulhas demais na rua hoje à noite. É o Festival da Lua...

— Eles vão estar ocupados, cuidando dos foliões — digo. — Não vão notar uma escrava. Por favor, Keenan. Preciso falar com Mazen. Eu tenho uma informação. Se eu conseguir passar a ele, ele pode resgatar Darin antes da execução.

— Está bem. — Keenan olha casualmente para o espião. — Vá até o festival. Eu te encontro lá.

Um instante depois, ele não está mais ali. Entrego a carta no balcão do correio e pago. Segundos mais tarde, estou na rua, observando os clientes do mercado passarem apressados. Será que a informação que tenho é boa o bastante para salvar meu irmão? Para convencer Mazen de que ele deve libertar Darin imediatamente?

Sim, decido. Tem de ser. Não cheguei tão longe para ver meu irmão morrer. Hoje à noite, vou convencer Mazen a resgatar Darin. E vou prometer a ele continuar como escrava até conseguir a informação que ele quer. Vou me entregar de corpo e alma à Resistência. Vou fazer o que for necessário.

Mas primeiro o mais importante. Como vou sair de Blackcliff sem que me notem?

XXIV
ELIAS

A cantoria é um rio que serpenteia através de meus sonhos impregnados de dor, silencioso e doce, trazendo memórias de uma vida que quase esqueci, uma vida anterior a Blackcliff. A caravana carregada de seda rodando pelo deserto tribal. Meus amigos aprontando no oásis, suas risadas ecoando como sinos. As caminhadas à sombra das tamareiras com Mamie Rila, sua voz tão firme quanto o zunido do deserto à nossa volta.

No entanto, quando a cantoria cessa, os sonhos desaparecem e mergulho em pesadelos, que se transformam em um poço negro de dor que me persegue como um irmão gêmeo vingativo. Uma porta de absoluta escuridão se abre atrás de mim, e uma mão me pega pelas costas, tentando me arrastar através dela.

Então a cantoria recomeça, um fio de vida no negro infinito, e eu o busco e o seguro o mais apertado que posso.

◆ ◆ ◆

Tonto, retomo a consciência, como se voltasse ao meu corpo após longos anos longe dele. Embora espere alguma dor, meus membros se mexem com facilidade, e eu me sento.

Lá fora, as luminárias noturnas já estão acesas. Sei que estou na enfermaria porque é o único lugar em toda Blackcliff que tem paredes brancas. O quarto está vazio, exceto pela cama na qual estou deitado, a mesinha e a cadeira de madeira simples ocupada por Helene, que cochila. Ela parece péssima, com o rosto coberto de machucados e arranhões.

— Elias! — Os olhos dela se arregalam quando ela ouve meus movimentos. — Graças aos céus. Você ficou apagado por dois dias.

— Me lembre — digo roucamente, sentindo a garganta seca e a cabeça doendo. Aconteceu alguma coisa nos penhascos. Alguma coisa estranha...

Helene me serve um copo d'água de uma jarra sobre a mesa.

— Fomos atacados por efrits durante a segunda Eliminatória, descendo um penhasco.

— Um deles cortou a corda — digo, lembrando. — Mas aí...

— Você me enfiou naquela fresta, mas esqueceu de se segurar. — Helene franze o cenho para mim, e suas mãos tremem enquanto ela me dá a água. — Então você caiu feito chumbo e bateu a cabeça na queda. Era para você ter morrido, mas aquela corda entre nós te ancorou. Eu cantei a plenos pulmões até o último efrit cair fora. Então baixei você até o chão do deserto e te enfiei em uma pequena caverna atrás de alguns arbustos. Na verdade, um ótimo forte. Fácil de defender.

— Você teve que lutar? De novo?

— Os adivinhos tentaram nos matar mais quatro vezes. Os escorpiões foram óbvios, mas a víbora quase pegou você. Então apareceram as almas penadas... uns diabinhos canalhas, nem um pouco como nas histórias. Uma chatice matá-los também... você precisa esmagá-los como insetos. Mas os legionários foram a pior parte. — Helene fica pálida, e o humor negro em sua voz desaparece. — Eles não paravam de chegar. Eu derrubava um ou dois, e mais quatro apareciam. Eles teriam me colocado para correr, mas a abertura da caverna era estreita demais.

— Quantos você matou?

— Muitos. Mas eram eles ou nós, então é difícil me sentir culpada.

Eles ou nós. Penso nos quatro soldados que matei no poço da escada da torre de vigia. Acho que eu deveria ser grato por não ter sido obrigado a aumentar a contagem.

— Quando amanheceu — ela continua —, apareceu uma adivinha. Ordenou aos legionários que te levassem para a enfermaria. Ela disse que Marcus e Zak estavam feridos também, e que, como eu era a única que não estava machucada, tinha vencido a Eliminatória. Então ela me deu isso. — Helene afasta a gola da túnica para me mostrar uma camisa justa, brilhante.

— Por que você não me contou que tinha vencido? — O alívio toma conta de mim. Eu teria estraçalhado algo se Marcus ou Zak tivessem vencido. — E eles lhe deram uma... camisa?

— Feita de metal vivo — diz Helene. — Forjada por adivinhos, como nossas máscaras. A adivinha falou que ela rebate todas as lâminas, até as de aço sérrico. O que é ótimo. Nunca se sabe o que vamos ter que enfrentar daqui para frente.

Balanço a cabeça. Espectros, efrits, almas penadas. Lendas tribais que ganharam vida. Jamais sonhei que fosse possível.

— Os adivinhos não desistem, não é?

— O que você esperava, Elias? — pergunta Helene, calmamente. — Eles estão escolhendo o próximo imperador. Não é pouca coisa. Você... nós... precisamos confiar neles. — Ela respira fundo, e suas próximas palavras saem como uma torrente. — Quando eu te vi caindo, achei que você ia morrer. E tem tanta coisa que preciso te falar... — Ela traz a mão hesitantemente até meu rosto, seus olhos tímidos revelando uma linguagem pouco familiar.

Não tão pouco familiar, Elias. Lavinia Tanalia olhou para você desse jeito. E Ceres Coran também. Um pouco antes de você beijá-las.

Mas agora é diferente. É Helene. *E daí? Você quer ver como é — você sabe que quer.* Tão logo penso isso, fico enojado comigo mesmo. Helene não é um casinho qualquer ou uma indiscrição de uma noite. É a minha melhor amiga. Ela merece mais.

— Elias... — Sua voz é lenta como uma brisa de verão, e ela morde o lábio. *Não. Não deixe.*

Eu desvio o rosto, e, enrubescida, ela puxa a mão como se a afastasse de uma chama.

— Helene...

— Não se preocupe. — Ela dá de ombros, em um tom falsamente casual. — Acho que só estou feliz por te ver. De qualquer maneira, você ainda não me contou... Como está se sentindo?

A rapidez com que ela muda de assunto me assusta, mas me sinto tão aliviado ao evitar uma conversa constrangedora que também finjo que nada aconteceu.

— Minha cabeça está doendo. Estou... zonzo. Tinha aquela... aquela cantoria. Sabe...?

— Acho que você sonhou. — Helene desvia o olhar desconfortavelmente, e, por mais grogue que eu esteja, sei que ela está escondendo algo. Quando a porta se abre e o médico entra, ela salta da cadeira, aparentemente aliviada com a presença de outra pessoa no quarto.

— Ah, Veturius — diz o médico. — Finalmente você acordou. — Eu nunca gostei desse médico. É um babaca esquelético e pomposo que tem prazer em discutir seus métodos de cura enquanto os pacientes se contorcem de dor. Ele se afoba e remove a bandagem da minha perna.

Fico boquiaberto. Eu esperava um ferimento sangrento, mas não sobrou nada do machucado, exceto uma cicatriz que parece ter semanas já. Ela coça quando a toco, mas não dói mais.

— Um cataplasma sulista — diz o médico —, feito por mim mesmo. Eu o usei muitas vezes, confesso, mas com você realmente acertei a fórmula.

O médico remove a bandagem da minha cabeça. Não está nem manchada de sangue. Uma dor carregada surge subitamente atrás da minha orelha, e estendo a mão para sentir a crista de uma cicatriz ali. Se o que Helene disse é verdade, esse ferimento deveria ter me deixado inconsciente por semanas. No entanto, curou-se em questão de dias. Um verdadeiro milagre. Observo o médico atentamente. Milagre demais para esse saco de ossos presunçoso ter feito sozinho.

Percebo que Helene está evitando olhar para mim.

— Algum adivinho me visitou? — pergunto ao médico.

— Adivinho? Não. Somente eu e os aprendizes. E Aquilla, é claro. — Ele lança um olhar irritado para Hel. — Ficou aí sentada cantando canções de ninar todas as vezes que pôde.

O médico tira um frasco do bolso.

— Soro de sanguinária para a dor — ele diz. *Soro de sanguinária.* As palavras desencadeiam algo em minha mente, mas o momento passa. —

Seu uniforme está no armário. Você está livre para ir, embora eu recomende que vá com calma. Avisei a comandante que você não estará em condições de treinar ou fazer vigília até amanhã.

No segundo em que o médico nos deixa, eu me viro para Helene.

— Não existe cataplasma no mundo capaz de curar ferimentos como esse. E, no entanto, não recebi a visita de nenhum adivinho. Só de você.

— Os ferimentos não devem ter sido tão graves como você imagina.

— Helene. Me conte sobre a suas canções.

Ela abre a boca como se fosse falar, mas então vai em direção à porta, mais rápida que um chicote. Infelizmente para ela, eu já esperava por isso.

Seus olhos brilham quando seguro sua mão, e a vejo ponderar suas opções. *Luto com ele? Vale a pena?* Espero que ela se decida, e Helene cede, larga minha mão e volta a se sentar.

— Começou na caverna — ela diz. — Você não parava de se contorcer, como se estivesse tendo um ataque. Quando eu cantava para manter os efrits afastados, você se acalmava. A sua cor ficava melhor, o ferimento na sua cabeça parava de sangrar. Então eu... eu continuei cantando. E fiquei cansada... fraca, como se tivesse com febre. Seus olhos estão em pânico. — Não sei o que isso significa. Eu jamais tentaria canalizar o espírito dos mortos. Não sou uma bruxa, Elias, eu juro...

— Eu sei, Hel. — Céus, o que a minha mãe diria disso? E a Guarda Negra? Isso não é nada bom. Os Marciais acreditam que o poder sobrenatural vem dos espíritos dos mortos e que apenas os adivinhos são possuídos por tais espíritos. Qualquer outra pessoa com um único toque de poder seria acusada de bruxaria e sentenciada à morte.

As sombras da noite dançam pelo rosto de Hel, e isso me faz lembrar como ela ficou quando Rowan Goldgale a pegou e a iluminou com aquele brilho estranho.

— Mamie Rila costumava contar histórias — digo cuidadosamente, sem querer assustar Helene. — Ela falava de humanos com habilidades estranhas que eram despertadas quando entravam em contato com o sobrenatural. Alguns conseguiam canalizar sua força, outros, mudar o clima. Alguns conseguiam até curar com a voz.

— Não é possível. Só os adivinhos têm o verdadeiro poder...

— Helene, nós combatemos espectros e efrits duas noites atrás. Quem vai dizer o que é possível e o que não é? Talvez, quando aquele efrit a tocou, isso tenha despertado algo dentro de você.

— Algo estranho. — Helene me passa meu uniforme. Só a deixei mais perturbada. — Algo não humano. Algo...

— Algo que provavelmente salvou a minha vida.

Ela segura meu ombro, e seus dedos magros me apertam com força.

— Prometa que não vai contar a ninguém, Elias. Deixe que todos pensem que o médico é milagroso. Por favor. Eu tenho que... que compreender isso primeiro. Se a comandante souber, vai contar para a Guarda Negra e...

Eles vão tentar arrancar isso de você.

— Nosso segredo — digo, e ela parece minimamente aliviada.

Quando deixamos a enfermaria, sou recebido com aplausos. Faris, Dex, Tristas, Demetrius e Leander gritam e batem em minhas costas.

— Eu sabia que aqueles canalhas não iam conseguir...

— Motivo para festejarmos. Vamos contrabandear um barril...

— Para trás — diz Helene. — Deixem Elias respirar. — Ela é interrompida pela batida dos tambores.

Todos os recém-formados para o campo de treinamento um para a prática de combate. Imediatamente.

A mensagem se repete, seguida de resmungos e de revirar de olhos.

— Nos faça um favor, Elias — diz Faris. — Quando você vencer e se tornar o grande lorde supremo, tire a gente daqui, está bem?

— Ei — diz Helene. — E eu? E se eu vencer?

— Se você vencer, as docas vão ser fechadas e nunca mais vamos nos divertir — diz Leander, piscando um olho para mim.

— Leander, seu bobo, eu não fecharia as docas — indigna-se Helene.

— Só porque eu não gosto de bordéis... — Leander dá um passo para trás, as mãos protegendo o nariz.

— Perdoe o rapaz, ó abençoada aspirante — entoa Tristas, com os olhos azuis brilhando. — Não o nocauteie. Ele não passa de um pobre servo...

— Ah, me deixem em paz, todos vocês — diz Helene.

— Dez e meia, Elias — diz Leander enquanto ele e os outros vão embora.

— No meu quarto. Vamos fazer uma comemoração à altura. Aquilla, pode vir também, mas só se prometer não quebrar meu nariz de novo.

Digo a ele que pode contar comigo, e, quando fico sozinho com Hel, ela me passa um frasco.

— Você quase esqueceu o soro de sanguinária.

— Laia! — Só então percebo o motivo de minha preocupação mais cedo. Eu prometi conseguir soro de sanguinária para a escrava três dias atrás. Ela deve estar com uma dor terrível naquele ferimento. Ela tem cuidado dele? Será que a cozinheira tem feito os curativos? Será...

— Quem é Laia? — Helene interrompe meus pensamentos, com a voz perigosamente serena.

— Ela é... ninguém. — Minha promessa a uma escrava erudita não é algo que Helene possa compreender. — O que mais aconteceu enquanto eu estava na enfermaria? Alguma coisa interessante?

Helene me lança um olhar que diz que ela está me permitindo mudar de assunto.

— A Resistência emboscou um Máscara, Daemon Cassius, na casa dele. Parece que foi bem feio. A esposa o encontrou hoje de manhã. Ninguém ouviu nada. Os canalhas estão ficando mais corajosos. E... tem mais uma coisa. — Ela baixa a voz. — Meu pai ouviu rumores de que o Águia de Sangue morreu.

Eu a encaro, incrédulo.

— A Resistência?

Helene balança a cabeça.

— Você sabe que o imperador vai chegar em algumas semanas aqui em Serra. Ele já começou a planejar seu ataque a Blackcliff... a nós, os aspirantes.

Meu avô me avisou sobre isso. Mesmo assim, é desagradável de ouvir.

— Quando o Águia de Sangue ouviu sobre os planos de ataque, tentou renunciar ao posto. Então Taius mandou que o executassem.

— Não se pode renunciar ao cargo de Águia de Sangue. — Você deve servir até morrer. Todos sabem disso.

— Na verdade — diz Helene —, o Águia de Sangue *pode* renunciar, mas só se o imperador concordar em liberá-lo. Não é algo de conhecimento comum. Meu pai disse que é um furo antigo na lei do Império. De qualquer maneira, se o rumor for verdadeiro, o Águia de Sangue foi um tolo de chegar a fazer esse pedido. Taius não ia liberar o seu braço direito justo agora, quando a Gens Taia está prestes a ser expulsa do poder.

Ela ergue o olhar para mim, esperando uma resposta, mas apenas a encaro boquiaberto, porque algo de uma importância enorme me ocorreu, algo que eu não havia compreendido até agora.

"Se você cumprir o seu dever", o adivinho dissera, "tem uma chance de romper para sempre os laços que o unem ao Império."

Eu sei como fazer isso. Eu sei como conquistar minha liberdade.

Se eu vencer as Eliminatórias, vou me tornar imperador. Nada, exceto a morte, pode desobrigar o imperador de seu dever para com o Império. Mas não é assim para o Águia de Sangue. *O Águia de Sangue pode renunciar, mas só se o imperador concordar em liberá-lo.*

Eu não devo vencer as Eliminatórias. Helene, sim. Porque, se ela vencer e eu me tornar o Águia de Sangue, então ela pode me dar a liberdade.

A revelação é como levar um soco no estômago e voar, tudo ao mesmo tempo. Os adivinhos disseram que quem primeiro vencesse duas Eliminatórias se tornaria imperador. Marcus e Helene têm uma vitória cada. O que significa que tenho de vencer a próxima Eliminatória, e Helene tem de vencer a quarta. E, entre uma coisa e outra, Marcus e Zak precisam morrer.

— Elias?

— Sim — digo alto demais. — Desculpe.

Hel parece irritada.

— Pensando na *Laia*?

A menção à garota erudita é tão incompatível com meus pensamentos que por um segundo fico chocado, em silêncio, e Helene se enrijece.

— Não precisa me dar atenção — ela diz. — Eu não acabei de passar dois dias ao lado da sua cama cantando para que você voltasse à vida ou algo do gênero.

Por um instante, não sei o que dizer. Não conheço essa Helene. Ela está agindo como uma garota.

— Não, Hel, não é nada disso. Só estou cansado...

— Esqueça — ela diz. — Tenho uma vigília a fazer.

— Aspirante Veturius. — Um novilho vem correndo na minha direção com um bilhete na mão. Eu o pego, enquanto peço a Helene que espere. Mas ela me ignora e, apesar das tentativas de me explicar, vai embora.

XXV
LAIA

Horas depois de dizer a Keenan que eu sairia de Blackcliff para encontrá-lo, me sinto a maior idiota do mundo. O décimo sino chegou e passou. A comandante me dispensou e foi para o quarto uma hora atrás. Ela não deve sair de lá até o amanhecer, especialmente levando em consideração que eu batizei o seu chá com uma folha de kheb — uma erva sem cheiro e sem gosto que vovô usava para ajudar os pacientes a relaxar. Izzi e a cozinheira estão dormindo em seus aposentos. A casa está silenciosa como um mausoléu.

Mesmo assim, estou sentada em minha cama tentando encontrar uma maneira de sair deste lugar.

Não posso simplesmente passar pelos guardas tão tarde da noite. Coisas ruins acontecem com escravos tolos o suficiente para fazer isso. Além do mais, o risco de que a comandante ouça sobre o meu passeio à meia-noite é enorme.

Mas posso criar uma distração e passar *despercebida* pelos guardas. Lembro das chamas que consumiram minha casa na noite da batida. Nada distrai mais que fogo.

Então, armada com um pavio, uma pedra de fogo e uma pederneira, deixo meu quarto furtivamente. Uma echarpe negra obscurece meu rosto, e o vestido, de gola alta e mangas compridas, esconde meus punhos de escrava, assim como a marca deixada pela comandante, ainda com casca e dolorida.

O corredor de serviço está vazio. Caminho silenciosamente até o portão de madeira que leva às terras de Blackcliff e o abro com cuidado.

Ele guincha mais alto que um porco na hora do abate.

Faço uma careta e volto correndo para meu alojamento, esperando que alguém apareça para investigar o ruído. Quando ninguém o faz, saio na ponta dos pés do meu quarto...

— Laia? Aonde você está indo?

Dou um pulo e deixo cair a pedra de fogo e a pederneira, mal conseguindo segurar o pavio.

— Maldição, Izzi!

— Desculpa! — Ela pega a pedra e a pederneira, e seus olhos castanhos se arregalam quando se dá conta do que são aqueles objetos. — Você está tentando fugir.

— Não estou — digo, mas ela me olha de um jeito que me faz remexer. — Está bem, eu estou, mas...

— Eu... posso te ajudar — ela sussurra. — Eu conheço uma saída que nem os legionários patrulham.

— É perigoso demais, Izzi.

— Certo. É claro. — Ela recua, mas então para, as mãos pequenas se retorcendo. — Se... se você está planejando provocar um incêndio e sair despercebida pelo portão da frente enquanto os guardas estiverem distraídos, não vai funcionar. Os legionários vão mandar os auxiliares apagarem o fogo. Eles nunca deixam o portão sem ninguém. Nunca.

Tão logo ela diz isso, sei que está certa. Eu já devia ter me dado conta desse fato.

— Você pode me contar sobre essa outra saída? — pergunto.

— É uma trilha secreta — ela diz. — Um caminho pedregoso e de dimensões reduzidas. Sinto muito, mas eu teria que mostrar a você... o que significa que preciso ir junto. Não me importo. É o que uma... uma amiga faria. — Ela diz a palavra *amiga* como se fosse um segredo que gostaria de conhecer. — Não estou dizendo que somos amigas — continua apressadamente. — Quer dizer... não sei. Eu nunca tive realmente...

Uma amiga. Ela está prestes a dizer isso, mas desvia o olhar, constrangida.

— Vou me encontrar com o meu contato, Izzi. Se você vier e a comandante te pegar...

— Ela vai me punir. Talvez me matar. Eu sei. Mas talvez ela faça isso do mesmo jeito se eu esquecer de tirar o pó do quarto dela ou a olhar nos olhos. Viver com a comandante é como viver com a morte. E, de qualquer maneira, você tem outra escolha? Quer dizer — ela parece quase a ponto de se desculpar —, de que outro jeito está planejando cair fora daqui?

Boa pergunta. Não quero que ela se machuque. Perdi Zara para os Marciais um ano atrás. Não consigo suportar a ideia de outra amiga sofrer nas mãos deles.

Mas não quero que Darin morra também. Cada segundo que desperdiço é um segundo a mais que ele está apodrecendo na prisão. Não estou forçando Izzi a fazer isso. Ela *quer* ajudar. Uma série de cenários possíveis desfila em minha cabeça. Eu os silencio. *Por Darin.*

— Tudo bem — digo para Izzi. — Essa trilha secreta... onde vai dar?

— Nas docas. É para onde você quer ir?

Balanço a cabeça.

— Preciso chegar ao Bairro dos Eruditos para o Festival da Lua. Mas posso encontrar o caminho até lá pelas docas.

Izzi anui.

— Por aqui, Laia.

Por favor, que ela não se machuque. Izzi se enfia em seu quarto para pegar uma capa, então toma minha mão e me puxa para os fundos da casa.

XXVI
ELIAS

Embora o médico tenha me liberado do treinamento e da vigília, minha mãe parece não se importar com isso. Seu bilhete para mim é uma ordem para que eu compareça ao campo de treinamento dois para combate mano a mano. Coloco o soro de sanguinária no bolso — ele terá de esperar — e passo as duas horas seguintes tentando evitar que o centurião de combate me arrebente completamente.

Até eu colocar um uniforme limpo e deixar o campo de treinamento, o décimo sino já soou e se foi, e tenho uma festa para ir. Os garotos — e Helene — estão esperando. Enfio as mãos nos bolsos enquanto caminho. Espero que Hel relaxe um pouco — pelo menos o suficiente para esquecer que estava tão irritada comigo. Se eu quiser que ela me liberte do Império, me certificar de que ela não me odeie parece um bom primeiro passo.

Meus dedos esbarram no frasco de sanguinária que carrego no bolso. *Você disse à Laia que o levaria para ela, Elias*, uma voz ralha comigo. *Há dias.*

Mas eu também disse que me juntaria a Hel e aos rapazes na caserna. Ela já está irada comigo. Se descobrir que estou visitando escravas eruditas na calada da noite, não vai ficar nada contente.

Eu paro e considero a questão. Se eu for rápido, Hel jamais saberá onde estive.

A casa da comandante é escura, e me escondo nas sombras. As escravas podem estar deitadas, mas é preciso que minha mãe esteja dormindo, então avanço como um djinn dos pântanos. Caminho furtivamente em torno da entrada dos criados, pensando em deixar o soro na cozinha. Então ouço vozes.

— Essa trilha secreta... onde vai dar?

Reconheço o murmúrio de quem está falando. Laia.

— Nas docas. — Essa é Izzi, a escrava que trabalha na cozinha. — É para onde você quer ir?

Após ouvir um instante mais, percebo que elas estão planejando tomar a traiçoeira trilha secreta que deixa os limites da academia e vai em direção a Serra. A trilha não é vigiada pelo simples fato de que ninguém é estúpido o suficiente para se arriscar a fugir por ali. Demetrius e eu tentamos sem cordas em uma aposta, seis meses atrás, e quase quebramos o pescoço.

As garotas vão ter uma dificuldade enorme para atravessá-la. E será um milagre duas vezes maior se conseguirem voltar. Saio atrás delas, pensando em dizer que o risco não vale a pena, nem mesmo para o lendário Festival da Lua.

Mas então o ar muda e congela meus passos. Sinto a fragrância de grama e neve.

— Então... — diz Helene atrás de mim. — Essa é a Laia. Uma escrava. — Ela balança a cabeça. — Achei que você fosse melhor que os outros, Elias. Nunca imaginei que você levaria uma *escrava* para a cama.

— Não é isso. — Fico espantado com meu tom: como um machão típico negando ter cometido um deslize para sua mulher. Só que Helene não é minha mulher. — A Laia não é...

— Você acha que eu sou idiota? Ou cega? — Há algo perigoso nos olhos de Helene. — Eu vi como você olhou para ela. Aquele dia, quando ela nos levou à casa da comandante, antes da Eliminatória da Coragem. Como se ela fosse água e você estivesse morrendo de tanta sede. — Ela se contém. — Não importa. Vou denunciar as duas para a comandante agora mesmo.

— Pelo quê? — Estou pasmo com Helene, com a intensidade de sua raiva.

— Por saírem às escondidas de Blackcliff. — Helene está praticamente rangendo os dentes. — Por desobedecer à senhora delas, tentando ir a um festival proibido...

— Elas são apenas garotas, Hel.

— Elas são *escravas*, Elias. A única preocupação delas é agradar à sua senhora, e, nesse caso, garanto a você, a senhora delas não ficaria nada satisfeita.

— Calma. — Olho ao redor, preocupado que alguém nos ouça. — Laia é uma pessoa, Helene. Filha ou irmã de alguém. Se você ou eu tivéssemos nascido de pais diferentes, poderíamos estar na pele delas em vez de na nossa.

— O que você está dizendo? Que eu deveria sentir pena dos Eruditos? Que eu deveria pensar neles como iguais? Nós os dominamos. E os governamos agora. O mundo é assim.

— Nem todos os povos dominados são transformados em escravos. Nas Terras do Sul, o Povo do Lago venceu os Fens e os integrou à sociedade...

— O que há de *errado* com você? — Helene me encara como se tivesse me surgido outra cabeça. — O Império anexou legitimamente esta terra. É a *nossa* terra. Nós lutamos por ela, morremos por ela, e agora nossa obrigação é mantê-la. Se para fazer isso é necessário que os Eruditos continuem sendo escravizados, que assim seja. Cuidado, Elias. Se alguém ouvir você falando essas besteiras, a Guarda Negra te joga em Kauf sem pensar duas vezes.

— O que aconteceu com você querendo mudar as coisas? — O moralismo dela está ficando terrivelmente irritante. Achei que Helene fosse melhor que isso. — Naquela noite, depois da formatura, você disse que melhoraria as coisas para os Eruditos...

— Eu me referia a melhores condições de vida! Não a libertá-los! Elias, olhe o que esses canalhas têm feito. Atacam caravanas, matam Ilustres inocentes em suas casas...

— Você não está realmente se referindo a Daemon Cassius como *inocente*, não é? Ele era um Máscara...

— A garota é uma escrava — dispara Helene. — E a comandante tem o direito de saber o que suas escravas estão fazendo. Não contar a ela é o mesmo que ser cúmplice e ajudar o inimigo. Eu vou entregar as duas.

— Não — digo. — Não vai.

Minha mãe já deixou sua marca em Laia. Ela já arrancou um olho de Izzi. Eu sei o que ela vai fazer se descobrir que elas saíram de Blackcliff sem sua permissão. Não vai sobrar nada das duas, nem para alimentar os corvos. Helene cruza os braços.

— Como você vai me impedir?

— Aquele seu poder de cura — digo, odiando-me por chantageá-la, mas sabendo que é a única coisa que a fará recuar. — A comandante ficaria tremendamente interessada nisso, você não acha?

Helene fica paralisada. Sob a luz da lua cheia, o choque e a mágoa estampados em seu rosto mascarado me acertam como um golpe no peito. Ela dá um passo para trás, como se estivesse preocupada que eu espalhe minha revolta. Como se fosse uma praga.

— Você é inacreditável — ela diz. — Depois... depois de tudo. — Ela fala atabalhoadamente, de tão brava. Mas então se recompõe e coloca para fora a Máscara que vive em seu cerne. Sua voz fica impessoal, seu rosto inexpressivo. — Não quero nada com você — ela diz. — Se quiser ser um traidor, você está nessa sozinho. Fique longe de mim. No treinamento. Na vigília. Nas Eliminatórias. Apenas fique longe.

Maldição, Elias. Eu precisava me reaproximar de Helene hoje à noite, não antagonizá-la mais ainda.

— Hel, por favor. — Estendo a mão em direção ao seu braço, mas ela não quer nada comigo. Ela me afasta e desaparece silenciosamente noite adentro.

Abatido, acompanho Helene com o olhar. *Ela não está falando para valer,* digo a mim mesmo. *Ela só precisa se acalmar. Até amanhã, vai ter pensado melhor, e eu vou poder explicar por que não quis entregar as garotas. E pedir desculpas por chantageá-la com um fato que ela confiou em mim para manter secreto.* Faço uma careta. Sim, definitivamente vou esperar até amanhã. Se eu me aproximar dela agora, provavelmente ela vai tentar me castrar.

Mas isso ainda não resolve a questão de Laia e Izzi.

Fico parado no escuro, considerando. *Cuide da sua vida, Elias,* parte de mim diz. *Deixe as garotas encontrarem o destino delas. Vá para a festa de Leander. Tome um porre.*

Idiota, diz uma segunda voz. *Vá atrás das garotas e as convença a deixar de lado essa ideia maluca antes que sejam pegas e mortas. Vá. Agora.*

Ouço a segunda voz. Vou atrás delas.

XXVII
LAIA

Izzi e eu atravessamos furtivamente o pátio, com os olhos fixos nas janelas do quarto da comandante. Ele está escuro, e espero que seja sinal de que ela está dormindo.

— Me diga uma coisa — sussurra Izzi. — Você já subiu em árvores?

— É claro.

— Então isso será uma barbada para você. Não é muito diferente, sério.

Dez minutos mais tarde, balanço sobre a saliência de um pequeno rochedo centenas de metros acima das dunas e fuzilo Izzi com o olhar. Ela avança com desenvoltura à frente, pulando de pedra em pedra como uma macaca loira em boa forma.

— Isso aqui não é uma barbada — sibilo. — Não é nem um pouco parecido com subir em árvores!

Izzi espia as dunas abaixo e as analisa.

— Eu não tinha me dado conta de como é alto.

Acima de nós, uma lua amarela pesada domina o céu pontilhado de estrelas. É uma bela noite de verão, quente e sem um sopro de vento. Tendo em vista que a morte me espreita a um tropeção de onde estou, não posso apreciá-la. Após respirar fundo, desço mais um pouco pela trilha, rezando para que a pedra não se desintegre sob meus pés.

Izzi olha para trás e me alerta:

— Ali não. Ali não... não...

— Ahhhh! — Meu pé escorrega e pousa em uma rocha sólida, alguns centímetros mais abaixo do que eu esperava.

— Silêncio! — Izzi acena para mim. — Ou vai acordar metade da academia!

O penhasco está repleto de saliências rochosas, algumas das quais se deterioram tão logo eu as toco. Há uma trilha aqui, mas ela é mais apropriada para esquilos do que para seres humanos. Escorrego em uma ponta de pedra particularmente esfarelada, e abraço a face do penhasco até a vertigem passar. Um minuto mais tarde, enfio sem querer o dedo na toca de uma criatura brava e com garras afiadas, e ela me acerta na mão e no braço. Mordo o lábio para suprimir um grito e balanço o braço tão vigorosamente que as cascas da ferida em meu peito se abrem. Solto um gemido ao sentir a dor queimando subitamente.

— Vamos, Laia — Izzi me chama à frente. — Estamos quase lá.

Eu me forço a avançar, tentando ignorar a bocarra faminta de ar às minhas costas. Quando finalmente chegamos a uma faixa larga de chão firme, quase beijo a terra de tanta gratidão. O rio marulha calmamente nas docas próximas, e os mastros de dezenas de pequenos barcos balançam tranquilamente como uma floresta de lanças dançantes.

— Está vendo? — diz Izzi. — Não foi tão ruim.

— Nós ainda temos de voltar.

Ela não responde. Em vez disso, olha atentamente para as sombras atrás de mim. Eu me viro e as perscruto com Izzi, atenta para ouvir qualquer coisa fora do comum. O único ruído é o da água batendo nos cascos.

— Desculpe. — Ela balança a cabeça. — Achei... Não importa. Vá na frente.

As docas estão cheras de bêbados rindo e marinheiros fedendo a sal e suor. As damas da noite acenam para qualquer um que passe por ali, seus olhos como brasas se apagando.

Izzi interrompe o passo para olhar, mas eu a puxo. Andamos rente às sombras, tentando o nosso melhor para desaparecer na escuridão, a fim de não chamar a atenção de ninguém.

Logo deixamos as docas para trás. Quanto mais adentramos a cidade, mais familiares se tornam as ruas, até que escalamos a parte baixa de um muro de tijolos e estamos no bairro.

Lar.

Nunca apreciei o cheiro desta parte da cidade antes: barro, terra e o calor dos animais vivendo próximos. Traço o dedo pelo ar, maravilhada com os torvelinhos de poeira que dançam à luz suave da lua. Risos retinem de algum lugar próximo, uma porta bate, uma criança grita e, por trás de tudo isso, há o murmúrio baixo das conversas. Tão diferente do silêncio que pesa sobre Blackcliff como uma mortalha.

Lar. Quero tanto que isso seja verdade. Mas este não é o meu lar. Não mais. Meu lar foi tomado de mim. Meu lar foi queimado até virar cinzas.

Abrimos caminho na direção da praça central do bairro, onde o Festival da Lua acontece a todo vapor. Puxo a echarpe para baixo e desfaço o coque, deixando o cabelo cair solto, como todas as outras moças. Ao meu lado, o olho direito de Izzi está arregalado enquanto ela assimila tudo.

— Nunca vi nada parecido com isso — ela diz. — É lindo. É... — Tiro os grampos de seu cabelo claro. Ela leva as mãos à cabeça, corando, mas eu as abaixo.

— Só por hoje — digo. — Ou não vamos passar despercebidas. Vamos lá.

Sorrisos nos recebem enquanto abrimos caminho pela multidão exuberante. Drinques são oferecidos, saudações trocadas, elogios murmurados e às vezes gritados, para constrangimento de Izzi.

É impossível não pensar em Darin e em como ele adorava o festival. Dois anos atrás, ele vestiu suas roupas mais bonitas e nos arrastou para a praça bem cedo. Naquela época, ele e vovó ainda riam juntos, os conselhos de vovô eram lei, e meu irmão não escondia segredos de mim. Ele me trouxe várias fatias de torta da lua, redondas e amarelas como a lua cheia. Ficava admirando as luminárias ao ar livre que enchiam as ruas de luz, presas de maneira tão esperta que parecia que estavam flutuando. Quando os violinos trinaram e os tambores ressoaram, ele pegou vovó e desfilou com ela pelos palcos de dança até ela ficar sem fôlego de tanto rir.

O festival deste ano está lotado, mas a lembrança de Darin me faz sentir miseravelmente sozinha. Eu nunca havia pensado sobre todos os espaços vazios nessa festa, todos os lugares onde os desaparecidos, os mortos e os perdidos deveriam estar. O que está acontecendo com o meu irmão na prisão enquanto estou no meio dessa multidão tão alegre? Como posso rir quando sei que ele está sofrendo?

Olho de relance para Izzi, para o assombro e a alegria em seu rosto, e suspiro, afastando os pensamentos sombrios em prol de seu bem. Tem de haver outras pessoas que se sentem tão solitárias quanto eu. No entanto, ninguém fecha a cara, chora ou fica mal-humorado. Todos encontram uma razão para sorrir, para ter esperança.

Vejo uma das ex-pacientes de vovô e me viro bruscamente em outra direção, levando a echarpe para cima para esconder o rosto. O lugar está muito cheio, e vai ser fácil despistar qualquer pessoa conhecida nesse tumulto, mas é melhor que ninguém me reconheça.

— Laia. — A voz de Izzi é pequena, seu toque ligeiro em meu braço. — O que vamos fazer agora?

— O que quisermos — digo. — Alguém vai vir ao meu encontro. Até isso acontecer, nós curtimos, dançamos, comemos... nos misturamos.

Avisto um carrinho próximo, cuidado por um casal sorridente e cercado por uma confusão de mãos estendidas.

— Izzi, você já provou torta da lua?

Atravesso em meio ao aglomerado de pessoas, emergindo minutos mais tarde com duas tortas da lua quentes cheias de cobertura de creme gelado. Izzi dá uma mordida lenta, fecha o olho e sorri. Passeamos até os palcos de dança, cheios de casais: maridos e esposas, pais e filhas, irmãos, amigos. Abro mão do andar de escrava que adotei e caminho do jeito que costumava, com a cabeça ereta e os ombros para trás. Por baixo do vestido, sinto ferroadas em meu ferimento, mas as ignoro.

Izzi termina sua torta da lua e olha para a minha com tanta atenção que a passo para ela. Encontramos um banco e observamos os dançarinos por alguns minutos, até que ela me cutuca.

— Você tem um admirador. — Ela devora o último pedaço da torta. — Perto dos músicos.

Olho naquela direção, pensando que pode ser Keenan, mas, em vez disso, vejo um rapaz com uma expressão de certa maneira confusa no rosto. Ele parece distantemente familiar.

— Você o conhece? — pergunta Izzi.

— Não — digo após considerar a questão por alguns momentos. — Acho que não.

O rapaz é alto como um Marcial, de ombros largos e braços dourados de sol, reluzentes sob a luz das luminárias. As linhas definidas de seu abdome são visíveis por baixo da túnica com capuz, mesmo de longe. A faixa preta de uma sacola está atravessada em seu peito. Embora o capuz esteja puxado para cima, sombreando grande parte de seu rosto, vejo maçãs altas, um nariz reto e lábios carnudos. Seus traços são atraentes, quase como os dos Ilustres, mas suas roupas e o brilho escuro dos olhos o definem com um Tribal.

Izzi observa o garoto, quase o estudando.

— Tem certeza que não o conhece? Porque ele definitivamente parece conhecer você.

— Não, eu nunca o vi antes. — O garoto e eu cruzamos olhares, e, quando ele sorri, o sangue sobe para minhas faces. Desvio o olhar, mas a atração que o seu olhar exerce sobre mim é poderosa, e um momento depois eu o encaro novamente. Ele ainda está olhando para mim, com os braços cruzados.

Um segundo mais tarde, sinto uma mão em meu ombro e o cheiro de cedro e vento.

— Laia. — O garoto bonito perto do palco é esquecido quando me viro para Keenan. Assimilo seus olhos escuros e seu cabelo ruivo, sem perceber que ele está me encarando de volta, até que alguns segundos se passam e ele limpa a garganta.

Izzi se afasta e olha para Keenan com interesse. Eu havia dito que, quando a Resistência surgisse, ela deveria agir como se não me conhecesse. Não creio que eles apreciariam que outra escrava soubesse tudo sobre a minha missão.

— Vem comigo — diz Keenan, avançando sinuosamente pelos palcos de dança entre duas tendas. Eu o sigo, e Izzi vem atrás discretamente, mantendo distância. — Você encontrou um jeito de sair — ele acrescenta.

— Foi... de certa forma simples.

— Duvido. Mas você conseguiu. Muito bem. Você está... — Seus olhos perscrutam meu rosto e então avaliam meu corpo. Um olhar desses de outro homem mereceria um tapa, mas vindo de Keenan é mais uma homenagem que um insulto. Há algo diferente a respeito de sua expressão normalmente distante. Surpresa? Admiração? Quando sorrio para ele com hesitação, Keenan balança a cabeça ligeiramente, como que clareando as ideias.

— Sana está aqui? — pergunto.

— Ela está na base. — Seus ombros estão tensos, e posso dizer que ele está preocupado. — Ela queria ver você pessoalmente, mas Mazen não a deixou vir. Eles tiveram uma discussão séria a respeito disso. A facção de Sana está pressionando Mazen para tirar Darin da prisão. Mas Mazen... — Ele pigarreia e, como se tivesse falado demais, anui brevemente para uma tenda à nossa frente. — Vamos dar a volta pelos fundos.

Uma Tribal de cabelos brancos está sentada na frente da tenda, mirando uma bola de cristal, enquanto duas garotas eruditas esperam, um tanto céticas, para ouvir o que ela vai dizer. De um lado dela, um malabarista de tochas reuniu um grupo grande de pessoas, e, do outro, uma kehanni tribal conta suas histórias, sua voz subindo e se precipitando como o voo de um pássaro.

— Vamos logo. — A súbita brusquidão de Keenan me assusta. — Ele está esperando.

Quando entro na tenda, Mazen para de falar com os dois homens que o flanqueiam. Eu os reconheço da caverna — são seus outros tenentes, mais próximos da idade de Keenan do que da de Mazen, e dotados da mesma frieza taciturna do mais jovem. Aprumo a postura. Não vou me intimidar.

— Ainda inteira — diz Mazen. — Impressionante. O que tem para nós?

Conto a ele tudo o que sei a respeito das Eliminatórias e da chegada do imperador. Não revelo como consegui as informações, e Mazen não pergunta. Quando termino, até Keenan parece impressionado.

— Os Marciais vão nomear o novo imperador em menos de duas semanas — digo. — Por isso eu disse ao Keenan que tínhamos que nos encontrar hoje à noite. Não foi fácil sair de Blackcliff, sabe? Arrisquei a saída apenas porque sabia que precisava lhe passar essa informação. Não é tudo o que vocês queriam, mas espero que seja suficiente para convencê-los de que vou completar a missão. Vocês podem resgatar Darin agora. — Mazen franze o cenho, e emendo: — Vou ficar em Blackcliff até quando vocês precisarem que eu fique.

Um dos tenentes, um homem atarracado de cabelos claros que acho que se chama Eran, sussurra algo no ouvido de Mazen. A irritação brilha brevemente nos olhos do mais velho.

— As celas dos condenados à morte não são como o bloco principal da prisão, garota — ele diz. — Elas são quase impenetráveis. Eu esperava ter algumas semanas para libertar o seu irmão, razão pela qual concordei em fazer isso. Essas coisas demandam tempo. Precisamos arranjar provisões e uniformes, subornar guardas. Menos de duas semanas... Isso não é nada.

— É possível — Keenan fala atrás de mim. — Tariq e eu estivemos discutindo a questão...

— Se eu quiser a sua opinião, ou a de Tariq, eu peço — diz Mazen.

Keenan aperta os lábios, e fico na expectativa de que ele responda. Mas ele apenas anui, e Mazen segue em frente.

— Não temos tempo suficiente — ele reflete. — Precisaríamos tomar toda a maldita prisão. Isso não é algo que se possa fazer, a não ser... — Ele coça o queixo, profundamente absorto, antes de anuir. — Tenho uma nova missão para você: encontre um jeito de entrarmos em Blackcliff, um jeito que ninguém mais conheça. Faça isso e serei capaz de tirar o seu irmão da prisão.

— Eu conheço um caminho! — A sensação de alívio lava meu corpo. — Uma trilha secreta... Foi como cheguei aqui.

— Não. — Mazen derruba meu entusiasmo tão logo ele alça voo. — Precisamos de algo... diferente.

— Com mais espaço de manobra — diz Eran. — Para um grupo grande de homens.

— As catacumbas passam por baixo de Blackcliff — Keenan diz para Mazen. — Alguns daqueles túneis devem desembocar na academia.

— Talvez. — Mazen limpa a garganta. — Nós já procuramos lá embaixo e não encontramos nada de útil. Mas você, Laia, tem uma vantagem, pois vai procurar de dentro da própria Blackcliff. — Ele repousa os punhos na mesa e se inclina na minha direção. — Nós precisamos de algo logo. Uma semana, no máximo. Vou mandar Keenan para lhe passar uma data específica. Não perca esse encontro.

— Vou descobrir uma entrada para vocês — digo. Izzi deve saber de alguma coisa. Um dos túneis subterrâneos de Blackcliff deve estar desguarnecido. Finalmente, essa é uma tarefa que eu sei que posso realizar.

— Mas como uma entrada para Blackcliff vai ajudar vocês a tirar Darin da cela da morte?

— Boa pergunta — diz Keenan suavemente. Ele cruza o olhar com o de Mazen, e fico surpresa com a hostilidade aberta estampada no rosto do homem mais velho.

— Eu tenho um plano. Isso é tudo o que qualquer um precisa saber.

— Mazen anui para Keenan, que toca meu braço e segue em direção à porta da tenda, indicando que eu o acompanhe.

Pela primeira vez desde a batida, eu me sinto leve, como se pudesse realmente realizar o que me comprometi a fazer. Do lado de fora da tenda, o cospe-fogo executa seu número, e vejo Izzi em meio à multidão, batendo palmas enquanto a chama ilumina a noite. Eu me sinto quase eufórica de esperança, até ver Keenan, com o cenho franzido, observando os dançarinos rodopiarem.

— O que há de errado?

— Você... hum... — Ele passa a mão no cabelo, e acho que nunca o vi tão agitado. — Você me daria a honra de uma dança?

Não sei o que eu esperava que ele dissesse, mas certamente não era isso. Consigo anuir, e então ele me leva para um dos palcos. Do outro lado da área, o garoto tribal que me olhava minutos atrás está dançando com uma elegante mulher, também tribal, que tem o sorriso de um raio.

Os violinistas começam a tocar uma música agitada, e Keenan segura meu quadril com uma das mãos e meus dedos com a outra. Ao seu toque, minha pele fica viva, como se aquecida pelo sol.

Ele é um pouco duro, mas se vira bem nos passos.

— Você não é mau nisso — digo a ele. Vovó me ensinou todas as danças antigas. Eu me pergunto quem ensinou a Keenan.

— Isso te choca?

Dou de ombros.

— Você não me parece do tipo que dança.

— Não sou. Normalmente. — Seu olhar enigmático vaga sobre mim, como se tentasse decifrar algo. — Achei que você morreria em uma semana, sabia? Você me surpreendeu. — Ele encontra meus olhos. — Não estou acostumado a ser surpreendido.

O calor de seu corpo me envolve como um casulo. Eu me sinto súbita e deliciosamente sem fôlego. Mas então ele rompe o contato olho a olho, e seus traços finos assumem um tom frio. O formigamento da rejeição arde desagradavelmente em minha pele enquanto continuamos a dançar.

Ele é o seu contato, Laia. Só isso.

— Se isso faz você se sentir um pouco melhor, eu também achei que fosse morrer em uma semana. — Sorrio, e ele me devolve um esgar de boca. *Ele mantém a felicidade a uma distância segura*, percebo. *Ele não confia nela.* — Você ainda acha que vou fracassar? — pergunto.

— Eu não devia ter dito aquilo. — Ele baixa o olhar para mim e rapidamente o desvia. — Mas eu não queria arriscar meus homens. Nem... nem você — ele murmura as palavras, e ergo as sobrancelhas, descrente.

— Eu? — digo. — Você ameaçou me enfiar numa cripta cinco segundos depois de me conhecer.

Keenan fica vermelho e ainda se recusa a olhar para mim.

— Desculpe por isso. Eu fui um... um...

— Idiota? — sugiro para ajudá-lo.

Ele sorri abertamente agora, de maneira encantadora e curta demais. Quando Keenan concorda, ele o faz quase timidamente, e logo depois fica sério de novo.

— Quando eu disse que você ia fracassar, estava tentando te assustar. Eu não queria que você fosse para Blackcliff.

— Por quê?

— Porque eu conhecia o seu pai. Não... isso não está certo. — Ele balança a cabeça. — Porque eu *devo* ao seu pai.

Paro de dançar no mesmo instante e só recomeço quando alguém nos dá um encontrão.

Keenan toma isso como uma deixa para continuar.

— Ele me tirou das ruas quando eu tinha seis anos. Era inverno e eu estava pedindo esmolas, sem muito sucesso. Eu provavelmente estava a algumas horas de encontrar a morte. Seu pai me levou para o acampamento, me vestiu e me alimentou. Ele me deu uma cama. Uma família. Jamais vou esquecer o rosto e a voz dele quando me pediu para acompanhá-lo. Como se eu estivesse fazendo um favor a ele, e não o contrário.

Sorrio. Esse era o meu pai. Ele era assim mesmo.

— A primeira vez que vi seu rosto na luz, você me pareceu familiar. Eu não conseguia dizer de onde eu te conhecia, mas eu... eu te conhecia. Quando você nos contou... — Ele dá de ombros. — Eu não concordo com os mais antigos na Resistência a respeito de muita coisa — ele diz —, mas concordo que é errado deixar o seu irmão na prisão quando podemos ajudar... especialmente levando em consideração que foram homens nossos que o colocaram lá, e que os seus pais fizeram mais por nós do que jamais seremos capazes de retribuir. Mas mandar você para Blackcliff... — Ele faz uma careta. — Não foi a melhor forma de retribuir ao seu pai. Eu sei por que Mazen tomou essa decisão. Ele precisava deixar ambas as facções felizes, e dar a você uma missão foi a melhor maneira de fazer isso. Mas ainda acho que não é certo.

Agora sou eu que estou corando, porque isso é o máximo que ele já falou comigo, e há uma veemência em seu rosto que é quase excessiva.

— Estou fazendo o meu melhor para sobreviver — digo ligeiramente.

— Para você não morrer de culpa.

— Você *vai* sobreviver — diz Keenan. — Todos os rebeldes perderam alguém. É a razão pela qual lutamos. Mas você e eu? Nós somos os que perderam todo mundo. Tudo. Somos parecidos, Laia. Então pode confiar em mim quando digo que você é forte, não importa se sabe disso ou não. Você vai encontrar a entrada. Eu sei que vai.

Essas são as palavras mais carinhosas que ouvi em muito tempo. Nossos olhos se cruzam novamente, mas dessa vez Keenan não desvia o olhar. O resto do mundo desaparece enquanto rodopiamos. Não digo nada, pois o silêncio entre nós é doce, harmonioso e escolha nossa. E embora ele também não fale, seus olhos escuros ardem, dizendo-me algo que não entendo perfeitamente. Um desejo, baixo e estonteante, se desenrola em meu estômago. Quero segurar essa proximidade junto a mim como se fosse um tesouro. Não quero soltá-la. Mas então a música para e Keenan me solta.

— Se cuide na volta. — Suas palavras são mecânicas, como se falasse com um de seus combatentes. Sinto como se tivesse levado um balde de água fria na cabeça.

Sem mais uma palavra, ele desaparece na multidão. Os violinistas começam a tocar uma música diferente, as pessoas voltam a dançar, e, como uma tola, olho fixamente para aquele tumulto, sabendo que ele não vai voltar, mas esperando do mesmo jeito.

XXVIII
ELIAS

Entrar despercebido no Festival da Lua é mole. Guardo a máscara — meu rosto é meu melhor disfarce — e roubo roupas de montaria e uma sacola de uma caravana tribal. Depois arrombo uma botica para pegar viladona, uma erva de uso medicinal cujo óleo dilata as pupilas o suficiente para que um Marcial se passe por Erudito ou Tribal por uma ou duas horas.

Fácil. Pouco depois de aplicar a viladona, sou varrido para o centro do festival por uma maré de Eruditos. Conto doze saídas e identifico vinte armas potenciais antes de perceber o que estou fazendo e me forçar a relaxar.

Passo por tendas de comida e palcos de dança, malabaristas e cospe-fogos, acrobatas, kehannis, cantores e jogadores. Músicos tocam alaúdes e liras, levados pela batida empolgante dos tambores.

Eu me afasto da multidão, subitamente desorientado. Faz tanto tempo que não ouço tambores como música que instintivamente tento traduzir as batidas em ordens e me vejo desnorteado ao não conseguir.

Quando finalmente deixo o bater dos tambores de lado, sou atingido pelas cores, pelos cheiros e pela alegria genuína à minha volta. Mesmo quando eu era um cinco, nunca vi nada parecido. Nem em Marinn, nem nos desertos tribais, nem mesmo além do Império, onde Bárbaros cobertos de anil dançavam iluminados pelas estrelas por noites a fio, como se estivessem possuídos.

Sem que eu perceba, uma paz agradável toma conta de mim. Ninguém me olha com desprezo ou medo. Não preciso me preocupar com minha própria defesa ou em manter uma aparência pétrea.

Eu me sinto livre.

Por alguns minutos perambulo pela multidão, abrindo caminho até os palcos de dança, onde vejo Laia e Izzi. As duas foram surpreendentemente difíceis de acompanhar. Enquanto eu as rastreava pelas docas, perdi Laia de vista algumas vezes. Mas, uma vez no bairro, sob as luzes brilhantes das luminárias na rua, encontro as garotas com facilidade.

Em um primeiro momento, penso em abordá-las, dizer a elas quem eu sou e fazê-las voltar para Blackcliff. Mas elas parecem se sentir como eu. Livres. Felizes. Não consigo me convencer a arruinar o momento delas, não quando a vida delas é normalmente tão desoladora. Então, em vez disso, eu as observo.

Ambas usam vestidos de seda preta comuns, os quais, embora excelentes para andar furtivamente por aí e manter os punhos de escravas escondidos, não combinam tão bem com a plumagem multicolorida do aglomerado de pessoas.

Izzi deixou o cabelo loiro cair no rosto, mascarando seu tapa-olho incrivelmente bem. Ela se faz pequena, mal perceptível enquanto espia detrás da cortina de cabelo.

Laia, por outro lado, dificilmente passaria despercebida em qualquer lugar que fosse. O vestido de gola alta se cola ao seu corpo de um jeito que acho dolorosamente injusto. Sob a luz das luminárias de rua, sua pele brilha como mel quente. Ela mantém a cabeça ereta, a elegância do pescoço realçada pela queda sombreada do cabelo.

Quero tocar aquele cabelo, cheirá-lo, passar as mãos nele, enrolá-lo em meus dedos e... *Maldição, Veturius, contenha-se. Pare de olhar para ela.*

Após afastar os olhos dela, percebo que não sou o único embasbacado. Muitos jovens à minha volta olham furtivamente para ela. Laia não parece notar, o que, é claro, a torna ainda mais intrigante.

E aí está você, Elias, encarando a garota novamente. Seu tolo. Dessa vez, minha atenção não passou despercebida.

Izzi está me observando.

A garota tem apenas um olho, mas tenho certeza de que enxerga mais do que a maioria das pessoas. *Vá embora, Elias*, digo a mim mesmo. *Antes que ela descubra por que você parece tão malditamente familiar.*

Izzi se inclina e sussurra algo no ouvido de Laia. Estou prestes a ir embora quando Laia ergue o olhar para mim.

Seus olhos são um choque de mistério. Eu deveria olhar para outro lado. Eu deveria ir embora. Ela vai descobrir quem sou se eu ficar encarando por mais tempo. Mas não consigo me convencer a ir. Por um momento quente e pesado, ficamos imóveis, contentes em observar um ao outro. *Céus, como ela é linda.* Sorrio para ela, e o corado que surge em seu rosto faz com que eu me sinta estranhamente vitorioso.

Quero convidá-la para dançar. Quero tocar sua pele e dizer a ela que sou apenas um garoto tribal comum, e que ela é apenas uma garota erudita comum. *Que ideia estúpida,* adverte minha mente. *Ela vai reconhecer você.*

E daí? O que ela faria? Será que me entregaria? Ela não pode contar à comandante que me viu aqui sem se incriminar também.

Mas, enquanto considero a questão, um rapaz forte de cabelos ruivos aparece atrás dela. Ele toca o ombro de Laia com uma expressão possessiva nos olhos, que eu não gosto. Ela, por sua vez, o encara como se ninguém mais existisse. Talvez ela o conhecesse antes de se tornar escrava. Talvez ele seja a razão pela qual ela saiu às escondidas de Blackcliff. Faço uma careta e desvio o olhar. Ele não é feio, mas parece sério demais para ser divertido.

Além disso, é mais baixo que eu. Consideravelmente mais baixo. Uns quinze centímetros, pelo menos.

Laia sai com o ruivo. Izzi se levanta depois de um momento e os segue.

— Pelo visto ela já tem companhia, rapaz. — Uma garota tribal com um vestido verde reluzente, coberto de minúsculos espelhos circulares, se aproxima sensualmente de mim, o cabelo escuro penteado em centenas de tranças. Ela fala sadês, minha língua tribal de infância. Em contraste com a pele escura, seu sorriso é um brilho de branco, e me vejo retribuindo. — Acho que você vai ter que se contentar comigo — ela diz.

Sem esperar pela resposta, ela me leva para a pista de dança, um gesto extraordinariamente corajoso para uma garota tribal. Olho para ela de perto e percebo que não é uma garota, mas uma mulher, talvez alguns anos mais velha que eu. Eu a encaro com cautela. A maioria das mulheres tribais já tem filhos aos vinte e poucos anos.

— Você não tem um marido que vai cortar minha cabeça fora se me vir dançando com você? — respondo em sadês.

— Não. Por quê, está interessado em assumir o posto? — Ela corre um dedo lento e quente pelo meu peito e desce todo o caminho até meu cinto. Pela primeira vez em mais ou menos uma década fico vermelho. Percebo que seu punho não tem a tatuagem trançada tribal que a caracterizaria como uma mulher casada. — Qual o seu nome e tribo, rapaz? — ela pergunta. É uma boa dançarina e, quando acertamos o passo, noto que ela fica satisfeita.

— Ilyaas. — Há anos não falo meu nome tribal. Meu avô o marcializou aproximadamente cinco minutos após me conhecer. — Ilyaas An--Saif. — Tão logo o digo, me pergunto se foi um erro. A história do filho adotado de Mamie Rila que foi levado para Blackcliff não é muito conhecida; o Império ordenou à tribo Saif manter sigilo. Ainda assim, os Tribais adoram falar.

Se a mulher reconhece meu nome, não demonstra.

— Eu sou Afya Ara-Nur — ela diz.

— Sombras e luz — traduzo seu primeiro nome e seu nome tribal.

— Combinação fascinante.

— Na maior parte do tempo, sombras, para ser sincera. — Ela se inclina em minha direção, e o fogo em seus olhos castanhos faz meu coração bater um pouco mais rápido. — Mas isso fica entre nós.

Inclino a cabeça enquanto olho para ela. Não acho que já tenha conhecido uma mulher tribal com um autodomínio tão ardente. Nem mesmo uma kehanni. Afya abre um sorriso secreto e me faz algumas perguntas educadas sobre a tribo Saif. Quantos casamentos tivemos no último mês? Quantos nascimentos? Vamos viajar para Nur para o Encontro de Outono? Embora as questões sejam adequadas para uma mulher tribal, não me deixo enganar. Suas palavras simples não combinam com a inteligência afiada em seus olhos. Onde está a família dela? Quem é ela, realmente?

Como se sentisse minhas suspeitas, Afya me conta de seus irmãos: comerciantes de tapetes que se fixaram em Nur, mas estão aqui para vender seus produtos antes que o mau tempo feche as passagens da montanha. Enquanto ela fala, olho ao redor furtivamente atrás de seus irmãos — homens tribais são notoriamente protetores das mulheres solteiras da família, e não estou a fim de brigar. Mas, embora haja um bom número de Tribais em meio à multidão, não percebo um único olhar para Afya.

Dançamos três músicas. Quando a última termina, ela faz uma mesura e me oferece uma moeda de madeira com um sol de um lado e nuvens do outro.

— Um presente — diz. — Por me dar a honra de danças tão agradáveis, Ilyaas An-Saif.

— A honra é minha.

Estou surpreso. Lembranças tribais são sinal de um favor devido — não são oferecidas de maneira leviana e raramente são dadas por mulheres.

Como se soubesse o que estou pensando, Afya se coloca na ponta dos pés. Ela é tão pequena que tenho de me curvar para ouvi-la.

— Se o herdeiro da Gens Veturia um dia precisar de um favor, *Ilyaas*, será uma honra para a tribo Nur estar ao seu serviço. — Imediatamente meu corpo fica tenso, mas ela leva dois dedos aos lábios, o gesto mais respeitado entre os votos tribais. — O seu segredo está seguro com Afya Ara-Nur.

Ergo uma sobrancelha. Não sei dizer se ela reconheceu o nome Ilyaas ou me viu pela cidade mascarado. Mas, quem quer que seja Afya Ara-Nur, ela não é uma Tribal comum. Anuo em reconhecimento, e seus dentes brancos brilham.

— Ilyaas... — Ela volta à posição normal e não sussurra mais. — Sua dama está livre agora, veja. — Olho sobre o ombro. Laia voltou para o palco de dança e observa o ruivo ir embora. — Você precisa convidá-la para dançar — diz Afya. — Vá!

Ela me dá um pequeno empurrão e desaparece, os sinos no tornozelo retinindo. Eu a acompanho atentamente por um momento, depois olho pensativo para a moeda antes de colocá-la no bolso. Então me viro e abro caminho em direção a Laia.

XXIX
LAIA

— **P**osso? Minha mente ainda está em Keenan, e me sobressalto ao encontrar o garoto tribal parado ao meu lado. Por um momento, só consigo encará-lo, sem saber o que dizer.

— Gostaria de dançar? — ele esclarece, oferecendo a mão. O capuz baixo lança uma sombra sobre seus olhos, mas seus lábios se curvam em um sorriso.

— Hum... eu... — Agora que passei as informações, Izzi e eu devemos voltar a Blackcliff. Faltam ainda algumas horas para o amanhecer, mas não devo me arriscar a ser pega.

— Ah. — O garoto sorri. — O ruivo... é seu marido?

— O quê? Não!

— Noivo?

— Não. Ele não é...

— Amante? — Ele ergue uma sobrancelha sugestivamente. Meu rosto fica quente.

— Ele é meu... meu amigo.

— Então por que se preocupar? — O garoto abre um largo sorriso um tanto travesso, e me vejo sorrindo de volta. Olho sobre o ombro para Izzi, que conversa com um Erudito. Ela ri de algo que ele diz, e suas mãos, dessa vez, não se perdem na direção do tapa-olho. Quando Izzi me flagra a observando, olha para mim e para o garoto tribal e meneia rapidamente as sobrancelhas. Meu rosto fica quente de novo. Uma dança não vai causar nenhum problema; podemos ir embora depois.

Os violinistas tocam uma música alegre, e, quando aceito o convite para dançar, o garoto toma minhas mãos de maneira confiante, como se fôssemos amigos há anos. Apesar da sua altura e da largura de seus ombros, ele me conduz com uma graça leve e sensual ao mesmo tempo. Quando dou uma espiada nele, eu o pego olhando para baixo, me encarando com um sorriso ligeiro nos lábios. Minha respiração se acelera e procuro algo para dizer.

— Você não fala como um Tribal. — Isso. Algo bem neutro. — Quase não tem sotaque. — Embora seus olhos sejam escuros como os de um Erudito, seu rosto é cheio de ângulos e linhas duras. — E também não parece um, fisicamente.

— Eu posso falar algo em sadês, se você quiser. — Ele leva os lábios ao meu ouvido, e a fragrância de seu hálito provoca um arrepio agradável em mim. — *Menaya es poolan dila dekanala.*

Solto um suspiro. Não é de espantar que os Tribais consigam vender qualquer coisa. Sua voz é cálida e profunda, como mel de verão pingando do favo.

— O que... — Minha voz soa rouca, e limpo a garganta. — O que isso quer dizer?

Ele me lança aquele sorriso de novo.

— Eu teria que te mostrar.

Novamente fico ruborizada.

— Você é bem ousado. — Estreito os olhos. Onde eu já o vi antes? — Você mora por aqui? Você me parece familiar.

— E você me chama de ousado?

Desvio o olhar, percebendo como meu comentário deve ter soado. Ele dá uma risadinha em resposta, baixa e quente, e minha respiração se acelera novamente. Subitamente sinto pena das garotas de sua tribo.

— Não sou de Serra — ele diz. — Então... quem é o ruivo?

— Quem é a morena? — desafio de volta.

— Ah, você estava me espionando. Estou lisonjeado.

— Eu não estava... Eu... Você também estava!

— Tudo bem — ele diz de maneira confortadora. — Eu não me importo que você me espione. A morena é Afya, da tribo Nur. Uma nova amiga.

— Apenas amiga? Me pareceu um pouco mais que isso.

— Talvez. — Ele dá de ombros. — Mas você não respondeu à minha pergunta. Quem é o ruivo?

— O ruivo é um amigo. — Imito o tom pensativo do garoto. — Um novo amigo.

Ele joga a cabeça para trás e ri, uma risada suave e selvagem, como uma chuva no deserto.

— Você mora aqui no bairro? — ele pergunta.

Hesito. Não posso dizer a ele que sou escrava. Escravos não podem participar do Festival da Lua. Até um estranho aqui na cidade sabe disso.

— Sim — respondo. — Eu moro aqui há muitos anos com os meus avós. E... e com o meu irmão. Nossa casa fica aqui perto.

Não sei por que eu disse isso. Talvez por achar que falar essas palavras vai fazer com que se tornem verdadeiras. Então vou me virar e ver Darin flertando com as garotas, vovó anunciando sua geleia e vovô lidando, sempre ternamente, com pacientes preocupados demais.

O garoto me faz girar e então me puxa de volta para os seus braços, de um jeito mais próximo que antes. Seu cheiro, picante, inebriante e estranhamente familiar, me impulsiona a me inclinar mais para perto, para inalá-lo. Seus músculos rijos se pressionam contra mim, e, quando seus quadris raspam nos meus, quase erro os passos.

— E como você preenche seus dias?

— Meu avô é curandeiro. — Minha voz falha com a mentira, mas, como não posso lhe contar a verdade, sigo em frente. — Meu irmão é aprendiz dele. Minha avó e eu fazemos geleias. Para as tribos, na maior parte das vezes.

— Hum... Você me parece mesmo uma pessoa que faz geleias.

— Sério? Por quê?

Ele abre um largo sorriso para mim. De perto, seus olhos parecem quase negros, especialmente sombreados como estão pelos longos cílios. Agora mesmo, eles brilham com uma alegria quase irrestrita.

— Porque você é muito doce — ele diz, imitando uma voz melosa.

A travessura em seus olhos me faz esquecer, por um segundo breve demais, que sou uma escrava, que meu irmão está na prisão e que todos os outros que eu amo já morreram. A risada explode de dentro de mim como uma canção, e meus olhos lacrimejam e ficam embaçados. Um ronco me escapa, o que faz com que meu parceiro de dança comece a rir e eu ria mais alto ainda. Apenas Darin já me fez rir desse jeito. O alívio é estranho e familiar, como chorar, mas sem a dor.

— Como você se chama? — pergunto enquanto seco o rosto.

Mas, em vez de responder, ele fica imóvel, com a cabeça inclinada como se prestasse atenção em algo. Quando falo, ele leva um dedo aos lábios. Um momento mais tarde, sua expressão se endurece.

— Precisamos ir — ele diz. Se ele não parecesse tão, mas tão sério, eu pensaria que ele estava tentando me levar para o seu acampamento. — Uma batida... uma batida marcial.

À nossa volta, os dançarinos seguem rodando, esquecidos da vida. Nenhum deles ouviu o garoto. Tambores ressoam, crianças dão piques e gargalhadas. Tudo parece bem.

Então ele grita o aviso, alto o suficiente para que todos possam ouvir:

— Batida! Corram! — Sua voz grave ecoa através dos palcos de dança, com o mesmo comando da voz de um soldado. Os violinos param no meio da nota, os tambores cessam. — Batida marcial! Saiam! Vão!

Uma explosão de luz quebra o silêncio — uma lamparina da rua explodiu, e outra, e mais uma. Flechas zunem pelo ar — os Marciais estão atirando nas luzes, no intuito de deixar os participantes do festival no escuro para que possam nos conduzir facilmente, como gado.

— Laia! — Izzi está ao meu lado, com os olhos arregalados de pânico. — O que está acontecendo?

— Em alguns anos os Marciais deixam a gente fazer o festival. Em outros, não deixam. Temos que sair daqui. — Agarro a mão de Izzi, desejando que nunca a tivesse trazido para cá, que tivesse pensado mais em sua segurança.

— Me sigam. — O garoto não espera por uma resposta, apenas me puxa para uma rua próxima, que ainda não esteja lotada de gente. Ele caminha rente às paredes e eu sigo logo atrás, me segurando firme a Izzi e esperando que não seja tarde demais para escapar.

Quando chegamos ao meio da rua, o Tribal nos leva para um beco estreito, cheio de lixo. Gritos rasgam o ar e o aço brilha. Segundos mais tarde, foliões passam como uma torrente, muitos saindo de nosso campo de visão, ceifados enquanto correm, como pés de trigo sob o peso da foice.

— Precisamos sair do bairro antes que eles o cerquem — diz o Tribal.

— Qualquer pessoa que for pega nas ruas será jogada nas carruagens fantasmas. Vocês precisam ser rápidas. Conseguem fazer isto?

— Nós... nós não podemos ir com você. — Solto a mão do garoto. Ele vai para sua caravana, mas Izzi e eu não vamos ficar seguras ali. Uma vez que o povo dele perceba que somos escravas, vão nos entregar para os Marciais, que por sua vez vão nos entregar para a comandante. E então... — Nós não moramos aqui no bairro. Desculpe, eu menti. — Eu me afasto e puxo Izzi comigo, sabendo que, quanto mais rápido seguirmos nosso caminho sozinhas, melhor será para todos os envolvidos. O Tribal puxa o capuz para baixo, revelando cabelos escuros bem curtos.

— Eu sei — ele diz. Embora sua voz seja a mesma, há algo sutilmente diferente a respeito dele. Uma ameaça, um poder em seu corpo que não estava ali antes. Sem pensar, dou mais um passo para trás. — Vocês precisam ir para Blackcliff — ele diz.

Por um momento, não entendo o que suas palavras querem dizer. Quando me dou conta, meus joelhos ficam fracos. Ele é um espião. Será que ele viu meus punhos de escrava? Será que ouviu minha conversa com Mazen? Ele vai nos entregar, a mim e a Izzi?

Então Izzi ofega.

— A-aspirante Veturius?

Quando ela diz o nome dele, é como se a luz de uma lâmpada inundasse uma câmara escura. Seus traços, sua estatura, sua agilidade — tudo faz o mais absoluto sentido e, ao mesmo tempo, sentido nenhum. O que um aspirante está fazendo no Festival da Lua? Por que ele estava tentando se fazer passar por um Tribal? Onde está sua maldita máscara?

— Seus olhos... — *Eles eram escuros*, penso desenfreadamente. *Tenho certeza de que eram escuros.*

— Viladona — ele diz. — Dilata as pupilas. Olha, nós realmente devemos...

— Você está me espionando para a comandante — deixo escapar. É a única explicação. Keris Veturia ordenou que seu filho me seguisse, para verificar o que eu sei. Mas, se é esse o caso, ele provavelmente ouviu minha conversa com Mazen e com Keenan. E tem informações mais que suficientes para me entregar por traição. Então por que dançou comigo? Por que riu e brincou comigo? Por que avisou os foliões sobre a batida?

— Eu não faria o papel de espião dela nem que minha vida dependesse disso.

— Então por que você está aqui? Não há uma razão...

— Há sim, mas não posso explicar agora. — Veturius olha para as ruas, então acrescenta: — Podemos discutir sobre isso, se você quiser. Ou podemos dar o fora daqui.

Ele é um Máscara, e eu deveria desviar o olhar dele. Deveria demonstrar subserviência. Mas não consigo parar de encará-lo. É um choque, o seu rosto. Alguns minutos atrás, achei que ele era lindo. Achei que suas palavras em sadês eram hipnóticas. Dancei com um Máscara. Um maldito e sanguinário Máscara.

Veturius espia para fora do beco e balança a cabeça.

— Os legionários já terão interditado o bairro até chegarmos a um dos portões. Temos de ir pelos túneis e torcer para que eles não os tenham fechado. — Ele caminha confiante até uma grade no beco, como se soubesse exatamente nossa localização.

Quando não o sigo, ele faz um ruído de irritação.

— Escute, eu não estou do lado dela — ele diz. — Na realidade, se ela descobrir que eu vim aqui, provavelmente vai me esfolar. Bem devagar. Mas isso não é nada comparado ao que ela vai fazer com vocês se forem pegas nessa batida ou se ela descobrir que vocês saíram de Blackcliff sem autorização. Se quiserem viver, vocês vão ter que confiar em mim. Agora, mexam-se.

Izzi obedece, e relutantemente eu também o sigo, meu corpo inteiro se rebelando contra o pensamento de pôr minha vida nas mãos de um Máscara.

Tão logo descemos ao túnel, Veturius tira o uniforme e as botas da sacola que traz junto ao peito e começa a despir suas roupas tribais. Meu rosto cora e desvio o olhar, não sem antes ver o mapa tenebroso de cicatrizes que ele tem nas costas.

Segundos mais tarde, ele passa por nós, mascarado novamente e gesticulando para que o sigamos. Izzi e eu corremos para acompanhar suas passadas largas. Ele caminha furtivamente, como um gato, silencioso exceto por uma palavra de encorajamento aqui e ali.

Avançamos para o norte e para o leste através das catacumbas, parando apenas para evitar patrulhas marciais. Veturius nunca vacila. Quando chegamos a uma pilha de crânios que bloqueiam a passagem à frente, ele move alguns para o lado e nos ajuda a passar pela abertura. Quando o túnel se estreita até uma grade trancada, ele tira dois grampos do meu cabelo e abre a tranca em segundos. Izzi e eu trocamos um olhar de relance com essa proeza — sua absoluta competência é enervante.

Não faço ideia de quanto tempo se passou. Pelo menos duas horas. Deve ser quase dia. Não vamos chegar a tempo. A comandante vai nos pegar. Céus, eu não devia ter trazido Izzi. Eu não devia tê-la colocado nessa situação.

Meu vestido roça o ferimento em meu peito até começar a sangrar. Como é recente, a infecção persiste. A dor e o medo me deixam zonza.

Veturius reduz o passo quando vê minha expressão.

— Estamos quase lá — ele diz. — Você precisa que eu a carregue?

Balanço a cabeça veementemente. Não quero ficar tão perto dele de novo. Não quero sentir o seu cheiro nem o calor da sua pele.

Um momento a mais e paramos. Vozes baixas murmuram na esquina à nossa frente, e uma tocha bruxuleante aprofunda as sombras que a luz não consegue alcançar.

— Todas as entradas subterrâneas para Blackcliff estão sendo vigiadas — sussurra Veturius. — Essa tem quatro guardas. Se eles virem vocês, vão soar um alarme, e os túneis vão se encher de soldados. — Ele olha para Izzi e para mim, a fim de se certificar de que compreendemos antes de seguir em frente. — Vou atraí-los para longe. Quando eu disser *docas*, vocês terão um minuto para virar a esquina, subir a escada e sair pela grade. Quando eu disser *madame Moh*, significa que o tempo está acabando. Fechem a grade ao passar. Esse acesso vai dar na principal adega de Blackcliff. Esperem por mim lá.

Veturius desaparece na escuridão de um túnel logo atrás de nós. Alguns minutos depois, ouvimos o que parece ser a cantoria de um bêbado. Espio na esquina e vejo os guardas se cutucando e rindo abertamente. Dois partem para investigar. A voz de Veturius está convincentemente arrastada, e então há o ruído alto de uma queda, seguido de um palavrão e um acesso de riso. Um dos soldados que foi investigar chama os outros dois, e eles desaparecem. Eu me inclino para frente, preparando-me para correr. *Vamos. Vamos.*

Finalmente ouvimos a voz de Veturius nos túneis:

— ... lá nas docas...

Izzi e eu saímos em disparada para a escada e, em questão de segundos, chegamos à grade. Estou me parabenizando por nossa rapidez quando Izzi, empoleirada acima de mim, solta um grito sufocado:

— Não consigo abrir!

Passo ao lado dela pela escada, agarro a grade e a forço para cima. Ela não cede.

Os guardas se aproximam. Ouço outro tombo ruidoso, e então Veturius dizendo:

— As melhores garotas estão na madame Moh, elas realmente sabem como...

— Laia! — Izzi olha freneticamente na direção da luz da tocha que se aproxima. *Dez malditos infernos.* Com um grunhido abafado, jogo o corpo inteiro contra a grade, encolhendo-me com a dor que trespassa meu torso. A grade se abre com um rangido sem vontade, e praticamente empurro Izzi através dela antes de saltar para fora, fechando-a bem quando os soldados emergem no túnel abaixo.

Izzi busca cobertura atrás de um barril, e eu me junto a ela. Alguns segundos mais tarde, Veturius sai pela grade, dando risadinhas como se estivesse bêbado. Izzi e eu trocamos mais um rápido olhar, e, por mais absurdo que possa parecer, vejo que estou me segurando para não rir.

— Obrigado, pessoal — Veturius grita para baixo, em direção ao túnel. Ele bate a grade, nos vê e leva um dedo aos lábios. Os soldados ainda podem nos ouvir através das frestas na grade.

— Aspirante Veturius — sussurra Izzi. — O que vai acontecer com você se a comandante descobrir que você nos ajudou?

— Ela não vai descobrir — diz Veturius. — A não ser que vocês contem a ela, o que eu não aconselho. Vamos lá, vou levá-las de volta para os seus aposentos.

Subimos furtivamente a escada da adega e saímos para as terras lugubremente silenciosas. Sinto um arrepio, embora a noite não esteja fria. Ainda está escuro, mas o céu a leste clareia, e Veturius apressa as passadas. Enquanto nos apressamos pela grama, eu tropeço e ele me segura, seu calor penetrando em minha pele.

— Tudo bem? — ele pergunta.

Meus pés doem, minha cabeça lateja, e a marca da comandante queima como fogo. Mais forte, porém, é o formigamento que toma conta de todo o meu corpo com a proximidade do Máscara. *Perigo!*, minha pele parece gritar. *Ele é perigoso!*

— Sim. — Eu o afasto. — Estou bem.

Enquanto caminhamos, olho de relance para ele. Com a máscara e os muros de Blackcliff se erguendo à sua volta, Veturius é um soldado marcial até o último fio de cabelo. No entanto, não consigo reconciliar a imagem que tenho agora diante de mim com o belo Tribal com quem dancei. O tempo inteiro, ele sabia quem eu era. Ele sabia que eu estava mentindo sobre a minha família. E, embora seja ridículo me preocupar com o que um Máscara pensa, eu me sinto subitamente envergonhada com essas mentiras.

Chegamos ao corredor dos criados, e Izzi nos deixa.

— Obrigada — ela diz para Veturius. Sou tomada pela culpa. Ela nunca vai me perdoar, depois do que passou.

— Izzi. — Toco seu braço. — Desculpe. Se eu soubesse sobre a batida, jamais...

— Você está brincando? — diz ela. Seus olhos dardejam para Veturius, parado atrás de mim, e ela sorri, um resplendor de branco que me sobressalta com sua beleza. — Eu não teria trocado isso por nada. Boa noite, Laia.

Eu a acompanho, boquiaberta, enquanto ela desaparece pelo corredor e entra em seu quarto. Veturius limpa a garganta. Ele me observa com uma expressão estranha, quase como se pedisse desculpas com o olhar.

— Eu... hum... tenho uma coisa para você. — Ele tira um frasco do bolso. — Desculpe não ter entregado antes. Eu estava... indisposto.

Pego o frasco e, quando nossos dedos se tocam, eu os puxo rapidamente. É o soro de sanguinária. Estou surpresa que ele tenha lembrado.

— Vou só...

— Obrigada — digo ao mesmo tempo, e nós dois ficamos em silêncio.

Veturius passa a mão no cabelo, mas, um segundo mais tarde, seu corpo inteiro está imóvel, como um veado que ouviu o caçador.

— O que... — Perco a respiração quando ele me abraça de maneira súbita e com força. Ele me empurra contra a parede, o calor se inflamando de suas mãos e formigando através da minha pele, fazendo meu coração bater febrilmente. Minha reação a ele, um misto de confusão e desejo ardente, me choca a ponto de me calar. *O que há de errado com você, Laia?* Então suas mãos se apertam em minhas costas, como se ele quisesse me alertar sobre alguma coisa, e ele baixa bem a cabeça até meu ouvido. Sua respiração é um ligeiro sussurro.

— Faça o que eu disser, quando eu disser. Ou você morre.

Eu sabia. Como pude confiar nele? Idiota. Que idiota.

— Me empurre — ele diz. — Lute comigo.

Eu o empurro, sem precisar de encorajamento.

— Sai de perto de...

— Não seja assim. — Sua voz está mais alta agora, insinuante e ameaçadora, destituída de qualquer coisa que lembre a decência. — Você não se importou antes...

— Largue a escrava, soldado — diz uma voz entediada e fria.

Meu sangue congela e me livro de Veturius. Bem ali, destacando-se da porta da cozinha como um espectro, está a comandante. Por quanto tempo ela ficou nos observando? Por que está acordada?

Ela caminha até o corredor e me inspeciona friamente, ignorando Veturius.

— Então foi para cá que você veio. — Seu cabelo claro está solto em torno dos ombros, seu roupão bem amarrado. — Acabei de descer. Toquei o sino para a água cinco minutos atrás.

— Eu... eu...

— Imagino que seria apenas uma questão de tempo. Você é uma coisinha bonita. — Ela não leva a mão ao chicote nem ameaça me matar. Não parece nem brava. Apenas irritada. — Soldado — diz. — De volta para a caserna. Você já a teve por tempo suficiente.

— Comandante, senhora. — Veturius se afasta de mim, aparentemente relutante. Tento me espremer para longe, mas ele mantém um braço em volta dos meus quadris, como se eu fosse sua propriedade. — A senhora a mandou ao alojamento para dormir. Presumi que não fosse precisar mais dela.

— Veturius? — Percebo que a comandante não o reconheceu no escuro. Ela não se importou a ponto de examiná-lo uma segunda vez. Incrédulos, seus olhos se voltam para o filho. — Você? Com uma escrava?

— Eu estava entediado. — Ele dá de ombros. — Fiquei preso na enfermaria por dias.

Meu rosto cora. Compreendo, agora, por que ele colocou as mãos em mim, por que me disse para lutar com ele. Estava tentando me proteger da comandante. Ele deve ter sentido a presença dela. Ela não terá como provar que não passei as últimas horas com Veturius. E, tendo em vista que os alunos estupram escravas o tempo todo, nem ele nem eu seremos punidos.

Mas ainda assim é humilhante.

— Você espera que eu acredite nisso? — A comandante inclina a cabeça. Ela percebe a mentira, sente o cheiro dela. — Você nunca tocou em uma escrava na vida.

— Com todo o respeito, senhora, isso é porque a primeira coisa que a senhora faz quando consegue uma escrava nova é arrancar o olho dela. — Veturius enrola os dedos em meu cabelo e eu solto um grito abafado. — Ou abrir um talho na cara dela. Mas *essa* aqui... — ele puxa com força minha cabeça para a sua, com uma advertência nos olhos quando olha de relance em minha direção — ainda está intacta. Na maior parte.

— Por favor — baixo o tom de voz. Para isso funcionar, eu preciso atuar junto, por mais nojento que seja. — Diga para ele me deixar em paz.

— Saia daqui, Veturius. — Os olhos da comandante reluzem. — Da próxima vez, pegue uma escrava da cozinha para se entreter. Essa garota é minha.

Veturius faz uma breve saudação para a mãe antes de me soltar e sair sem olhar para trás.

A comandante me avalia, como se buscasse sinais do que ela acha que aconteceu há pouco. Empurra meu queixo para cima, e belisco minha perna com força suficiente para tirar sangue. Meus olhos se enchem de lágrimas.

— Não teria sido melhor se eu tivesse cortado o seu rosto como o da cozinheira? — ela murmura. — A beleza é uma maldição quando se vive entre homens. Você teria me agradecido por isso.

Ela corre uma unha pelo meu rosto e estremeço.

— Bem... — Ela me solta e caminha de volta para a porta da cozinha com um sorriso, um retorcer de boca cheio de amargura e nenhuma alegria. As espirais de sua estranha tatuagem captam a luz do luar. — Ainda há tempo para isso.

XXX
ELIAS

Helene me evita nos três dias seguintes ao Festival da Lua. Ela não atende quando bato à sua porta, sai do refeitório quando apareço e pede licença quando a abordo diretamente. Somos colocados juntos no treino e ela me ataca como se eu fosse Marcus. Sempre que falo com ela, fica subitamente surda.

Deixo passar em um primeiro momento, mas, no terceiro dia, estou cansado disso. A caminho do treino, estou maquinando um plano para confrontá-la — algo envolvendo uma cadeira, uma corda e talvez uma mordaça, para que ela não tenha outra escolha a não ser me escutar — quando Cain aparece ao meu lado tão inesperadamente quanto um fantasma. Minha cimitarra está quase empunhada no momento em que percebo que é ele.

— Céus, Cain. Não faça isso.

— Saudações, aspirante Veturius. Lindo dia. — O adivinho olha contemplativo para cima, para o céu azul escaldante.

— Sim, para quem não está treinando com cimitarras duplas debaixo de um sol desses — resmungo. Não é nem meio-dia e estou tão coberto de suor que deixei de lado as formalidades e tirei a camisa. Se Helene estivesse falando comigo, franziria o cenho e diria que isso é contra o regulamento. Mas estou com muito calor para me importar.

— Você já sarou da segunda Eliminatória? — pergunta Cain.

— Sim, mas não graças a você. — As palavras deixam minha boca antes que eu possa impedir, mas não me sinto particularmente arrependido. Os diversos atentados contra minha vida cobraram seu preço sobre meus modos.

— As Eliminatórias não foram criadas para ser fáceis, Elias. É por isso que são chamadas de Eliminatórias.

— Eu não tinha percebido. — Acelero o passo, na esperança de que Cain desapareça, mas isso não acontece.

— Eu trago uma mensagem para você — ele diz. — A próxima Eliminatória ocorrerá em sete dias.

Pelo menos fomos avisados dessa vez.

— O que vai ser? — pergunto. — Uma flagelação em público? Uma noite trancado num baú com cem víboras?

— Combate contra um inimigo temível — diz Cain. — Nada que você não possa enfrentar.

— Que inimigo? Qual é a armadilha? — Em hipótese alguma um adivinho vai me contar o que vem pela frente sem deixar algo essencial de fora. Seremos obrigados a combater um mar de espectros. Ou djinns. Ou alguma outra besta que eles despertaram da escuridão.

— Não despertamos nada da escuridão que já não estivesse desperto — diz Cain.

Mordo a língua para não responder. Se ele ler minha mente de novo, juro que atravesso a espada nele, adivinho ou não.

— Isso não ajudaria em nada, Elias. — Ele sorri, quase tristemente, então anui para o campo, onde Hel está treinando. — Peço que passe a mensagem adiante para a aspirante Aquilla.

— Considerando que Aquilla não está falando comigo, isso pode ser um pouco difícil.

— Tenho certeza de que você encontrará uma maneira.

Ele se afasta como uma brisa, deixando-me mais mal-humorado que antes.

Quando Hel e eu discutimos, normalmente nos reconciliamos em poucas horas — um dia no máximo. Três dias é um recorde para nós. Pior, eu nunca a vi perder a cabeça como aconteceu três noites atrás. Mesmo em batalha, Helene é sempre fria, controlada.

Mas ela andou diferente nas últimas semanas. Eu percebi isso, mas, como um tolo, fingi que não vi. Agora não posso mais ignorar seu comportamento. Tem a ver com aquela centelha entre nós, aquela atração. Ou acabamos com ela, ou fazemos algo a respeito. E penso que, embora a segunda opção possa ser mais agradável, vai criar complicações que nenhum de nós precisa.

Quando Helene mudou? Ela sempre esteve no controle de todas as emoções, mesmo o desejo. Jamais demonstrou interesse em qualquer um de seus colegas, e, tirando Leander, nenhum de nós é burro o suficiente para tentar qualquer coisa com ela.

Então o que aconteceu entre nós que mudou as coisas? Lembro-me da primeira vez em que notei que ela estava agindo de maneira estranha: na manhã em que me encontrou nas catacumbas. Tentei distraí-la olhando para ela de um jeito malicioso. Fiz isso sem raciocinar, na esperança de que ela não encontrasse minha mochila. Achei que ela simplesmente pensaria que era meu lado macho.

Será que foi isso? Aquele olhar? Será que ela tem agido desse modo tão estranho por acreditar que eu a desejo e, por causa disso, acha que tem que me desejar também?

Se é esse o caso, então preciso esclarecer as coisas com ela diretamente. Falar para Helene que foi sem querer, que eu não queria dizer nada com aquele olhar.

Ela vai aceitar meu pedido de desculpas? *Só se você rastejar o suficiente.*

Tudo bem. Vai valer a pena. Se eu quiser minha liberdade, preciso vencer a próxima Eliminatória. Nas duas primeiras, Hel e eu dependemos um do outro para sobreviver. Na terceira, provavelmente será a mesma coisa. Eu preciso dela ao meu lado.

Encontro Hel no campo de combate treinando com Tristas enquanto um centurião os observa. Os rapazes e eu pegamos no pé de Tristas por andar constantemente devaneando, apaixonado por sua noiva, mas ele é um dos melhores espadachins de Blackcliff, esperto e ágil como um gato. Ele espera que Helene cometa um erro, prestando atenção na agressividade dos golpes dela. Mas a defesa de Helene é tão impenetrável quanto os muros de Kauf. Minutos depois de eu chegar ao campo, ela defende o ataque de Tristas e espeta seu coração.

— Saudações, ó grande aspirante — exclama Tristas quando me vê. Diante dos ombros tensos de Helene, ele olha de relance para nós dois e nos deixa rapidamente. Com Faris e Dex, Tristas tentou repetidamente descobrir o que aconteceu de errado entre mim e Helene na noite da festa, a que nenhum de nós dois compareceu. Mas Hel tem permanecido em silêncio, como eu, e eles desistiram. Agora resmungam um para o outro quando Helene e eu nos enfrentamos no campo de batalha.

— Aquilla — eu a chamo enquanto ela embainha suas cimitarras. — Preciso falar com você.

Silêncio.

Está bem, então.

— Cain me pediu para lhe informar que a próxima Eliminatória ocorrerá em sete dias.

Eu me dirijo à armaria, pouco surpreso quando ouço seus passos me seguindo.

— Bem, e o que será? — Ela agarra meu ombro e me vira. — Em que vai consistir a Eliminatória?

Seu rosto está corado, seus olhos brilham. *Céus, como ela fica bonita quando está brava.*

O pensamento me surpreende, acompanhado de uma onda de desejo brutal. *É Helene, Elias. Helene.*

— Combate — respondo. — Vamos enfrentar um "inimigo temível".

— Certo — ela diz. — Bom. — Mas não se mexe, apenas me olha fixamente, sem perceber que os cachos que escaparam de sua trança tornam seu olhar muito menos intimidante do que ela gostaria que fosse.

— Hel, escute, eu sei que você está brava, mas...

— Ah, vá colocar uma camisa. — Ela se afasta agilmente, murmurando sobre trouxas que se vangloriam de quebrar o regulamento. Seguro uma resposta irada. Por que ela é tão terrivelmente cabeça-dura?

Quando entro na armaria, dou de cara com Marcus, que me empurra contra o batente da porta. Dessa vez, Zak não está com ele.

— Sua puta ainda não está falando com você? — ele diz. — Não está andando com você também, não é? Evitando você... evitando os outros garotos... *sozinha...* — Ele olha de modo especulativo para Helene, que se afasta de nós. Levo a mão à cimitarra, mas Marcus já pressiona uma adaga em meu abdome. — Ela pertence a mim, sabia? Eu sonho com isso. — Sua calma me gela mais que qualquer arrogância. — Um dia desses, vou cruzar com ela por aí e você não vai estar por perto — ele diz. — E aí vou fazer com que ela seja minha.

— Fique longe dela. Se acontecer alguma coisa com Helene, eu te abro do pescoço até o maldito...

— São sempre ameaças com você — diz Marcus. — Você nunca *faz* nada de verdade. Não surpreende, vindo de um traidor cuja máscara ainda nem se fundiu ao rosto. — Ele se inclina para frente. — A máscara sabe que você é um fraco, Elias. Ela sabe que você não pertence a este lugar. Por isso ela ainda não é parte de você. E por isso eu devo te matar.

Sua adaga corta meu abdome, deixando correr um pouco de sangue. Uma estocada, um puxão para cima, e ele poderia me eviscerar como a um peixe. Tremo de raiva. Estou à mercê dele, e o odeio por isso.

— Mas os centuriões estão olhando. — O olhar de Marcus se desvia um momento para a esquerda, onde o centurião de combate se aproxima rapidamente. — E eu prefiro te matar devagar. — Ele se afasta lentamente, saudando o centurião de combate quando ele passa.

Furioso comigo mesmo, com Helene, com Marcus, abro bruscamente a porta da armaria e vou direto para a estante de armamentos pesados. Escolho uma maça de três pontas. Eu a balanço no ar e finjo que estou arrancando a cabeça de Marcus.

Quando volto para o campo, o centurião de combate me coloca ao lado de Helene. Eu transbordo de ódio, e isso contamina todos os meus movimentos. Helene, por outro lado, canaliza sua fúria com eficiência suprema. Ela lança minha maça longe, e, apenas alguns minutos depois, sou forçado a me render. Enojada, ela se afasta silenciosamente para combater o próximo oponente enquanto ainda luto para me levantar.

Do outro lado do campo, vejo Marcus assistindo — não a mim, mas a ela, com os olhos brilhando e os dedos acariciando a adaga.

Faris me concede a vitória, e chamo Dex e Tristas até onde estou. Faço uma careta diante dos machucados que Helene me proporcionou.

— Aquilla ainda está evitando vocês?

Dex anui.

— Como a varíola.

— Fiquem de olho nela — digo. — Mesmo se ela quiser que vocês fiquem longe. Marcus sabe que ela está nos evitando. É apenas uma questão de tempo antes de ele decidir atacar.

— Você sabe que Helene vai nos matar se nos pegar brincando de cão de guarda — diz Faris.

— O que você prefere — digo —, Helene brava ou Helene ferida?

Faris empalidece, mas ele e Dex prometem ficar de olho nela, dardejando Marcus com o olhar enquanto deixam o campo.

— Elias — Tristas me chama, parecendo alarmantemente sem jeito. — Se você quiser, podemos conversar... hum... — Ele coça a tatuagem. — Bem, é que eu já tive meus bons e meus maus momentos com Aelia. Então, com Helene, se você quiser falar sobre o assunto...

Ah. Certo.

— Helene e eu não somos... nós somos apenas amigos.

Tristas suspira.

— Você sabe que ela está apaixonada por você, né?

— Ela não... não... — Não consigo fazer minha boca funcionar, então apenas a fecho e olho para ele, em um apelo mudo. A qualquer momento, ele vai abrir um largo sorriso, me dar um tapa nas costas e dizer: "Eu estava brincando, Veturius! Ha-ha, a cara que você fez..."

A qualquer momento.

— Confie em mim — diz Tristas. — Eu tenho quatro irmãs mais velhas. E sou o único de nós que já teve um relacionamento de mais de um mês. Posso ver todas as vezes que ela olha para você. Ela está apaixonada. E faz um tempo.

— Mas é a Helene — digo estupidamente. — Quer dizer... qual é, todos nós já pensamos nela. — Tristas anui a contragosto. — Mas ela não pensa na gente. Ela já viu o que há de pior em nós. — Relembro a

Eliminatória da Coragem, meu choro quando me dei conta de que Helene era real, não uma alucinação. — Por que ela iria...

— Vai saber, Elias — diz Tristas. — Ela pode matar um homem com um giro da mão, é um demônio com a espada e consegue derrubar a maioria de nós na bebida. E, por causa de tudo isso, talvez a gente tenha esquecido que ela é uma garota.

— Eu *não* esqueci que Helene é uma garota.

— Não estou falando fisicamente. Estou falando sobre a cabeça dela. Garotas pensam nessas coisas de maneira diferente de nós. Ela está apaixonada por você. E o que quer que tenha acontecido entre vocês é por causa disso. Vá por mim.

Não é verdade, digo a mim mesmo, com o zelo da negação. *É apenas desejo. Não é amor.*

Cale a boca, mente racional, diz meu coração. Eu conheço Helene como conheço o combate, como sei matar. Conheço o cheiro do medo dela, assim como a crueza do sangue em sua pele. Sei que ela dilata as narinas muito ligeiramente quando mente e coloca as mãos entre os joelhos quando dorme. Eu conheço as partes bonitas. E as partes feias.

A raiva que ela está sentindo de mim vem de um lugar profundo. Um lugar sombrio. Um lugar que ela não admite ter. No dia em que a olhei de maneira tão irrefletida, eu a fiz pensar que talvez eu tivesse esse lugar também. Que talvez ela não estivesse sozinha nesse lugar.

— Ela é minha melhor amiga — digo para Tristas. — Não posso seguir por esse caminho com ela.

— Não, não pode. — Há empatia nos olhos de Tristas. Ele sabe o que Helene significa para mim. — E o problema é esse.

XXXI
LAIA

Meu sono é agitado e escasso, assombrado pela ameaça da comandante. *Ainda há tempo para isso.* Quando acordo, antes do amanhecer, fragmentos do pesadelo ficam comigo: meu rosto entalhado e marcado; meu irmão pendurado no cadafalso, o cabelo claro voando ao vento.

Pense em outra coisa. Fecho os olhos e vejo Keenan. Lembro o jeito dele quando me convidou para dançar, tão tímido e diferente de si mesmo. Aquele fogo em seus olhos enquanto me girava — achei que significava alguma coisa. Mas ele foi embora tão abruptamente. Ele está bem? Escapou da batida? Ouviu Veturius gritar o aviso?

Veturius. Ouço sua risada e sinto o cheiro de seu corpo, e tenho de forçar essas sensações para longe e substituí-las pela verdade. Ele é um Máscara. É o inimigo.

Por que ele me ajudou? Ele se arriscou a ser preso fazendo isso — pior ainda, se os rumores sobre a Guarda Negra e suas "limpezas" forem verdadeiros. Não posso acreditar que ele fez isso somente pelo meu bem. Foi uma travessura, então? Algum jogo marcial doentio que ainda não compreendi?

Não fique aí para descobrir, Laia, sussurra Darin em minha cabeça. *Me tire daqui.*

Passos se arrastam na cozinha — a cozinheira está fazendo o café da manhã. Se a velha está acordada, provavelmente Izzi também está. Eu me visto rapidamente, querendo falar com ela antes que a cozinheira nos coloque em nossa dura lida diária. Izzi deve saber de alguma entrada secreta para a academia.

Mas descubro que ela saiu mais cedo para realizar uma tarefa para a cozinheira.

— Ela não vai voltar antes do meio-dia — a cozinheira me informa.

— Não que seja da sua conta. — A velha aponta para um livreto negro sobre a mesa. — A comandante mandou você levar esse livreto para Spiro Teluman na primeira hora, antes de cuidar das outras tarefas.

Reprimo um resmungo. Vou ter de esperar para falar com Izzi.

Quando chego à oficina de Teluman, fico surpresa ao ver a porta aberta, o fogo da forja ardendo. O suor escorre pelo rosto do ferreiro e por seu colete com marcas de queimadura enquanto ele martela uma peça reluzente de aço. Ao seu lado há uma garota tribal trajando uma túnica rosa simples, as bainhas bordadas com minúsculos espelhos redondos. A garota murmura algo que não consigo ouvir com as batidas do martelo. Teluman me cumprimenta com a cabeça, mas continua a conversa com a garota.

Enquanto os observo, percebo que ela é mais velha do que pensei a princípio, talvez tenha uns vinte e cinco anos. Seu cabelo negro sedoso, com mechas vermelhas chamejantes, está penteado com tranças finas e intrincadas, e seu rosto delicado é vagamente familiar. Então a reconheço: ela dançou com Veturius no Festival da Lua.

Ela aperta a mão de Teluman, oferece a ele um saco de moedas e então sai pela porta de trás da forja com um olhar avaliador em minha direção. Seus olhos se demoram em meus punhos de escrava, e desvio o olhar.

— O nome dela é Afya Ara-Nur — diz Spiro Teluman quando a mulher vai embora. — A única chefe mulher entre as tribos. Uma das mulheres mais perigosas que você vai encontrar. E também uma das mais espertas. Sua tribo carrega armas para o braço de Marinn da Resistência dos Eruditos.

— Por que você está me contando isso? — O que há de errado com ele? Esse é o tipo de informação que pode me matar. Spiro dá de ombros.

— O seu irmão fez a maior parte das armas que ela está levando. Achei que você gostaria de saber para onde elas estão indo.

— Não, eu *não* quero saber. — Por que ele não entende? — Não quero ter nada a ver com... o que quer que você esteja fazendo. Tudo que eu quero é que as coisas voltem a ser como eram. Antes de você transformar meu irmão em aprendiz. Antes de o Império o levar por causa disso.

— Você também pode desejar que essa cicatriz suma. — Teluman anui para onde minha capa se abriu, revelando o к da comandante. Apressadamente, fecho a peça de roupa. — As coisas nunca voltarão a ser como eram. — Ele vira o metal em que está trabalhando com um par de tenazes e continua a martelar. — Se o Império libertasse Darin amanhã, ele viria aqui e começaria a fazer armas de novo. O destino dele é ser um rebelde, ajudar o seu povo a derrubar os opressores. E o meu é ajudá-lo a fazer isso.

Estou tão brava com a presunção de Teluman que não penso antes de falar.

— Então agora você é o salvador dos Eruditos, após passar anos criando as armas que nos destruíram?

— Eu convivo com os meus pecados todos os dias. — Ele larga as tenazes e se vira para mim. — Eu convivo com a culpa. Mas existem dois tipos de culpa, garota: o tipo que te afoga até você se tornar um inútil, e o tipo que inspira sua alma para um propósito. No dia em que fiz minha última arma para o Império, eu tracei uma linha em minha mente. Eu jamais faria uma espada marcial de novo. Jamais teria sangue erudito nas mãos novamente. Não vou ultrapassar essa linha. Prefiro morrer a fazer isso.

Ele segura o martelo na mão como uma arma, o rosto de traços duros avivado com um fervor severamente controlado. Então é por isso que Darin concordou em ser seu aprendiz. Há algo de nossa mãe na ferocidade desse homem, algo de nosso pai na maneira como ele se porta. Sua paixão é verdadeira e contagiante. Quando ele fala, eu quero acreditar. Ele abre a mão.

— Você trouxe uma mensagem?

Eu lhe passo o livreto.

Você disse que preferia morrer a ultrapassar essa linha, e no entanto está fazendo uma arma para a comandante.

Não. — Spiro lê o livreto com atenção. — Estou *fingindo* que vou fazer uma arma para ela, de maneira que ela continue mandando você aqui para me trazer mensagens. Enquanto ela achar que meu interesse em você vai fazê-la conseguir uma espada telumana, a comandante não vai lhe causar nenhum dano irreparável. Talvez eu seja até capaz de persuadi-la a vender você para mim. Então romperei essas coisas malditas — ele aponta para os meus punhos — e libertarei você. — Diante da minha surpresa, Spiro desvia o olhar, como se estivesse constrangido. — É o mínimo que posso fazer por seu irmão.

— Ele vai ser executado — sussurro. — Daqui a uma semana.

— Executado? — diz Spiro. — Não é possível. Ele ainda estaria na Prisão Central se fosse para execução, e foi transferido de lá. Para onde, eu ainda não sei. — Os olhos de Teluman se estreitam. — Como você ficou sabendo que ele seria executado? Com quem andou falando?

Não respondo. Darin talvez tenha confiado nesse ferreiro, mas não consigo me convencer. Talvez Teluman seja realmente um revolucionário. Ou talvez um espião muito convincente.

— Preciso ir — digo. — A cozinheira está me esperando.

— Laia, espere...

Não ouço o resto. Já saí porta afora.

Enquanto caminho de volta a Blackcliff, tento esquecer as palavras dele, mas não consigo. Darin foi transferido? Quando? Para onde? Por que Mazen não mencionou isso?

Como está o meu irmão? Ele está sofrendo? E se os Marciais quebraram seus ossos? Céus, seus dedos? E se...

Chega. Vovó certa vez disse que enquanto há vida há esperança. Se Darin estiver vivo, nada mais importa. Se eu conseguir tirar meu irmão de lá, a gente dá um jeito no resto.

No caminho de volta passo pela Praça de Execuções, onde os cadafalsos estão visivelmente vazios. Há dias ninguém é enforcado. Keenan disse que os Marciais estão reservando as execuções para o novo imperador. Marcus e seu irmão vão gostar de ver um espetáculo desses. E se os outros dois vencerem? Será que Aquilla ficaria feliz ao ver homens e mulheres inocentes se contorcerem na ponta de uma corda? E Veturius?

À minha frente, as pessoas vão diminuindo o passo até parar enquanto uma caravana tribal de vinte carruagens atravessa lentamente a praça. Eu me viro para dar a volta nela, mas todo mundo teve a mesma ideia. O resultado é uma profusão de xingamentos, empurrões e corpos atolados.

E então, em meio ao caos:

— Você está bem.

Reconheço a voz instantaneamente. Ele usa uma veste tribal, mas, mesmo com o capuz levantado, seu cabelo escapa para fora como uma língua de fogo.

— Depois da batida — diz Keenan — não tive certeza. Fiquei observando a praça o dia inteiro, esperando que você aparecesse.

— Você também conseguiu fugir.

— Todos nós. Bem a tempo. Os Marciais levaram mais de cem Eruditos na noite passada. — Ele inclina a cabeça. — A sua amiga escapou?

— A minha... ah... — Se eu disser que Izzi está bem, será como admitir que a levei comigo para um encontro com a Resistência. Keenan me observa com seu olhar resoluto. Ele reconhece uma mentira a um quilômetro de distância. — Sim — digo. — Ela escapou.

— Ela sabe que você é uma espiã.

— Ela me ajudou. Eu sei que não devia ter deixado, mas...

— Mas simplesmente aconteceu. A vida do seu irmão está correndo risco, Laia. Eu entendo. — Uma briga irrompe atrás de nós, e Keenan pousa a mão em minhas costas e me vira, ficando entre mim e os socos desferidos. — Mazen marcou um encontro para daqui a oito dias, de manhã. No décimo sino. Venha para cá, para a praça. Se precisar me encontrar antes, use um lenço cinza sobre o cabelo e espere no lado sul da praça. Alguém vai estar te observando.

— Keenan. — Penso no que Teluman disse sobre Darin. — Você tem certeza que o meu irmão está na Prisão Central? Que ele vai ser executado? Ouvi falar que ele foi transferido...

— Nossos espiões são confiáveis — diz Keenan. — Mazen saberia se ele tivesse sido transferido.

Sinto um formigamento no pescoço. Algo não está certo.

— O que você está escondendo de mim?

Ele coça a barba malfeita e meu desconforto aumenta.

— Não é nada com que você precise se preocupar, Laia.

Dez infernos. Viro o rosto dele na minha direção e o forço a me encarar.

— Se é algo que afete Darin — digo —, eu preciso me preocupar. É o Mazen? Ele mudou de ideia?

— Não. — O tom de Keenan faz pouco para me confortar. — Acho que não. Mas ele tem andado... estranho. Não fala mais nada sobre essa missão, esconde os relatórios dos espiões.

Tento justificar essa atitude. Talvez Mazen esteja preocupado que a missão pode ser comprometida. Quando digo isso, Keenan balança a cabeça.

— Não é só isso — ele diz. — Não tenho como confirmar, mas acho que ele está planejando algo mais. Algo grande. Algo que não envolve Darin. Mas como podemos salvar Darin se assumirmos outra missão? Não temos homens suficientes.

— Pergunte a ele — digo. — Você é o braço direito dele. Ele confia em você.

— Ah. — Keenan faz uma careta. — Não exatamente.

Será que ele perdeu a cumplicidade que tinha com Mazen? Não tenho chance de perguntar. À nossa frente, a caravana sai do caminho e a multidão se lança para frente. Na confusão, minha capa se abre e os olhos de Keenan pousam na cicatriz. Ela é tão saliente, tão vermelha e horrorosa, penso miseravelmente. Como ele não olharia para ela?

— Por dez malditos infernos. O que aconteceu?

— A comandante me puniu. Alguns dias atrás.

— Eu não sabia, Laia. — Todo o seu distanciamento se dissolve enquanto ele olha fixamente para a cicatriz. — Por que você não me contou?

— Você teria se importado? — Seus olhos saltam surpresos até os meus. — De qualquer maneira, não é nada comparado com o que poderia ter sido. Ela arrancou o olho da Izzi. E você devia ver o que ela fez com a cozinheira. O rosto inteiro... — Estremeço. — Eu sei que é feia... horrível...

— Não — ele diz como se fosse uma ordem. — Não pense assim. Isso significa que você sobreviveu a ela. Significa que você é corajosa.

O bolo de gente se desvia de mim e passa adiante. As pessoas nos acotovelam e resmungam para nós. Mas então tudo desaparece, porque Keenan pega minha mão e olha dos meus olhos para os meus lábios e de volta, de uma maneira que não precisa de tradução. Sinto um ardor lento e baixo se manifestar em meu corpo enquanto ele me puxa para junto de si.

Então um Navegante em trajes de couro passa com um esbarrão e nos separa. A boca de Keenan se repuxa em um breve e pesaroso sorriso. Ele aperta minha mão uma vez.

— Vejo você em breve.

Em seguida se junta à multidão, e eu me apresso de volta a Blackcliff. Se Izzi souber de uma entrada para a academia, ainda tenho tempo de ver por mim mesma e voltar aqui para passar adiante a informação. A Resistência pode libertar Darin, e minha missão terá terminado. E então nada mais de cicatrizes e açoitamentos. Nada mais de terror e medo. *E talvez*, uma parte calada de mim sussurra, *eu tenha mais do que alguns poucos momentos com Keenan.*

Encontro Izzi nos fundos do pátio, esfregando lençóis ao lado da bomba d'água.

— Eu só conheço a trilha secreta, Laia — ela responde à minha pergunta. — E até ela não é mais segredo. Só é tão perigosa que a maioria das pessoas não usa.

Bombeio a água vigorosamente, usando o ranger do metal para abafar o som da nossa voz. Izzi está equivocada. Ela tem de estar.

— E os túneis? Ou... você acha que outro escravo pode saber de algo?

— Você viu como foi na noite passada. Nós só passamos pelos túneis por causa de Veturius. Quanto aos outros escravos, é arriscado. Alguns são espiões da comandante.

Não, não, não. O que alguns minutos atrás parecia uma eternidade — oito dias inteiros — agora não é tempo algum. Izzi me passa um lençol recém-lavado, e o penduro na corda com mãos impacientes.

— Um mapa, então. Tem de haver um mapa desta academia em algum lugar.

Ao ouvir isso, Izzi se anima.

— Talvez — ela diz — no gabinete da comandante...

— O único lugar onde você vai encontrar um mapa de Blackcliff — interrompe uma voz rouca — é na cabeça da comandante. E não acho que você queira bisbilhotar por lá.

Fico boquiaberta como um peixe quando a cozinheira, tão silenciosa em seus passos quanto sua senhora, se materializa por detrás do lençol que acabei de pendurar.

Izzi dá um salto com a súbita aparição da cozinheira, mas então, para o meu espanto, apruma a postura e cruza os braços.

— Tem de haver algo — ela diz para a velha. — Como ela decoraria o mapa de cabeça? Ela deve ter um ponto de referência.

— Quando ela se tornou comandante — diz a cozinheira —, os adivinhos lhe deram um mapa para memorizar e depois queimar. É assim que funciona aqui em Blackcliff. — Diante da surpresa em meu rosto, ela bufa. — Quando eu era mais jovem e mais idiota ainda que vocês, mantinha os olhos e os ouvidos abertos. Agora minha cabeça está cheia de um conhecimento inútil que não me traz nada de bom.

— Mas não é inútil — digo. — Você deve saber de um caminho secreto para entrar aqui...

— Não sei. — As cicatrizes no rosto da cozinheira estão lívidas contra sua pele. — E se soubesse não lhe contaria.

— Meu irmão está na Prisão Central, numa cela da morte. Ele vai ser executado daqui a alguns dias, e, se eu não encontrar um caminho secreto para entrar em Blackcliff...

— Vou lhe fazer uma pergunta, garota — diz a cozinheira. — É a Resistência que diz que o seu irmão está na prisão e que vai ser executado, certo? Mas como eles *sabem* disso? E como *você* sabe que eles estão falando a verdade? O seu irmão pode estar morto. E, mesmo se ele estiver em uma das celas da morte, a Resistência jamais vai tirá-lo de lá. Uma pedra cega e surda poderia lhe dizer isso.

— Se ele estivesse morto, eles teriam me contado. — Por que ela não pode simplesmente me ajudar? — Eu confio neles, está bem? Eu *preciso* confiar neles. Além disso, Mazen falou que tem um plano...

— Bah — a cozinheira desdenha. — Da próxima vez que você vir esse Mazen, pergunte a ele onde exatamente o seu irmão está na Central. Em qual cela. Pergunte também como ele sabe disso, quem são os espiões dele. E pergunte como entrar em Blackcliff vai ajudá-lo a invadir a prisão mais fortificada do sul. Depois que ele responder, vamos ver se você ainda vai confiar nesse canalha.

— Cozinheira... — Izzi se manifesta, mas a velha se vira imediatamente para ela.

Não se meta. Você não faz ideia de onde está se metendo. Eu só não entreguei essa aí para a comandante — a cozinheira praticamente cospe em mim — por sua causa. Do jeito que as coisas são, não confio que a escrava não entregue o seu nome para que a comandante pegue leve com ela.

— Izzi... — Olho para minha amiga. - Não importa o que a comandante fizer, eu jamais...

Você acha que um entalhe no coração a torna uma especialista em dor? — diz a cozinheira. — Você já foi torturada, garota? Já foi amarrada a uma mesa enquanto carvões em brasa queimavam sua garganta? Já teve o rosto cortado por uma faca sem fio enquanto um Máscara derramava água salgada nos ferimentos?

Eu a encaro impassivelmente. Ela sabe a resposta.

Você não tem como saber se trairia Izzi - diz a cozinheira , porque nunca teve seus limites testados. A comandante foi treinada em Kauf. Se ela te interrogasse, você trairia sua própria mãe.

Minha mãe está morta — digo.

E graças aos céus por isso. Quem vai saber o d-d-dano que ela e os seus rebeldes teriam causado se ela ainda... ainda estivesse viva.

Olho desconfiada para a cozinheira. Mais uma vez a gagueira. Mais uma vez, quando ela está falando da Resistência.

— Cozinheira. — Izzi para bem na frente da velha e a encara, de certa forma parecendo mais alta. — Por favor, ajude Laia. Eu nunca lhe pedi nada. Estou pedindo agora.

— O que você tem a ganhar com isso? — A boca da cozinheira se retorce como se tivesse provado algo amargo. — Ela prometeu te libertar? Te salvar? Garota burra. A Resistência nunca salva alguém que eles podem deixar para trás.

— Ela não me prometeu nada — diz Izzi. — Eu quero ajudá-la porque ela é minha... minha amiga.

Eu sou sua amiga, dizem os olhos escuros da cozinheira. Pela centésima vez, eu me pergunto quem é essa mulher e o que a Resistência — e a minha mãe — lhe fizeram para que ela os odeie e desconfie tanto deles.

— Eu só quero salvar Darin — digo. — Eu só quero sair daqui.

— Todos querem sair daqui, garota. Eu quero sair. Izzi quer sair. Até os malditos alunos querem sair. Se você quer tanto sair, sugiro que procure a sua querida Resistência e peça outra missão. Em algum lugar onde você não acabe morta.

Ela nos deixa silenciosamente, e eu deveria estar brava, mas em vez disso estou repetindo em minha mente o que ela disse. *Até os malditos alunos querem sair. Até os malditos alunos querem sair.*

— Izzi — eu me viro para minha amiga —, acho que sei como descobrir uma saída de Blackcliff.

♦ ♦ ♦

Horas mais tarde, enquanto me agacho atrás de uma cerca do lado de fora da caserna de Blackcliff, eu me pergunto se cometi um erro. Os tambores do toque de recolher ressoam e ficam em silêncio. Estou aqui há uma hora, com as raízes e as pedras se enfiando em meus joelhos. Nem um único aluno saiu da caserna.

Mas, em algum momento, um deles vai aparecer. Como disse a cozinheira, até os alunos querem sair de Blackcliff. Eles devem sair às escondidas. De que outra maneira fariam para beber e frequentar os bordéis?

Alguns devem subornar os guardas do portão ou os do túnel, mas certamente há outra saída.

Eu me mexo ansiosamente, trocando um galho espinhoso por outro. Não posso me esconder na sombra desse arbusto baixo por muito mais tempo. Izzi está me dando cobertura, mas, se a comandante me chamar e eu não aparecer, serei punida. Pior, Izzi poderá ser punida também.

Ela prometeu te libertar? Te salvar?

Não prometi nada disso a ela, mas deveria. Agora que a cozinheira mencionou a questão, não consigo parar de pensar nisso. O que vai acontecer com Izzi quando eu for embora? A Resistência disse que faria meu desaparecimento súbito de Blackcliff parecer um suicídio, mas a comandante vai questionar Izzi de qualquer maneira. A mulher não é facilmente enganada.

Não posso simplesmente deixá-la aqui para enfrentar um interrogatório. Ela é a primeira amiga de verdade que tenho desde Zara. Mas o que posso fazer para que a Resistência lhe dê abrigo? Se não fosse por Sana, eles não teriam nem me ajudado.

Tem de haver um jeito. Eu poderia levar Izzi comigo quando deixar este lugar. A Resistência não seria tão desalmada a ponto de enviá-la de volta — não se soubessem o que aconteceria com ela. Enquanto considero a questão, retomo a observação dos prédios à frente a tempo de ver duas figuras saírem da caserna dos caveiras. A luz reflete no cabelo mais claro de um deles, e reconheço a passada de fera do outro. Marcus e Zak.

Os gêmeos tomam o caminho oposto dos portões da frente, passam por cima das grades do túnel mais próximo da caserna e vão para um dos prédios de treinamento.

Eu os sigo, próxima o suficiente para ouvi-los, mas longe o suficiente para que não notem minha presença. Sabe-se lá o que eles fariam se me pegassem seguindo-os.

— ... não suporto mais isso — uma voz chega até mim. — Parece que ele está dominando a minha mente.

— Pare com esse papo de menininha — responde Marcus. — Ele ensina o que precisamos saber para evitar que os adivinhos leiam a nossa mente. Você deveria agradecer.

Interessada, eu me aproximo, apesar do perigo que corro. Será que ele está falando da criatura no gabinete da comandante?

— Toda vez que eu encaro os olhos dele — diz Zak —, vejo minha própria morte.

— Pelo menos você vai estar preparado.

— Não — diz Zak em voz baixa. — Não creio que vou.

Marcus resmunga, irritado.

— Não gosto disso tanto quanto você. Mas precisamos vencer essa competição. Então vê se vira homem.

Eles entram no prédio de treinamento, e seguro a pesada porta de carvalho pouco antes de ela se fechar, observando-os pela fresta. Lanternas de fogo azul iluminam sutilmente o corredor, e seus passos ecoam entre os pilares laterais. Um pouco antes do fim do corredor, eles desaparecem atrás de uma das colunas. Ouço pedra ranger contra pedra, e tudo fica em silêncio.

Entro no prédio e presto atenção. O corredor está silencioso como uma tumba, mas isso não quer dizer que os Farrar não estejam mais ali. Avanço até o pilar onde eles desapareceram, esperando encontrar uma porta para uma sala de treinamento.

Mas não há nada ali, só pedra.

Sigo até a próxima sala. Vazia. A próxima. Vazia. A luz do luar nas janelas mancha cada sala com um tom branco-azulado fantasmagórico, e estão, todas elas, vazias. Os Farrar desapareceram. Mas como?

Uma entrada secreta. Estou certa disso. Sou tomada por uma sensação de alívio eufórico. Eu encontrei, encontrei o que Mazen quer. *Ainda não, Laia.* Ainda preciso descobrir como os gêmeos entram e saem.

Na noite seguinte, na mesma hora tardia, eu me posiciono no prédio de treinamento, de frente para o pilar onde vi os Máscaras desaparecerem. Os minutos passam. Meia hora. Uma hora. Eles não aparecem.

Chega um momento em que me obrigo a ir embora. Não posso arriscar que a comandante me chame e não me encontre. Sinto vontade de gritar de frustração. Os Farrar podem ter desaparecido pela entrada secreta antes mesmo de eu ter chegado ao prédio. Ou podem ir para lá quando eu já estiver na cama. Qualquer que seja o caso, preciso de mais tempo para observar.

— Amanhã eu vou — Izzi diz quando me encontra em meu quarto e os últimos repiques do décimo primeiro sino silenciam. — A comandante chamou pedindo água. Perguntou onde você estava quando apareci no quarto dela. Eu disse que a cozinheira tinha lhe mandado em uma tarefa tarde da noite, mas essa desculpa não vai funcionar duas vezes.

Não quero deixá-la ajudar, mas sei que não vou ter sucesso sem ela. Toda vez que Izzi sai para o prédio de treinamento, minha resolução de tirá-la de Blackcliff se fortalece. Não vou deixá-la aqui quando eu for embora. Não posso.

Nós nos alternamos, arriscando tudo na esperança de ver os Farrar novamente. Mas, para nosso tormento, voltamos sempre de mãos vazias.

— Se tudo mais fracassar — Izzi comenta na noite anterior ao meu encontro com Mazen —, você pode pedir para a cozinheira lhe ensinar a explodir um buraco no muro. Ela fazia explosivos para a Resistência.

— Eles querem uma entrada *secreta* — digo. Mas sorrio, pois o pensamento de um buraco gigante e enfumaçado no muro de Blackcliff é uma imagem feliz.

Izzi sai para observar os Farrar, e espero pelo chamado da comandante. Mas ela não me chama, e fico deitada na cama observando a pedra esburacada no teto, me forçando a não imaginar Darin nas mãos dos Marciais, tentando descobrir uma maneira de explicar meu fracasso para Mazen.

Então, um pouco antes do décimo primeiro sino, Izzi irrompe quarto adentro.

— Descobri, Laia! O túnel que os Farrar usam. Eu descobri!

XXXII
ELIAS

Começo a perder batalhas.

É culpa de Tristas. Ele plantou em minha cabeça a semente de Helene estar apaixonada por mim, e agora ela cresceu como uma erva daninha dos infernos.

No treinamento com cimitarras, Zak parte para cima de mim com um desleixo incomum, mas, em vez de acabar com ele, eu o deixo me derrubar de bunda no chão porque vi um lampejo de loiro do outro lado do campo. O que aquele aperto em meu estômago quer dizer?

Quando o centurião de combate individual grita comigo por minha técnica mal aplicada, eu mal ouço — em vez disso, fico refletindo sobre o que vai acontecer comigo e com Hel. A nossa amizade está arruinada? Se eu não retribuir o seu amor, ela vai me odiar? Como vou trazê-la para o meu lado nas Eliminatórias se não consigo lhe dar o que ela quer? Tantas malditas e estúpidas perguntas. Será que as garotas pensam assim o tempo todo? Não é de espantar que sejam tão desconcertantes.

A terceira Eliminatória, a Eliminatória da Força, vai acontecer daqui a dois dias. Sei que tenho de me concentrar, preparar a mente e o corpo. Eu *preciso* vencer.

Mas, além de Helene, há outra pessoa que toma conta dos meus pensamentos: Laia.

Por dias tento não pensar nela. No fim, paro de resistir. A vida já é dura o suficiente sem que você tenha de evitar espaços inteiros em sua própria cabeça. Imagino seu cabelo comprido e o brilho de sua pele. Sorrio ao lembrar como ela riu quando dançamos, com uma liberdade de espírito que achei revigorante. Lembro como seus olhos se fecharam quando falei com ela em sadês.

Mas à noite, quando meus temores rastejam para fora dos recantos sombrios de minha mente, penso no medo estampado em seu rosto quando ela se deu conta de quem eu era. Penso em seu nojo quando tentei protegê-la da comandante. Ela deve me odiar por tê-la sujeitado a algo tão degradante. Mas foi a única maneira que encontrei de mantê-la a salvo.

Na última semana, foram muitas as vezes em que quase fui até o quarto dela para ver como ela estava. Mas demonstrar generosidade com uma escrava só atrairia a atenção da Guarda Negra sobre mim.

Laia e Helene: as duas tão diferentes. Gosto que Laia diga coisas que não espero ouvir, que ela fale quase formalmente, como se contasse uma história. Gosto que ela tenha desafiado minha mãe para ir ao Festival da Lua, enquanto Helene sempre obedece à comandante. Laia é a dança selvagem de uma fogueira tribal, enquanto Helene é o azul frio da chama de um alquimista.

Mas por que estou comparando as duas? Conheço Laia há algumas semanas, e Helene a minha vida toda. Helene não é uma atração passageira. Ela faz parte da minha família. Mais que isso, ela faz parte de mim.

No entanto, ela não quer falar comigo, nem sequer olhar para mim. Faltam poucos dias para a terceira Eliminatória, e tudo que recebi dela foram olhares feios e insultos resmungados.

O que traz outra preocupação à minha mente. Eu contava que Helene vencesse as Eliminatórias, me nomeasse Águia de Sangue e então me liberasse do meu dever. Não consigo vê-la fazendo isso se ela me despreza. O que significa que, *se* eu vencer a próxima Eliminatória e *se* ela vencer a Eliminatória final, ela pode me forçar a continuar como Águia de Sangue contra minha vontade. E, se isso acontecer, eu vou ter de fugir, e então a honra demandará que ela ordene minha captura e minha morte.

Além de tudo isso, ouvi os alunos sussurrarem que o imperador está prestes a chegar a Serra e que planeja se vingar dos aspirantes e de qualquer um ligado a eles. Os cadetes e os caveiras fingem que não estão nem aí para os rumores, mas os novilhos não são tão hábeis em esconder o medo. Era de esperar que a comandante tomasse medidas para prevenir um ataque contra Blackcliff, mas ela não parece preocupada. Provavelmente porque quer nos ver todos mortos. Ou a mim, pelo menos.

Você está encrencado, Elias, uma voz irônica me diz. *Aceite isso. Você devia ter fugido quando pôde.*

Minha espetacular série de derrotas não passa despercebida. Meus amigos estão preocupados comigo, e Marcus faz questão de me desafiar no campo de combate em todas as oportunidades. Meu avô me envia um bilhete de duas palavras, escrito com tanta força que o pergaminho se rasgou. *Sempre vitorioso.*

Ao mesmo tempo, Helene me observa, ficando cada vez mais irada quando me derrota em combate — ou quando assiste a outra pessoa me derrotar. Ela está se coçando para dizer algo, mas sua teimosia não a deixa.

Isto é, até descobrir Dex e Tristas a seguindo para a caserna duas noites antes da terceira Eliminatória. Após interrogá-los, ela me encontra.

— Que raios está acontecendo com você, Veturius? — Ela agarra meu braço do lado de fora da caserna dos caveiras, para onde eu estava indo descansar um pouco antes da vigília da madrugada. — Você acha que eu não sei me defender? Acha que eu preciso de *guarda-costas?*

— Não, eu só...

— Você é que está precisando de proteção. Você é que está perdendo todas as batalhas. Céus, um cachorro morto poderia te derrotar em uma luta. Por que você simplesmente não passa o Império para Marcus?

Um grupo de novilhos nos observa com interesse, saindo em disparada quando Helene rosna para eles.

— Andei distraído — digo. — Preocupado com você.

— Não precisa se preocupar comigo. Posso tomar conta de mim mesma. E não preciso dos seus... dos seus capangas me seguindo.

— Eles são seus amigos, Helene. E não vão deixar de ser só porque você está brava comigo.

— Não preciso deles. Não preciso de nenhum de vocês.

— Eu não queria que o Marcus...

— Que se dane o Marcus. Posso acabar com ele de olhos fechados. E com você também. Diga a eles para me deixarem em paz.

— Não.

Ela me encara de perto, a raiva irradiando em ondas.

— Diga para eles caírem fora.

— Não vou fazer isso.

Ela cruza os braços e para a centímetros do meu rosto.

— Eu te desafio. Só nós dois, três combates. Se você vencer, eu continuo com os guarda-costas. Se perder, você cancela essa besteira.

— Está bem — digo, sabendo que posso derrotá-la. Já fiz isso mil vezes antes. — Quando?

— Agora. Quero terminar com isso de uma vez. — Ela segue em direção ao prédio de treinamento mais próximo e vou atrás sem pressa, observando a maneira como ela se move: *Irada, favorecendo a perna direita, deve ter machucado a esquerda no treino, fica cerrando o punho direito... provavelmente porque quer me socar com ele.*

A raiva dá o tom a cada movimento seu. A raiva que não tem nada a ver com seus supostos guarda-costas e tudo a ver comigo e com ela, e com a confusão revolvendo dentro de nós dois.

Isso vai ser interessante.

Helene segue para o maior dos espaços de treinamento, lançando um ataque assim que passo pela porta. Como eu esperava, ela parte para cima de mim com um gancho de direita que passa sibilando quando me esquivo. Ela é rápida e vingativa, e por alguns minutos acredito que minha série de derrotas vai continuar. Mas a imagem de Marcus tripudiando, de Marcus armando uma emboscada para Helene, faz meu sangue ferver e lanço uma violenta ofensiva.

Venço o primeiro combate, mas Helene se recupera no segundo, quase arrancando minha cabeça fora com a velocidade do ataque. Vinte minutos mais tarde, quando me rendo, ela não se dá o trabalho de comemorar a vitória.

— De novo — diz. — Tente aparecer para a luta dessa vez.

Nós circulamos um ao outro como gatos desconfiados, até que me jogo em sua direção com a cimitarra alta. Ela não se deixa impressionar, e nossas armas se chocam em uma explosão de centelhas.

A ira da batalha se apodera de mim. Há perfeição em uma luta como esta. A cimitarra é uma extensão do meu corpo, movendo-se tão velozmente que poderia agir por conta própria. A batalha é uma dança que eu conheço tão bem que mal preciso pensar. E, embora eu transpire aos borbotões e meus músculos queimem, desesperados para descansar, eu me sinto vivo, obscenamente vivo.

Mantemos uma situação de igualdade, golpe a golpe, até que acerto seu braço direito. Ela tenta trocar a espada de lado, mas golpeio seu punho mais rápido do que ela pode se defender. Sua cimitarra sai voando, e levo Helene ao chão. Seu cabelo loiro-branco se desprende do coque.

— Se renda! — Eu a seguro pelos punhos contra o chão, mas Helene se debate e livra um braço, apalpando a cintura em busca da adaga. O aço acerta minhas costelas, e, segundos mais tarde, estou de costas com uma lâmina na garganta.

— Ha! — Ela se dobra, seu cabelo caindo à nossa volta como uma cortina prateada bruxuleante. Helene está ofegante, coberta de suor, e a dor escurece seus olhos. Ainda assim, ela é tão linda que sinto um aperto na garganta e um desejo enorme de beijá-la.

Ela deve perceber isso em meus olhos, pois a dor se transforma em confusão quando nos encaramos. Então eu sei que há uma escolha a fazer. Uma escolha que pode mudar tudo.

Beije-a e ela será sua. Você pode explicar tudo e ela vai compreender, porque te ama. Ela vai vencer as Eliminatórias, você será o Águia de Sangue, e, quando você pedir a liberdade, ela lhe concederá.

Será? Se eu estiver envolvido com Helene, isso não vai tornar as coisas ainda mais difíceis? Eu quero beijá-la porque a amo ou porque preciso que ela faça algo? Ou ambas as coisas?

Tudo isso passa pela minha cabeça em um segundo. *Vá em frente*, gritam meus instintos. *Beije-a.*

Enrolo seu cabelo suave como seda em minha mão. Helene respira fundo e se funde a mim, seu corpo súbita e inebriantemente dócil.

E então, quando puxo seu rosto em minha direção, quando nossos olhos estão se fechando, ouvimos um grito.

XXXIII
LAIA

A academia está praticamente em silêncio quando Izzi e eu saímos dos aposentos dos escravos. Alguns alunos ainda se dirigem para a caserna em pequenos grupos, com os ombros caídos de cansaço.

— Você viu os Farrar entrarem? — pergunto a Izzi a caminho do prédio de treinamento.

Ela balança a cabeça.

— Eu estava sentada ali olhando para aqueles pilares, aborrecida como uma pedra, quando notei que um dos tijolos era diferente, brilhante, como se tivesse sido tocado mais que os outros. E aí... bem, vamos lá, vou lhe mostrar.

Entramos no prédio e somos recebidos pelo retinir quase musical de cimitarras em combate. À nossa frente, a porta de uma sala de treinamento está aberta, e a luz dourada de tochas se derrama até o corredor. Dois Máscaras estão lutando lá dentro, cada um empunhando duas cimitarras delgadas.

— É Veturius — diz Izzi. — E Aquilla. Eles estão nessa há eras.

Enquanto os observo lutar, percebo que estou prendendo a respiração. Eles se movem como dançarinos, rodopiando de um lado a outro da sala, graciosos, fluidos, mortais. E velozes como sombras na superfície de um rio. Se eu não estivesse observando com meus próprios olhos, jamais acreditaria que alguém pudesse se mover tão rápido.

Veturius derruba a cimitarra da mão de Aquilla e se põe sobre ela, seus corpos entrelaçados enquanto lutam no chão com uma estranha e íntima violência. Ele é todo músculos e vigor, no entanto posso ver na maneira como Veturius luta que ele se contém, recusando-se a soltar toda sua força sobre ela. Mesmo assim, há uma liberdade animal no modo como ele se move, um caos controlado que faz o ar à sua volta se inflamar. Tão diferente de Keenan, com sua solenidade contida e seu frio interesse.

Mas por que você está comparando os dois?

Dou as costas para os aspirantes.

— Izzi, vamos lá.

O prédio parece vazio, exceto por Veturius e Aquilla, mas Izzi e eu avançamos com cuidado junto às paredes, caso haja um aluno ou um centurião por ali. Viramos no corredor, e reconheço as portas que os Farrar usaram quando os vi entrar ali pela primeira vez, quase uma semana atrás.

— Por aqui, Laia.

Izzi caminha rapidamente para trás de um dos pilares e aponta um tijolo que, à primeira vista, parece igual a todos os outros. Ela bate nele. Com um resmungo baixo, uma porção de pedra se abre para a escuridão. A luz de uma lamparina ilumina uma escada estreita que desce. Olho para baixo, mal conseguindo acreditar no que estou vendo, então envolvo minha amiga em um abraço de gratidão.

— Izzi, você conseguiu!

Não compreendo por que ela não sorri de volta, até que seu rosto fica rígido e ela me agarra.

— Shhh — diz. — Escute.

Os tons severos da voz de um Máscara ecoam do túnel, e o poço da escada brilha com a luz das tochas que se aproximam.

— Feche a passagem! — diz Izzi. — Rápido, antes que eles vejam.

Coloco a mão no tijolo e bato nele freneticamente.

Nada acontece.

— ... finge que não está vendo, mas está. — Uma voz vagamente familiar sobe pelo poço da escada enquanto bato no tijolo. — Você sempre soube o que eu sinto por ela. Por que você implica tanto com ela? Por que a odeia tanto?

— Ela é uma Ilustre esnobe. De qualquer forma, ela jamais ficaria com você.

— Talvez, se você a deixasse em paz, eu teria uma chance.

— Ela é nossa inimiga, Zak. Ela vai morrer. Aceite isso.

— Então por que você disse a ela que vocês devem ficar juntos? Por que eu tenho a impressão de que você quer que ela seja a sua Águia de Sangue no meu lugar?

— Para deixá-la confusa, seu maldito idiota. E aparentemente está funcionando tão bem que até você caiu.

Reconheço as vozes agora — Marcus e Zak. Izzi me empurra para o lado e dá um soco no tijolo. A entrada permanece teimosamente aberta.

— Esqueça! — diz ela. — Vamos embora!

Ela me agarra, mas o rosto de Marcus emerge no fundo do poço da escada. Quando me vê, ele se lança para cima e me alcança em duas passadas.

— Corre! — grito para Izzi.

Marcus tenta pegá-la, mas eu a empurro para longe, e o braço dele agarra meu pescoço. Ele puxa minha cabeça para trás violentamente, e fico cara a cara com seus olhos amarelo-claros.

— O que é isso? Nos espionando, rapariga? Tentando encontrar uma maneira de fugir daqui?

Izzi está imóvel no corredor, seu olho direito arregalado de terror. Não posso deixar que ela seja pega. Não depois de tudo o que ela fez por mim.

— Vá, Iz! — grito. — Corre!

— Pegue a menina, seu imbecil! — Marcus rosna para o irmão, que neste momento sai do túnel. Zak se esforça minimamente para agarrar Izzi, mas ela se solta e corre de volta pelo caminho de onde viemos.

— Marcus, fala sério. — Zak soa exausto e olha ansiosamente para as pesadas portas de carvalho que levam para fora. — Deixe a escrava. Temos que levantar cedo.

— Você não se lembra dela, Zak? — Marcus pergunta. Eu luto e tento chutar o ponto macio entre seu pé e o tornozelo, mas ele me levanta do chão. — Ela é a garota da comandante.

— Ela está me esperando — consigo dizer, quase estrangulada.

— Ela não vai se importar se você se atrasar — Marcus sorri, soando como um chacal. — Eu lhe fiz uma promessa aquele dia, fora do gabinete dela, lembra? Eu disse que uma noite dessas você estaria sozinha em um corredor escuro e eu te encontraria. Eu sempre cumpro minhas promessas.

Zak resmunga.

— Marcus...

— Já que você é tão eunuco, irmãozinho — diz Marcus —, cai fora e me deixe com a minha diversão.

Zak observa seu irmão gêmeo por um momento, então suspira e vai embora.

Não! Volte!

— Só eu e você, gata — ele sussurra em meu ouvido. Mordo seu braço violentamente e tento me livrar dele, mas ele me gira pelo pescoço e me empurra contra o pilar. — Você não devia ter lutado — ele diz. — Eu teria ido com calma. Mas eu gosto de um pouco de presença de espírito em minhas mulheres. — Seu punho vem assobiando em direção ao meu rosto. Um momento explosivo, que parece durar para sempre, e minha cabeça acerta a pedra com um ruído doentio. Então vejo tudo em duplicidade.

Lute, Laia. Por Darin. Por Izzi. Por todos os Eruditos que já foram abusados por esse animal. Lute. Um grito irrompe de dentro de mim, e tento arranhar o rosto de Marcus, mas um soco no estômago tira meu fôlego. Eu me dobro ao meio, enjoada, e o joelho dele acerta minha testa. O corredor gira e caio de joelhos. Então o ouço rindo, uma risada sádica que reforça minha resistência. Lentamente, eu me jogo contra suas pernas. Não vai ser como da outra vez, durante a batida, quando deixei aquele Máscara me arrastar por minha própria casa como um cadáver. Dessa vez eu vou lutar. Com unhas e dentes, vou lutar.

Surpreso, Marcus resmunga e perde o equilíbrio. Eu me solto dele e tento me levantar, mas ele pega meu braço e me acerta um tapa com o dorso da mão. Minha cabeça bate no chão, e então ele está me chutando até meu corpo ficar moído. Quando paro de resistir, ele senta com as pernas abertas em cima de mim e prende meus braços no chão.

Solto um último grito, que soa como um lamento quando Marcus tapa minha boca. Meus olhos estão se fechando de tão inchados. Não consigo mais ver. Não consigo mais pensar. Lá longe, os sinos da torre do relógio batem onze vezes.

XXXIV
ELIAS

Ao som do grito, saio de baixo de Helene com um rolamento e me ponho de pé, o beijo esquecido. Ela cai sem cerimônia de costas.

O grito ecoa novamente e pego minha cimitarra. Um segundo depois, Helene pega a dela e me segue pelo corredor. Lá fora, os sinos da torre batem onze vezes.

Uma escrava loira corre em nossa direção: Izzi.

— Socorro! — ela grita. — Por favor... Marcus está... ele...

Já estou correndo pelo corredor escuro, com Izzi e Helene atrás de mim. Não precisamos ir longe. Quando dobramos a esquina, encontramos Marcus curvado sobre uma figura caída, com uma expressão selvagem no rosto. Não consigo ver quem está embaixo dele, mas é óbvio o que Marcus pretende fazer.

Ele não está esperando companhia, razão pela qual conseguimos tirá-lo de cima da escrava bem rápido. Eu o derrubo no chão e o encho de socos, rosnando de satisfação com o ruído de seus ossos debaixo dos meus punhos, celebrando o sangue que espirra na parede. Quando sua cabeça cai para trás, eu me levanto e empunho a cimitarra, pousando a ponta em suas costelas, entre as placas da armadura.

Marcus se levanta com dificuldade, com os braços erguidos.

— Você vai me matar, Veturius? — ele pergunta, ainda com um largo sorriso, apesar do sangue que escorre de seu rosto. — Com uma cimitarra de treinamento?

— Talvez leve mais tempo. — Aumento a pressão contra suas costelas. — Mas vai dar conta do recado.

— Você está de vigília hoje à noite, Cobra — diz Helene. — Que raios está fazendo em um corredor escuro com uma escrava?

— Praticando para quando for a sua vez, Aquilla. — Marcus lambe um pouco do sangue do lábio antes de se virar para mim. — A escrava é melhor de briga que você, seu bastardo...

— Cale a boca, Marcus — digo. — Hel, dá uma olhada nela.

Helene se agacha para ver se a moça ainda está respirando — não será a primeira vez que Marcus matou uma escrava. Eu a ouço gemer.

— Elias... — diz Hel.

— O quê? — Fico mais irado a cada segundo que passa, quase desejando que Marcus tente algo. Uma boa e velha briga de socos até a morte me faria bem. Das sombras, Izzi nos observa, assustada demais para se mexer.

— Deixe-o ir — diz Helene. Chocado, eu a encaro, mas não consigo fazer uma leitura de sua expressão. — Vá — ela diz concisamente para Marcus, baixando meu braço que empunha a espada. — Suma daqui.

Marcus sorri para Helene, aquele sorriso afetado irritante que me dá vontade de espancá-lo até a morte.

— Você e eu, Aquilla — ele diz enquanto se afasta, os olhos em chamas. — Eu sabia que você começaria a perceber.

— Por dez infernos, vá embora. — Helene lança uma faca em sua direção, errando sua orelha por milímetros. — Vá!

Quando o Cobra desaparece pela porta, eu me viro para Helene.

— Me diz que existe uma boa razão para isso.

— É a escrava da comandante. Sua... amiga. Laia.

Vejo a nuvem de cabelos escuros e a pele marrom-dourada, que estavam escondidos pelo corpo de Marcus. Uma sensação doentia toma conta de mim enquanto me agacho ao lado dela e a viro. Seu punho está quebrado, o osso aparecendo debaixo da pele. Hematomas escurecem os braços e o pescoço. Ela geme e tenta se mexer. Seu cabelo é um emaranhado sujo, e os olhos estão roxos e fechados de tão inchados.

— Vou matar Marcus por isso — digo, com a voz estável e calma, uma calma que não sinto. — Temos que levá-la para a enfermaria.

— Escravos são proibidos de buscar tratamento na enfermaria — Izzi sussurra atrás de nós. Eu tinha esquecido que ela estava ali. — A comandante puniria Laia por isso. E você. E o médico.

— Vamos levá-la para a comandante — diz Helene. — A garota é propriedade dela. Ela decide o que fazer.

— A cozinheira pode ajudar — acrescenta Izzi.

Ambas estão certas, mas isso não significa que eu goste das opções. Carrego Laia gentilmente, tomando cuidado com seus ferimentos. Ela é leve, e trago sua cabeça até meu ombro.

— Você vai ficar bem — murmuro para ela. — Está me ouvindo? Vai ficar bem.

Saio a passos largos pelo corredor, sem esperar para ver se Helene e Izzi me seguem. O que teria acontecido se Helene e eu não estivéssemos por perto? Marcus teria estuprado Laia e ela teria sangrado até morrer naquele chão de pedra frio. Saber disso alimenta o ódio que me queima por dentro.

Laia mexe a cabeça e geme.

— Maldito...

— O inferno é pouco para ele — sussurro. Imagino se ela ainda tem o soro de sanguinária que lhe dei. *Isso é demais para um simples soro de sanguinária, Elias.*

— Túnel — ela diz. — Darin... Maz...

— Shhh — digo. — Não fale.

— Só maldade aqui — ela murmura. — Monstros. Monstros pequenos e depois grandes.

Chegamos à casa da comandante, e Izzi segura aberto o portão para o corredor dos criados. Ao nos ver pela porta da cozinha, a cozinheira larga o saco de temperos que está segurando e olha horrorizada para Laia.

— Chame a comandante — eu lhe ordeno. — Diga que a escrava dela está ferida.

— Aqui. — Izzi gesticula para uma porta baixa com uma cortina pendurada na frente. Deito Laia na cama com uma dolorosa lentidão, um membro de cada vez. Helene me passa um cobertor puído e cubro a garota, sabendo como é inútil o gesto. Um cobertor não vai ajudá-la.

— O que aconteceu? — a comandante pergunta atrás de mim. Todos saímos para o corredor dos criados.

— Marcus a atacou — digo. — Quase a matou.

— Ela não deveria estar na rua a esta hora. Eu a dispensei. Quaisquer lesões que ela venha a apresentar são resultado de sua própria imprudência. Deixe a escrava. Você está de vigília no muro leste hoje à noite, se bem me lembro.

— A senhora vai chamar o médico? Ou prefere que eu mesmo chame?

A comandante me encara como se eu estivesse maluco.

— A cozinheira vai cuidar dela — diz. — Se ela sobreviver, sobreviveu. Se morrer... — Minha mãe dá de ombros. — Não que seja da sua conta. Você dormiu com a garota, Veturius. Não quer dizer que seja dono dela. Para a vigília. — Ela coloca a mão no chicote. — Se você se atrasar, vou descontar cada minuto no seu lombo. Ou... — ela inclina a cabeça com ponderação — no da escrava, se preferir.

— Mas...

Helene me pega pelo braço e me puxa corredor afora.

— Me solta!

— Você não ouviu? — diz ela enquanto me reboca para fora da casa da comandante e através dos campos de treinamento de areia. — Se chegar atrasado para a vigília, ela vai açoitar você. Faltam só dois dias para a terceira Eliminatória. Como vai sobreviver se não conseguir nem colocar a armadura?

— Achei que você não se importava mais com o que acontece comigo — digo. — Achei que você tinha rompido relações comigo.

— O que ela quis dizer — pergunta Helene em voz baixa — quando disse que você dormiu com a garota?

— Ela não sabe o que está falando — respondo. — Não sou assim, Helene, você já devia saber. Escute, preciso encontrar um jeito de ajudar Laia. Por um segundo, esqueça que você me odeia, que quer me ver sofrer até a morte. Você consegue pensar em alguém para quem eu possa levá-la? Mesmo se for na cidade...

— A comandante não vai deixar.

— Ela não vai saber...

— Ela vai descobrir. O que há de errado com você? A garota não é nem Marcial. E ela tem uma pessoa de sua própria casta para ajudá-la. Aquela cozinheira está lá há um tempão. Ela vai saber o que fazer.

As palavras de Laia ecoam em minha mente. *Só maldade aqui. Monstros. Monstros pequenos e depois grandes.* Ela está certa. O que é Marcus senão o pior tipo de monstro? Ele bateu em Laia com a intenção de matá-la e não será punido por isso. O que é Helene quando dispensa de maneira tão casual a ideia de ajudar a garota? O que sou eu? Laia vai morrer naquele quartinho escuro. E não estou fazendo nada para impedir.

O que você pode fazer?, pergunta uma voz pragmática. *Se tentar ajudar, a comandante vai punir vocês dois, e isso será o fim da garota, com certeza.*

— Você pode curá-la — eu me dou conta subitamente, chocado por não ter pensado nisso antes. — Do mesmo jeito que me curou.

— Não. — Helene se afasta de mim, com o corpo subitamente rijo. — Nem pensar.

Vou atrás dela.

— Você pode — insisto. — Espere só meia hora. A comandante nunca vai saber. Vá até o quarto de Laia e...

— Não vou fazer isso.

— Por favor, Helene.

— O que você tem com isso, afinal? — ela pergunta. — Você... Vocês dois estão...

— Esqueça isso. Faça por mim. Não quero que ela morra, está bem? Ajude Laia. Eu sei que você pode.

— Não, você não sabe. Nem *eu* sei se posso. O que aconteceu com você depois da Eliminatória da Astúcia foi... bizarro... muito esquisito. Eu nunca tinha feito aquilo antes. E exigiu algo de mim. Não minha força exatamente, mas... Esqueça. Não vou tentar de novo. Nunca mais.

— Ela vai morrer se você não tentar.

— Ela é uma escrava, Elias. Escravos morrem o tempo todo.

Eu me afasto dela. *Só maldade aqui. Monstros...*

— Isso está errado, Helene.

— Marcus já matou antes...

— Não apenas a garota. Isso. — Olho ao redor. — Tudo isso.

Os muros de Blackcliff se erguem à nossa volta como sentinelas impassíveis. Não há nenhum ruído, exceto o retinir rítmico das armaduras dos legionários que patrulham os baluartes. O silêncio deste lugar, essa opressão incubada, me dá vontade de gritar.

— A academia. Os alunos que se formam aqui. As coisas que fazemos. Está tudo errado.

— Você está cansado. Está bravo. Elias, você precisa descansar. As Eliminatórias... — Ela tenta pôr a mão no meu ombro, mas me livro dela, irritado com seu toque.

— Que se danem as Eliminatorias — digo a ela. — Que se dane Blackcliff. E que se dane você também.

Então eu lhe dou as costas e parto para a vigília.

XXXV
LAIA

Tudo dói — minha pele, meus ossos, minhas unhas, até mesmo a raiz dos meus cabelos. Parece que meu corpo não pertence mais a mim. Quero gritar, mas tudo que consigo fazer é gemer. Onde estou? O que aconteceu comigo?

Recortes de lembranças voltam à minha memória. A entrada secreta. Os punhos de Marcus. Então gritos e braços bondosos. Um cheiro limpo, como chuva no deserto, e uma voz gentil. Aspirante Veturius me livrando do meu assassino para que eu possa morrer em um catre de escrava, e não em um chão de pedra.

Vozes sobem e descem à minha volta — o murmúrio ansioso de Izzi e a rouquidão da cozinheira. Acho que ouço o gargalhar de um ghul, que desaparece quando mãos frias me forçam a tomar um líquido. Por alguns minutos, a dor some. Mas ainda está próxima, como um inimigo que espreita impacientemente do lado de fora dos portões. E finalmente ela os arrebenta, queimando e se apoderando de mim.

Observei vovô trabalhar durante anos. Sei o que lesões como essas significam. Estou sangrando por dentro. Nenhum curandeiro, por mais experiente que seja, pode me salvar. Vou morrer.

A consciência é mais dolorosa que meus ferimentos, pois, se eu morrer, Darin também morre. Izzi vai continuar para sempre em Blackcliff. Nada no Império vai mudar. Apenas alguns Eruditos a mais mandados para a cova.

O fragmento de minha mente que ainda se prende à vida se enfurece. *Preciso de um túnel para Mazen. Keenan espera por um relatório. Preciso de alguma informação.*

Meu irmão está contando comigo. Eu o vejo em minha mente, encolhido em uma cela escura, o rosto vazio, o corpo trêmulo. *Viva, Laia,* eu o ouço. *Viva, por mim.*

Não posso, Darin. A dor é um animal feroz que tomou conta de mim. Um frio súbito penetra meus ossos, e ouço risos novamente. Ghuls. *Lute contra eles, Laia.*

A exaustão me derruba. Estou cansada demais para lutar. Pelo menos minha família ficará unida agora. Assim que eu morrer, Darin se juntará a mim, e veremos nossos pais, Lis, nossos avós. Zara talvez esteja lá. E mais tarde Izzi.

Minha dor desaparece à medida que um cansaço ardente e intenso se apossa do meu corpo. É uma sensação tão sedutora, como se eu trabalhasse sob um sol escaldante e voltasse para casa para me afundar em uma cama de penas, sabendo que nada vai me incomodar. Eu o recebo de braços abertos. Eu o desejo.

— Não vou machucar a garota. — O sussurro é duro como vidro e corta meu sono, arrancando-me de volta para o mundo, de volta para a dor. — Mas vou machucar você se não sair da frente.

A voz é familiar. A comandante? Não. Mais jovem.

— Se qualquer uma de vocês disser uma palavra sobre isso para qualquer pessoa, vocês morrem. Eu juro.

Um segundo mais tarde, o ar frio da noite se derrama em meu quarto, e abro os olhos com dificuldade para ver a silhueta da aspirante Aquilla contra a porta. Seu cabelo prateado está preso em um coque feito às pressas, e, em vez de armadura, ela usa um uniforme negro. Machucados enfeiam a pele pálida de seus braços. Ela baixa a cabeça para entrar no quarto, o rosto mascarado inexpressivo, o corpo traindo uma energia nervosa.

— Aspirante... Aquilla... — Eu me engasgo. Ela olha para mim como se eu cheirasse a repolho podre. Ela não gosta de mim, está claro. Mas então por que está aqui?

— Não fale. — Espero veneno, mas sua voz treme. Ela se ajoelha ao lado da minha cama. — Apenas fique quieta... e me deixe pensar.

Sobre o quê?

Minha respiração difícil é o único ruído no quarto. Aquilla está tão silenciosa que parece que dormiu ajoelhada. Ela olha fixamente para a palma das mãos. De tempos em tempos, abre a boca, como se fosse falar. Então a fecha de novo e entrelaça as mãos.

Uma onda de dor se derrama sobre mim, e eu tusso. O gosto salobro de sangue enche minha boca e cuspo no chão, com dor demais para me preocupar com o que Aquilla vai pensar.

Ela toma meu pulso, seus dedos frios contra minha pele. Eu me encolho, pensando que ela quer me machucar. Mas ela apenas segura minha mão de um jeito frouxo, como alguém faria se estivesse no leito de morte de um parente que mal conhece e de quem gosta menos ainda.

Então começa a cantarolar.

Em um primeiro momento, nada acontece. Ela sente a melodia como um cego tateia o caminho em um aposento estranho. O cantarolar atinge picos e despenca, explora, se repete. Então algo muda, e aquilo se torna uma canção que me envolve com a doçura dos braços de uma mãe.

Meus olhos se fecham e me deixo levar. O rosto de minha mãe aparece, então o de meu pai. Eles caminham comigo à beira de um grande mar, balançando-me entre eles. Acima de nós, o céu noturno brilha como vidro polido, com a riqueza de estrelas refletidas na superfície estranhamente serena da água. Meus dedos deslizam sobre a areia fina abaixo dos meus pés, e sinto como se estivesse voando.

Agora eu compreendo. Aquilla está me induzindo à morte através de seu canto. Ela é uma Máscara, afinal. E é uma morte doce. Se eu soubesse que era tão agradável assim, jamais teria tido tanto medo.

A intensidade da canção aumenta, embora Aquilla mantenha a voz baixa, como se não quisesse ser ouvida. Um raio de fogo puro me queima do topo da cabeça até os calcanhares, arrancando-me da paz à beira-mar. Arregalo os olhos, ofegante. *A morte chegou*, penso. *É a dor derradeira, antes do fim.*

Aquilla acaricia meu cabelo, e o calor flui de seus dedos para o meu corpo, como sidra condimentada em uma manhã gelada. Meus olhos ficam pesados, e os fecho novamente enquanto o fogo recua.

Retorno para a praia, e dessa vez Lis corre à minha frente, seu cabelo uma bandeira negro-azulada brilhando na noite. Olho fixamente para seus membros finos como salgueiros e seus olhos azul-escuros, e nunca vi nada tão lindamente vivo. *Você não faz ideia de como senti sua falta, Lis.* Ela olha de volta para mim, e sua boca se mexe — uma palavra, cantada repetidamente. Não consigo distingui-la.

A percepção chega lentamente. Estou vendo Lis. Mas é Aquilla quem está cantando, Aquilla quem está me comandando, com apenas uma palavra repetida em uma melodia infinitamente complexa.

Viva viva viva viva viva viva viva.

Meus pais desaparecem. *Não! Mãe! Pai! Lis!* Quero voltar para eles, vê-los, tocá-los. Quero caminhar às margens noturnas, ouvir suas vozes, maravilhar-me com sua proximidade. Estendo o braço para eles, mas eles se foram, e só restamos Aquilla e eu e as paredes sufocantes do meu quarto. E neste momento compreendo que Aquilla não está me induzindo a uma morte doce através de seu canto.

Ela está me trazendo de volta à vida.

XXXVI
ELIAS

Na manhã seguinte, no café da manhã, eu me sento sozinho e não falo com ninguém. Uma névoa fria e sombria vinda das dunas desce pesadamente sobre a cidade.

Ela combina perfeitamente com o meu humor.

Esqueci a terceira Eliminatória, os adivinhos, Helene. Só consigo pensar em Laia. A lembrança de seu rosto machucado, de seu corpo destruído. Tento imaginar uma maneira de ajudá-la. Subornar o médico-chefe? Não, ele não tem coragem de desafiar a comandante. Trazer um curandeiro às escondidas para cá? Quem se arriscaria a enfrentar a ira da comandante para salvar a vida de uma escrava, mesmo que por muito dinheiro?

Será que ela ainda está viva? Talvez suas lesões não sejam tão sérias quanto pensei. Talvez a cozinheira possa curá-la.

Talvez gatos possam voar, Elias.

Amasso a comida até virar uma paçoca quando Helene entra no refeitório lotado. Fico espantado com o desleixo de seu penteado e com as sombras róseas de cansaço debaixo dos olhos. Ela me vê e se aproxima. Fico tenso e enfio uma colher cheia de comida na boca, recusando-me a olhar para ela.

— A escrava está se sentindo melhor. — Ela baixa a voz para que os estudantes à nossa volta não ouçam. — Eu... passei por lá. Ela aguentou a noite inteira. Eu... hum... eu...

Ela vai pedir desculpas? Após se recusar a ajudar uma garota inocente que não fez nada de errado, exceto ter nascido Erudita em vez de Marcial?

— Ela está melhor, é? — digo. — Tenho certeza de que você está emocionada.

Eu me levanto e vou embora, e Helene permanece absolutamente imóvel atrás de mim, tão estupefata como se eu a tivesse socado, e sinto uma corrente selvagem de satisfação. *Isso mesmo, Aquilla. Não sou como você. Não vou esquecer o sofrimento da garota só porque ela é uma escrava.*

Envio um agradecimento silencioso para a cozinheira. Se Laia sobreviver, sem dúvida será por causa da ajuda dela. Será que devo visitar a garota? O que vou dizer? "Sinto muito que o Marcus quase a estuprou e a matou. Mas ouvi dizer que você está se sentindo melhor."

Não posso visitá-la. Ela não vai me receber, de qualquer maneira. Sou um Máscara. Se ela me odeia somente por isso, já é razão suficiente.

Mas talvez eu possa dar uma passada na casa. A cozinheira pode me contar como Laia está se saindo. Posso levar algo para ela, algo pequeno. Flores? Olho à minha volta, pelos arredores da academia. Blackcliff não tem flores. Talvez eu lhe dê uma adaga. Há um número suficiente delas por aí, e os céus são testemunha de que ela precisa de uma.

— Elias! — Helene me segue quando saio do refeitório, mas a névoa me ajuda a despistá-la. Entro em um prédio de treinamento e observo por uma janela, até que ela desiste e segue seu caminho. *Vamos ver o que ela acha de ser tratada com silêncio absoluto.*

Alguns minutos mais tarde, eu me vejo caminhando na direção da casa da comandante. *Apenas uma visita rápida. Só para ver se ela está bem.*

— Se a sua mãe ficar sabendo, ela vai arrancar a sua pele — diz a cozinheira, da porta da cozinha, quando entro furtivamente no corredor dos criados. — E a nossa também, por deixá-lo entrar aqui.

— Ela está bem?

— Ela não morreu. Agora vá, aspirante. Não estou brincando sobre a comandante.

Se uma escrava falasse desse jeito com Demetrius ou com Dex, eles lhe acertariam um tapa na cara. Mas a cozinheira está apenas fazendo o que acha que é melhor para Laia, e eu obedeço.

O resto do dia é um misto de treinos de combate fracassados, conversas lacônicas e tentativas de fugir da presença de Helene. O nevoeiro fica tão espesso que mal consigo ver minha mão na frente do rosto, o que torna o treinamento mais extenuante que o habitual. Quando os tambores da hora de recolher ressoam, tudo o que quero é dormir. Eu me dirijo à caserna, esgotado, quando Helene me alcança.

— Como foi o treinamento? — Ela sai de dentro da névoa como um espectro, e, contra minha vontade, dou um pulo.

— Esplêndido — digo sombriamente. É claro que não foi esplêndido, e ela sabe disso. Eu não lutava tão mal assim fazia anos. O pouco foco que recuperei durante as batalhas da noite passada com Hel já não existe mais.

— Faris disse que você perdeu o treino de cimitarras esta manhã. Disse que viu você caminhando para a casa da comandante.

— Você e Faris fofocam como menininhas na escola.

— Você viu a garota?

— A cozinheira não me deixou entrar. E a garota tem nome. Laia.

— Elias... jamais daria certo entre vocês dois.

Minha risada de resposta ecoa estranhamente na névoa.

— Que tipo de idiota você acha que eu sou? É claro que não daria certo. Eu só queria saber se ela está bem. Qual o problema?

— Qual o problema? — Helene agarra meu braço e me obriga a parar. — Você é um aspirante. Você tem uma Eliminatória para enfrentar amanhã. A sua vida está em jogo, mas em vez disso você fica sonhando com uma Erudita qualquer.

Minha irritação começa a ficar visível. Ela sente isso e respira fundo.

— Só estou dizendo que existem coisas mais importantes para se preocupar. O imperador vai chegar daqui a alguns dias, e quer ver todos nós mortos. A comandante não parece saber ou se preocupar. E estou com um mau pressentimento sobre a terceira Eliminatória, Elias. Precisamos torcer para que Marcus seja eliminado. Ele não pode vencer, Elias. Não pode. Se ele vencer...

— Eu sei, Helene. — *Eu apostei todas as minhas esperanças nessas malditas Eliminatórias.* — Vá por mim, eu sei. — Dez infernos. Eu gostava mais de Helene quando ela não estava falando comigo.

— Se você sabe, então por que está se deixando destruir em combate? Como você pode vencer a Eliminatória se não tem confiança nem para derrotar alguém como Zak? Você não compreende o que está em jogo?

— É claro que compreendo.

— Não é verdade! Olhe só para você! Está perturbado demais por aquela escrava...

— Não é ela que está me perturbando, está bem? É um milhão de outras coisas. É... este lugar. E o que fazemos aqui. E você...

— Eu? — Ela parece confusa, e isso me deixa mais bravo ainda. — O que foi que eu fiz...

— Você está apaixonada por mim! — Agora eu grito com Helene, porque estou tão irritado com o fato de ela me amar, embora meu lado lógico saiba que estou sendo cruelmente injusto. — Mas eu não estou apaixonado por você, e você me odeia por isso. Você deixou que isso estragasse a nossa amizade.

Ela apenas me olha fixamente, a mágoa crua em seus olhos crescendo a cada instante. Por que ela tinha que se apaixonar por mim? Se ela tivesse controlado suas emoções, nós jamais teríamos brigado na noite do Festival da Lua. Teríamos passado os últimos dez dias nos preparando para a terceira Eliminatória, em vez de nos evitando.

— Você está apaixonada por mim — digo novamente. — Mas eu jamais poderia me apaixonar por você, Helene. Jamais. Porque você é como qualquer outro Máscara. Você estava disposta a deixar Laia morrer só porque ela é uma escrava...

— Eu não a deixei morrer. — A voz de Helene é baixa. — Eu a procurei na noite passada e a curei. É por isso que ela está viva. Eu cantei para ela, cantei até minha voz desaparecer e eu sentir como se a vida tivesse sido sugada de mim. Cantei até ela ficar boa de novo.

— *Você* a curou? Mas...

— O quê, você não acredita que eu seja capaz de fazer algo generoso para outro ser humano? Eu não sou má, Elias, não importa o que você disser.

— Eu nunca disse...

— Disse, sim. — A voz dela se eleva. — Você acabou de dizer que eu sou como qualquer outro Máscara. Você acabou de dizer que jamais poderia... jamais poderia me amar... — Ela dá as costas para mim, mas alguns passos depois se vira de novo. Uma névoa vaporosa a acompanha como um vestido fantasmagórico. — Você acha que eu quero me sentir assim em relação a você? Eu *odeio* isso, Elias. Ver você flertando com garotas ilustres, dormindo com escravas eruditas e enxergando o bem em todas as pessoas... *em todas elas*... menos em mim. — Um soluço escapa de Helene. É a primeira vez que a ouço chorar. Ela o contém. — Amar você é a pior coisa que já me aconteceu na vida... pior que os açoitamentos da comandante, pior que as Eliminatórias. É uma tortura, Elias. — Ela enfia os dedos trêmulos no cabelo. — Você não sabe como é. Você não faz ideia do que eu abri mão por você, do acordo que fiz...

— Do que você está falando? — digo. — Que acordo? Com quem? Por quê?

Ela não responde. Está caminhando — correndo — para longe de mim.

— Helene! — Corro atrás dela, meus dedos roçando levemente a umidade de seu rosto por um segundo torturante. Então a névoa a engole, e Helene não está mais ali.

XXXVII
LAIA

— F aça-a acordar, maldição. — As ordens da comandante cortam através do meu cérebro enevoado, e acordo sobressaltada. — Eu não paguei duzentos marcos para ela dormir o dia inteiro.

Minha mente é escura como breu, e meu corpo está trespassado por uma dor surda, mas sei que, se eu não me levantar deste catre, estarei realmente morta. Enquanto pego minha capa, Izzi empurra a cortina do meu quarto para o lado.

— Você acordou. — Ela está claramente aliviada. — A comandante está em pé de guerra.

— Que... que dia é hoje? — Tremo. Está frio, muito mais que o normal para o verão. Tenho um medo súbito de ter estado inconsciente por semanas, de não ter visto as Eliminatórias, de que Darin esteja morto.

— Marcus atacou você na noite passada — diz Izzi. — A aspirante Aquilla... — Seu olho está arregalado, e então sei que não sonhei com a presença da aspirante, ou com o fato de que ela me curou. *Magia*. Sorrio diante do pensamento. Darin riria, mas não há outra explicação. Afinal de contas, se ghuls e djinns caminham em nosso mundo, por que não poderiam existir forças do bem também? Por que uma garota não poderia curar com uma canção? — Você consegue ficar de pé? — pergunta Izzi. — Já passou do meio-dia. Eu cuidei dos seus afazeres da manhã e cuidaria dos outros, mas a comandante insistiu que você...

— Já passou do meio-dia? — O sorriso desaparece do meu rosto. — Céus... Izzi, eu tinha um encontro com a Resistência duas horas atrás.

317

Tenho que contar a eles sobre o túnel. Keenan talvez ainda esteja esperando...

— Laia, a comandante fechou aquele túnel.

Não. Não. Aquele túnel é a única coisa que existe entre Darin e a morte.

— Ela interrogou Marcus na noite passada, após Veturius ter trazido você — diz Izzi miseravelmente. — Ele deve ter contado a ela sobre o túnel, porque, quando eu passei por lá esta manhã, os legionários o estavam fechando com tijolos.

— Ela interrogou você?

Izzi anui.

— E a cozinheira também. Marcus contou à comandante que nós duas o estávamos espionando, mas eu, bem... — Ela fica sem jeito e olha por sobre o ombro. — Eu menti.

— Você... você mentiu? Por mim? Céus, quando a comandante descobrir, ela vai te matar, Izzi.

Não, Laia, digo a mim mesma. Izzi não vai morrer, porque você vai encontrar uma maneira de tirá-la daqui antes disso.

— O que você disse a ela? — pergunto.

— Que a cozinheira mandou a gente pegar erva-do-corvo na despensa ao lado da caserna e que Marcus nos atacou na volta.

— E ela acreditou em você? Em vez de em um Máscara?

Izzi dá de ombros.

— Eu nunca menti para ela antes — diz. — E a cozinheira confirmou a minha história... disse que estava com uma dor nas costas terrível e que erva-do-corvo era a única coisa que poderia ajudar. Marcus me chamou de mentirosa, mas aí a comandante mandou chamar Zak, e ele admitiu que era possível que tivesse deixado a entrada do túnel aberta e nós simplesmente estivéssemos passando por ali. A comandante me liberou depois disso. — Izzi olha para mim, preocupada. — Laia, o que você vai dizer a Mazen?

Balanço a cabeça. Não faço ideia.

♦ ♦ ♦

A cozinheira me manda para a cidade com uma pilha de cartas para enviar pelo correio sem nem uma menção à surra que levei.

— Seja rápida — a velha diz quando apareço na cozinha para retomar meus afazeres. — Tem uma tempestade terrível chegando, e preciso que você e a auxiliar protejam as janelas com tábuas antes que elas sejam levadas embora.

A cidade está estranhamente silenciosa, suas ruas de pedra mais vazias que o normal, as agulhas das torres encobertas por uma névoa fora de época. O cheiro de pão e animais, fumaça e aço, parece impreciso, como se a névoa tivesse enfraquecido sua intensidade.

Com o corpo há pouco restabelecido, eu me movimento com cuidado. Mas, depois de uma meia hora de caminhada, tudo o que resta da surra que levei são hematomas feios e uma dor vaga. Vou primeiro até a agência do correio, na Praça de Execuções, na esperança de que a Resistência ainda esteja esperando por mim. Os rebeldes não me desapontam. Assim que entro na praça, sinto o cheiro de cedro. Instantes mais tarde, Keenan se materializa, saído da névoa.

— Por aqui. — Ele não diz nada sobre minhas lesões, e me sinto incomodada com sua falta de consideração. Mas, tão logo me acostumo com sua indiferença, ele toma minha mão como se fosse a coisa mais natural do mundo e me leva para os fundos de uma sapataria pequena e abandonada.

Keenan leva uma faísca até uma lamparina pendurada na parede, e, quando a luz se expande, ele se vira e me encara atentamente. Então o distanciamento se dissolve. Por um segundo, ele se mostra exatamente como é, e sei com absoluta certeza que, por trás daquela frieza, ele sente algo por mim. Seus olhos ficam quase negros à medida que ele vê cada machucado.

— Quem fez isso? — ele pergunta.

— Um aspirante. Por isso perdi o encontro. Desculpe.

— Por que você está se desculpando? — ele diz, incrédulo. — Olhe para você... olhe o que fizeram com você. Céus. Se o seu pai estivesse vivo e soubesse que eu deixei isso acontecer...

— Você não deixou isso acontecer. — Coloco a mão em seu braço, surpresa com a tensão do corpo dele, tal qual um lobo que se prepara para uma luta. — Não é culpa de ninguém, só do Máscara que me bateu. Mas estou melhor agora.

— Você não precisa se fazer de forte, Laia. — Suas palavras saem com uma fúria silenciosa, e subitamente me sinto tímida diante dele. Keenan ergue a mão e lentamente contorna, com a ponta do dedo, meus olhos, meus lábios, a curva do meu pescoço. — Andei pensando muito em você.

— Ele coloca a mão quente em meu rosto, e quero tanto me inclinar contra ela. — Esperando te ver na praça com um cachecol cinza, para que tudo isso terminasse logo. Para que você tivesse seu irmão de volta. E depois nós poderíamos... Você e eu poderíamos...

Ele não termina a frase. Respiro sofregamente, e minha pele formiga de absoluta impaciência. Ele se aproxima, atraindo meu olhar, prendendo-me com seus olhos. *Ah, céus, ele vai me beijar...*

Então, estranhamente, Keenan se afasta de mim. Seus olhos estão resguardados novamente, seu rosto despido de qualquer emoção, exceto por uma espécie de frieza profissional. Minha pele queima de vergonha diante da rejeição. Um segundo mais tarde, eu compreendo.

— Aqui está ela — soa uma voz áspera vinda da porta, e Mazen entra na sala. Olho para Keenan, mas ele parece quase entediado, e fico pasma de ver como seus olhos podem ficar frios tão rápido como uma vela que se apagou.

Ele é um combatente, uma voz prática ralha comigo. *Ele sabe o que é importante. Você também deveria saber. Concentre-se em Darin.*

— Sentimos sua falta esta manhã, Laia. — Mazen avalia minhas lesões. — Agora eu vejo por quê. Bem, garota. Você tem o que queremos? Você encontrou uma entrada?

— Eu encontrei algo. — A mentira me toma de surpresa, assim como a facilidade com a qual eu a conto. — Mas preciso de mais tempo. — Vejo uma expressão de surpresa cruzar o rosto de Mazen por um breve e claríssimo segundo. Foi minha mentira que o pegou de surpresa? Meu pedido de mais tempo? *Nenhum dos dois*, diz meu instinto. *É algo mais.* Fico ansiosa quando lembro o que a cozinheira disse dias atrás. *Pergunte a ele onde exatamente o seu irmão está na Central. Em qual cela.*

Reúno coragem.

— Eu... tenho uma pergunta para lhe fazer. Você sabe onde Darin está, certo? Em qual prisão? Em qual cela?

— É claro que eu sei onde ele está. Se não soubesse, não estaria gastando todo o meu tempo e energia pensando em como libertá-lo, não é?

— É que... bem, a Central é tão vigiada. Como vocês...

— Você conhece um jeito de entrarmos em Blackcliff ou não?

— Por que vocês precisam de um? — solto. Ele não está respondendo às minhas perguntas, e uma parte teimosa de mim quer arrancar essas respostas dele. — Como uma entrada secreta para Blackcliff vai ajudar vocês a libertar o meu irmão da prisão mais fortificada do sul?

O olhar de Mazen muda do cansaço para algo próximo da raiva.

— Darin não está na Central — ele diz. — Antes do Festival da Lua, os Marciais o levaram para as celas da morte na Prisão Bekkar. A Bekkar fornece a guarda de reserva para Blackcliff. Então, quando lançarmos um ataque-surpresa sobre Blackcliff com metade das nossas forças, os soldados partirão de Bekkar em grande número para Blackcliff, deixando a prisão desguarnecida para as nossas forças a tomarem.

— Ah. — Fico em silêncio. Bekkar é uma prisão pequena no Bairro Ilustre, não muito distante de Blackcliff, mas isso é tudo o que sei dela. O plano de Mazen faz completo sentido agora, e me sinto uma idiota.

— Não mencionei nada a você, ou a qualquer outra pessoa — ele olha claramente para Keenan —, porque, quanto mais pessoas souberem do plano, maior a probabilidade de ele não dar certo. Então, pela última vez: você tem algo para mim?

— Existe um túnel. — *Ganhe tempo. Diga algo.* — Mas tenho que descobrir para onde ele leva.

— Isso não é o suficiente — diz Mazen. — Se você não tem nada, então sua missão fracassou...

— Senhor. — A porta é escancarada e Sana entra na sala agitadamente. Parece que não dorme há dias, e não compartilha os sorrisos falsos dos dois homens que vêm atrás dela. Quando me vê, ela me olha novamente, como se quisesse se certificar. — Laia... o seu rosto. — Seus olhos baixam até minha cicatriz. — O que aconteceu...

— Sana — late Mazen. — Relatório.

Ela transfere sua atenção imediatamente para o líder da Resistência.

— Chegou a hora — ela diz. — Se vamos fazer isso, então precisamos ir. Agora.

Hora de quê? Olho para Mazen, pensando que ele vai dizer aos companheiros para esperar um instante, pois precisa terminar de conversar comigo. Mas, em vez disso, ele sai mancando na direção da porta, como se eu não existisse.

Sana e Keenan trocam um olhar de relance, e ela balança a cabeça, como se quisesse adverti-lo algo. Keenan a ignora.

— Mazen — ele diz. — E Laia?

Mazen para a fim de considerar minha situação, com um visível incômodo no rosto.

— Você falou que precisa de mais tempo — ele diz. — Tudo bem. Consiga algo para mim até depois de amanhã à meia-noite. Então libertaremos o seu irmão, e tudo isso termina.

Ele deixa a sala, entretido em uma conversa em voz baixa com seus homens e estalando os dedos para que Sana os siga. A mulher olha para Keenan com uma expressão indecifrável antes de sair apressadamente.

— Não entendo — digo. — Um minuto atrás, ele disse que estava tudo acabado...

— Tem alguma coisa errada. — Keenan olha fixamente para a porta. — E preciso descobrir o que é.

— Ele vai manter a promessa que me fez, Keenan? De libertar Darin?

— A facção de Sana tem pressionado Mazen. Eles acham que ele já devia ter libertado o seu irmão, e não vão deixar que ele esqueça essa promessa. Mas... — Ele balança a cabeça. — Preciso ir. Tome cuidado, Laia.

Na rua, a névoa é tão espessa que tenho de colocar as mãos à frente para não bater em nada. Estamos no meio da tarde, mas o céu fica mais escuro a cada segundo. Uma barreira grossa de nuvens turva o céu acima de Serra, como se reunisse forças para um ataque.

Enquanto volto para Blackcliff, tento estabelecer algum sentido para o que acabou de acontecer. Quero acreditar que posso confiar em Mazen, que ele vai manter sua palavra, mas algo está errado. Eu lutei durante dias para conseguir que ele me desse mais tempo. Não faz sentido que ele tenha cedido de repente, com tanta facilidade.

E tem algo mais que me deixa tensa. A facilidade com que Mazen se esqueceu de mim quando Sana apareceu. E como não olhou para valer em meus olhos quando prometeu salvar meu irmão.

XXXVIII
ELIAS

Na manhã da Eliminatória da Força, o ressoar retumbante de um trovão me faz acordar sobressaltado, e fico deitado na escuridão do meu quarto por um longo tempo, ouvindo a chuva sovar o telhado da caserna. Alguém enfia debaixo da porta um pergaminho marcado com o selo de diamante dos adivinhos. Eu o rasgo para abrir.

Somente o uniforme. Armadura de batalha está proibida.
Permaneça em seu quarto. Eu o buscarei.

— Cain

Ouço um arranhar discreto na porta enquanto amasso o bilhete. Um garoto escravo com uma aparência aterrorizada está parado do lado de fora, oferecendo uma bandeja de mingau grosso e um pão achatado e duro. Eu me forço a engolir cada pedaço. Por pior que seja o gosto, preciso de todo o combustível possível para vencer o combate.

Pego todas as minhas armas: as duas cimitarras telumanas nas costas, uma cinta de adagas atravessada no peito e uma faca enfiada em cada bota. Então espero.

As horas se arrastam, mais lentas que um turno de madrugada nas torres de vigia. Na rua, o vento é intenso, fazendo ramos e folhas passarem voando por minha janela. Eu me pergunto se Helene está no quarto. Cain já foi chamá-la?

Finalmente, no fim da tarde, ouço uma batida à porta. Estou tão tenso que quero derrubar as paredes com as mãos.

— Aspirante Veturius — diz Cain quando abro a porta. — Chegou a hora.

Na rua, o frio tira o meu fôlego e me corta através das roupas finas como uma foice gelada. Parece que não estou vestindo nada. Serra nunca é tão fria no verão. Dificilmente é fria assim no inverno. Olho de soslaio para Cain. O tempo tem de ser obra dele — dele e de sua turma. O pensamento deixa meu humor sombrio. Existe algo que eles não consigam fazer?

— Sim, Elias — Cain responde à minha pergunta. — Não conseguimos morrer.

Os punhos de minhas cimitarras batem em meu pescoço, frios como gelo, e, apesar de usar botas adequadas, não sinto os pés. Sigo Cain de perto, incapaz de saber para que lado estamos indo, até que os muros altos e em arco do anfiteatro se erguem à nossa frente.

Baixamos a cabeça para entrar na armaria do anfiteatro, que está lotada de homens com armaduras de treinamento vermelhas de couro.

Seco a chuva dos olhos e os encaro sem acreditar no que vejo.

— Pelotão Vermelho?

Dex e Faris estão ali, ao lado de outros vinte e sete homens do meu pelotão de batalha, incluindo Cyril, um garoto de corpo roliço e que odeia receber ordens, mas aceita as minhas prontamente, e Darien, que tem punhos de martelo. Eu deveria me sentir aliviado por saber que esses homens vão me ajudar na Eliminatória, mas, em vez disso, estou uma pilha de nervos. O que Cain planejou para nós?

Cyril me estende minha armadura de treinamento.

— Estão todos aqui, comandante — diz Dex, olhando diretamente para a frente, mas com uma voz que trai seus nervos. Enquanto prendo a armadura, avalio o humor do pelotão. A tensão irradia de todos eles, mas é compreensível. Eles sabem dos detalhes das duas primeiras Eliminatórias. Devem estar se perguntando que horror inventado pelos adivinhos vão ter de enfrentar.

— Em alguns momentos — diz Cain —, vocês vão deixar esta armaria e vão se dirigir para o campo do anfiteatro. Lá, vão se engajar em uma batalha até a morte. A armadura de batalha está proibida e já foi tomada de vocês. O objetivo é simples: matar o maior número possível de inimigos. A batalha termina quando você, aspirante Veturius, derrotar o líder do inimigo, ou for derrotado por ele. Estou avisando: se demonstrarem compaixão, se hesitarem em matar, haverá consequências.

Certo. Como ter nossa garganta cortada por qualquer coisa que esteja nos esperando lá fora.

— Vocês estão prontos? — pergunta Cain.

Uma batalha até a morte. Isso significa que alguns dos meus homens — meus amigos — podem morrer hoje. Dex encontra meus olhos brevemente. Sua expressão é a de um homem preso em uma armadilha, um homem com um segredo que o atormenta. Ele lança um olhar temeroso e rápido para Cain e baixa os olhos.

Então noto que as mãos de Faris estão tremendo. Ao seu lado, Cyril brinca ansiosamente com uma adaga, esfregando a ponta da arma no dedo. Darien me encara de um modo estranho. O que há em seus olhos? Tristeza? Medo?

Algum conhecimento sombrio assombra meus homens, algo que eles não estão dispostos a me contar.

Será que Cain lhes deu algum motivo para duvidarem da vitória? Olho fixamente para o adivinho. Dúvida e medo são emoções traiçoeiras antes de uma luta. Juntas, elas podem infiltrar a mente de bons homens e decidir uma batalha antes que ela comece.

Encaro a porta que dá para o campo do anfiteatro. O que quer que esteja nos esperando lá fora, vamos ter de encarar de igual para igual, ou morreremos.

— Estamos prontos.

A porta se abre, e, diante do consentimento de Cain, lidero o pelotão para fora. A chuva se mistura ao gelo, e minhas mãos formigam e se enrijecem. O rugir de trovões e a batida da chuva na lama abafam o ruído da nossa passagem. O inimigo não nos ouvirá chegando — mas nós não o ouviremos também.

— Vamos nos separar! — grito para Dex, sabendo que ele mal vai compreender minhas palavras em face do barulho da tempestade. — Você cobre o flanco esquerdo. Se encontrar o inimigo, venha falar comigo. Não entre em combate.

Mas, pela primeira vez desde que se tornou meu tenente, Dex não acata minhas ordens. Ele não se mexe. Olha fixamente sobre o meu ombro, para a névoa que obscurece o campo de batalha.

Sigo seu olhar e percebo um movimento.

Armadura de couro. O reluzir de uma cimitarra.

Será que um dos meus homens avançou às escondidas para realizar um reconhecimento? Não — faço uma rápida contagem, e estão todos dispostos atrás de mim, aguardando ordens.

Um raio divide o céu ao meio, iluminando o campo de batalha por um momento atormentador.

Então a névoa baixa, espessa como um cobertor, mas não antes que eu veja contra quem estamos lutando. Não antes que o choque transforme meu sangue em gelo e meu corpo em pedra.

Cruzo o olhar com o de Dex. A verdade está ali, em seu olhar claro e assombrado. E no de Faris e Cyril. No de todos os homens. Eles sabem.

No mesmo instante, uma figura com vestes azuis se desprende da névoa com sua graça familiar, a trança prateada reluzindo no cabelo, caindo sobre o Pelotão Vermelho como uma estrela cadente.

Então ela me vê e vacila, com os olhos arregalados.

— Elias?

Força de braços, mente e coração. Para isso? Para matar minha melhor amiga? Para matar seu pelotão?

— Comandante? — Dex agarra meu braço. — Ordens?

Os homens de Helene emergem da névoa, prontos, com as cimitarras empunhadas. *Demetrius. Leander. Tristas. Ennis.* Eu conheço esses caras. Eu cresci até a idade adulta com eles, sofri com eles, suei com eles. Não darei ordem para matá-los. Dex me sacode.

— Ordens, Veturius. Precisamos de ordens.

Ordens. É claro. Eu sou o comandante do Pelotão Vermelho. Cabe a mim decidir.

Se demonstrarem compaixão, se hesitarem em matar o inimigo, haverá consequências.

— Acertem só para ferir! — grito. Que se danem as consequências.
— Não matem. *Não* matem.

Mal tenho tempo de dar a ordem, e o Pelotão Azul está em cima de nós, lutando de maneira tão feroz como se fôssemos uma tribo de invasores de fronteiras. Ouço Helene gritar algo, mas não consigo discernir o que é, na cacofonia formada pela chuva intensa e o choque das espadas. Ela desaparece, perdida no caos.

Eu me viro para procurá-la e vejo Tristas abrindo caminho na confusão, vindo diretamente na minha direção. Ele lança uma adaga serrilhada contra meu peito, e eu só a desvio com minha cimitarra. Tristas empunha sua arma e avança sobre mim. Eu me agacho e deixo que ele passe rolando por cima, antes de acertá-lo com o lado cego da minha lâmina, na parte de trás das pernas. Ele perde o equilíbrio e escorrega na lama, cada vez mais espessa, caindo de costas com a garganta exposta.

Pronto para o abate.

Eu me viro, esperando desarmar meu próximo inimigo. Mas, quando o faço, Faris, que levava vantagem em uma luta com outro dos homens de Helene, começa a tremer. Seus olhos incham, a lança que ele segura cai de seus dedos inertes e seu rosto fica vermelho. Seu oponente, um garoto calado chamado Fortis, limpa a chuva gelada dos olhos e observa fixamente, boquiaberto, enquanto Faris desaba de joelhos, agarrando um inimigo que ninguém consegue ver.

O que está acontecendo com ele? Corro em sua direção, e minha mente grita para que eu faça algo. Mas tão logo chego a um metro de Faris, meu corpo é jogado para trás como se por uma mão invisível. Minha visão escurece por um momento, mas mesmo assim fico de pé, à espera de que nenhum dos meus inimigos escolha este momento para atacar. *O que é isso? O que está acontecendo com Faris?*

Tristas se levanta cambaleante de onde eu o havia deixado, e seu rosto irradia uma intensidade assustadora quando me vê. Ele quer acabar comigo.

A respiração entrecortada de Faris desaparece. Ele está morrendo.

Consequências. Haverá consequências.

O tempo muda. Os segundos se estendem e se parecem horas, enquanto eu contemplo o campo de batalha. O Pelotão Vermelho segue as minhas ordens de somente ferir — e estamos sofrendo por causa disso. Cyril está caído. Darien também. Toda vez que um dos meus homens demonstra compaixão em relação ao inimigo, um de seus camaradas cai, e a vida lhe é arrancada pela bruxaria dos adivinhos.

Consequências.

Olho de Faris para Tristas. Eles vieram para Blackcliff quando Helene e eu viemos. Tristas, de cabelos escuros e olhos arregalados, coberto de machucados pela brutalidade da iniciação. Faris, esfomeado e pálido, nenhum indício do humor e da força muscular que possuiria mais tarde na vida. Helene e eu fizemos amizade com eles já na primeira semana, cada um defendendo o outro da melhor maneira possível de nossos colegas predadores.

E agora um deles vai morrer. Não importa o que eu faça.

Tristas vem até mim, as lágrimas riscando sua máscara. O cabelo negro está coberto de lama, e os olhos ardem com o pânico de um animal encurralado enquanto olha de Faris para mim.

— Sinto muito, Elias.

Ele dá um passo em minha direção e subitamente seu corpo se enrijece. A cimitarra que traz na mão desce em direção à lama e ele olha para baixo, para a lâmina que sai de seu peito. Então ele escorrega para o chão molhado, com o olhar fixo no meu.

Dex está parado atrás dele, o choque irrompendo de seus olhos enquanto observa um de seus melhores amigos morrer por suas mãos.

Não. Tristas, não. Tristas, que é noivo da namoradinha de infância desde que tinha dezessete anos, que me ajudou a entender Helene, que tem quatro irmãs que o adoram... Olho fixamente para o seu corpo, para a tatuagem em seu braço. Aelia.

Tristas está morto. *Morto.*

Faris para de se debater. Ele tosse e fica de pé tropegamente, então olha para baixo, para o corpo de Tristas, com um choque crescente. Mas ele tem tão pouco tempo para chorar quanto eu. Um dos homens de Helene lança um bastão na direção de sua cabeça, e logo ele está metido em outra luta, socando e dando estocadas como se um minuto atrás não estivesse à beira do abismo.

Dex fica cara a cara comigo, o olhar selvagem.

— Precisamos matá-los! Dê a ordem!

Minha mente não pode pensar as palavras. Meus lábios não são capazes de falar. Eu conheço esses homens. E Helene... Não posso deixar que matem Helene. Penso no pesadelo do campo de batalha — Demetrius, Leander e Ennis. *Não. Não. Não.*

À minha volta, os homens desabam e sufocam à medida que se recusam a matar seus amigos, ou caem debaixo das espadas impiedosas do Pelotão Azul.

— Darien está morto, Elias! — Dex me sacode novamente. — Cyril também. Aquilla já deu a ordem. Você precisa dar também, ou estamos acabados. Elias. — Ele me força a olhá-lo nos olhos. — Por favor.

Incapaz de falar, ergo as mãos e dou o sinal, minha pele formigando enquanto a mensagem é passada pelo campo de batalha de soldado a soldado.

Ordens do comandante Vermelho. Lutem para matar. Sem piedade.

◆ ◆ ◆

Não há palavrões, nem gritos, nem blefes. Estamos todos presos em um bolsão de violência interminável. Espadas rangem, amigos morrem e a chuva gelada cai como canivetes sobre nós.

Eu dei a ordem e assumo a liderança. Não hesito, porque, se o fizer, meus homens vão vacilar. E, se vacilarem, vamos todos morrer.

Então eu mato. O sangue mancha tudo. Minha armadura, minha pele, minha máscara, meu cabelo. O punho de minha cimitarra pinga sangue e fica escorregadio sob minha mão. Eu sou a morte em pessoa e presido esta carnificina. Algumas de minhas vítimas morrem com uma rapidez misericordiosa, apagadas antes de seu corpo tocar o chão.

Outras levam mais tempo.

Uma parte miserável em mim quer fazê-lo furtivamente. Apenas me posicionar sem ser notado atrás delas e escorregar minha cimitarra para dentro, para não precisar ver seus olhos. Mas a batalha é mais feia que isso. Mais dura. Mais cruel. Eu encaro o rosto dos homens que mato, e, embora a tempestade abafe os gemidos, cada morte entalha caminho em minha memória, cada uma delas uma ferida que jamais vai se curar.

A morte suplanta tudo. Amizade, amor, lealdade. As boas memórias que tenho desses homens — do riso incontido, das apostas vencidas, das peças pregadas — são roubadas para longe. Tudo que consigo lembrar são as histórias ruins, as histórias mais sombrias.

Ennis chorando como uma criança nos braços de Helene quando a mãe dele morreu há seis meses. Seu pescoço estala em minhas mãos como um graveto.

Leander e seu amor jamais correspondido por Helene. Minha cimitarra desliza por seu pescoço como um pássaro voando em um céu límpido. Com facilidade. Sem nenhum esforço.

Demetrius, que gritou em uma ira inútil após ver seu irmão de dez anos ser açoitado por deserção até morrer, pelas mãos da comandante. Ele sorri quando me vê chegando, larga sua arma e espera, como se a ponta da minha espada fosse uma bênção. O que Demetrius vê enquanto a luz deixa seus olhos? O irmãozinho esperando por ele? Uma infinidade de escuridão?

A matança continua, e durante o tempo todo, pairando nos fundos da minha mente, repousa o ultimato de Cain. *A batalha termina quando você, aspirante Veturius, derrotar o líder do inimigo, ou for derrotado por ele.*

Já tentei procurar Helene e acabar com isso rapidamente, mas ela é esquiva. Quando finalmente me encontra, parece que estive combatendo há dias, embora, na verdade, tenha se passado só meia hora.

— Elias — ela grita meu nome, mas sua voz soa fraca.

A batalha perde o ímpeto e cessa à medida que nossos homens param de atacar e a névoa se dissipa o suficiente para eles se virarem e acompanharem a mim e a Helene. Lentamente, eles se reúnem à nossa volta, formando um meio-círculo pontuado de espaços vazios onde homens vivos deveriam estar.

Hel e eu nos encaramos, e lamento não ter o poder dos adivinhos para saber o que se passa em sua mente. Seu cabelo loiro é um emaranhado de sangue, lama e gelo, com a trança solta, pendurada nas costas. Seu peito sobe e desce pesadamente.

Eu me pergunto quantos homens ela matou.

O punho de Helene se fecha em torno da sua cimitarra — um aviso que ela sabe que vou perceber.

Então ela ataca. Embora eu gire e levante minha cimitarra para apará-la, minhas entranhas se paralisam. Estou chocado com sua veemência. Outra parte de mim compreende. Ela quer acabar com essa loucura.

Em um primeiro momento, tento me esquivar de seu ataque, sem querer partir para a ofensiva. Mas uma década de um instinto impiedosamente afiado se rebela com essa passividade. Logo estou lutando intensamente, usando cada truque que conheço para sobreviver à violenta investida de Helene.

Minha mente lembra de relance as posturas de ataque que meu avô me ensinou, aquelas que os centuriões de Blackcliff não conhecem. Aquelas que Helene não será capaz de defender.

Você não pode matar Hel. Não pode.

Mas que escolha eu tenho? Um de nós precisa matar o outro, ou a Eliminatória não terá fim.

Deixe-a matá-lo. Deixe-a vencer.

Como se sentisse minha fraqueza, Helene cerra os dentes e me pressiona para trás, seus olhos claros glaciais, instigando-me a desafiá-la. *Deixe-a, deixe-a, deixe-a.* A cimitarra de Helene corta em direção ao meu pescoço, e contra-ataco com uma estocada rápida, quando ela está prestes a decepar minha cabeça.

A ira da batalha toma conta de mim, empurrando todos os outros pensamentos para longe. Subitamente, ela não é Helene. É uma inimiga que me quer ver morto, uma inimiga que eu preciso derrotar.

Lanço minha cimitarra para o céu, observando com satisfação mercenária enquanto os olhos de Helene piscam para cima para seguir a trajetória da arma. Então eu ataco, partindo para cima dela como um executor. Meu joelho acerta seu peito, e, mesmo em meio à tempestade, ouço o estalo de uma costela e o gemido surpreso do fôlego a deixando.

Ela está debaixo de mim, e seus enormes olhos azuis ficam aterrorizados enquanto imobilizo seu braço que empunha a cimitarra. Nossos corpos estão entrelaçados, mas subitamente Helene é uma estranha para mim, tão incognoscível quanto os céus. Arranco uma adaga de meu peito e meu sangue ruge quando meus dedos tocam o punho frio. Ela me dá uma joelhada e agarra sua cimitarra, determinada a terminar comigo antes que eu termine com ela. Sou muito rápido. Ergo a adaga bem alto, minha ira atingindo o pico, como a nota mais alta de uma tempestade na montanha.

E então levo a lâmina para baixo.

XXXIX
LAIA

Na escuridão que antecede o amanhecer, a tempestade sacode os céus de Serra e cai com a força de um exército invasor. O corredor dos criados está inundado com um palmo de chuva, e a cozinheira e eu tiramos a água com vassouras de palha enquanto Izzi empilha sacos de areia incansavelmente. A água golpeia meu rosto como os dedos gelados de um fantasma.

— Que dia terrível para uma Eliminatória! — Izzi me diz sobre a chuvarada.

Não sei em que consistirá a terceira Eliminatória, e também não me importo, exceto por esperar que ela sirva como distração para o restante da academia enquanto procuro uma entrada secreta para Blackcliff.

Ninguém mais parece compartilhar da minha indiferença. Em Serra, as apostas sobre quem vai vencer chegam a ser quase obscenas. Izzi me contou que as chances mudaram e agora favorecem Marcus em vez de Veturius.

Elias, sussurro o nome para mim mesma. Penso em seu rosto sem a máscara e no timbre baixo e eletrizante de sua voz quando ele murmurou em meu ouvido no Festival da Lua. Penso em como ele se movia quando lutou com Aquilla, aquela beleza sensual que me deixou sem ar. Penso em sua ira implacável quando Marcus quase me matou.

Pare, Laia. Pare. Ele é um Máscara e eu sou uma escrava, e pensar nele dessa maneira é tão errado que me pergunto por um segundo se a surra que Marcus me deu não afetou meu cérebro.

— Para dentro, escrava. — A cozinheira toma minha vassoura, seu cabelo um halo rebelde na tempestade. — A comandante está chamando. Subo correndo a escada, completamente encharcada e trêmula. Encontro a comandante andando de um lado para o outro no quarto, com uma energia violenta e as madeixas loiras soltas.

— Meu cabelo — a mulher diz, quando entro apressada em seus aposentos. — Rápido, garota, ou arranco seu couro.

No segundo em que termino, ela pega suas armas na parede e deixa o quarto, sem se preocupar em me passar a ladainha habitual de ordens.

— Se mandou daqui como um lobo na caçada — Izzi diz, quando entro na cozinha. — Foi direto para o anfiteatro. Deve ser lá que a Eliminatória vai acontecer. Não tenho certeza...

— Você e o resto da escola, garota — diz a cozinheira. — Logo vamos descobrir. Estamos presas aqui dentro hoje. A comandante disse que qualquer escravo que for pego lá fora hoje será morto na hora.

Izzi e eu nos entreolhamos. Ontem, a cozinheira nos manteve trabalhando nos preparativos para a tempestade até depois da meia-noite, e minha intenção era procurar uma entrada secreta hoje.

— Não vale o risco, Laia — Izzi me avisa quando a cozinheira vai embora. — Você ainda tem amanhã. Descanse a mente por um dia, e quem sabe uma solução se apresente. — Um estrondo de trovoadas saúda o seu comentário. Eu suspiro e anuo. Espero que ela esteja certa.

— Vão trabalhar, vocês duas. — A cozinheira empurra um pano na mão de Izzi. — Auxiliar, termine a prata, dê polimento no corrimão, esfregue a..

Izzi revira os olhos e joga o pano no chão.

— Tire o pó dos móveis, pendure a roupa lavada, eu sei. Esqueça isso, cozinheira. A comandante vai ficar fora o dia inteiro. Não podemos aproveitar nem por um minuto? — A mulher pressiona os lábios em desaprovação, mas Izzi assume um tom lisonjeiro. — Conte uma história para a gente. Algo assustador. — Ela estremece de expectativa, e a cozinheira faz um ruído estranho que poderia ser tanto um riso quanto um resmungo.

— A vida já não é assustadora o suficiente para você, garota?

Em silêncio, vou furtivamente para trás da bancada da cozinha para passar a aparentemente interminável pilha de uniformes da comandante. Há eras não ouço uma boa história, e adoraria me perder em uma. Mas, se a cozinheira souber disso, provavelmente se mantenha calada.

A velha parece nos ignorar. Suas mãos, pequenas e finas, escolhem potes de condimentos enquanto ela prepara o almoço.

— Você não vai desistir, não é? — Penso em um primeiro momento que a cozinheira está falando com Izzi, mas ergo o olhar e vejo que ela se dirige a mim. — Você vai levar essa missão até o fim para salvar o seu irmão, não importa quanto lhe custe.

— Eu preciso fazer isso.

Espero que ela parta para mais um de seus discursos inflamados contra a Resistência. Mas, em vez disso, ela anui, pouco surpresa.

— Então eu tenho uma história para você — diz. — Nela não há herói nem heroína. Também não há final feliz. Mas é uma história que você precisa ouvir.

Izzi ergue uma sobrancelha e pega o pano do chão. A cozinheira fecha um pote de condimentos e abre outro. Então começa:

— Muito tempo atrás, quando o homem não conhecia a ganância, a malícia, as tribos ou os clãs, os djinns habitavam a terra.

A voz da cozinheira não lembra em nada a de uma kehanni tribal: é severa, quando a de uma contadora de histórias seria suave; incisiva, quando a de uma contadora de histórias seria doce e ritmada. Mas a cadência da velha me lembra a dos Tribais de qualquer maneira, e me sinto atraída pelo relato.

— Os djinns eram imortais. — Os olhos da cozinheira estão tranquilos, como se ela estivesse perdida em um devaneio interno. — Criados pelo fogo, sem pecados e sem fumaça. Eles cavalgavam os ventos e liam as estrelas, e sua beleza era a beleza dos lugares selvagens. Embora os djinns pudessem manipular a mente de criaturas inferiores, eram honrados e se ocupavam da educação de seus jovens e da proteção de seus mistérios. Alguns eram fascinados pela raça destemperada do homem. Mas o líder dos djinns, o Rei-Sem-Nome, que era o mais velho e o mais sábio deles, aconselhou o seu povo a evitar os homens. E assim eles fizeram. Conforme os séculos se passaram, os homens ficaram fortes e travaram amizade com uma raça de elementais selvagens, os efrits. Em sua inocência, os efrits mostraram aos homens os caminhos para a grandeza, concedendo a eles os poderes da cura e da luta, da rapidez e da cartomancia. Vilarejos se tornaram cidades. Cidades se tornaram reinos. Reinos caíram e foram fundidos em impérios. Desse mundo em constante mudança, surgiu o Império Erudito, o mais forte entre os homens, dedicado ao seu credo: "Pelo conhecimento, a transcendência". E quem tinha mais conhecimento que os djinns, as criaturas mais antigas da terra? Numa tentativa de aprender os segredos dos djinns, os Eruditos mandaram delegações para negociar com o Rei-Sem-Nome. Eles receberam uma resposta gentil, mas firme: "Nós somos os djinns. Nós somos à parte". Mas os Eruditos não haviam criado um império para desistir diante do primeiro obstáculo. Eles enviaram mensageiros astutos, criados para a oratória da mesma maneira que os Máscaras são criados para a guerra. Quando isso fracassou, enviaram sábios e artistas, feiticeiros e políticos, professores e curandeiros, realeza e pessoas do povo. Mas a resposta era sempre a mesma: "Nós somos os djinns. Nós somos à parte". Em seguida, tempos difíceis se abateram sobre o Império Erudito. A fome e a praga levaram cidades inteiras. A ambição erudita se transformou em amargura. O imperador erudito ficou bravo, acreditando que só havia um jeito de se erguerem novamente: se o seu povo tivesse o conhecimento dos djinns. Ele reuniu as mentes eruditas mais brilhantes em um concílio e lhes deu uma tarefa: dominar os djinns. O concílio encontrou aliados sombrios entre as criaturas sobrenaturais: efrits das cavernas, ghuls, espectros. Com essas criaturas tortuosas, os Eruditos aprenderam a pegar os djinns em armadilhas com sal, aço e chuva de verão, recém-caída dos céus. Eles atormentaram as velhas criaturas, atrás da fonte de seu poder. Mas os djinns mantiveram seus segredos guardados. Furioso com as evasivas dos djinns, o concílio não quis mais saber dos segredos sobrenaturais. Agora eles só queriam destruir os djinns. Efrits, ghuls e espectros abandonaram os Eruditos, compreendendo toda a extensão da sede de poder do homem. Mas era tarde demais. As criaturas haviam repassado seu conhecimento gratuitamente e em confiança, e o concílio usou esse conhecimento para criar uma arma que venceria os djinns para sempre. Eles a chamaram de Estrela. Horrorizadas, as criaturas sobrenaturais assistiram àquilo tudo, desesperadas para impedir o desastre que ajudaram a desencadear. A Estrela deu aos seres humanos poder excepcional, e assim as criaturas menores fugiram, desaparecendo em lugares profundos para esperar a guerra passar. Os djinns permaneceram firmes, mas eram muito poucos. O concílio os encurralou e usou a Estrela para prendê-los para sempre em um bosque, uma prisão viva e crescente, o único lugar com poder suficiente para segurar essas criaturas. O poder desencadeado pela prisão acabou com a Estrela, e com o concílio também. Mas os Eruditos festejaram, pois os djinns tinham sido derrotados. Todos, exceto o maior deles.

— O rei — Izzi interrompe.

— Sim. O Rei-Sem-Nome escapou de ser preso. Mas fracassou em salvar o seu povo, e esse fracasso o deixou insano. Foi uma loucura que ele carregou consigo como uma nuvem de ruína. Aonde quer que ele fosse, a escuridão caía, mais profunda que o oceano à meia-noite. E o rei finalmente recebeu um nome: Portador da Noite.

Levanto a cabeça com um salto.

Meu lorde Portador da Noite...

— Por centenas de anos — continua a cozinheira —, o Portador da Noite puniu a humanidade de todas as maneiras que pôde. Mas isso nunca era suficiente. Como ratos, os homens disparavam para seus esconderijos quando ele aparecia. E, como ratos, emergiam tão logo ele partia. Então ele começou a planejar. Aliou-se aos antigos inimigos dos Eruditos, os Marciais, um povo cruel exilado nos confins, ao norte do continente. Sussurrou para eles os segredos da arte do preparo do aço e do domínio de um povo. E os ensinou a se elevarem acima de suas raízes selvagens. Então ele esperou. Em poucas gerações, os Marciais estavam prontos. E partiram para a invasão. O Império Erudito caiu rapidamente, e seu povo foi escravizado, destruído. Mas ainda permaneceu vivo. E assim a sede de vingança do Portador da Noite continua sem ser saciada.

Ele vive agora nas sombras, onde seduz e escraviza seus irmãos mais fracos: os ghuls, os espectros, os efrits das cavernas, para puni-los por sua traição tão antiga. Ele observa e espera, até chegar o momento certo, até que possa cobrar sua vingança completa.

Enquanto as palavras da cozinheira vão se extinguindo, percebo que estou segurando o passador no ar. Izzi está boquiaberta, o polimento esquecido. Raios reluzem na rua, e uma rajada de vento sacode janelas e portas.

— Por que eu preciso saber dessa história? — pergunto.

— Diga você mesma, garota.

Respiro fundo.

— Porque é verdade, não é?

A cozinheira abre um sorriso torto.

— Você viu o visitante noturno da comandante, pelo que sei.

Izzi olha de uma para a outra.

— Que visitante?

— Ele... ele se chamava Portador da Noite — digo. — Mas não pode ser...

— Ele é exatamente o que diz que é. Os Eruditos querem fechar os olhos para a verdade. Ghuls, espectros, almas penadas, djinns... são apenas lendas — diz a cozinheira. — Mitos tribais. Contos de acampamento. Quanta arrogância — ela escarnece. — Quanto orgulho. Não cometa esse erro, garota. Abra os olhos para isso, ou terminará como a sua mãe. O Portador da Noite estava bem diante dela, e ela não fazia a menor ideia.

Largo o passador.

— O que você quer dizer?

A cozinheira fala em voz baixa, como se tivesse medo das próprias palavras.

— Ele se infiltrou na Resistência — diz. — Assumiu forma humana e p-posou como... como combatente. — Ela cerra o queixo e bufa antes de continuar: — Ele se aproximou da sua mãe, a manipulou e a usou. — A cozinheira faz mais uma pausa, e seu rosto fica contraído e pálido.

— O s-seu p-pai percebeu. O P-Portador da Noite... tinha... ajuda. Um tr-traidor. Foi mais es-esperto que Jahan e... e entregou seus pais para Keris... não... eu...

— Cozinheira? — Izzi se levanta de um salto enquanto a velha segura a cabeça com a mão e cambaleia de costas na direção da parede, com um gemido. — Cozinheira!

— Saia... — A mulher empurra Izzi, quase a derrubando no chão. — Afaste-se!

Izzi levanta as mãos, e sua voz é tão baixa como se falasse com um animal assustado.

— Cozinheira, está tudo bem...

— Vão trabalhar! — Ela apruma a postura, a breve tranquilidade em seus olhos arruinada, substituída por algo próximo da loucura. — Me deixem em paz!

Izzi me puxa para fora da cozinha apressadamente.

— Ela fica assim às vezes — diz quando não podemos mais ser ouvidas. — Toda vez que fala do passado.

— Qual o nome dela, Izzi?

— Ela nunca me contou. Acho que não gosta de lembrar. Você acha que o que ela disse é verdade? Sobre o Portador da Noite? E sobre a sua mãe?

— Não sei. Por que o Portador da Noite iria atrás dos meus pais? O que eles fizeram para ele? — Mas, mesmo enquanto faço a pergunta, já sei a resposta. Se o Portador da Noite odeia os Eruditos tanto quanto a cozinheira diz, não é de espantar que quisesse destruir a Leoa e seu tenente. O movimento pelo qual eles lutavam era a única esperança que os Eruditos tinham.

Izzi e eu retornamos ao trabalho, as duas em silêncio, com a mente cheia de pensamentos sobre ghuls, espectros e fogos sem fumaça. Não consigo parar de me perguntar sobre a cozinheira. Quem é ela? Qual a proximidade que tinha com meus pais? Como uma mulher que fazia explosivos para a Resistência acabou como escrava? Por que simplesmente não explodiu a comandante para o décimo círculo do inferno?

Algo me ocorre subitamente, algo que faz meu sangue correr frio. E se a cozinheira for a traidora?

Todas as pessoas pegas com meus pais foram mortas, todos que sabiam algo sobre a traição. E, no entanto, a cozinheira me contou coisas a respeito daquela época que eu nunca tinha ouvido. Como ela saberia, a não ser que estivesse lá?

Mas por que ela seria uma escrava na casa da comandante se tivesse dado a Keris o seu maior prêmio?

— Talvez alguém na Resistência saiba quem é a cozinheira — digo naquela noite, enquanto caminho com Izzi penosamente para o quarto da comandante, com baldes e espanadores. — Talvez eles se lembrem dela.

— Você devia perguntar ao seu combatente de cabelos ruivos — diz Izzi. — Ele parece inteligente.

— Keenan? Talvez...

— Eu sabia! — exulta Izzi. — Você gosta dele. Posso dizer pelo jeito como diz o nome dele. *Keenan.* — Ela abre um largo sorriso para mim, e sinto o rosto corar desde o pescoço. — Ele é um tipão — ela comenta.

— O que não passou despercebido por você, pelo visto.

— Não tenho tempo para isso. Tenho muitas outras coisas na cabeça.

— Ah, para — diz Izzi. — Você é de carne e osso, Laia. Tem o direito de gostar de um garoto. Até Máscaras se apaixonam. Eu mesma...

Nós duas congelamos quando ouvimos um estrépito na porta da frente do andar de baixo. A tranca se abre com um clique, e rajadas de vento atravessam a casa com um ruído estridente de gelar os ossos.

— Escrava! — a voz da comandante irrompe pelo poço da escada. — Desça aqui.

—Vá. — Izzi me apruma com um empurrão. — Rápido!

Com o espanador na mão, desço correndo a escada, onde a comandante espera por mim, flanqueada por dois legionários. Em vez de seu desprezo habitual, seu rosto prateado exibe uma expressão quase pensativa enquanto me observa, como se eu tivesse me transformado em algo inesperadamente fascinante.

Então percebo uma quarta figura, pairando nas sombras atrás dos legionários, a pele e o cabelo brancos como ossos expostos por tempo demais ao sol. Um adivinho.

— E então... — A comandante lança um olhar desconfiado para o adivinho. — É ela?

O adivinho me encara com olhos negros que nadam em um mar vermelho-sangue. Dizem que os adivinhos podem ler mentes, e as coisas que existem na minha são suficientes para me levar direto à forca por traição. Eu me forço a pensar em vovô, vovó e Darin. Uma dor grande e familiar domina meus sentidos. *Leia minha mente então.* Cruzo o olhar com o do adivinho. *Leia a dor que os seus Máscaras me causaram.*

— É ela. — O adivinho não desvia o olhar, aparentemente hipnotizado com minha ira. — Tragam a garota.

— Para onde vocês estão me levando? — Os legionários amarram minhas mãos. — O que está acontecendo? — *Eles devem ter descoberto que sou uma espiã. Só pode ser isso.*

— Calada. — O adivinho puxa o capuz para cima, e o seguimos tempestade adentro. Quando grito e tento me soltar, um dos soldados coloca uma venda e uma mordaça em mim. Imagino que a comandante vá nos acompanhar, mas, em vez disso, ela bate a porta atrás de mim. Pelo menos eles não levaram Izzi. Ela está segura. Mas por quanto tempo?

Em poucos segundos, estou absolutamente encharcada. Luto contra os legionários, mas tudo que consigo é rasgar meu vestido, que fica em um estado quase indecente. Para onde estão me levando? *As masmorras, Laia. Para onde mais?*

Ouço a voz da cozinheira, contando a história do espião da Resistência que me antecedeu. *A comandante o pegou e o torturou na masmorra da escola durante dias. Algumas noites podíamos ouvi-lo gritando.*

O que eles vão fazer comigo? Será que vão levar Izzi também? Lágrimas vazam dos meus olhos. Eu devia salvá-la. Eu devia tirá-la de Blackcliff.

Após minutos intermináveis de uma caminhada penosa através da tempestade, paramos. Uma porta se abre e, um momento mais tarde, estou voando. Caio duramente sobre um chão de pedra gelado.

Tento ficar de pé e gritar através da mordaça, lutando contra os nós que apertam meus punhos. Tento tirar a venda, pelo menos para saber onde estou.

Mas nada disso adianta. A tranca faz um clique, os passos se afastam, e eles me deixam sozinha para esperar pelo meu destino.

XL
ELIAS

Minha adaga corta através da armadura de couro de Helene, e parte de mim grita: *Elias, o que você fez? O que você fez?* Então a lâmina se despedaça, e, enquanto ainda a estou encarando, sem acreditar no que vejo, uma mão poderosa agarra meu ombro e me tira de cima de Helene.

— Aspirante Aquilla. — A voz de Cain é fria ao abrir a parte de cima da túnica de Helene. Reluzindo por baixo está a camisa forjada pelos adivinhos que ela ganhou na Eliminatória da Astúcia. Só que, assim como a máscara, ela não se separa mais dela. Está fundida a Helene como uma segunda pele, à prova de golpes de cimitarra. — Você não se lembra das regras da Eliminatória? É proibido o uso de armaduras de batalha. Você está desclassificada.

Minha ira de batalha desaparece, deixando-me com a sensação de que minhas entranhas foram arrancadas. Eu sei que essa imagem me assombrará para sempre, olhando para baixo, para o rosto congelado de Helene, a chuva gelada e espessa à nossa volta, o vento sibilante que não consegue abafar o ruído da morte.

Você quase a matou, Elias. Você quase matou sua melhor amiga.

Helene não fala. Ela me encara e coloca a mão no coração, como se ainda sentisse aquela adaga descendo.

— Ela não pensou em tirar a proteção — uma voz fala atrás de mim, e uma figura franzina emerge da névoa: uma adivinha. Outras sombras a seguem, criando um círculo em torno de nós dois. — Ela nem se lembrou da camisa — diz a adivinha. — Ela a usou desde o dia em que a demos para ela. A camisa se fundiu a seu corpo. Como a máscara. Um erro honesto, Cain.

— Mas um erro mesmo assim. Ela perdeu o direito à vitória. E mesmo se ela não a tivesse usado...

Eu teria vencido de qualquer maneira. Porque a teria matado.

A chuva gelada diminui para um chuvisco, e a névoa no campo de batalha se esvai, revelando a carnificina. O anfiteatro está estranhamente silencioso, e então noto que as arquibancadas estão repletas de alunos, centuriões, generais e políticos. Minha mãe observa da fileira da frente, ilegível como sempre. Meu avô está alguns degraus atrás dela, com a mão fechada firme em sua cimitarra. Os rostos dos homens de meu pelotão são uma mancha. Quem sobreviveu? Quem morreu?

Tristas, Demetrius, Leander: mortos. Cyril, Darien, Fortis: mortos.

Eu me agacho ao lado de Helene e digo seu nome.

Sinto muito por tentar matá-la. Sinto muito por ordenar que o seu pelotão fosse morto. Sinto muito. Sinto muito. As palavras não vêm. Apenas o nome dela, sussurrado repetidamente na esperança de que ela ouça e compreenda. Helene olha além do meu rosto, para o céu tempestuoso, como se eu não estivesse ali.

— Aspirante Veturius — diz Cain. — Levante-se.

Monstro, assassino, demônio. Criatura vil, sombria. Eu odeio você. Eu odeio você. Estou falando com o adivinho? Ou comigo mesmo? Não sei. Mas sei que a liberdade não vale isso. Nada vale isso.

Eu devia ter deixado Helene me matar.

Cain não diz nada a respeito da confusão que paira em minha cabeça. Talvez, em um campo de batalha tomado pelos pensamentos atormentados de homens arrasados, ele não consiga ouvir os meus.

— Aspirante Veturius — ele diz —, como Aquilla perdeu o direito à vitória, e você, de todos os aspirantes, tem o maior número de homens vivos, nós, os adivinhos, o nomeamos vencedor da Eliminatória da Força. Parabéns.

Vencedor.

A palavra bate ressoante, como uma cimitarra caindo de uma mão morta.

♦ ♦ ♦

Doze homens do meu pelotão sobreviveram. Os outros dezoito estão na sala dos fundos da enfermaria, frios debaixo de lençóis brancos e finos. O pelotão de Helene teve um destino pior ainda, com apenas dez sobreviventes. Mais cedo, Marcus e Zak se enfrentaram, mas ninguém parece saber muito a respeito dessa batalha.

Os homens dos pelotões sabiam quem seria seu inimigo. Todos sabiam o que aconteceria nessa Eliminatória — todos, com exceção dos aspirantes. Faris me contou isso. Ou talvez Dex.

Não lembro como cheguei à enfermaria. O lugar é um caos, o médico-chefe e seus aprendizes estão soterrados de trabalho enquanto tentam salvar os feridos. Eles não deveriam perder tempo. Os golpes que demos foram para matar.

Os curandeiros não demoram para perceber a verdade. Quando a noite cai, a enfermaria está silenciosa, ocupada por corpos e fantasmas.

A maioria dos sobreviventes já partiu, eles mesmos quase fantasmas. Helene é levada para um quarto particular. Eu espero do lado de fora da porta, lançando olhares sombrios para os aprendizes que tentam fazer com que eu vá embora. Eu preciso falar com ela. Preciso saber se ela está bem.

— Você não a matou.

Marcus. Não empunho a arma quando ouço sua voz, embora tenha uma dúzia delas à mão. Se Marcus decidir me matar agora, não vou levantar um dedo para impedir. Mas, desta vez, não há veneno nele. Sua armadura está salpicada de sangue e lama, como a minha, mas ele parece diferente. Diminuído, como se algo vital tivesse sido arrancado dele.

— Não — digo. — Eu não a matei.

— Ela era sua inimiga no campo de batalha. Não é vitória até você derrotar o inimigo. Foi isso que os adivinhos disseram. Foi isso que eles me disseram. Você devia ter matado Helene.

— Bem, eu não matei.

— Ele morreu tão fácil... — Os olhos amarelados de Marcus estão perturbados, e sua falta de malícia é tão profunda que mal o reconheço. Eu me pergunto se ele realmente me vê ou se vê somente um corpo, uma pessoa viva, uma pessoa que ouve. — A cimitarra... ela o rasgou — diz Marcus. — Eu queria pará-la. Eu tentei, mas ela foi rápida demais. Meu nome foi a primeira palavra que ele disse, sabia? E... e a última. Um instante antes do fim, ele disse. "Marcus", ele disse.

Neste momento, eu me dou conta. Não vi Zak entre os sobreviventes. Não ouvi ninguém dizer o nome dele.

— Você o matou — digo em voz baixa. — Você matou o seu irmão.

— Eles disseram que eu tinha de derrotar o comandante do inimigo. — Marcus ergue os olhos até encontrar os meus. Ele parece confuso. — Todo mundo estava morrendo. Nossos amigos. Ele pediu que eu terminasse com aquilo. Fizesse parar. Ele me implorou. Meu irmão. Meu irmãozinho.

A indignação cresce em mim como um asco. Passei anos detestando Marcus, considerando-o nada mais que uma cobra. Agora só consigo sentir pena dele, embora nenhum de nós mereça pena. Somos assassinos dos nossos próprios homens — do nosso próprio sangue. Não sou melhor do que ele é. Acompanhei e não fiz nada enquanto Tristas morria. Matei Demetrius, Ennis, Leander e tantos outros. Se Helene não tivesse quebrado as regras da Eliminatória sem querer, eu a teria matado também.

A porta do quarto de Helene se abre e eu me levanto, mas o médico balança a cabeça.

— Não, Veturius. — Ele parece pálido e subjugado, sem nenhum traço da petulância habitual. — Ela não está pronta para receber visitas. Vá, rapaz. Vá descansar um pouco.

Eu quase rio. Descansar.

Quando me viro de volta para Marcus, ele se foi. Eu deveria ir atrás de meus homens, ver como estão. Mas não consigo olhar para eles. E eles, eu sei, não vão querer me ver. Nós jamais nos perdoaremos pelo que fizemos hoje.

— Eu *vou* ver o aspirante Veturius — uma voz disposta a brigar diz do corredor, do lado de fora da enfermaria. — Ele é meu neto, e eu quero saber como ele... Elias!

Ele empurra um aprendiz assustado quando saio pela porta da enfermaria e me puxa para si, seus braços fortes ao meu redor.

— Achei que você tivesse morrido, meu garoto — ele diz em meu cabelo. — Aquilla tem mais coragem do que imaginei.

— Eu quase a matei. E os outros. Eu os matei. Eram tantos. Eu não queria. Eu...

Sou tomado por uma onda de enjoo. Eu me viro e vomito ali mesmo, na porta da enfermaria, até não ter mais nada para colocar para fora.

Meu avô pede um copo d'água e espera silenciosamente enquanto bebo, com a mão sempre pousada em meu ombro.

— Meu avô — digo. — Eu queria...

— Os mortos estão mortos, meu garoto, e pelas suas mãos. — Não quero ouvir as palavras, mas preciso delas, pois são a verdade. Qualquer coisa menos que isso seria um insulto aos homens que matei. — Não importa quanto você queira que fosse diferente, nada vai mudar isso. Você estará contando fantasmas agora. Como o restante de nós.

Suspiro e olho para minhas mãos. Não consigo fazê-las parar de tremer.

— Vou para o quarto. Preciso... preciso me limpar.

— Posso acompanhá-lo...

— Não será necessário. — Cain aparece das sombras, tão bem-vindo quanto uma praga. — Vamos, aspirante. Precisamos conversar.

Sigo o adivinho com passos pesados. O que eu faço? O que eu digo para uma criatura que não dá a menor importância para a lealdade, a amizade ou a vida?

— Acho difícil acreditar — digo em voz baixa — que vocês não soubessem que Helene estava usando uma armadura à prova de cimitarras.

— É claro que sabíamos. Por que você acha que a demos para ela? As Eliminatórias não dizem respeito sempre à ação. Às vezes dizem respeito à intenção. Você não deveria matar a aspirante Aquilla. Nós só queríamos saber se seria capaz. — Ele olha de relance para minha mão, que eu não tinha nem percebido que estava se aproximando da cimitarra. — Eu já lhe disse isso antes, aspirante. Não podemos morrer. Além disso, você já não matou o suficiente?

— Zak. E Marcus. — Mal consigo falar. — Você o fez matar o próprio irmão.

— Ah. Zacharias. — Uma expressão de tristeza passa ligeiramente pelo rosto de Cain, me deixando mais enfurecido ainda. — Zacharias era diferente, Elias. Zacharias tinha de morrer.

— Vocês podiam ter escolhido qualquer um... qualquer coisa para combatermos. — Não olho para ele. Não quero vomitar de novo. — Efrits ou almas penadas. Bárbaros. Mas fizeram com que lutássemos entre nós. Por quê?

— Não tínhamos escolha, aspirante Veturius.

— Não tinham escolha. — Uma ira terrível me consome, virulenta como uma doença. Embora ele esteja certo, embora eu já tenha matado o suficiente, neste momento tudo o que quero é atravessar minha cimitarra no coração negro de Cain. — Vocês criaram essas Eliminatórias. É claro que tinham escolha.

Os olhos de Cain brilham.

— Não fale de coisas que você não entende, criança. O que fazemos, fazemos por razões que estão além da sua compreensão.

— Você me fez matar meus amigos. Eu quase matei Helene. E Marcus... ele matou o próprio irmão... irmão gêmeo... por *sua* causa.

— Você vai fazer coisas muito piores antes que isso termine.

— Piores? Até onde isso pode ir? O que vamos ter que fazer na quarta Eliminatória? Assassinar crianças?

— Não estou falando das Eliminatórias — diz Cain. — Estou falando da guerra.

Paro no meio do caminho.

— Que guerra?

— A guerra que assombra nossos sonhos — Cain continua caminhando, gesticulando para que eu o siga. — Sombras se reúnem, Elias, e sua reunião não pode ser interrompida. As trevas crescem no coração do Império, e crescerão ainda mais, até cobrir esta terra. A guerra virá. E ela tem de vir. Pois um grande erro precisa ser corrigido, um erro que se torna maior a cada vida destruída. A guerra é a única saída. E você precisa estar pronto.

Enigmas, sempre enigmas com os adivinhos.

— Um erro — digo entredentes. — Que erro? Quando? Como uma guerra pode corrigir um erro?

— Um dia, Elias Veturius, esses mistérios vão se esclarecer. Mas não hoje.

Ele diminui o passo quando entramos na caserna. Todas as portas estão fechadas. Não ouço palavrões, nenhum choro, nenhum ronco, nada. Onde estão meus homens?

— Eles estão dormindo — diz Cain. — Esta noite, eles não sonharão. Seu sono não será assombrado pelos mortos. Uma recompensa pelo seu valor.

Um gesto reles. Eles ainda têm amanhã à noite para acordar gritando. E todas as noites depois disso.

— Você não perguntou sobre o seu prêmio — diz Cain —, por vencer a Eliminatória.

— Não quero um prêmio. Não por isso.

— Mesmo assim — diz o adivinho quando chegamos ao meu quarto —, você o terá. Sua porta será selada até o amanhecer. Ninguém vai incomodá-lo. Nem mesmo a comandante. — Ele sai em silêncio pelas portas da caserna, e eu o observo ir embora, perguntando-me desconfortavelmente sobre sua conversa de guerra, sombras e trevas.

Estou exausto demais para pensar muito tempo sobre isso. Meu corpo inteiro dói. Só quero dormir e esquecer o que aconteceu, mesmo que seja apenas por algumas horas. Afasto as perguntas da cabeça, abro a porta e entro em meus aposentos.

XLI

LAIA

Quando a porta da cela se abre, eu me lanço na direção do ruído, determinada a fugir pelo corredor. Mas o frio no quarto penetrou em meus ossos. Meus membros estão pesados demais, e uma mão me pega facilmente pela cintura.

— A porta foi selada por um adivinho. — A mão me solta. — Você vai se machucar.

Minha venda é tirada, e um Máscara está de pé à minha frente. Eu o reconheço instantaneamente. Veturius. Seus dedos roçam ligeiramente meus punhos e pescoço enquanto ele desamarra minhas mãos e tira minha mordaça. Por um segundo, fico estupefata. Ele salvou minha vida todas essas vezes para me interrogar agora? Percebo que uma parte ingênua de mim esperava que ele fosse melhor que isso. Não que fosse bom, necessariamente. Apenas não diabólico. *Você sabia disso, Laia,* uma voz ralha comigo. *Você sabia que ele estava jogando sujo.*

Veturius massageia o pescoço desajeitadamente, e então noto que sua armadura de couro está coberta de sangue e lama. Ele tem machucados e cortes por todo o corpo, e seu uniforme é um amontoado de farrapos sujos. Ele me olha de cima, e seus olhos brilham com um ódio intenso por um instante, antes de esfriarem e se transformarem em algo mais — choque? Tristeza?

— Não vou lhe contar nada. — Minha voz é aguda e fina, e cerro os dentes. *Seja como a sua mãe. Não demonstre medo.* Seguro meu bracelete.

— Não fiz nada de errado. Então pode me torturar quanto quiser, que não vai adiantar nada.

351

Veturius limpa a garganta.

— Não é por isso que você está aqui. — Ele está plantado no chão de pedra, me analisando como se eu fosse um enigma. Eu o encaro de volta.

— Por que aquela... aquela *coisa* de olhos vermelhos me trouxe para esta cela, se eu não vou ser interrogada?

— Coisa de olhos vermelhos. — Ele anui. — Boa descrição. — Ele olha ao redor do cômodo como se o visse pela primeira vez. — Isto não é uma cela. É o meu quarto.

Observo o catre estreito, a cadeira, a lareira fria, a escrivaninha preta sinistra, os ganchos na parede — para tortura, presumi. É maior que os meus aposentos, embora tão simples quanto.

— Por que eu estou em seu quarto?

O Máscara vai até a escrivaninha e remexe nela. Fico tensa — o que há ali?

— Você é um prêmio — ele diz. — Meu prêmio por vencer a terceira Eliminatória.

— Um prêmio? — digo. — Por que eu seria...

Subitamente eu entendo e balanço a cabeça — como se fosse fazer diferença. Tenho clara noção de como meu corpo está à mostra por baixo do vestido rasgado, e tento juntar o que sobrou de tecido. Dou um passo para trás, em direção à pedra fria e áspera da parede. É o mais distante que posso ir, mas não é longe o suficiente. Já vi Veturius lutar. Ele é rápido demais, grande demais, forte demais.

— Não vou machucar você. — Ele se vira da escrivaninha e olha para mim com uma empatia esquisita nos olhos. — Eu não sou assim. — Então estende uma capa negra limpa. — Pegue isso. Está muito frio.

Olho para a capa. Estou com tanto frio. Estou com frio desde que o adivinho me jogou aqui horas atrás, mas não posso aceitar o que Veturius oferece. Pode ser uma armadilha. Com certeza é uma armadilha. Por que eu teria sido escolhida como seu prêmio se não para *aquilo*? Após um momento, ele larga a capa sobre o catre. Posso sentir a fragrância de chuva nele, e algo mais sombrio. Morte.

352

Silenciosamente, ele começa a acender um fogo na lareira. Suas mãos tremem.

— Você está tremendo — observo.

— Estou com frio.

A madeira pega fogo e ele o alimenta pacientemente, absorto na tarefa. Há duas cimitarras embainhadas às suas costas, a apenas alguns metros de distância. Posso agarrar uma se for rápida o suficiente.

Vá em frente! Agora, enquanto ele está distraído! Eu me inclino para frente, mas, quando estou prestes a me lançar, ele se vira. Congelo, balançando-me ridiculamente.

— Pegue esta em vez disso. — Veturius tira uma adaga da bota e a joga para mim antes de se voltar para as chamas. — Está limpa, pelo menos.

O peso aquecido da adaga é reconfortante em minha mão, e testo a ponta no polegar. Afiada. Afundo de volta contra a parede e acompanho seus movimentos, desconfiada.

O fogo vai consumindo o frio do quarto. Quando já está queimando, chamejante, Veturius solta as cimitarras e as apoia contra a parede, bem ao meu alcance.

— Vou estar ali. — Ele anui para uma porta fechada no canto do quarto, que eu havia presumido que levava a uma câmara de tortura. — A capa não vai te morder, sabia? Você está presa aqui até o amanhecer. Melhor ficar confortável.

Ele abre a porta e desaparece no quarto de banho contíguo. Um momento depois, ouço a água encher uma banheira.

A seda do meu vestido aquece para valer no calor do fogo, e, sem tirar os olhos da porta do banheiro, deixo o calor emanar para o meu corpo. Então penso na capa de Veturius. Minha saia está rasgada até a coxa, e a manga da blusa está completamente esfarrapada. Os laços do corpete estão rasgados, revelando demais. Olho apreensiva na direção do banheiro. Ele terminará o banho logo.

Finalmente, pego a capa e a enrolo em torno de mim. Ela é de um tecido grosso, bem costurado, mais suave ao toque do que eu imaginava. Reconheço o cheiro — o cheiro dele: condimentos e chuva. Eu o inalo profundamente antes de desviar o nariz quando ouço um ruído na porta, e Veturius emerge com sua armadura e suas armas sujas de sangue.

Ele esfregou a lama da pele e colocou um uniforme limpo.

— Você vai se cansar de ficar em pé a noite inteira — ele diz. — Pode se sentar na cama. Ou na cadeira. — Quando não me mexo, ele suspira. — Você não confia em mim... eu entendo. Mas, se eu quisesse te machucar, já teria feito isso. Por favor, sente-se.

— Vou ficar com a faca.

— Pode ficar com a cimitarra também. Eu tenho uma pilha de armas que nunca mais quero ver na vida. Pode levar todas elas.

Ele cai na cadeira e começa a limpar as grevas da armadura. Eu me sento toda dura em sua cama, pronta para empunhar a faca se precisar. Ele está tão próximo que posso tocá-lo.

Veturius não diz nada por um longo tempo. Seus movimentos são pesados e cansados. Por baixo da sombra da máscara, sua boca carnuda parece impiedosa, seu queixo resoluto. Mas eu me lembro do seu rosto, na noite do festival. É um belo rosto, e nem mesmo a máscara consegue esconder isso. Sua tatuagem de Blackcliff no formato de um diamante é uma sombra escura na nuca, parte dela manchada de prateado onde o metal da máscara se adere à pele.

Ele ergue a cabeça, sentindo meu olhar, e então vira o rosto rapidamente. Mas não antes de eu perceber uma vermelhidão reveladora em seus olhos.

Relaxo o aperto dos dedos sobre a faca. O que poderia chatear um Máscara, um aspirante, a ponto de levá-lo às lágrimas?

— O que você me contou sobre viver no Bairro dos Eruditos — ele diz, quebrando o silêncio do quarto —, com seus avós e seu irmão. Isso foi verdade um dia.

— Até algumas semanas atrás. O Império fez uma batida na nossa casa. Um Máscara veio. Matou meus avós. Levou meu irmão.

— E os seus pais?

— Morreram. Já faz muito tempo. Meu irmão é o único que restou. Mas ele está numa cela da morte na Prisão Bekkar.

Veturius me olha de relance.

— Bekkar não tem celas da morte.

Seu comentário é espontâneo e tão inesperado que leva um momento para ser assimilado. Ele olha de volta para o seu trabalho, sem se dar conta do impacto que suas palavras tiveram sobre mim.

— Quem lhe disse que ele estava numa cela da morte? E quem disse que ele estava em Bekkar?

— Eu... ouvi um rumor. — *Idiota, Laia. Você que entrou nessa.* — De um... amigo.

— O seu amigo está errado. Ou se confundiu. As únicas celas da morte em Serra estão na Central. Bekkar é muito menor e normalmente cheia de Mercadores trapaceiros e Plebeus bêbados. Não é como Kauf, com certeza. E eu sei do que estou falando. Já fui guarda nas duas.

— Mas se Blackcliff fosse, digamos, atacada... — Minha mente se acelera enquanto penso no que Mazen disse. — Não seria Bekkar que forneceria a... segurança?

Veturius solta um risinho fraco.

— Bekkar protegendo Blackcliff? Não deixe a minha mãe ouvir essa. Blackcliff tem três mil alunos criados para a guerra, Laia. Alguns são jovens, mas, a não ser que sejam inexperientes, são perigosos. A academia não precisa de reforços, muito menos de um bando de soldados auxiliares entediados que passam o dia recebendo subornos e fazendo corrida de baratas.

Será possível que não entendi Mazen direito? Não, ele disse que Darin estava nas celas da morte em Bekkar, que a prisão fornecia reforço de segurança para Blackcliff, e Veturius acabou de negar tudo isso. A informação de Mazen é falsa ou ele está mentindo para mim? Uma vez eu lhe dei o benefício da dúvida, mas as suspeitas da cozinheira, de Keenan e as minhas próprias pesam e muito sobre mim. Por que Mazen mentiria? Onde está Darin realmente? Ele está sequer vivo?

Ele está vivo. Tem de estar. Eu saberia se ele estivesse morto. Sentiria.

— Eu chateei você — diz Veturius. — Desculpe. Mas, se o seu irmão estiver em Bekkar, ele vai sair logo. Ninguém fica lá mais do que algumas semanas.

— É claro. — Limpo a garganta e tento eliminar a expressão de confusão no rosto. Máscaras conseguem farejar a mentira. Eles podem sentir se estão sendo enganados. Preciso agir da maneira mais normal possível.

— Foi apenas um boato.

Ele me lança um olhar rápido e prendo a respiração, pensando que ele está prestes a me questionar mais. Mas ele apenas anui e ergue suas grevas de couro, agora limpas, para a luz do fogo, antes de pendurá-las nos ganchos embutidos na parede.

Então é para isso que servem os ganchos.

Será possível que Veturius não vai me machucar? Ele me salvou da morte tantas vezes. Por que faria isso se quisesse ser violento comigo?

— Por que você me ajudou? — falo sem pensar. — Lá nas dunas, depois que a comandante me marcou, e no Festival da Lua, e quando Marcus me atacou... Todas essas vezes, você podia ter simplesmente ido embora. Por que não fez isso?

Ele ergue o olhar, pensativo.

— Da primeira vez, eu me senti mal. Deixei Marcus machucar você no dia em que a conheci, fora do gabinete da comandante. Eu queria me redimir por isso.

Faço um pequeno ruído de surpresa. Eu nem cheguei a pensar que ele havia me notado naquele dia.

— E então mais tarde... no Festival da Lua e com Marcus... — Ele dá de ombros. — Minha mãe teria matado você. E Marcus também. Eu não podia simplesmente deixar que você morresse.

— Um monte de Máscaras só assiste enquanto os Eruditos morrem. Você não.

— Não sinto prazer com a dor dos outros — ele diz. — Talvez seja por isso que sempre odiei Blackcliff. Eu ia desertar, sabia? — Seu sorriso é afiado como uma cimitarra e tão sem alegria quanto. — Eu tinha tudo planejado. Cavei um caminho da lareira — ele aponta — para a entrada do túnel do braço oeste. A única saída secreta em toda Blackcliff. Então tracei meu caminho para fora daqui. Eu ia usar túneis que o Império acredita terem desabado ou estarem alagados. Roubei comida, roupas, provisões. Reuni toda a minha herança para comprar o que fosse preciso na fuga. Eu planejava escapar pelas terras tribais e pegar um barco para o sul em Sadh. Eu ia ficar livre... da comandante, de Blackcliff, do Império. Que idiota. Como se eu pudesse me livrar deste lugar um dia.

Quase paro de respirar enquanto assimilo suas palavras. *A única saída secreta em toda Blackcliff.*

Elias Veturius acabou de me dar a liberdade de Darin.

Isto é, se Mazen estiver falando a verdade. Não tenho mais tanta certeza. Quero rir do absurdo de tudo isso — Veturius me dando a chave para a liberdade do meu irmão, bem quando me dou conta de que essa informação pode não significar nada.

Estou calada há muito tempo. *Diga algo.*

— Achei que ser escolhido para Blackcliff era uma honra.

— Não para mim — ele diz. — Vir para Blackcliff não foi uma escolha. Os adivinhos me trouxeram para cá quando eu tinha seis anos. — Ele pega sua cimitarra e a limpa devagar. Reconheço os entalhes intrincados: é uma espada telumana. — Naquela época, eu vivia com as tribos. Não conhecia minha mãe. E nunca tinha ouvido o nome Veturius.

— Mas como... — Veturius criança. Eu nunca tinha pensado nisso. Nunca tinha me perguntado se ele conhecia o próprio pai, ou se a comandante o criara e o amara. Eu nunca havia me perguntado, porque ele jamais passara de um Máscara.

— Sou um filho bastardo — diz Veturius. — O único erro que Keris Veturia cometeu na vida. Ela me pariu e me abandonou no deserto tribal. Era onde ela estava servindo. Teria sido meu fim, mas um bando de batedores tribais passou por ali. Os Tribais acreditam que garotinhos trazem boa sorte, mesmo os abandonados. A tribo Saif me adotou e me criou como se eu fosse um deles. Eles me ensinaram sua língua e suas histórias, me vestiram com suas roupas. Chegaram até a me dar um nome: Ilyaas. Meu avô o mudou quando vim para Blackcliff, o transformou em algo mais apropriado para um filho da Gens Veturia.

A tensão entre Veturius e sua mãe fica subitamente clara. A mulher jamais o quis. Sua crueldade me deixa pasma. Eu ajudei vovô a trazer dezenas de recém-nascidos ao mundo. Que tipo de pessoa abandonaria algo tão pequeno, tão precioso, para morrer de calor e fome?

A mesma pessoa que entalha um K em uma garota por abrir uma carta. A mesma que arranca o olho de uma criança de cinco anos com um atiçador de brasas.

— O que você se lembra dessa época? — pergunto. — De quando você era um menino? Antes de Blackcliff?

Veturius franze o cenho e leva a mão à têmpora. A máscara bruxuleia estranhamente ao seu toque, como uma poça atingida por uma gota de chuva que gera pequenas ondas.

— Eu me lembro de tudo. A caravana era como uma pequena cidade. Os Saif são uma tribo considerável, com doze famílias. Fui criado pela kehanni da tribo, Mamie Rila.

Ele fala por um longo tempo, e suas palavras costuram uma vida diante de mim, a vida de uma criança de olhos curiosos e cabelos escuros que fugia das aulas para se aventurar, que esperava ansiosamente à beira do acampamento pelo retorno dos homens da tribo de suas incursões como comerciantes. Um garoto que brigava com o irmão adotivo em um minuto e ria com ele no minuto seguinte. Uma criança sem medo, até que os adivinhos vieram atrás dele e o jogaram em um mundo dominado pelo medo. Exceto pelos adivinhos, ele poderia estar falando de Darin. Ou de mim.

Quando ele cai em silêncio, é como se uma bruma dourada e quente tivesse sido tirada do quarto. Ele tem a habilidade de uma kehanni para contar histórias. Olho para ele, surpresa ao ver não o garoto, mas o homem que ele se tornou. Um Máscara. Um aspirante. Um inimigo.

— Eu entediei você — ele diz.

— Não. De maneira alguma. Você... você era como eu. Você era uma criança. Uma criança normal. E isso foi tirado de você.

— Isso te incomoda?

— Bem, certamente torna você uma pessoa mais difícil de odiar.

— Ver o inimigo como um ser humano. O pior pesadelo de um general.

— Os adivinhos trouxeram você para Blackcliff. Como isso aconteceu?

Dessa vez sua pausa é mais longa, pesada com a mácula de uma memória que seria melhor ter esquecido.

— Era outono... Os adivinhos sempre trazem uma nova safra de novilhos na pior época dos ventos do deserto. Na noite em que eles foram ao acampamento saif, a tribo estava feliz. Nosso chefe tinha voltado havia pouco de uma viagem de negócios bem-sucedida, e tínhamos roupas e sapatos novos... até mesmo livros. As cozinheiras abateram duas cabras e assaram em espetos. Os tambores batiam, as garotas cantavam e as histórias jorravam de Mamie Rila durante horas. Nós celebramos noite adentro, e finalmente todos dormiram. Todos, exceto eu. Fiquei com uma sensação estranha por horas... de que algo sombrio estava para acontecer. Eu vi sombras do lado de fora, sombras dando a volta no acampamento. Olhei para fora da carruagem, onde eu estava dormindo, e vi um... um homem. Roupas pretas, olhos vermelhos e a pele sem cor alguma. Um adivinho. Ele disse meu nome. Lembro que pensei que ele devia ser meio réptil, porque sua voz soou como um sibilar. E foi isso. Eu estava acorrentado ao Império. Eu fui escolhido.

— Você ficou com medo?

— Aterrorizado. Eu sabia que ele estava lá para me levar embora. E não sabia para onde nem por quê. Então eles me trouxeram para Blackcliff. Cortaram meu cabelo, tiraram minhas roupas e me colocaram em um cercado na rua com os outros para a seleção. Os soldados nos jogavam pão mofado e carne-seca uma vez por dia, mas na época eu não era muito grande, então não conseguia pegar muito. No fim da manhã do terceiro dia, tive certeza de que morreria. Então eu saí escondido do cercado e roubei comida dos guardas. E dividi com a garota que me ajudou na vigia. Bem... — Ele ergue a cabeça, considerando. — Digo *dividi*, mas na verdade ela comeu a maior parte. Enfim, após sete dias, os adivinhos abriram o cercado, e aqueles que ainda estavam vivos foram informados de que, se lutássemos duro, seríamos os guardiões do Império, e, se não fizéssemos isso, estaríamos mortos.

Consigo até ver. Os corpos pequenos daqueles deixados para trás. O medo nos olhos dos que sobreviveram. Veturius ainda menino, com medo e faminto, determinado a não morrer.

359

— Você sobreviveu.

— Mas gostaria de não ter sobrevivido. Se você visse a terceira Eliminatória... se soubesse o que eu fiz... — Ele lustra várias vezes o mesmo ponto em uma de suas cimitarras.

— O que aconteceu? — pergunto delicadamente. Ele fica em silêncio por tanto tempo que acho que o deixei bravo, que ultrapassei os limites. Então ele me conta. Faz pausas frequentemente, e sua voz vai de um tom alquebrado a outro, monótono. Ele continua trabalhando em sua cimitarra, polindo-a, então a afiando com uma pedra de amolar até fazê-la reluzir.

Quando Veturius termina de falar, pendura a cimitarra na parede. Os riscos descendo por sua máscara refletem a luz do fogo, e então eu compreendo por que ele estava tremendo quando entrou no quarto, por que seus olhos parecem tão assombrados.

— Então você vê — ele diz —, eu sou igual ao Máscara que matou seus avós. Sou exatamente igual ao Marcus. Na verdade, até pior, porque esses homens consideram que é seu dever matar. Eu sei que não é assim. E mesmo assim matei.

— Os adivinhos não lhe deram opção. Você não conseguia encontrar Aquilla para terminar a Eliminatória, e, se não tivesse lutado, você teria morrido.

— Então eu deveria ter morrido.

— Minha avó sempre dizia que, enquanto há vida, há esperança. Se você se recusasse a dar a ordem, seus homens estariam mortos agora... fosse pelas mãos dos adivinhos ou pelas espadas do pelotão de Aquilla. Não se esqueça disso: ela escolheu a vida para si mesma e para os homens dela. De qualquer maneira você teria se culpado. De qualquer maneira, pessoas de quem você gosta teriam sofrido.

— Não importa.

— Importa, sim. É claro que importa. Porque você não é mau. — Isso é uma revelação, e uma revelação tão perturbadora que quero muito que ele a perceba também. — Você não é como os outros. Você matou para salvar. Você coloca os outros em primeiro lugar. Não é como... não é como eu.

Não consigo reunir coragem para olhar para Veturius.

— Quando o Máscara veio, eu corri. — As palavras jorram de minha boca, como um rio caudaloso que represei por tempo demais. — Meus avós morreram. O Máscara pegou Darin, meu irmão. Darin me disse para correr, embora ele precisasse de mim. Eu devia tê-lo ajudado, mas não consegui. — Enterro os punhos nas coxas. — Eu *não* o ajudei. Eu escolhi não ficar. Escolhi correr, como uma covarde. Ainda não compreendo isso. Eu devia ter ficado, mesmo que isso significasse morrer.

Meus olhos buscam o chão de vergonha. Mas então a mão dele está em meu queixo, levantando meu rosto. Sua fragrância limpa me envolve.

— Como você disse, Laia — ele me força a encará-lo —, há esperança na vida. Se você não tivesse corrido, estaria morta. E Darin também. — Ele me solta e se recosta. — Máscaras não gostam de rebeldia. Ele teria feito você pagar por isso.

— Não importa.

Veturius abre aquele sorriso, afiado como uma faca.

— Olhe só para nós dois — ele diz. — Uma escrava erudita e um Máscara, cada um tentando persuadir o outro de que ele não é uma má pessoa. Os adivinhos têm senso de humor, não têm?

Meus dedos estão cerrados em torno do punho da adaga que Veturius me deu, e uma ira intensa cresce dentro de mim — dirigida aos adivinhos, por me fazerem pensar que eu seria interrogada. À comandante, por deixar o próprio filho para morrer uma morte dolorosa. A Blackcliff, por treinar aquela criança para ser uma assassina. Aos meus pais, por morrerem, e ao meu irmão, por ter se tornado aprendiz de um Marcial. A Mazen, por suas exigências e segredos. Ao Império e seu controle férreo sobre todos os aspectos da nossa vida.

Quero desafiar todos eles — o Império, a comandante, a Resistência. Eu me pergunto de onde vem essa rebeldia, e meu bracelete parece esquentar subitamente. Talvez haja mais de minha mãe em mim do que eu imaginei.

— Quem sabe não precisamos ser uma escrava erudita e um Máscara. — Largo a adaga. — Só por hoje, talvez possamos ser apenas Laia e Elias.

Encorajada, estendo a mão e puxo a beirada de sua máscara, que nunca pareceu ser parte dele. Ela resiste, mas agora o quero sem ela. Quero ver o rosto do garoto com quem conversei a noite toda, não o Máscara que eu sempre pensei que ele fosse. Então puxo com mais força e a máscara cai em minhas mãos com um ruído sibilante. A parte de trás está curvada em pontas afiadas, molhadas de sangue. A tatuagem em seu pescoço brilha com uma dezena de pequenos ferimentos.

— Desculpe — digo. — Não percebi...

Ele me olha nos olhos, e algo indefinido queima em seu olhar, um brilho de emoção que provoca um tipo diferente de fogo em minha pele.

— Que bom que você a tirou.

Eu deveria desviar o olhar, mas não consigo. Seus olhos não têm nada a ver com os de sua mãe. Os olhos dela têm o tom cinza-pálido de um vidro quebrado, mas os de Elias, com seu arco de cílios escuros, são de um matiz mais profundo, como o coração denso de uma nuvem de tempestade. Eles me atraem, me fascinam, se recusam a me deixar. Levo dedos receosos até sua pele. A barba rala em sua face é áspera debaixo de minha palma.

O rosto de Keenan passa subitamente por minha mente e logo desaparece. Ele está longe daqui, distante, absolutamente dedicado à Resistência. Elias está aqui, na minha frente, quente, belo e fragilizado.

Ele é um Marcial. Um Máscara.

Mas não aqui. Não hoje à noite, neste quarto. Aqui, agora, ele é apenas Elias, e eu sou apenas Laia, e estamos, nós dois, nos afogando.

— Laia...

Há um apelo em sua voz, em seus olhos. O que quer dizer? Ele quer que eu me afaste ou me aproxime?

Eu me inclino em sua direção, e o rosto de Veturius se abaixa no mesmo momento. Seus lábios são macios, mais do que eu poderia imaginar, mas há um desespero intenso por trás deles, uma necessidade. O beijo fala, implora. *Deixe-me esquecer, esquecer, esquecer.*

A capa que visto desliza e nossos corpos se tocam. Ele me puxa para si, suas mãos correndo por minhas costas, segurando minhas coxas, me trazendo cada vez mais perto. Eu me arqueio em direção a ele, me deleitando em sua força, em seu fogo, a alquimía entre nós se insinuando, queimando e se fundindo até parecer ouro.

Então ele se afasta e se levanta, as mãos estendidas à minha frente.

— Desculpa — ele diz. — Desculpa. Não era minha intenção. Eu sou um Máscara e você é uma escrava, eu não devia...

— Está tudo bem. — Meus lábios queimam. — Fui eu quem... começou isso.

Olhamos um para o outro, e ele parece tão confuso, tão bravo consigo mesmo que eu sorrio, tristeza, constrangimento e desejo me perpassando. Ele pega a capa no chão e a estende para mim, desviando o olhar.

— Você não vai sentar? — pergunto hesitantemente, cobrindo-me mais uma vez. — Amanhã eu serei uma escrava e você será um Máscara, e poderemos nos odiar, como é esperado de nós. Mas por enquanto...

Ele se senta ao meu lado, mantendo uma distância segura entre nós. Aquela alquimia perdura, chama, queima. Mas seu queixo está tenso, as mãos fechadas em punhos, juntas, como se cada uma segurasse uma corda salva-vidas para a outra. Relutantemente, eu me afasto um pouco mais.

— Me fale mais de você — digo. — Como era ser um cinco? Você ficou feliz por sair de Blackcliff?

Ele relaxa um pouco, e eu o induzo a me contar suas lembranças, como vovô costumava fazer com seus pacientes assustados. A noite passa, repleta de suas histórias de Blackcliff e das tribos, e de meus relatos sobre pacientes e sobre o bairro. Não falamos mais sobre a batida ou as Eliminatórias. Não falamos mais do beijo ou das fagulhas que ainda dançam entre nós.

Antes que eu perceba, o céu começa a clarear.

— Amanheceu — ele diz. — Hora de começar a nos odiar de novo.

Ele coloca a máscara e seu rosto fica imóvel enquanto ela se crava nele. Em seguida me ajuda a levantar. Olho para nossas mãos, para os meus dedos magros entrelaçados aos seus, muito maiores, para os músculos de veias saltadas em seus antebraços, os ossos frágeis do meu punho, o calor da nossa pele se encontrando. Parece de certa maneira significativo, minha mão na sua. Olho para o seu rosto, surpresa ao perceber quão próximo ele está do meu, com o fogo que há em seu olhar, com a vida, e meu pulso se acelera. Mas aí ele larga minha mão e dá um passo para trás.

Ofereço sua capa de volta, assim como a adaga, mas ele balança a cabeça.

— Fique com elas. Você ainda vai precisar voltar passando pela academia e... — Seus olhos repousam em meu vestido rasgado, em minha pele nua, e ele os volta para cima rapidamente. — Fique com a faca também. Uma garota erudita deve sempre carregar uma arma, não importa o que digam as regras. — Ele pega uma cinta de couro na escrivaninha. — Cinta para a coxa. Para deixar a faca segura e escondida.

Eu o encaro com novos olhos, finalmente o vendo pelo que ele é.

— Se você pudesse ser quem é aqui — coloco a palma da mão sobre o seu coração —, em vez de quem eles o obrigaram a ser, você seria um grande imperador. — Sinto sua pulsação em meus dedos. — Mas eles não deixariam, não é? Eles não deixariam você ter compaixão ou bondade. Eles não deixariam você manter a sua alma.

— Minha alma se foi. — Ele desvia o olhar. — Eu a matei naquele campo de batalha ontem.

Penso em Spiro Teluman então. No que ele me disse da última vez em que o vi.

— Existem dois tipos de culpa — digo em voz baixa. — Aquele que é um fardo e aquele que lhe dá um propósito. Deixe que a culpa seja o seu combustível. Deixe que ela te lembre de quem você quer ser. Trace uma linha em sua mente e nunca mais a ultrapasse. Você tem uma alma. Ela foi ferida, mas está aí. Não deixe que tirem isso de você, Elias.

Os olhos dele cruzam com os meus quando digo seu nome, e estendo a mão para tocar sua máscara. Ela é suave e quente, como uma pedra polida pela água e aquecida ao sol.

Abaixo o braço. Então deixo seu quarto e sigo até as portas da caserna. O sol já brilha no céu quando ganho a rua.

XLII

ELIAS

Depois de a porta da caserna bater atrás de Laia, ainda sinto o toque leve como uma pluma da ponta de seus dedos em meu rosto. Vejo a expressão em seus olhos quando ela estendeu o braço para mim: um olhar cuidadoso e curioso que fez minha respiração parar.

E aquele beijo. Céus, a sensação do corpo dela contra o meu, como ela se arqueou para junto de mim, me desejando. Momentos preciosos em que me vi livre de quem eu sou, do que eu sou. Fecho os olhos para me lembrar, mas outras memórias abrem caminho à força. Memórias mais sombrias. Laia as manteve distantes. Durante horas, ela as combateu, sem perceber. Mas agora cá estão elas novamente, sem poder ser ignoradas.

Eu liderei meus homens para a morte.

Eu assassinei meus amigos.

Eu quase matei Helene.

Helene. Preciso ir até ela. Preciso acertar as coisas com ela. Nossa raiva já dura demais. Talvez, depois desse pesadelo que causamos, possamos encontrar um caminho juntos para avançar. Ela deve estar tão horrorizada quanto eu em relação a tudo o que aconteceu. Tão enojada quanto.

Pego minhas cimitarras da parede. Só de pensar no que eu fiz com elas, me dá vontade de jogá-las nas dunas, sejam espadas telumanas ou não. Mas estou acostumado demais a ter armas às minhas costas. Sinto como se estivesse nu sem elas.

O sol brilha quando saio da caserna, insensível em um céu sem nuvens. Parece profano de certa maneira — o mundo limpo, o ar quente

— quando vários jovens estão frios em seus caixões, esperando para retornar à terra.

Os tambores do dia ressoam e começam a listar o nome dos mortos. Cada um gera uma imagem em minha cabeça — um rosto, uma voz, uma forma —, até parecer que meus camaradas tombados se levantam à minha volta, uma falange de fantasmas.

Cyril Antonius. Silas Eburian. Tristas Equitius. Demetrius Galerius. Ennis Medalus. Darien Titius. Leander Vissan.

O ressoar dos tambores continua. A essa altura, as famílias já recolheram os corpos. Blackcliff não tem cemitério. Entre estes muros, tudo que resta dos alunos tombados é o vazio onde eles caminhavam, o silêncio onde suas vozes eram ouvidas.

No pátio da torre do sino, cadetes atacam e se defendem com bastões enquanto um centurião caminha à sua volta. Eu deveria saber que a comandante não cancelaria as aulas, nem mesmo para homenagear as dezenas de alunos mortos.

O centurião anui quando passo, e fico confuso com sua falta de desprezo. Ele não sabe que eu sou um assassino? Ele não me viu ontem?

Como você pode ignorar isso?, quero gritar. *Como pode fingir que não aconteceu?*

Vou até os penhascos. Helene deve estar nas dunas, onde sempre pranteamos nossos mortos. A caminho de lá, vejo Faris e Dex. Sem Tristas, Demetrius e Leander a seu lado, eles parecem bizarros, como um animal sem pernas.

Acho que vão passar por mim sem me cumprimentar. Ou vão me atacar por ter dado a ordem que roubou sua alma. Em vez disso, eles param à minha frente, calados, melancólicos. Seus olhos estão tão vermelhos quanto os meus.

Dex massageia o pescoço, o polegar se movendo em círculos incessantes sobre a tatuagem de Blackcliff.

— Eu fico vendo o rosto deles — diz. — Ouvindo suas vozes.

Por longos momentos, ficamos parados ali, em silêncio. Mas é egoísmo da minha parte compartilhar dessa dor, me sentir confortado por saber que eles nutrem o mesmo ódio que eu por si mesmos. Eu sou a razão pela qual eles se sentem assombrados.

— Vocês seguiram ordens — digo. Esse fardo, pelo menos, eu posso suportar. — Ordens que eu dei. A morte deles não tem a ver com vocês. Elas são minha responsabilidade.

Faris cruza o olhar com o meu, um fantasma do garoto grande e alegre que foi um dia.

— Eles estão livres agora — ele diz. — Livres dos adivinhos. De Blackcliff. Diferentemente de nós.

Quando Dex e Faris vão embora, desço de rapel até o chão do deserto, onde Helene está sentada de pernas cruzadas à sombra dos penhascos, os pés enterrados até os tornozelos na areia quente. Seu cabelo ondula no vento, brilhando com um tom dourado-claro, como a curva de uma duna iluminada pelo sol. Eu me aproximo dela como faria com um cavalo bravo.

— Não precisa ser tão cuidadoso — ela diz quando estou a poucos metros de distância. — Não estou armada.

Eu me sento ao seu lado.

— Você está bem?

— Estou viva.

— Desculpa, Helene. Eu sei que você não pode me perdoar, mas...

— Pare. Não tínhamos escolha, Elias. Se eu estivesse numa situação de vantagem na luta, teria feito a mesma coisa com você. Eu matei Cyril. Matei Silas e Lyris. E quase matei Dex, mas ele recuou, e não consegui encontrá-lo de novo. — Seu rosto prateado poderia ser entalhado em mármore, tamanha é a ausência de expressão. *Quem é essa pessoa?* — Se tivéssemos nos recusado a lutar — ela diz —, nossos amigos teriam morrido. O que podíamos fazer?

— Eu matei Demetrius. — Examino seu rosto em busca da ira. Ela e Demetrius se aproximaram depois que o irmão dele morreu. Ela era a única pessoa que sempre sabia o que dizer a ele. — E... e Leander.

— Você fez o que precisava fazer. Da mesma maneira que eu fiz o que precisava fazer. E assim foi com Faris, Dex e com todos os outros que sobreviveram.

— Eu sei, mas eles seguiram uma ordem que *eu* dei. Uma ordem que eu devia ter sido forte o suficiente para *não* dar.

— Você teria morrido, Elias. — Ela não olha para mim. Está fazendo um esforço enorme para se convencer de que está tudo bem. De que o que fizemos foi necessário. — Os seus homens teriam morrido.

— "A batalha termina quando você derrotar o líder do inimigo, ou for derrotado por ele." Se eu tivesse me oferecido para morrer primeiro, Tristas ainda estaria vivo. Leander. Demetrius. Todos eles, Helene. Zak sabia disso... Ele implorou para Marcus matá-lo. Eu devia ter feito o mesmo. Você teria sido nomeada imperatriz...

— Ou os adivinhos nomeariam Marcus, e eu seria a... a *escrava* dele...

— *Nós* dissemos aos nossos homens para matarem. — Por que ela não entende isso? Por que não encara esse fato? — *Nós* demos a ordem. Nós mesmos a seguimos. É imperdoável.

— O que você acha que ia acontecer? — Helene fica de pé, e eu também. — Você acha que as Eliminatórias ficariam mais fáceis? Você não sabia que enfrentaríamos isso? Eles nos fizeram viver nossos medos mais profundos, nos deixaram à mercê de criaturas que não deveriam existir e depois nos jogaram uns contra os outros. "Força de braços, mente e coração." Você está surpreso? Você é ingênuo, isso sim. Você é um tolo.

— Hel, você não sabe o que está dizendo. Eu quase te matei...

— Graças aos céus por isso! — Ela está na minha frente, tão próxima que fios do seu cabelo longo voam em meu rosto. — Você revidou. Após perder tantas batalhas de treinamento, eu não tinha certeza se você faria isso. Eu estava com tanto medo... Achei que você fosse morrer...

— Você é doente. — Eu me afasto dela. — Você não sente nenhum arrependimento? Nenhum remorso? Os homens que matamos eram nossos amigos.

— Eles eram soldados — diz Helene. — Soldados do Império que morreram lutando, que morreram com honra. Vou homenagear cada um deles. Vou chorar por cada um. Mas não vou me arrepender do que fiz. Eu fiz isso pelo Império, fiz pelo meu povo. — Ela anda de um lado para o outro. — Você não percebe, Elias? As Eliminatórias são maiores do que eu ou você, maiores do que a nossa culpa, a nossa vergonha. Nós somos a resposta para uma pergunta de quinhentos anos. Quando a linhagem de Taius cair, quem vai liderar o Império? Quem vai cavalgar à frente de um exército de meio milhão de soldados? Quem vai controlar o destino de quarenta milhões de almas?

— E o nosso destino? E a nossa alma?

— Eles roubaram a nossa alma muito tempo atrás, Elias.

— Não, Hel. — As palavras de Laia ecoam em minha cabeça, palavras nas quais preciso acreditar. *Você tem uma alma. Não deixe que tirem isso de você.* — Você está errada. Eu nunca vou poder consertar o que fiz ontem, mas, quando a quarta Eliminatória chegar, eu não vou...

— Pare, Elias. — Helene coloca os dedos sobre a minha boca, e sua ira é substituída por algo parecido com desesperança. — Não faça promessas se não sabe quanto elas vão lhe custar.

— Eu ultrapassei uma linha ontem, Helene. Não vou ultrapassá-la de novo.

— Não diga isso. — Seu cabelo voa por toda parte, e seus olhos assumem uma expressão selvagem. — Como você pode se tornar imperador se pensa assim? Como pode vencer as Eliminatórias se...

— Eu não quero vencer as Eliminatórias — digo. — Nunca quis. Eu não queria nem participar. Eu ia desertar, Helene. Logo depois da formatura, enquanto todos comemoravam, eu ia fugir.

Ela balança a cabeça e ergue as mãos, como se para afastar minhas palavras. Mas eu não paro. Ela precisa escutar. Ela precisa saber a verdade de quem eu sou.

— Só não fugi porque Cain me disse que a única chance que eu tinha de ser verdadeiramente livre seria participando das Eliminatórias. Eu quero que *você* vença as Eliminatórias, Hel. Quero ser nomeado Águia de Sangue. E depois quero que você me liberte.

— Liberte? *Liberte? Isto é liberdade, Elias!* Quando você vai entender? Nós somos Máscaras. Nosso destino é o poder, a morte e a violência. É isso que somos. Se você não admitir isso, como poderá ser livre um dia?

Ela está delirando. Estou tentando compreender essa verdade terrível quando ouço o ruído de botas se aproximando. Hel também ouve, e, quando nos viramos, vemos Cain contornando uma curva junto aos penhascos. Um esquadrão de oito legionários o acompanha. Ele não diz nada a respeito da nossa discussão, embora deva ter escutado pelo menos parte dela.

— Vocês vêm conosco.

Os legionários se dividem. Quatro me pegam e os outros quatro agarram Helene.

— O que está acontecendo? — Tento me livrar deles, mas são uns brutamontes, maiores que eu, e não cedem. — O que é isso?

— Isso, aspirante Veturius, é a Eliminatória da Lealdade.

XLIII
LAIA

Quando entro na cozinha da comandante, Izzi corre até mim. Há uma mancha escura embaixo de seu olho, e seu cabelo loiro parece um ninho, como se ela não tivesse dormido a noite inteira.

— Você está viva! Você... você está *aqui*! Nós achamos...

— Eles machucaram você, garota? — A cozinheira vem atrás de Izzi, e fico chocada que ela também esteja descabelada, com os olhos avermelhados. Ela tira minha capa e, quando vê meu vestido, diz a Izzi para me trazer outro. — Você está bem?

— Estou bem. — O que mais posso dizer? Ainda estou tentando compreender o que acabei de saber. Ao mesmo tempo, lembro o que Elias disse sobre a Prisão Bekkar, e uma coisa fica clara: preciso sair daqui e encontrar a Resistência. Preciso descobrir onde Darin está e o que está realmente acontecendo.

— Para onde eles te levaram, Laia? — Izzi volta com o vestido, e troco de roupa rapidamente, escondendo a adaga em minha coxa da melhor forma possível. Reluto em contar a elas o que aconteceu, mas não vou mentir, não quando está claro que elas passaram a noite inteira temendo pela minha vida.

— Eles me entregaram a Veturius como prêmio por vencer a terceira Eliminatória. — Diante da expressão de horror estampada no rosto delas, eu acrescento, apressada: — Mas ele não me machucou. Não aconteceu nada.

371

— É mesmo? — A voz da comandante congela meu sangue, e Izzi, a cozinheira e eu nos viramos para a porta da cozinha. — Não aconteceu nada, você diz. — Ela inclina a cabeça. — Que interessante. Venha comigo.

Eu a sigo até seu gabinete, os pés pesados como chumbo. Uma vez dentro, meus olhos disparam para a parede de combatentes mortos. É como estar em uma sala cheia de fantasmas.

A comandante fecha a porta e dá a volta em mim.

— Você passou a noite com o aspirante Veturius — ela diz.

— Sim, senhora.

— Ele a estuprou?

Com tamanha facilidade ela faz essa pergunta detestável. Como se estivesse perguntando minha idade ou meu nome.

— Não, senhora.

— E por que isso, se na outra noite ele parecia tão interessado em você? Ele não conseguia tirar as mãos de você.

Percebo que ela se refere à noite do Festival da Lua. Como se pudesse farejar meu medo, ela se aproxima de mim.

— Eu... eu não sei.

— Será possível que o garoto realmente *se importa* com você? Eu sei que ele a ajudou... quando carregou você das dunas, e com Marcus, algumas noites atrás. — Ela dá mais um passo. — Mas a noite em que eu encontrei vocês dois no corredor dos criados... é sobre essa noite que estou me perguntando. O que vocês dois estavam fazendo juntos? Ele se associou a você? Ele nos traiu?

— Eu... eu não tenho certeza do que a senhora...

— Você acha que pode me enganar? Você pensou que eu não sabia? *Ah, céus. Não pode ser.*

— Eu também tenho espiões, escrava. Entre os Navegantes, entre os Tribais... — Agora ela está a centímetros de distância, e seu sorriso é como um garrote em torno da minha garganta. — Até mesmo na Resistência. Você ficaria surpresa se soubesse onde eu tenho olhos. Aqueles ratos eruditos só sabem o que eu quero que saibam. O que eles estavam tramando da última vez que você os encontrou? Estavam planejando algo importante? Algo envolvendo um grande número de homens? Talvez você esteja se perguntando o que é. E vai descobrir logo, logo.

Sua mão está em torno do meu pescoço antes que eu possa pensar em me esquivar. Eu chuto, mas ela aperta ainda mais a mão. Os músculos de seu braço incham, mas seus olhos estão imóveis e mortos como sempre.

— Você sabe o que eu faço com espiões?

— Eu... não... sei...

Não consigo respirar. Não consigo pensar.

— Eu lhes ensino uma lição. A eles e a todos que estejam envolvidos com eles. A auxiliar de cozinha, por exemplo. — *Não... Izzi não, Izzi não.* Quando pontos pretos começam a explodir no canto da minha visão, alguém bate à porta. Ela me solta, deixando-me cair como um saco. Casualmente, como se não estivesse prestes a assassinar uma escrava, ela abre a porta.

— Comandante. — Uma adivinha está do lado de fora, uma mulher pequena e etérea. Espero ver legionários atrás dela, como antes, mas ela está sozinha. — Vim buscar a garota.

— Você não pode levá-la — diz a comandante. — Ela é uma criminosa e...

— Vim buscar a garota. — O rosto da adivinha endurece, e ela e a comandante se encaram, numa batalha silenciosa e feroz de vontades. — Entregue-me a garota e venha. Somos aguardadas no anfiteatro.

— Ela é uma espiã...

— Ela será punida como convém. — A adivinha se vira para mim, e não consigo desviar o olhar dela. Por um instante, eu me vejo na poça escura de seus olhos: meu coração parado, meu rosto sem vida. Como se o conhecimento se implantasse em minha cabeça, percebo que a adivinha está me levando para a morte, que meu fim está próximo, mais próximo que durante a batida, mais próximo que da vez em que Marcus me atacou.

— Não me entregue a ela — eu me vejo implorando para a comandante. — Por favor, não...

373

A adivinha não me deixa terminar a frase.

— Não contrarie a vontade dos adivinhos, Keris Veturia. Você vai fracassar. Você pode ir espontaneamente ao anfiteatro ou eu posso obrigá-la. O que vai ser?

A comandante hesita, e a adivinha espera como uma pedra no rio, paciente, impassível. Por fim, a comandante anui e sai a passos largos porta afora. Pela segunda vez em um dia, sou amordaçada e amarrada. Então a adivinha segue a comandante, arrastando-me atrás de si.

XLIV
ELIAS

— Não vou resistir — digo enquanto os soldados agarram a mim e a Helene e nos colocam vendas nos olhos. — Mas tirem suas malditas mãos de cima de mim. — Em resposta, um deles enfia uma mordaça em minha boca e pega minhas cimitarras.

Os legionários nos arrastam penhasco acima, através da escola. Passos surdos marcham lentamente à minha volta, centuriões gritam ordens, e ouço as palavras "anfiteatro" e "quarta Eliminatória". Todo o meu corpo fica tenso. Não quero voltar para o lugar onde matei meus amigos. Nunca mais quero colocar os pés ali de novo.

Cain é um poço de silêncio à minha frente. Ele está me lendo agora? Está lendo Helene? *Não importa.* Tento esquecê-lo, como se ele não estivesse aqui.

Lealdade para domar a alma. As palavras são próximas demais do que Laia disse. *Você tem uma alma. Não deixe que tirem isso de você.* Sinto que é exatamente isso que os adivinhos vão tentar fazer. Então traço aquela linha que Laia mencionou, um córrego profundo em minha mente. Não vou ultrapassá-la. Não importa quanto me custe. Não vou.

Sinto Helene ao meu lado, o temor irradiando dela, congelando o ar à nossa volta e deixando meus nervos à flor da pele.

— Elias. — Os legionários não a amordaçaram, provavelmente porque ela teve o bom senso de ficar calada. — Escute. O que quer que os adivinhos lhe peçam, você tem que fazer, entendeu? Quem vencer esta

Eliminatória será o imperador. Os adivinhos disseram que não haveria empate. Seja forte, Elias. Se você não vencer essa, está tudo perdido.

Há uma urgência em seu tom que me deixa apreensivo, um aviso em suas palavras além do óbvio. Espero que Helene diga algo mais, mas ou ela foi amordaçada, ou Cain a silenciou. Momentos mais tarde, centenas de vozes reverberam à minha volta, preenchendo-me da cabeça aos pés. Chegamos ao anfiteatro.

Os legionários me conduzem através de um lance de degraus e me forçam a ficar de joelhos. Colocam Helene ao meu lado e tiram as amarras, vendas e mordaças.

— Vejo que eles te amordaçaram, bastardo. Pena que não foi para sempre.

Ajoelhado do outro lado de Helene, Marcus olha intensamente para mim, o ódio se derramando de cada poro seu. Seu corpo está curvado, uma cobra pronta para atacar. Ele não traz nenhuma arma consigo, salvo uma adaga no cinto. Toda a gravidade da terceira Eliminatória se transforma em uma virulência venenosa. Zak sempre fora o gêmeo mais fraco, mas pelo menos tentava segurar o Cobra. Sem o irmão de voz mansa às suas costas, Marcus parece quase um animal selvagem.

Eu o ignoro e tento me preparar para o que quer que esteja por vir. Os legionários nos deixaram sobre um tablado elevado atrás de Cain, que olha fixamente para a entrada do anfiteatro, como se esperasse por algo. Uma dúzia de outros adivinhos está posicionada em torno do tablado, sombras andrajosas que escurecem o estádio com a própria presença. Eu os conto novamente — treze, incluindo Cain. O que significa que está faltando um.

O anfiteatro está lotado. Vejo o governador e os conselheiros da cidade. Meu avô está sentado algumas fileiras atrás do pavilhão da comandante, com um grupo de sua guarda pessoal, os olhos fixos em mim.

— A comandante está atrasada. — Hel anui para o assento vazio de minha mãe.

— Errado, Aquilla — diz Marcus. — Ela está bem na hora. — Enquanto ele fala, minha mãe passa pelos portões do anfiteatro. A décima quarta adivinha a segue, e, apesar de sua aparente fragilidade, consegue puxar uma garota amarrada e amordaçada atrás de si. Vejo uma cabeleira negra se soltar, e meu coração para. É Laia. O que ela está fazendo aqui? Por que está amarrada?

A comandante se senta enquanto a adivinha joga Laia no tablado, ao lado de Cain. Ela tenta falar através da mordaça, mas está apertada demais.

— Aspirantes. — Tão logo Cain fala, o estádio cai em silêncio. Um bando de gaivotas passa em formação, guinchando. Na cidade, um comerciante anuncia suas mercadorias, e os acordes improvisados de sua voz chegam até nós. — A última Eliminatória é a da Lealdade. O Império decretou que esta escrava deve morrer. — Cain gesticula para Laia, e sinto um frio no estômago, como se tivesse pulado de uma grande altura. *Não. Ela é inocente. Ela não fez nada de errado.*

Laia fica de olhos arregalados e tenta recuar sobre os joelhos. A mesma adivinha que a deixou no tablado se ajoelha a seu lado e a prende no lugar com um aperto de ferro, como um açougueiro segurando um cordeiro para ser abatido.

— Quando eu der o sinal — segue Cain calmamente, como se não estivesse falando da morte de uma garota de dezessete anos —, todos vocês tentarão simultaneamente executá-la. Quem cumprir a ordem será declarado o vencedor da Eliminatória.

— Isso está errado, Cain! — exclamo. — O Império não tem motivos para matá-la.

— Não importa o motivo, aspirante Veturius. Apenas a lealdade. Se você desafiar a ordem, perderá a Eliminatória. E a punição para a derrota é a morte.

Penso no campo de batalha do pesadelo, e meu sangue parece pesar com a lembrança. Leander, Demetrius, Ennis — todos estavam naquele campo. Eu matei todos eles.

Laia também estava lá, com a garganta cortada, os olhos opacos, o cabelo, uma nuvem encharcada em torno da cabeça.

Mas eu não fiz isso ainda, penso desesperadamente. *Não a matei ainda.*

O adivinho olha para cada um de nós e pega uma cimitarra dos legionários — uma das minhas. Em seguida a coloca sobre o tablado, equidistante de mim, Marcus e Helene.

— Prossigam.

Meu corpo sabe o que fazer antes que minha mente tome a dianteira, e mergulho na frente de Laia. Se eu conseguir me colocar entre ela e os outros, talvez ela tenha uma chance.

Porque não importa o que eu vi naquele pesadelo do campo de batalha. Não vou matá-la. E também não vou deixar que ninguém faça isso.

Chego até ela antes de Helene e Marcus, e giro agachado, esperando um ataque de um ou dos dois. No entanto, em vez de partir em direção a Laia, Helene salta sobre Marcus e acerta um soco em sua têmpora. Ele cai como uma pedra, pois evidentemente não esperava o ataque, e ela o empurra do tablado, depois chuta a cimitarra em minha direção.

— Mate-a, Elias! — ela diz. — Antes que Marcus se levante!

Então ela vê que estou protegendo a garota e não tenho intenção de matá-la, e emite um ruído estranho, sufocado. A multidão está silenciosa, prendendo a respiração.

— Não faça isso, Elias — ela diz. — Não agora. Estamos quase lá. Você será o imperador. O Pressagiado. Por favor, Elias, pense no que você poderia fazer por... pelo Império...

— Eu te disse que há uma linha que não vou ultrapassar. — Eu me sinto estranhamente calmo quando digo isso, mais calmo do que me senti em semanas. Os olhos de Laia correm de Helene para mim. — Esta é a linha. Não vou matá-la.

Helene pega a cimitarra.

— Então saia do caminho — ela diz. — Eu farei isso. E farei rápido.

Ela vem lentamente na minha direção, seus olhos jamais deixando meu rosto.

— Elias — diz —, ela vai morrer, não importa o que você faça. O Império decretou. Se você ou eu não executarmos a ordem, Marcus fará isso... Ele vai acordar em algum momento. Nós podemos acabar com isso antes. Se ela tem que morrer, pelo menos algo bom pode vir disso. Eu serei a imperatriz, e você será o Águia de Sangue.

Ela dá outro passo.

— Eu sei que você não quer reinar — Helene diz suavemente. — Ou ter o domínio sobre a Guarda Negra. Eu não compreendia isso antes.

Mas eu... eu compreendo agora. Então, se você me deixar cuidar disso, eu juro, por sangue e por osso, que, no segundo em que for nomeada imperatriz, vou liberar você dos seus juramentos para com o Império. Você vai poder ir para onde quiser. Fazer o que quiser. Não terá de responder a ninguém. Você será livre.

Eu estava observando o corpo de Helene, esperando seus músculos se tensionarem em preparação para o ataque, mas agora meus olhos miram subitamente os seus. *Você será livre.* A única coisa que eu sempre quis, e ela está me dando de bandeja, fazendo uma promessa que sei que jamais quebraria.

Por um breve e terrível momento, considero a proposta. Eu quero isso mais do que qualquer coisa que já quis na vida. Eu me vejo zarpando do porto em Navium, partindo para os reinos do sul, onde nada nem ninguém teria domínio sobre meu corpo e minha alma.

Bem, meu corpo, pelo menos. Porque, se eu permitir que Helene mate Laia, não terei alma.

— Se quiser matá-la — digo a Helene —, você terá de me matar primeiro.

Uma lágrima escorre em seu rosto, e por um segundo vejo através de seus olhos. Ele quer tanto isso, e não é um inimigo que está em seu caminho. Sou eu.

Nós somos tudo um para o outro. E eu a estou traindo. Novamente.

Então ouço um ruído surdo — o som inconfundível de aço afundando na carne. Atrás de mim, Laia é derrubada tão subitamente que a adivinha cai com ela, as mãos ainda segurando os braços moles da garota. O cabelo de Laia é uma tempestade à sua volta, e não consigo ver seu rosto, seus olhos.

— Não! Laia! — Estou agachado ao lado dela, sacudindo-a, tentando virá-la. Mas não consigo tirar a maldita adivinha de cima dela, pois a mulher treme de terror, com a túnica emaranhada à saia da escrava. Laia está calada, seu corpo mole como o de uma boneca de pano.

Vejo o punho de uma adaga caída no tablado, a poça cada vez maior de sangue se derramando de Laia. Ninguém pode perder tanto sangue assim e sobreviver.

Marcus.

Tarde demais eu o vejo de pé nos fundos do palco. Tarde demais me dou conta de que Helene e eu devíamos tê-lo matado, que não devíamos ter corrido o risco de que ele se recuperasse.

A explosão de sons que se segue à morte de Laia me deixa pasmo. Milhares de vozes gritam ao mesmo tempo. Meu avô grita mais alto que um touro escornado.

Marcus salta para o tablado, e sei que ele está vindo em minha direção. Eu quero que ele venha. Quero acabar com a vida dele pelo que ele fez.

Sinto a mão de Cain sobre o meu braço, segurando-me. Então os portões para o anfiteatro se abrem com violência. Marcus vira a cabeça instintivamente, paralisado pelo choque enquanto um garanhão furioso surge a galope através das portas do estádio. O legionário que o conduz salta e cai de pé enquanto o animal empina atrás dele.

— O imperador — diz o legionário. — O imperador está morto! A Gens Taia caiu!

— Quando? — a comandante intervém. Não há o menor traço de choque em seu rosto. — Como?

— Um ataque da Resistência, senhora. Ele foi morto a caminho de Serra, a apenas um dia da cidade. Ele e todos que o acompanhavam. Até... até as crianças.

Vinhas à espera circulam e estrangulam o carvalho. O caminho estará aberto pouco antes do fim. Essa foi a profecia a respeito da qual a comandante falou em seu gabinete semanas atrás, e agora subitamente faz sentido. As vinhas são a Resistência. O carvalho é o imperador.

— Sejam testemunhas, homens e mulheres do Império, estudantes de Blackcliff, aspirantes. — Cain solta meu braço e sua voz ressoa grave, balançando as fundações do anfiteatro e silenciando o pânico estabelecido. — Assim as visões dos adivinhos frutificaram. O imperador está morto, e um novo poder precisa se erguer para que o Império não seja destruído. Aspirante Veturius, você teve a chance de provar sua lealdade. Mas, em vez de matar a garota, você a defendeu. Em vez de seguir minha ordem, você a desafiou.

— É claro que desafiei! — Isso não está acontecendo. — Esta foi a Eliminatória da Lealdade apenas para mim, para mais ninguém. Eu era a única pessoa que tinha consideração por ela. Esta Eliminatória foi uma piada...

— Esta Eliminatória nos revelou o que precisávamos saber: você não está apto a ser imperador. Você perderá seu nome e sua patente. E será decapitado amanhã ao amanhecer, diante da torre do sino de Blackcliff. Aqueles que foram seus colegas serão testemunhas da sua vergonha.

Dois adivinhos prendem correntes em torno dos meus punhos. Eu não as havia notado antes. Eles as criaram do nada? Estou estupefato demais para lutar. A adivinha que segurou Laia levanta o corpo da garota com dificuldade e sai caminhando pesadamente do tablado.

— Aspirante Aquilla — diz Cain. — Você estava preparada para derrubar o inimigo, mas vacilou quando se viu diante de Veturius, cedendo aos desejos dele. Tal lealdade para com um colega é admirável. Mas não em uma imperatriz. Dos três competidores, apenas o aspirante Farrar levou adiante minha ordem sem questioná-la, demonstrando lealdade incondicional para com o Império. Desse modo, eu o nomeio vencedor da quarta Eliminatória.

O rosto de Helene fica branco como papel, sua mente, tal qual a minha, incapaz de assimilar a farsa que ocorre diante de nossos olhos.

— Aspirante Aquilla — Cain tira a cimitarra de Hel da túnica dele. — Você se lembra da sua promessa?

— Mas o senhor não pode...

— Eu manterei minha promessa, aspirante Aquilla. Você manterá a sua?

Ela olha para o adivinho como alguém miraria um amante traidor, pegando a cimitarra quando ele a oferece.

— Sim.

— Então ajoelhe-se e jure lealdade, pois nós, os adivinhos, nomeamos Marcus Antonius Farrar como imperador, ele que foi pressagiado, alto comandante do exército marcial, *imperator invictus*, soberano do reino. E você, aspirante Aquilla, é nomeada sua Águia de Sangue, segunda na cadeia de comando do imperador, e a espada que executa a sua vontade. Seu dever de lealdade não pode ser quebrado, a não ser pela morte. Jure.

— Não! — eu berro. — Helene, não faça isso!

Ela se vira para mim, e sinto seu olhar como uma faca que se retorce em minhas entranhas. *Você escolheu, Elias*, seus olhos claros dizem. *Você a escolheu.*

— Amanhã — diz Cain —, depois da execução de Veturius, coroaremos o Pressagiado. — Ele olha para o Cobra. — O Império é seu, Marcus.

Marcus olha sobre o ombro com um sorriso, e, chocado, percebo que o vi fazendo isso centenas de vezes. É o olhar que ele lançava para o irmão quando insultava um inimigo, ou vencia uma batalha, ou queria se exibir. Mas seu sorriso desaparece. Porque Zak não está ali.

Seu rosto assume uma expressão vazia, e ele olha para baixo, para Helene, sem vaidade ou triunfo. A absoluta ausência de sentimento faz meu sangue congelar.

— A sua lealdade, Aquilla — ele diz em um tom monótono. — Estou esperando.

— Cain — digo. — Ele não está apto. Você sabe que não. Ele é maluco. Ele vai destruir o Império.

Ninguém me ouve. Nem Cain. Nem Helene. Nem mesmo Marcus.

Quando Helene fala, é tudo o que um Máscara deve ser: calma, controlada, impassível.

— Eu juro lealdade a Marcus Antonius Farrar — diz. — Imperador, ele que foi pressagiado, alto comandante do exército marcial, *imperator invictus*, soberano do reino. Serei sua Águia de Sangue, segunda em sua cadeia de comando, a espada que executa a sua vontade, até a morte. Juro.

Então ela faz uma mesura com a cabeça e oferece sua espada ao Cobra.

PARTE III
CORPO E ALMA

XLV
LAIA

— Se quiser viver, garota, deixe todo mundo pensar que você está morta.

Acima do súbito alarido da multidão, mal ouço o sussurro ofegante da adivinha. Confusa com o fato de que uma mulher sagrada marcial queira, por alguma razão, me ajudar, sou calada pelo atordoamento. Enquanto seu peso me esmaga contra o tablado, a adaga que Marcus lançou em suas costelas é tirada ruidosamente. Sangue escorre pelo tablado, e eu estremeço quando me lembro de como vovó morreu, em uma poça de sangue como essa.

— Não se mexa — diz a adivinha. — Não importa o que acontecer.

Faço o que ela diz, mesmo enquanto Elias grita meu nome e tenta tirá-la de cima de mim. O mensageiro anuncia o assassinato do imperador; Elias é condenado à morte e acorrentado. O tempo inteiro, permaneço imóvel. Mas, quando o adivinho chamado Cain anuncia a coroação, seguro um grito sufocado. Após a coroação, os prisioneiros das celas da morte serão executados — o que significa que, a não ser que a Resistência o tire da prisão, Darin morrerá amanhã.

Será mesmo? Mazen diz que Darin está numa cela da morte em Bekkar. Elias diz que Bekkar não tem celas da morte.

Quero gritar de frustração. Preciso de clareza. A única pessoa que pode me dar isso é Mazen, e a única maneira que tenho para encontrá-lo é saindo daqui. Mas não posso simplesmente ficar de pé e sair andando. Todo mundo pensa que eu morri. Mesmo que eu pudesse ir embora, Elias acabou de sacrificar sua vida pela minha. Não posso abandoná-lo.

Fico deitada inutilmente, insegura quanto ao que fazer, quando a adivinha decide por mim.

— Se você se mexer agora, você morre — ela avisa, afastando-se de mim. Quando todos os olhos estão na cena ao nosso lado, ela me levanta do chão e sai caminhando com dificuldade na direção da porta do anfiteatro.

Morta. Morta. Posso praticamente ouvir a mulher em minha cabeça. *Finja que você está morta.* Meus membros se afrouxam e minha cabeça cai indolentemente. Mantenho os olhos fechados, mas, quando a adivinha erra um degrau e quase cai, eles se abrem sozinhos. Ninguém nota, e por um breve momento, enquanto Aquilla jura lealdade, vejo o rosto de Elias de relance. Embora eu tenha visto meu irmão ser levado e meus avós serem mortos, embora eu tenha sido açoitada e marcada e visitado as margens noturnas do reino da morte, sei que jamais senti o tipo de desolação e desesperança que vejo nos olhos de Elias naquele momento.

A adivinha se ajeita. Dois de seus colegas se aproximam dela, como irmãos flanqueiam uma irmã menor em uma multidão arruaceira. O sangue da adivinha encharca minhas roupas e se mistura à seda negra. Ela perdeu tanto sangue que não compreendo como consegue ter forças para caminhar.

— Os adivinhos não podem morrer — ela diz entredentes. — Mas podem sangrar.

Chegamos aos portões do anfiteatro, e, assim que os cruzamos, a mulher me coloca de pé em uma área isolada. Espero que ela explique por que escolheu se ferir no meu lugar, mas ela simplesmente sai mancando, apoiada em seus irmãos.

Olho para trás através dos portões do anfiteatro, onde Elias está ajoelhado e acorrentado. Minha cabeça me diz que não há nada que eu possa fazer por ele, que, se eu tentar ajudá-lo, vou morrer. Mas não consigo me obrigar a ir embora.

— Você está ilesa. — Cain saiu despercebido do anfiteatro ainda lotado, sem ser notado pela agitada multidão. — Que bom. Siga-me. — Então percebe o olhar que lanço para Elias e balança a cabeça. — Ele está fora do alcance da sua ajuda agora — diz. — Ele selou o próprio destino.

— Então acabou para ele? — Fico espantada com a crueldade de Cain.

— Elias se recusa a me matar e morre por isso? Você vai puni-lo por demonstrar clemência?

— As Eliminatórias têm regras — ele diz. — O aspirante Veturius as quebrou.

— Suas regras são deturpadas. Além disso, Elias não foi o único que violou suas instruções. Marcus deveria me matar e não me matou. Mesmo assim você o fez imperador.

— Ele *acha* que a matou — diz Cain. — E se deleita com o fato. É isso que importa. Vamos, você precisa deixar a escola. Se a comandante souber que você está viva, sua vida estará perdida.

Digo a mim mesma que o adivinho está certo, que não posso fazer nada por Elias. Mas me sinto aflita. Eu já deixei uma pessoa para trás antes e me arrependo disso a cada momento.

— Se você não vier comigo, o seu irmão *vai* morrer. — O adivinho percebe meu conflito e me pressiona. — É isso que você quer?

Ele vai na direção dos portões, e, após alguns momentos terríveis de indecisão, dou as costas para Veturius e o sigo. Elias sabe se virar — ele ainda pode encontrar uma maneira de evitar a morte. *Mas eu não, Laia,* ouço Darin. *A não ser que você me ajude.*

Os legionários que guardam os portões de Blackcliff parecem não nos ver enquanto deixamos a academia, e fico em dúvida se Cain usou de magia com eles. Por que ele está me ajudando? O que quer em troca?

Se ele pode ler minhas suspeitas, não demonstra. Em vez disso, me leva rapidamente através do Bairro Ilustre e nos entranhamos nas ruas abafadas de Serra. O trajeto que fazemos dá tantas voltas que por um momento tenho a impressão de que ele não tem um destino em mente. Ninguém presta muita atenção em nós, ninguém fala da morte do imperador ou da coroação de Marcus. A notícia ainda não vazou.

O silêncio entre nós se estende tanto que acho que vai cair e se despedaçar no chão. Como vou me livrar dele e encontrar a Resistência? Faço o pensamento correr pela minha cabeça, temendo que o adivinho o detecte — mas já o pensei, e provavelmente seja tarde demais. Olho de soslaio para ele. Cain está lendo tudo isso? Ele consegue discernir cada pensamento?

— Não se trata de leitura da mente — ele murmura, e abraço a mim mesma, me inclinando para longe dele, embora saiba que isso não vai proteger meus pensamentos. — Pensamentos são complexos — ele explica. — Confusos. São emaranhados como uma selva de vinhas, feitos de camadas como os sedimentos de um cânion. Nós precisamos abrir caminho em meio às vinhas, traçar os sedimentos. Precisamos traduzir e decifrar.

Por dez infernos. O que ele sabe sobre mim? Tudo? Nada?

— Por onde começar, Laia? Eu sei que cada pedaço de você luta para encontrar e salvar seu irmão. Sei que seus pais foram os líderes mais poderosos que a Resistência já teve. Sei que você está se apaixonando por um combatente da Resistência chamado Keenan, mas que não confia na reciprocidade do amor dele. Eu sei que você é uma espiã da Resistência.

— Mas se você sabe que eu sou espiã...

— Eu sei — diz Cain —, mas isso não importa. — Uma tristeza antiga passa por seus olhos, como se ele se lembrasse de uma pessoa há muito falecida. — Outros pensamentos falam mais claramente a respeito de quem você é, o que você é, nos lugares mais profundos do seu coração. À noite, a solidão a esmaga, como se o próprio céu se precipitasse sobre você para ocultá-la em seus braços frios...

— Isso não... Eu...

Mas Cain me ignora, seus olhos vermelhos mirando nenhum lugar em particular, sua voz entrecortada, como se ele falasse de seus segredos mais íntimos, em vez dos meus.

— Você teme nunca ter a coragem de sua mãe. Você teme que a sua covardia seja a perdição de seu irmão. Você anseia entender por que seus pais escolheram a Resistência em lugar dos próprios filhos. O seu coração quer Keenan, mas o seu corpo se acende quando Elias Veturius está perto. Você...

— Pare. — É insuportável que esse conhecimento a meu respeito venha de alguém que não seja eu.

388

— Você é cheia, Laia. Cheia de vida e sombras e força e espírito. Você está em nossos sonhos. Você vai queimar, pois é uma chama entre as cinzas. Esse é o seu destino. Ser espiã da Resistência é o que menos importa em você. Isso não é nada.

Eu me esforço para encontrar as palavras, mas não encontro nenhuma. Não é justo que ele saiba tanto a meu respeito e eu não saiba nada dele em troca.

— Não há nada a meu respeito que valha algo, Laia — diz o adivinho. — Eu sou um erro, um engano. Sou fracasso e malícia, ganância e ódio. Sou culpado. Todos nós, adivinhos, somos culpados.

Diante da minha confusão, ele suspira. Seus olhos negros encontram os meus, e sua descrição de si mesmo e de seus pares desaparece da minha mente como um sonho ao acordar.

— Chegamos — ele diz.

Hesitante, olho à minha volta. Uma rua tranquila se estende à minha frente, com uma fileira de casas idênticas de cada lado. É o Bairro dos Mercadores? Ou talvez o Bairro Estrangeiro? Não sei dizer. As poucas pessoas nas ruas estão distantes demais para que eu possa reconhecê-las.

— O que... o que estamos fazendo aqui?

— Se quiser salvar o seu irmão, você precisa falar com a Resistência — ele diz. — Eu a trouxe até eles. — Ele anui para a rua à minha frente. — Sétima casa à direita. No porão. A porta está destrancada.

— Por que você está me ajudando? — pergunto. — Que truque...

— Não há nenhum truque, Laia. Não posso responder às suas perguntas no momento. Por ora, só posso dizer que nossos interesses se alinham. Eu juro por sangue e por osso que não a estou enganando nisto. Agora vá, rápido. O tempo não espera, e temo que já esteja se esgotando.

Apesar de sua expressão calma, não há dúvida quanto à urgência em sua voz, o que alimenta minha insegurança. Anuo em agradecimento, intrigada com a estranheza dos últimos minutos, e sigo em frente.

◆ ◆ ◆

Como o adivinho previu, a porta para o porão da casa está destrancada. Desço dois degraus antes que a ponta de uma cimitarra encontre meu pescoço.

— Laia? — A cimitarra baixa, e Keenan dá um passo em direção à luz. Seu cabelo ruivo está arrepiado em ângulos peculiares, e uma bandagem grosseiramente enrolada em torno do bíceps está manchada de sangue. Suas sardas se destacam de maneira dissonante em contraste com a palidez doentia da pele. — Como nos encontrou? Você não deveria estar aqui. Não é seguro para você. Rápido... — ele olha de relance sobre o ombro — antes que Mazen te veja... Vá!

— Eu descobri uma entrada para Blackcliff. Preciso contar a ele. E tem mais uma coisa... um espião...

— Não, Laia — diz Keenan. — Você não pode...

— Quem está aí, Keenan? — Passos ressoam em nossa direção, e, segundos mais tarde, Mazen enfia a cabeça no poço da escada. — Ah. Laia. Você nos encontrou. — O homem lança um olhar para Keenan, como se ele fosse o responsável por esse desdobramento. — Traga-a.

O tom de sua voz arrepia os pelos em minha nuca, e enfio a mão no rasgo no bolso da saia em busca da adaga que Elias me deu.

— Laia, escute — Keenan sussurra enquanto me apressa escada abaixo. — Não importa o que ele disser, eu...

— Vamos lá — Mazen o interrompe quando entramos no porão. — Não tenho o dia inteiro.

O porão é pequeno, com caixas de provisões em um canto e uma mesa redonda no centro. Dois homens estão sentados à mesa, sérios e com um olhar frio — Eran e Haider.

Eu me pergunto se um deles é o espião da comandante.

Mazen chuta uma cadeira velha em minha direção, um convite para me sentar, óbvio. Keenan fica de pé ao meu lado, inquieto, como um animal pouco à vontade. Tento não olhar para ele.

— E então, Laia? — diz Mazen enquanto me sento. — Alguma informação para nós? Além de que o imperador está morto.

— Como você...

— Porque fui eu que o matei. Então me diga... eles já nomearam um novo imperador?

— Sim. — *Mazen matou o imperador?* Quero que ele me conte mais, mas sinto sua impaciência. — Eles nomearam Marcus. A coroação será amanhã.

Mazen troca olhares de relance com seus homens e se levanta.

— Eran, mande os corredores. Haider, apronte os homens. Keenan, cuide da garota.

— Espere! — Fico de pé quando eles se levantam. — Eu tenho mais... Uma entrada para Blackcliff. Foi por isso que eu vim. Agora vocês podem libertar Darin. E tem mais uma coisa que você precisa saber... — Quero contar a Mazen sobre o espião, mas ele não me deixa.

— Não existe uma entrada secreta para Blackcliff, Laia. E, mesmo se existisse, eu não seria idiota o suficiente de atacar uma academia de Máscaras.

— Então como...

— Como? — ele reflete. — Boa pergunta. Como você se livra de uma garota que aparece do nada em seu esconderijo no momento mais inoportuno, alegando ser a filha há muito perdida da Leoa? Como você tranquiliza uma facção essencial à Resistência quando eles insistem estupidamente que você ajude a menina a salvar seu irmão? Como você faz para parecer que a está ajudando quando, na realidade, você não tem tempo nem homens para fazer isso?

Minha boca fica seca.

— Vou lhe dizer como — diz Mazen. — Você dá a essa garota uma missão sem volta. Você a manda para Blackcliff, para a casa da assassina de seus pais. Você dá a ela tarefas impossíveis, como espionar a mulher mais perigosa do Império, ficar sabendo das Eliminatórias antes mesmo que elas ocorram...

— Você... você sabia que a comandante matou...

— Não é nada pessoal, garota. Sana ameaçou tirar os homens dela da Resistência por sua causa. Ela estava procurando uma desculpa e, quando você apareceu, ela conseguiu essa desculpa. Mas eu precisava dela e daqueles homens mais do que nunca. Passei anos construindo o que o Império destruiu quando mataram a sua mãe. E eu não podia deixar que ela arruinasse tudo isso. Achei que a comandante se livraria de você em dias, horas até. Mas você sobreviveu. Quando me trouxe as informações... informações verdadeiras... no Festival da Lua, meus homens me avisaram que Sana e sua facção considerariam que o acordo havia sido cumprido. Ela exigiria que o seu irmão fosse libertado da Central. O único problema era que você tinha acabado de me contar precisamente o fato que me impossibilitava de colocar meus homens nessa missão.

Relembro.

— A chegada do imperador a Serra.

— Quando você me disse isso, eu sabia que precisaria até do último combatente da Resistência disponível se quiséssemos assassiná-lo. Uma causa muito mais importante do que resgatar o seu irmão, você não acha?

Lembro então o que a comandante me disse: *Aqueles ratos eruditos só sabem o que eu quero que saibam. O que eles estavam tramando da última vez em que você os encontrou? Estavam planejando algo importante?*

Sinto como se tivesse levado um soco quando me dou conta disso. A Resistência não faz nem ideia de que foi manipulada pela comandante. Keris Veturia queria o imperador morto. A Resistência o matou, assim como os membros mais importantes de sua casa. Marcus ocupou seu lugar, e agora não haverá guerra civil, nenhum conflito entre a Gens Taia e Blackcliff.

Seu idiota!, quero gritar. *Você caiu como um pato na armadilha dela!*

— Eu precisava manter a facção de Sana feliz — diz Mazen. — E precisava manter você distante dela. Então a mandei para Blackcliff com uma tarefa ainda mais impossível: encontrar uma entrada secreta para o forte marcial mais bem guardado e fortificado do Império, com exceção da Prisão Kauf. Eu disse a Sana que o resgate do seu irmão dependia disso, e que dar qualquer detalhe a mais poderia pôr em risco a fuga da prisão. Então dei a ela, e a todos os outros combatentes, uma missão muito maior do que uma garota tola e o seu irmão: uma revolução.

Ele se inclina para frente, os olhos brilhando de fervor.

— É apenas uma questão de tempo até a notícia da morte de Taius se espalhar. Quando isso ocorrer, será o caos. É o que estávamos esperando que acontecesse. Só lamento que a sua mãe não esteja aqui para ver isso.

— Não fale da minha mãe. — Em minha ira, eu me esqueço de lhe contar sobre o espião. Eu me esqueço de lhe contar que a comandante vai saber do seu grande plano. — Ela *vivia* pelo Izzat. E você está vendendo os filhos dela, seu canalha. Você vendeu a minha mãe também?

Mazen dá a volta na mesa, e uma veia pulsa em seu pescoço.

— Eu teria seguido a Leoa até o fim do mundo. Eu a teria seguido até o inferno. Mas você não é como a sua mãe, Laia. Você é mais como o seu pai. E o seu pai era um fraco. Quanto ao Izzat... Você é uma criança. Você não faz nem ideia do que ele significa.

Não consigo respirar direito, e estendo a mão trêmula para a mesa, para me firmar. Olho para trás, para Keenan, que se recusa a encarar meu olhar. Traidor. Ele sempre soube que Mazen não tinha a intenção de me ajudar? Teria ele acompanhado e rido enquanto a garotinha tola partia em missões impossíveis?

A cozinheira estava certa o tempo inteiro. Eu jamais deveria ter confiado em Mazen. Eu jamais deveria ter confiado em nenhum deles. Darin sabia. Ele queria mudar as coisas, mas sabia que não podia fazer isso com os rebeldes. Ele já tinha se dado conta de que eles não mereciam confiança.

— Meu irmão — digo a Mazen. — Ele não está em Bekkar, não é? Ele está vivo?

Mazen suspira.

— Para onde os Marciais levaram o seu irmão, ninguém pode ir. Desista, garota. Você não pode salvá-lo.

Lágrimas ameaçam se derramar em minhas faces, mas consigo contê-las.

— Só me diga onde ele está. — Tento manter a voz sob controle. — Ele está na cidade? Na Central? Você sabe. Me conte.

— Keenan, livre-se dela — ordena Mazen. — Em outro lugar — acrescenta em seguida. — Um corpo vai chamar muita atenção neste bairro.

Eu me sinto como Elias deve ter se sentido alguns momentos atrás. Traída. Desolada. Medo e pânico ameaçam me estrangular; eu os amarro em um nó e me livro deles.

Keenan tenta pegar meu braço, mas eu me esquivo e saco a adaga de Elias. Os homens de Mazen correm em minha direção, mas estou mais próxima, e eles não são rápidos o suficiente. Em um instante, tenho a lâmina contra a garganta do líder da Resistência.

— Afastem-se! — digo para os combatentes. Eles baixam as armas relutantemente. Meu coração pulsa nos ouvidos, e não tenho medo neste momento, apenas raiva por tudo o que Mazen me fez passar. — Me fale onde o meu irmão está, seu mentiroso filho da puta. — Quando ele não diz nada, pressiono a lâmina um pouco mais, fazendo correr uma linha fina de sangue. — Me fale, ou eu corto sua garganta agora mesmo.

— Tudo bem — ele responde, rouco. — Não vai fazer diferença. Ele está em Kauf, garota. Eles o mandaram para lá no dia seguinte ao Festival da Lua.

Kauf. Kauf. Kauf. Eu me forço a acreditar. A encarar. Kauf, onde meus pais e minha irmã foram torturados e executados. Kauf, para onde os piores criminosos são mandados. Para sofrer. Para apodrecer. Para morrer.

Acabou, me dou conta. Nada do que eu passei — os açoitamentos, a cicatriz, as surras —, nada disso importa. A Resistência vai me matar. Darin vai morrer na prisão. Não há nada que eu possa fazer para mudar isso.

Minha faca ainda está na garganta de Mazen.

— Você vai pagar por isso — digo a ele. — Juro pelos céus, pelas estrelas. Você vai pagar.

— Duvido muito, Laia. — Seus olhos se lançam rapidamente sobre meu ombro e eu me viro. Tarde demais. Vejo um brilho de cabelos ruivos e olhos castanhos antes que a dor atinja minha têmpora e eu mergulhe na escuridão.

◆ ◆ ◆

Quando acordo, o primeiro sentimento que tenho é de alívio por não estar morta. O segundo é de um ódio brutal e devorador quando o rosto de Keenan entra em foco. *Traidor! Trapaceiro! Mentiroso!*

— Graças aos céus — ele diz. — Achei que tinha batido forte demais em você. Não... espere... — Procuro minha faca, a cada segundo me tornando mais lúcida, portanto mais assassina. — Não vou machucar você, Laia. Por favor, me escute.

Minha faca não está comigo, e olho ao redor ansiosamente. Ele vai me matar agora. Estamos em uma espécie de galpão; a luz do sol penetra através das falhas entre as tábuas de madeira vergadas, e há uma profusão de implementos de jardinagem encostados na parede.

Se eu conseguir escapar dele, posso me esconder na cidade. A comandante acha que estou morta, então, se eu puder tirar os punhos de escrava, talvez consiga ir embora de Serra. Mas e depois? Volto para Blackcliff para buscar Izzi, para que ela não seja pega e torturada pela comandante? Tento ajudar Elias? Tento encontrar um meio de entrar em Kauf e libertar Darin? A prisão fica a mais de mil e quinhentos quilômetros daqui. Não faço ideia de como chegar lá. Não tenho nenhuma habilidade para sobreviver em um território enxameado de patrulhas marciais. Se, por algum milagre, eu chegar lá, como vou entrar? Como vou sair? Darin pode estar morto a essa altura. Ele pode estar morto agora.

Ele não está morto. Se estivesse, eu saberia.

Tudo isso passa pela minha cabeça em um instante. Fico de pé em um salto e me lanço para pegar um ancinho — neste momento, o mais importante é me livrar de Keenan.

— Laia, não. — Ele agarra meus braços e os força para baixo. — Não vou matar você — ele diz. — Eu juro. Apenas ouça.

Encaro seus olhos escuros, odiando-me por me sentir tão fraca e estúpida.

— Você sabia, Keenan. Você sabia que Mazen jamais pretendeu me ajudar. Você disse que o meu irmão estava nas celas da morte. Você me usou...

— Eu não sabia...

— Se não sabia, por que me nocauteou naquele porão? Por que ficou ali parado enquanto Mazen mandava você me matar?

— Se eu não tivesse agido daquele jeito, ele teria matado você pessoalmente. — É a angústia nos olhos de Keenan que me faz escutar. Dessa vez ele não está me escondendo nada. — Mazen prendeu todo mundo que acredita estar contra ele. Ele os "confinou", como ele diz, para o seu próprio bem. Sana está sendo vigiada o tempo todo. Eu não podia deixar que ele fizesse o mesmo comigo... não se eu quisesse te ajudar.

— Você sabia que Darin tinha sido mandado para Kauf?

— Nenhum de nós sabia. Mazen manteve tudo em segredo. Ele nunca deixava a gente ouvir os relatórios de seus espiões na prisão. Ele nunca nos deu detalhes do plano para libertar Darin. Ele mandou que eu lhe dissesse que o seu irmão estava nas celas da morte... Talvez tivesse esperança de conseguir te influenciar a assumir um risco que seria fatal para você. — Keenan me solta. — Eu confiava nele, Laia. Ele liderou a Resistência por uma década. Sua visão, sua dedicação... eram as únicas coisas que nos mantinham unidos.

— Só porque ele é um bom líder, não significa que seja uma boa pessoa. Ele mentiu para você.

— E eu sou um idiota por não ter percebido antes. Sana suspeitava que ele não estava sendo sincero. Quando ela percebeu que você e eu éramos... amigos, ela me contou essas suspeitas. Eu tinha certeza que ela estava errada. Mas aí, naquela última reunião, Mazen disse que o seu irmão estava em Bekkar. Só que isso não fazia sentido, porque Bekkar é uma prisão minúscula. Se o seu irmão estivesse lá, nós teríamos subornado alguém para libertá-lo há muito tempo. Não sei por que ele disse isso. Talvez porque pensasse que eu não ia perceber. Talvez ele tenha entrado em pânico quando se deu conta de que você não ia aceitar simplesmente a palavra dele.

Keenan seca uma lágrima do meu rosto.

— Eu contei para Sana o que Mazen disse sobre Bekkar, mas nós partimos para atacar o imperador naquela noite. Ela só confrontou Mazen depois, e me fez ficar de fora disso. O que foi bom, aliás. Ela achou que sua facção a apoiaria, mas eles a abandonaram quando Mazen convenceu todo mundo de que ela era um obstáculo para a revolução.

— A revolução não vai dar certo. A comandante sabe desde o início que eu sou espiã. Ela sabia que a Resistência atacaria o imperador. Alguém na Resistência a está mantendo informada.

O rosto de Keenan fica pálido.

— Eu sabia que o ataque contra o imperador tinha sido fácil demais. Eu tentei falar isso para Mazen, mas ele não quis saber. E o tempo todo a comandante queria que atacássemos. Ela queria Taius fora do caminho.

— Ela está pronta para a revolução de Mazen, Keenan. Ela vai esmagar a Resistência.

Ele procura algo nos bolsos.

— Eu preciso tirar Sana de lá. Tenho que contar a ela sobre o espião. Se ela conseguir contatar Tariq e os outros líderes em sua facção, pode pará-los antes que eles caiam em uma armadilha. Mas primeiro... — Ele pega um pacote pequeno de papel e um pedaço de couro e os passa para mim. — Ácido para quebrar os seus punhos de escrava. — Então explica como usá-lo, me fazendo repetir as orientações duas vezes. — Não erre, tem apenas o suficiente. É muito difícil de encontrar. Não chame atenção hoje à noite. Amanhã de manhã, no quarto sino, vá para as docas. Encontre uma galé chamada *Badcat*. Diga a eles que você tem um carregamento de pedras preciosas para os joalheiros de Silas. Não diga o seu nome, não diga o meu, só diga o que eu falei. Eles vão te esconder no porão. Você vai subir rio acima até Silas, uma viagem de três semanas. Eu te encontro lá. E vamos ver o que a gente pode fazer a respeito de Darin.

— Ele vai morrer em Kauf, Keenan. Talvez enquanto estivermos a caminho de lá.

— Ele vai sobreviver. Os Marciais sabem como manter as pessoas vivas quando interessa para eles. E os prisioneiros são levados para Kauf para sofrer, não para morrer. A maioria dos prisioneiros aguenta alguns meses, às vezes até anos.

"Onde há vida", vovó costumava dizer, "há esperança." Minha esperança brilha como uma vela no escuro. Keenan vai me tirar daqui. Ele está me salvando de Blackcliff. E vai me ajudar a salvar Darin.

— Minha amiga Izzi. Ela me ajudou, mas a comandante sabe que nós conversamos. Preciso salvá-la. Jurei a mim mesma que faria isso.

— Sinto muito, Laia. Eu consigo tirar você daqui... ninguém mais.

— Obrigada — sussurro. — Por favor, considere paga sua dívida com meu pai...

— Você acha que estou fazendo isso por ele? Pela memória dele? — Keenan se inclina para a frente, os olhos quase negros de intensidade, o rosto tão próximo que posso sentir sua respiração em minha face. — Talvez tenha começado por aí. Mas não agora. Não mais. Você e eu, Laia. Nós somos iguais. Pela primeira vez desde que posso me lembrar, eu não me sinto sozinho. Por sua causa. Não consigo... não consigo parar de pensar em você. Tentei não pensar, tentei tirar você da cabeça...

A mão de Keenan sobe bem devagar por meus braços até meu rosto. Sua outra mão acompanha a curva do meu quadril. Ele joga meu cabelo para trás, observando meu rosto como se procurasse algo perdido.

E então ele me pressiona contra a parede, sua mão na parte de baixo das minhas costas. Ele me beija — um beijo faminto, obstinado de desejo. Um beijo que foi guardado por dias, um beijo que tem me acompanhado impacientemente, à espera de ser liberado.

Por um momento fico paralisada, o rosto de Elias e a voz do adivinho girando em minha cabeça. *O seu coração quer Keenan, mas o seu corpo se acende quando Elias Veturius está perto.* Afasto as palavras para longe. *Eu quero isso. Eu quero Keenan. E ele me quer também.* Tento me perder na sensação de sua mão entrelaçada à minha, em seu cabelo sedoso entre meus dedos. Mas continuo vendo Elias em minha mente, e, quando Keenan se afasta, não consigo encará-lo.

— Você vai precisar disso. — Ele me passa a adaga de Elias. — Eu te encontro em Silas. Vou descobrir um jeito de libertar Darin. Vou cuidar de tudo, prometo.

Eu me forço a anuir, me perguntando por que suas palavras me incomodam tanto. Segundos mais tarde, ele sai pela porta do galpão, e encaro o pacote de ácido que ele me deu.

Meu futuro, minha liberdade, tudo aqui, em um pequeno pacote que romperá com esses laços.

Quanto isso custou a Keenan? Quanto custou a travessia no barco? E quando Mazen perceber que foi traído por seu tenente? Quanto *isso* custará a Keenan?

Ele só quer me ajudar. No entanto, não consigo me confortar com suas palavras: *Eu te encontro em Silas. Vou descobrir um jeito de libertar Darin. Vou cuidar de tudo, prometo.*

Um dia eu quis isso. Eu quis que alguém me dissesse o que fazer, que consertasse tudo. Um dia, eu quis ser salva.

Mas o que eu consegui com isso? Traição. Fracasso. Não é suficiente esperar que Keenan tenha todas as respostas. Não quando penso em Izzi, que agora mesmo pode estar sofrendo nas mãos da comandante porque escolheu a amizade em detrimento da autopreservação. Não quando penso em Elias, que abriu mão da própria vida pela minha.

O galpão me asfixia subitamente, quente e abafado, e, quando me dou conta, cruzo o espaço e estou na rua. Um plano se forma em minha cabeça, tão ousado, estranho e maluco que talvez dê certo. Eu atravesso a cidade, passo pela Praça de Execuções, pelas docas e chego ao Bairro das Armas. Às forjas.

Preciso encontrar Spiro Teluman.

XLVI
ELIAS

As horas passam. Talvez dias. Não tenho como saber. Os sinos de Blackcliff não chegam à masmorra. Não consigo nem ouvir os tambores. As paredes de granito de minha cela sem janelas têm meio metro de espessura, com barras de ferro de cinco centímetros de largura. Não há guardas. Não há necessidade deles.

É estranho ter sobrevivido aos Grandes Desertos, ter combatido criaturas sobrenaturais, ter me afundado tanto a ponto de matar meus próprios amigos, apenas para morrer agora — acorrentado, ainda mascarado, destituído de nome, rotulado como traidor. Desgraçado — um bastardo indesejado, um fracasso como neto, um assassino. Um ninguém. Um homem cuja vida não significa nada.

Uma esperança tão tola pensar que, apesar de ter sido criado para a violência, eu poderia um dia me livrar dela. Após anos de açoitamentos, abusos e sangue, eu devia ter percebido isso. Eu nunca devia ter escutado Cain. Eu devia ter desertado de Blackcliff quando tive oportunidade. Talvez tivesse me perdido e sido caçado, mas pelo menos Laia estaria viva. Pelo menos Demetrius, Leander e Tristas estariam vivos.

Agora é tarde demais. Laia está morta. Marcus é o imperador. Helene é sua Águia de Sangue. E logo estarei morto. *Perdido como uma folha ao vento.*

A consciência é um demônio que atormenta, insaciável, minha mente. Como isso aconteceu? Como Marcus — esse louco, depravado — pode ser o soberano do Império? Vejo Cain o nomeando imperador, vejo

Helene ajoelhada diante dele, jurando honrá-lo como seu senhor, e bato a cabeça nas barras em uma tentativa fútil e dolorosa de tirar as imagens da mente.

Ele foi bem-sucedido onde você fracassou. Ele demonstrou força onde você demonstrou fraqueza.

Eu deveria ter matado Laia? Eu seria o imperador se tivesse feito isso. Ela morreu de qualquer maneira, no fim. Ando de um lado para o outro em minha cela. Cinco passos para um lado, seis para o outro. Eu gostaria de nunca ter carregado Laia penhasco acima após minha mãe tê-la marcado. Eu gostaria de nunca ter dançado com ela, falado com ela ou a visto. Eu gostaria de nunca ter deixado meu cérebro de homem malditamente obcecado se demorar sobre cada detalhe de Laia. Foi isso que a trouxe à atenção dos adivinhos, que os fez a escolherem como prêmio para a terceira Eliminatória e vítima para a quarta. Ela está morta, e isso aconteceu porque eu a escolhi.

Não há mais como salvar minha alma.

Eu rio, e o riso ecoa na masmorra como vidro estilhaçado. O que eu achava que ia acontecer? Cain havia sido absolutamente claro: quem quer que matasse a garota venceria a Eliminatória. Eu só não queria acreditar que o poder sobre o Império pudesse se resumir a algo tão brutal. *Você é ingênuo, Elias. Você é um tolo.* As palavras de Helene ecoam em minha cabeça.

Eu não poderia concordar mais, Hel.

Tento descansar, mas em vez disso caio no sonho do campo de morte. Leander, Ennis, Demetrius, Laia — corpos por toda parte, morte por toda parte. Os olhos de minhas vítimas estão abertos e enxergam tudo, e o sonho é tão real que posso sentir o cheiro do sangue. Penso por um longo tempo que devo estar morto, que estou em algum lugar no inferno.

Horas ou minutos mais tarde, acordo sobressaltado. Sei imediatamente que não estou sozinho.

— Pesadelo?

Minha mãe está parada diante de minha cela, e me pergunto há quanto tempo ela está me observando.

— Eu também tenho. — Sua mão se perde na tatuagem em seu pescoço.

— Sua tatuagem. — Quero perguntar sobre aquelas espirais azuis há anos e, já que vou morrer de qualquer maneira, penso que não tenho nada a perder. — O que é?

Não espero que ela responda, mas, para minha surpresa, ela desabotoa a jaqueta do uniforme e levanta a camisa para revelar uma faixa de pele pálida. As marcas que interpretei equivocadamente como desenhos são na realidade letras que se entrelaçam em seu torso como uma espiral de erva-moura: "SEMPRE VITO".

Ergo uma sobrancelha — eu não imaginava que Keris Veturia exibisse o lema de seu clã de maneira tão orgulhosa, especialmente considerando sua história com meu avô. Algumas letras são mais novas que outras. O s está apagado, como se tivesse sido tatuado anos atrás. O t, por outro lado, parece ter sido feito há dias.

— Acabou a tinta? — pergunto.

— Algo assim.

Não pergunto mais nada a respeito da tatuagem — ela já disse tudo o que diria. Keris me encara em silêncio, e me pergunto o que ela está pensando. Máscaras devem ser capazes de ler as pessoas, compreendê-las por meio da observação. Eu consigo dizer se estranhos estão nervosos ou com medo, se estão sendo honestos ou não, só de observá-los por alguns segundos. Mas minha própria mãe é um mistério para mim, seu rosto tão impassível e remoto quanto uma estrela.

Perguntas brotam livres em minha mente, perguntas com as quais achei que não me importava mais. *Quem é meu pai? Por que você me abandonou para morrer? Por que você não me amou?* Tarde demais para perguntar agora. Tarde demais para as respostas significarem alguma coisa.

— Assim que eu soube que você existia — sua voz é suave —, eu o odiei.

Ergo o olhar para ela involuntariamente. Não sei nada a respeito da minha concepção ou do meu nascimento. Mamie Rila só me contou que, se a tribo Saif não tivesse me encontrado sozinho no deserto, eu teria morrido. Minha mãe entrelaça os dedos em torno das barras da cela. Suas mãos são tão pequenas.

— Eu tentei tirá-lo de mim — ela diz. — Usei veneno-da-vida, madeira-da-noite e uma dezena de outras ervas. Nada funcionou. Você cresceu, nutrindo-se de mim. Fiquei enjoada durante meses, mas consegui que meu comandante me enviasse em uma missão solo para caçar rebeldes tribais. Então ninguém ficou sabendo. Ninguém suspeitou. Você cresceu e cresceu. Ficou tão grande que eu não conseguia andar a cavalo ou manejar a espada. Não conseguia dormir. Eu não conseguia fazer nada, a não ser esperar até que você nascesse para que eu pudesse matá-lo e acabar logo com isso.

Ela encosta a testa nas barras, mas seus olhos não deixam os meus.

— Então eu conheci uma parteira tribal. Após acompanhar um bom número de nascimentos com ela e aprender o que eu precisava saber, eu a envenenei. Então, em uma manhã de inverno, senti as dores. Tudo estava preparado. Uma caverna, uma fogueira, água quente, toalhas e panos. Eu não estava com medo. Sofrimento e sangue **eu** conhecia bem. A solidão era uma velha amiga. A raiva... eu a usei para suportar tudo. Horas mais tarde, quando você nasceu, eu não quis tocá-lo. — Ela solta as barras e caminha de um lado para o outro diante da cela. — Eu precisava cuidar de mim, ter certeza de que não havia contraído uma infecção, de que não havia perigo. Eu não ia deixar que um filho me matasse depois que o pai havia fracassado. Mas uma fraqueza se apoderou de mim, um instinto animal antigo, e eu me vi limpando o seu rosto e a sua boca. Vi que os seus olhos estavam abertos. Eram os meus olhos. Você não chorou. Se tivesse chorado, teria sido mais fácil. Eu teria quebrado o seu pescoço do mesmo jeito que quebraria o pescoço de uma galinha, ou de um Erudito. Em vez disso, eu o enrolei, o segurei, o alimentei. Eu o deitei na dobra do meu braço e observei enquanto você dormia. Era de madrugada, quando tudo parece irreal, quando tudo parece um sonho. Passado um dia, quando eu já podia caminhar, subi no cavalo e levei você para o acampamento tribal mais próximo. Eu os observei por um tempo e vi uma mulher de quem gostei. Ela pegava as crianças como sacos de grãos e carregava uma vara comprida aonde quer que fosse. E, embora fosse jovem, ela não parecia ter filhos.

Mamie Rila.

— Esperei até anoitecer e o deixei na tenda dela, em sua cama. Então fui embora. Mas após algumas horas eu voltei. Eu precisava encontrá-lo e matá-lo. Ninguém poderia saber de você. Você era um erro, um sinal do meu fracasso. Quando voltei, a caravana já havia partido. Pior, eles haviam se dividido. Eu estava fraca e exausta e não tinha como encontrá-lo. Então o deixei ir. Eu já havia cometido um erro. Por que não mais um? E aí, seis anos mais tarde, os adivinhos o trouxeram para Blackcliff. Meu pai me mandou de volta da missão em que eu estava. Ah, Elias...

Sinto um choque. Ela nunca disse meu nome antes.

— Você devia ter ouvido as coisas que ele me disse. "Sua puta. Meretriz. Vagabunda. O que nossos inimigos vão dizer? Nossos aliados?" No fim, eles não disseram nada. Ele se certificou disso. Quando você sobreviveu ao primeiro ano na escola, quando ele viu a própria força em você, então ele só tinha olhos para você. Após anos de decepção, o grande Quin Veturius tinha um herdeiro do qual podia se orgulhar. Você sabia, *filho*, que eu fui a melhor aluna que esta escola já viu em uma geração? A mais rápida? A mais forte? Depois que me formei, capturei mais vagabundos da Resistência do que o restante da minha turma inteira junta. Acabei com a Leoa pessoalmente. Nada disso importava para o meu pai. Não antes de você ter nascido. Menos ainda depois que você chegou. Quando veio o momento de nomear um herdeiro, ele nem considerou me escolher. Em vez disso, nomeou você. Um bastardo. Um erro. Eu odiei o meu pai por isso. E você, é claro. Mas, mais do que vocês dois, eu odiei a mim mesma. Por ser tão *fraca*. Por não ter te matado quando tive a chance. E prometi que jamais cometeria esse erro novamente. Jamais demonstraria fraqueza novamente.

Ela volta para as barras e me prende com os olhos.

— Eu sei o que você está sentindo — ela diz. — Remorso. Raiva. Você volta ao passado na sua cabeça e se imagina matando a garota erudita, como eu imaginava matá-lo. O seu arrependimento o coloca para baixo como chumbo... Se pelo menos você a tivesse matado! Se tivesse demonstrado força! Um erro e você abriu mão da sua vida. Não é assim? Não é uma tortura?

Sinto um misto esquisito de nojo e empatia por ela quando me dou conta de que isso é o mais próximo que ela chegará de se relacionar comigo. Ela toma meu silêncio como concordância. Pela primeira e provavelmente única vez na vida, vejo algo em seus olhos que lembra tristeza.

— É uma dura verdade, mas não há como voltar atrás. Amanhã, você vai morrer. Nada pode impedir isso. Nem eu, nem você, nem mesmo meu indomável pai, embora ele tenha tentado. Conforte-se em saber que a sua morte vai trazer paz para a sua mãe. Que o sentimento torturante de erro que me assombrou por vinte anos vai terminar. Eu estarei livre.

Por alguns segundos, não consigo dizer nada. Isso é tudo? Estou à beira da morte, e tudo o que ela diz é o que eu já sei? Que ela me odeia? Que eu sou o maior erro que ela já cometeu?

Não, isso não é verdade. Ela me disse que um dia foi humana. Que teve compaixão dentro de si. Ela não me deixou exposto às intempéries, como eu sempre ouvi falar. Quando ela me deixou com Mamie Rila, foi para que eu pudesse viver.

Mas, quando aquele breve período de compaixão desapareceu, quando ela se arrependeu de sua humanidade em prol dos próprios desejos, ela se tornou o que é agora. Insensível. Gélida. Um monstro.

— Se eu me arrependo de algo — digo —, é de não ter apresentado disposição de morrer mais cedo. Não ter cortado minha própria garganta na terceira Eliminatória, em vez de matar homens que eu conhecia há anos. — Fico de pé e caminho em sua direção. — Não me arrependo de não ter matado Laia. Jamais vou me arrepender disso.

Penso no que Cain me disse naquela noite, quando estávamos na torre de vigia e olhávamos para as dunas. *Você terá a chance de alcançar a verdadeira liberdade, do corpo e da alma.*

E, subitamente, não me sinto desnorteado ou derrotado. Era sobre *isso* que Cain estava falando: sobre a liberdade de morrer sabendo que foi pela razão certa. A liberdade de chamar minha alma de *minha*. A liberdade de recuperar uma pequena porção de bondade ao me recusar a virar alguém como a minha mãe, ao morrer por algo que vale a pena.

— Não sei o que aconteceu com você — digo. — Não sei quem foi meu pai nem por que você o odeia tanto. Mas sei que a minha morte não vai te libertar nem vai lhe trazer paz. Não é você quem está me matando. *Eu* escolhi morrer. Pois prefiro morrer a me tornar alguém como você. Prefiro morrer a viver sem compaixão, sem honra, sem alma.

Cerro as mãos em torno das barras e olho bem nos olhos dela. Por um segundo, vejo um brilho de confusão ali, um trincar brevíssimo em sua armadura. Então seu olhar endurece como aço. Não importa. Tudo o que sinto por ela neste momento é pena.

— Amanhã, *eu* serei livre. Não você — digo.

Solto as barras e vou para o fundo da cela. Então escorrego para o chão e fecho os olhos. Não vejo seu rosto quando ela vai embora. Não a ouço. Não me importo.

O golpe fatal é a minha libertação.

A morte está próxima. A morte está quase aqui.

E eu estou pronto para ela.

XLVII
LAIA

Observo Teluman trabalhando pela porta aberta por longos minutos antes de reunir coragem de entrar em sua oficina. Ele martela um pedaço de metal aquecido com pancadas calculadas, cuidadosas, os braços brilhantemente tatuados transpirando por causa do esforço.

— Darin está em Kauf.

Ele para no meio do movimento. O choque em seus olhos ao ouvir minhas palavras é estranhamente confortante. Pelo menos existe outra pessoa que se importa com o destino do meu irmão tanto quanto eu.

— Ele foi mandado para lá dez dias atrás — digo. — Logo depois do Festival da Lua. — Levanto os braços, ainda com os punhos de escrava. — Eu preciso ir atrás dele.

Prendo a respiração enquanto ele considera a questão. A ajuda de Teluman é o primeiro passo em um plano que depende quase inteiramente de outras pessoas fazerem o que eu pedir a elas.

— Tranque a porta — ele diz.

Ele leva quase três horas para soltar os meus punhos, e não diz praticamente nada o tempo inteiro, exceto para perguntar ocasionalmente se eu preciso de algo. Quando estou livre dos punhos, ele me oferece uma pomada para a região esfolada e então desaparece na sala dos fundos. Um momento mais tarde, sai com uma cimitarra belamente decorada — a mesma que usou para assustar os ghuls no dia em que o conheci.

— Esta é a primeira espada verdadeiramente telumana que fiz para Darin — ele diz. — Leve para ele. Quando você o libertar, diga que Spiro

Teluman estará esperando por ele nas Terras Livres. Diga a ele que temos trabalho a fazer.

— Estou com medo — sussurro. — Medo de fracassar. Medo de que ele morra. — Então o medo extravasa, como se o fato de eu o ter mencionado lhe desse vida. Sombras se reúnem e tomam forma junto à porta. Ghuls.

— *Laia* — eles dizem. — *Laia.*

— O medo só será seu inimigo se você deixar. — Teluman me passa a espada de Darin e anui na direção dos ghuls. Eu me viro e, enquanto Teluman fala, avanço na direção deles. — Medo demais e você está paralisada — ele diz. Os ghuls não estão intimidados ainda. Levanto a cimitarra. — Medo de menos e você se torna arrogante.

Ataco o ghul mais próximo. Ele sibila e escorrega por baixo da porta. Alguns de seus colegas recuam, mas outros avançam em minha direção. Eu me forço a ficar firme, para recebê-los com a ponta da lâmina. Momentos mais tarde, os poucos que foram corajosas o suficiente para continuar fogem, sibilando de ódio. Eu me viro para Teluman, e ele me encara.

— O medo pode ser bom, Laia. Pode te manter viva. Mas não deixe que ele a controle. Não deixe que ele semeie dúvidas em você. Quando o medo tomar conta de você, use a única coisa mais poderosa e mais indestrutível para combatê-lo: o seu espírito. O seu coração.

O céu está escuro quando deixo o ferreiro com a cimitarra de Darin escondida debaixo da saia. Esquadrões marciais patrulham fortemente as ruas, mas eu os evito facilmente em meu vestido negro, fundindo-me à noite como um espectro.

Enquanto caminho, lembro como Darin tentou me defender do Máscara durante a batida, mesmo quando o homem deu a ele a chance de fugir. Penso em Izzi, pequena, assustada, e mesmo assim determinada a fazer amizade comigo, embora soubesse bem que custo isso poderia ter. E penso em Elias, que poderia estar a quilômetros de Blackcliff a essa altura, livre como sempre quis, se tivesse deixado Aquilla me matar.

Darin, Izzi e Elias me colocaram à frente de seu bem-estar. Ninguém os forçou a isso. Eles o fizeram porque sentiram que era a coisa certa a fazer. Porque, não importa se conhecem ou não o Izzat, vivem por ele. Pois são corajosos.

Agora é a minha vez de fazer a coisa certa, uma voz diz em minha cabeça. Não são mais as palavras de Darin, são as minhas. Essa voz sempre foi minha. *Agora é a minha vez de viver pelo Izzat.* Mazen disse que eu não sabia o que era o Izzat. Mas eu o compreendo melhor do que ele jamais compreenderá.

Quando percorro a traiçoeira trilha secreta e subo com dificuldade até o pátio da comandante, encontro a academia vazia e silenciosa. As luminárias no gabinete da comandante estão acesas, e vozes derivam de sua janela aberta, baixas demais para que eu possa entender. Isso é bom — nem mesmo a comandante pode estar em dois lugares ao mesmo tempo.

Os aposentos dos escravos estão escuros, com exceção de uma luz. Ouço um choro abafado. Graças aos céus, a comandante ainda não a pegou para interrogar. Espio através da cortina de seu quarto. Ela não está sozinha.

— Izzi. Cozinheira.

Elas estão sentadas na cama, a cozinheira com o braço em torno de Izzi. Quando falo, elas se levantam de um salto, com o rosto branco como se tivessem visto um fantasma. Os olhos da cozinheira estão vermelhos, seu rosto está molhado, e, quando me vê, ela solta um grito. Izzi se joga em cima de mim, me abraçando com tanta força que acho que vai me quebrar uma costela.

- Por quê, garota? - A cozinheira seca as lágrimas quase com raiva. - Por que voltou? Você poderia ter fugido. Todo mundo acha que você está morta. Não tem nada aqui para você.

Tem, sim. Conto para as duas tudo o que aconteceu desde hoje de manhã. Conto toda a verdade sobre Spiro Teluman e Darin, e o que os dois estão tentando fazer. Conto sobre a traição de Mazen. E então conto a elas o meu plano.

Assim que termino, elas ficam sentadas em silêncio. Izzi brinca com o tapa-olho. Parte de mim quer pegá-la pelos ombros e implorar por sua ajuda, mas não posso coagi-la a fazer isso. É escolha dela. E da cozinheira.

— Não sei, Laia. — Izzi balança a cabeça. — É perigoso...

— Eu sei — digo. — Estou pedindo muito de vocês. Se a comandante nos pegar...

— Ao contrário do que você pensa, garota — diz a cozinheira —, a comandante não é todo-poderosa. Ela subestimou você, para começo de conversa. E fez uma leitura equivocada de Spiro Teluman... Ele é homem e, na cabeça dela, só é capaz de pensar nos apetites básicos de um homem. Ela não conectou você aos seus pais. Ela comete erros, como todo mundo. A diferença é que ela não comete o mesmo erro duas vezes. Tenha sempre isso em mente e é possível que você a supere em inteligência.

A velha considera a questão por um momento.

— Eu posso conseguir o que precisamos na armaria da escola. Lá tem um bom estoque. — Ela se levanta e, quando Izzi e eu a encaramos, ergue as sobrancelhas. — Bem, não fiquem aí paradas como dois sacos de batata. — Ela me dá um chute e eu grito. — Mexam-se.

◆ ◆ ◆

Horas mais tarde, acordo com a mão da cozinheira em meu ombro. Ela se agacha ao meu lado, e mal consigo ver o seu rosto na escuridão daquela hora próxima ao amanhecer.

— Levante-se, garota.

Penso em outro amanhecer, aquele que se seguiu à morte dos meus avós e ao sumiço de Darin. Naquele dia, achei que meu mundo tinha acabado. De certa maneira, eu tinha razão. Agora é o momento de reconstruir o meu mundo. O momento de reescrever o meu fim. Levo a mão ao bracelete. Dessa vez não vou fracassar.

A cozinheira se larga na entrada do meu quarto, esfregando os olhos. Ela esteve acordada quase a noite inteira, como eu. Eu não queria dormir, mas no fim ela insistiu que eu descansasse.

— Sem descanso, sem esperteza — disse quando me forçou a deitar, uma hora atrás. — E você vai precisar de toda a sua esperteza se quiser sair de Serra viva.

Com as mãos trêmulas, visto os coturnos e o uniforme que Izzi surrupiou dos armários da academia. Prendo a cimitarra de Darin a um cinto que a cozinheira roubou e cubro tudo com a minha saia. A faca de Elias continua presa a uma tira em minha coxa. O bracelete de minha mãe está escondido embaixo da túnica solta de manga comprida. Penso em usar um lenço para cobrir a marca da comandante, mas no fim não faço isso. Embora um dia eu tenha odiado ver essa cicatriz, agora a encaro com uma espécie de orgulho. Como disse Keenan, significa que eu sobrevivi à comandante.

Por baixo da túnica, atravessada em meu peito, carrego uma bolsa de couro cheia de pão, nozes e frutas embaladas em tecido impermeável e um cantil de água. Outro pacote tem gaze, ervas e óleos medicinais. Coloco a capa de Elias por cima de tudo.

— Onde está Izzi? — pergunto à cozinheira, que me observa silenciosamente da porta.

— A caminho.

— Você não vai mudar de ideia? Não vai vir junto?

O silêncio é sua resposta. Encaro seus olhos azuis, distantes e familiares ao mesmo tempo. Tenho tantas perguntas para lhe fazer. Qual o seu nome? O que aconteceu de tão terrível com a Resistência que ela não consegue falar deles sem gaguejar e passar mal? Por que ela odeia tanto a minha mãe? Quem *é* essa mulher, mais reservada até que a comandante? A não ser que eu pergunte tudo isso a ela agora, jamais saberei as respostas. Depois, duvido que a verei novamente.

— Cozinheira...

— Não.

A palavra, embora dita em um tom baixo, é como uma porta que se fecha em minha cara.

— Você está pronta? — ela pergunta.

O sino do relógio bate. Daqui a duas horas, os tambores do amanhecer ressoarão.

— Não importa se estou pronta — digo. — Chegou a hora.

XLVIII
ELIAS

Quando ouço o ruído da porta da masmorra, sinto um formigamento na pele e sei, sem nem precisar abrir os olhos, quem vai me acompanhar até o patíbulo.

— Bom dia, Cobra — eu o cumprimento.

— Levante-se, bastardo — diz Marcus. — O dia está quase amanhecendo e você tem um compromisso.

Quatro Máscaras desconhecidos e um esquadrão de legionários estão posicionados atrás dele. Marcus olha para mim como se eu fosse uma barata, mas, estranhamente, não me importo. Meu sono foi profundo e sem sonhos, e me levanto languidamente, espreguiçando-me, enquanto cruzo o olhar com o dele.

— Acorrentem-no — diz Marcus.

— O grande imperador não tem coisas mais importantes para fazer do que acompanhar um mero criminoso até o patíbulo? — pergunto. Os guardas enfiam um colar de ferro em torno do meu pescoço e prendem minhas pernas. — Você não deveria estar por aí assustando criancinhas e matando seus parentes?

O rosto de Marcus escurece, mas ele não cai na minha provocação.

— Eu não perderia isso por nada. — Seus olhos amarelados brilham. — Gostaria de levantar o machado pessoalmente, mas a comandante achou que não era adequado. Além disso, prefiro assistir enquanto minha Águia de Sangue faz isso.

Levo um momento para me dar conta de que ele quer que Helene me mate. Ele me observa, esperando minha reação de repulsa, mas ela não vem. Pensar em Helene tirando minha vida é estranhamente reconfortante. Prefiro morrer por suas mãos a morrer pelas mãos de um carrasco desconhecido. Ela fará o trabalho de maneira rápida e limpa.

— Ainda escutando a opinião da minha velha, hum? — digo. — Acho que você vai ser sempre o cãozinho dela.

Vejo a ira passar pelo rosto de Marcus e abro um largo sorriso. Então os problemas já começaram. Excelente.

— A comandante é sábia — diz Marcus. — Eu me aconselho com ela e farei isso enquanto me for conveniente. — Ele abandona a postura formal e se inclina para ficar mais perto, de um jeito tão presunçoso que acho que vou sufocar. — Ela me ajudou nas Eliminatórias desde o início. A sua própria mãe me disse o que estava por vir, e os adivinhos não faziam a menor ideia.

— Então você está dizendo que trapaceou e mesmo assim quase não foi o vencedor. — Eu aplaudo lentamente, e minhas correntes retinem. — Parabéns.

Marcus me pega pelo colar e bate minha cabeça na parede. Não contenho um gemido. Parece que um enorme pedaço de pedra foi enfiado em meu cérebro. Os guardas lançam uma sequência de socos em meu estômago, e caio de joelhos. Mas, quando recuam, satisfeitos com minha intimidação, mergulho para frente e agarro Marcus pela cintura. Ele ainda está balbuciando algo quando puxo uma adaga de seu cinto e a seguro contra sua garganta.

Quatro cimitarras se erguem no mesmo instante, oito arcos armados, todos apontados para mim

— Não vou te matar — digo, pressionando a lâmina em seu pescoço. — Só queria que você soubesse que eu poderia. Agora me leve para a minha execução, *imperador*.

Largo a faca. Se vou morrer, será porque me recusei a assassinar uma garota. Não porque cortei a garganta de um imperador.

Marcus me empurra longe, cerrando os dentes de raiva.

— Levantem-no, seus idiotas — ele urra com os guardas. Não consigo deixar de rir, e ele sai a passos largos de minha cela, fervendo de ódio.

Os Máscaras baixam as cimitarras e me levantam do chão. *Livre, Elias. Você está quase livre.*

Lá fora, as pedras de Blackcliff parecem mais acolhedoras à luz do amanhecer, e o ar frio se aquece rapidamente, prometendo um dia de muito calor. Uma rajada de vento corre pelas dunas e se dispersa sobre o granito da edificação. Talvez eu não sinta falta desses muros quando morrer, mas vou sentir falta do vento e dos cheiros que ele traz, dos lugares distantes onde a liberdade pode ser encontrada em vida, e não na morte.

Minutos mais tarde, chegamos ao pátio da torre do sino, onde uma plataforma foi erigida para minha decapitação.

Os alunos de Blackcliff dominam o pátio, mas há outros rostos ali também. Vejo Cain ao lado da comandante e do governador Tanalius. Atrás deles, os chefes dos clãs ilustres de Serra estão sentados lado a lado com os líderes militares da cidade. Meu avô não está ali, e me pergunto se a comandante já tomou alguma medida em relação a ele. Ela o fará em algum momento. Ela passou anos desejando a liderança da Gens Veturia.

Endireito os ombros e ergo a cabeça. Quando o machado me atingir, morrerei como meu avô gostaria que eu me portasse: orgulhosamente, como um Veturius. *Sempre vitorioso.*

Volto a atenção para a plataforma, onde a morte me espera na forma de um machado polido empunhado por minha melhor amiga. Ela brilha em suas roupas cerimoniais, parecendo mais uma imperatriz que uma Águia de Sangue.

Marcus aparece e a multidão recua enquanto ele avança para se sentar ao lado da comandante. Os quatro Máscaras me conduzem até os degraus da plataforma. Acho que vejo um movimento de relance debaixo do patíbulo, mas, antes que eu possa olhar de novo, estou na plataforma ao lado de Helene. As poucas pessoas que estavam falando se calam quando do Hel me vira para a multidão.

— Olhe para mim — sussurro, precisando subitamente ver seus olhos. Os adivinhos a fizeram jurar lealdade a Marcus, e compreendo isso. É consequência do meu fracasso. Mas agora, preparando-me para a morte, seu olhar parece frio, sua atitude imperturbável. Nem uma única lágrima. Não ríamos juntos quando éramos novilhos? Nunca escapamos de um acampamento bárbaro combatendo juntos, ou caímos em uma celebração eufórica após roubar com sucesso nossa primeira fazenda, ou carregamos um ao outro quando um de nós estava fraco demais para ir sozinho? Nunca nos amamos?

Ela me ignora, e me obrigo a desviar o olhar dela para a multidão. Marcus está inclinado na direção do governador, ouvindo algo que ele diz. É estranho não ver Zak atrás dele. Eu me pergunto se o imperador sente falta de seu irmão gêmeo. Eu me pergunto se ele acha que o poder valeu a morte do único ser humano que um dia o compreendeu.

Do outro lado do pátio, Faris surge, mais alto e mais forte que todas as outras pessoas, os olhos espantados como os de uma criança perdida. Dex está ao seu lado, e fico surpreso com o filete de umidade que corre em seu queixo rígido.

Minha mãe, por outro lado, parece mais relaxada do que nunca. E por que não? Ela venceu.

A seu lado, Cain me observa, com o capuz jogado para trás. *Perdido*, ele disse apenas algumas semanas atrás, *como uma folha ao vento*. E assim estou. Não o perdoarei pela terceira Eliminatória. Mas posso lhe agradecer por me ajudar a compreender o que é a verdadeira liberdade. Ele anui em reconhecimento, lendo meus pensamentos pela última vez.

Helene remove o colar de metal.

— Ajoelhe-se — ela diz.

Minha mente retorna no mesmo instante para a plataforma, e me submeto à sua ordem.

— É assim que termina, Helene? — Fico surpreso ao perceber como soo tranquilo, como se estivesse lhe perguntando sobre um livro que ela leu, mas que ainda tenho de terminar.

Os olhos dela piscam, então sei que ela me ouviu. Helene não diz nada, apenas confere as correntes em minhas pernas e braços e então anui para a comandante. Minha mãe lê as acusações contra mim, nas quais não presto muita atenção, e pronuncia a punição, que também ignoro. Morte é morte, não importa como aconteça.

Helene dá um passo à frente e ergue o machado. Será um golpe limpo, da esquerda para direita. Ar. Pescoço. Ar. Elias morto.

Agora cai a ficha. É chegado o momento. É chegado o fim. A tradição marcial diz que um soldado que morre bem dança em meio às estrelas, combatendo inimigos por toda a eternidade. É isso o que me espera? Ou mergulharei em uma escuridão infinita, ininterrupta e tranquila?

A apreensão toma conta de mim, como se me esperasse na esquina o tempo todo e só agora tivesse coragem de aparecer. Onde concentro meus olhos? Na multidão? No céu? Quero consolo, mas sei que não vou encontrar nenhum.

Olho para Helene novamente. Quem mais está ali? Ela está a apenas meio metro de distância, as mãos em torno do punho do machado.

Olhe para mim. Não me faça encarar isso sozinho.

Como se lesse meus pensamentos, seus olhos cruzam com os meus, aquele azul-claro familiar me oferecendo conforto, mesmo enquanto ela ergue o machado. Penso em quando vi aqueles olhos pela primeira vez, como um garoto de seis anos morrendo de frio, apanhando no cercado de seleção. "Eu cuido de você", ela disse, com toda a seriedade de um cadete. "Se você cuidar de mim. Podemos conseguir se ficarmos juntos."

Ela se lembra daquele dia? Ela se lembra de todos os dias desde então?

Jamais saberei. Enquanto miro fixamente seus olhos, ela traz o machado para baixo. Ouço seu sibilo cortando o ar e sinto a queimadura do aço acertando meu pescoço.

XLIX
LAIA

O pátio da torre do sino se enche lentamente. Os alunos mais jovens chegam primeiro, seguidos pelos cadetes e, por fim, os caveiras. Eles se posicionam no centro do pátio, de frente para o palco, como a cozinheira disse que fariam. Alguns novilhos olham fixamente para a plataforma de execução com um tipo de fascínio assustado. A maioria não olha, no entanto. Eles mantêm os olhos no chão ou nos muros negros que pairam altos ao redor.

À medida que os líderes ilustres da cidade chegam, eu me pergunto se os adivinhos vão aparecer.

— É melhor torcer para que não apareçam — disse a cozinheira, quando externei minha preocupação neste mesmo pátio na noite passada. — Se eles ouvirem seus pensamentos, você está morta.

Quando os tambores do amanhecer ressoam, o pátio está lotado. Legionários se alinham junto aos muros, alguns arqueiros patrulham os telhados de Blackcliff, mas fora isso a segurança é leve.

A comandante chega com Aquilla, depois de quase todo mundo, e para diante da multidão, ao lado do governador, o rosto severo na luz cinzenta da manhã. A essa altura, eu não deveria ficar surpresa com sua absoluta falta de emoção, mas não consigo deixar de olhar fixamente para ela de onde estou agachada, debaixo do tablado de execução. Ela não se importa que seu próprio filho morra hoje?

De pé no palco, Aquilla parece calma, quase serena — estranho para uma garota segurando o machado que será usado para arrancar a cabeça de seu melhor amigo. Eu a observo através de uma fenda na madeira perto de seus pés. Será que algum dia ela se importou com Veturius? Será que sua amizade, que parecia tão preciosa para ele, um dia foi verdadeira para ela? Ou ela o traiu do mesmo jeito que Mazen fez comigo?

Os tambores do amanhecer ficam em silêncio, e botas marcham em passo cerrado na direção do pátio, acompanhadas pelo retinir de correntes. A multidão abre caminho à medida que quatro Máscaras desconhecidos acompanham Elias pelo terreno. Marcus os lidera, desviando-se para ficar ao lado da comandante. Cravo as unhas na palma da mão diante da satisfação que ele exibe no rosto. *Você vai ter o que merece, seu porco.*

Apesar das algemas nas mãos e dos grilhões nos tornozelos, os ombros de Elias estão jogados para trás e ele mantém a cabeça ereta orgulhosamente. Não consigo ver seu rosto. Ele está assustado? Bravo? Será que ele lamenta não ter me matado? De alguma forma, duvido disso.

Os Máscaras deixam Elias no palco e assumem suas posições atrás dele. Eu os encaro nervosamente — não esperava que fossem ficar tão próximos. Um deles me parece familiar.

Estranhamente familiar.

Olho com mais atenção e meu estômago revira. É o Máscara que deu a batida em casa, que a queimou até virar pó. O Máscara que matou meus avós.

Quase dou um passo em sua direção, estendendo a mão para a cimitarra debaixo da saia, mas me contenho. *Darin. Izzi. Elias.* Tenho coisas mais importantes com que me preocupar do que uma vingança.

Pela centésima vez, olho para baixo, para as velas que queimam atrás de uma tela a meus pés. A cozinheira me deu quatro velas, assim como um pavio e uma pedra de fogo.

— A chama não pode apagar — ela disse. — Se apagar, você está frita.

Enquanto espero, eu me pergunto se Izzi alcançou o *Badcat*. Será que o ácido funcionou nos punhos dela? Ela se lembrou do que precisava falar? A tripulação a aceitou sem fazer perguntas? E o que Keenan vai dizer quando chegar a Silas e perceber que cedi minha liberdade para minha amiga?

Ele vai compreender. Eu sei que vai. Mas, se isso não acontecer, Izzi vai explicar para ele. Sorrio. Mesmo se o resto do meu plano não funcionar, isso tudo não foi por nada. Eu tirei Izzi daqui. Eu salvei minha amiga. A comandante lê as acusações contra Veturius. Eu me agacho, a mão pairando sobre as velas. *É agora.*

— O momento tem que ser exato — a cozinheira disse na noite passada. — Quando a comandante começar a ler as acusações, observe a torre do relógio. Não tire os olhos dela. Não importa o que acontecer, você tem que esperar pelo sinal. E então, quando o vir, mexa-se. Nem um segundo antes. Nem um segundo depois.

Quando ela me deu as instruções, pareceu suficientemente fácil segui-las. Mas agora os segundos se passam, a comandante continua falando monotonamente e estou ficando ansiosa. Olho fixamente para a torre do relógio, através de uma fenda mínima na base do tablado, tentando não piscar. E se um dos legionários pegar a cozinheira? E se ela não se lembrar da fórmula? E se ela cometer um erro? E se eu cometer um erro?

Então eu vejo. Um piscar de luz cruzando a face do relógio, mais rápido que as asas de um beija-flor. Pego uma vela e acendo o pavio nos fundos do palco.

Ele pega fogo imediatamente e começa a queimar com mais fúria e ruído do que eu imaginava. Os Máscaras vão ver. Eles vão ouvir.

Mas ninguém se move. Ninguém olha. Então me lembro de algo mais que a cozinheira disse.

Não se esqueça de procurar cobertura. A não ser que você queira que a sua cabeça exploda. Saio em disparada para o canto mais distante no palco e me agacho. Cubro o pescoço e a cabeça com os braços e as mãos, esperando. Tudo depende deste momento. Se a cozinheira errar a fórmula, se ela não chegar aos detonadores a tempo, se descobrirem ou apagarem meu pavio, está tudo acabado. Não há um plano B.

Acima de mim, o palco range. O pavio sibila enquanto queima.

E então...

BUM. O palco explode. Pedaços de madeira e ferro voam pelo ar. Um estrondo mais grave ressoa, e outro, e mais outro. O pátio mergulha em uma névoa de fumaça. As explosões ocorrem em lugar algum e por toda parte, rasgando o ar como mil gritos, me deixando momentaneamente surda.

— Elas precisam ser inofensivas — pedi à cozinheira várias vezes. — Só para distrair e confundir. Fortes o suficiente para derrubar as pessoas, mas não para matar. Não quero que ninguém morra por minha causa.

— Deixe comigo — ela disse. — Não tenho intenção de matar crianças.

Eu espio por debaixo do palco, mas é difícil ver através da poeira. A impressão que se tem é de que as paredes da torre do sino desmoronaram, embora, na verdade, a poeira seja de mais de duzentos sacos de areia que Izzi e eu passamos a noite inteira enchendo e carregando para o pátio. A cozinheira colocou uma carga em cada um e os conectou. O resultado é espetacular.

Atrás de mim, o fundo inteiro do palco se foi, e os Máscaras que estavam ali estão inconscientes no chão, incluindo o que matou minha família. Os legionários estão em pânico, correndo, gritando, tentando escapar. Os alunos deixam o pátio, os mais velhos ajudando os novilhos. Estrondos mais fortes ecoam ao longe. O refeitório, algumas salas de aula — todos abandonados a esta hora e talvez implodindo neste mesmíssimo instante. Um sorriso de alegria se abre para valer em meu rosto. A cozinheira não se esqueceu de nada.

Os tambores ressoam em uma sequência frenética, e não preciso compreender sua estranha linguagem para saber que é um alarme de fuga. Blackcliff é uma confusão só, pior do que eu poderia imaginar. Maior do que eu poderia esperar. É perfeito.

Eu não tenho dúvida. Não hesito. Eu sou a filha da Leoa, eu tenho a força da Leoa.

— Estou indo te buscar, Darin — digo para o vento, esperando que ele carregue minha mensagem. — Aguente firme. Estou chegando, e nada vai me impedir.

Então eu me lanço para fora do meu esconderijo e pulo sobre o palco de execução. É hora de libertar Elias Veturius.

L
ELIAS

É isso o que acontece quando a gente morre? Em um segundo você está vivo, no próximo está morto, então *BUM*, uma explosão rasga o ar. Uma recepção violenta para a vida após a morte, mas pelo menos há uma.

Gritos enchem meus ouvidos. Abro os olhos e vejo que não estou, na realidade, deitado na planície límpida do além. Em vez disso, estou de costas no chão, debaixo da mesmíssima plataforma onde eu deveria ter morrido. Fumaça e poeira tornam o ar irrespirável. Toco meu pescoço, que dói com uma pontada aguda. Minhas mãos voltam escuras de sangue. *Isso significa que vou ter a cabeça decapitada no além?*, penso estupidamente. Parece um pouco injusto...

Um par de olhos dourados aparece acima do meu rosto.

— Você também está aqui? — pergunto. — Achei que os Eruditos tinham uma vida após a morte diferente.

— Você não morreu. Ainda não, pelo menos. Nem eu. Vim soltar você. Aqui, sente-se.

Ela coloca os braços à minha volta e me ajuda a sentar. Estamos debaixo do tablado de execução; ela deve ter me arrastado para cá. A parte de trás inteira do palco se foi, e, através da poeira, mal consigo distinguir as formas curvas de quatro Máscaras. Enquanto assimilo o que vejo, compreendo, lentamente, que ainda estou vivo. Houve uma explosão. Múltiplas explosões. O pátio está um caos.

— A Resistência atacou?

— *Eu* ataquei — diz Laia. — Os adivinhos enganaram a todos, fazendo todo mundo acreditar que eu morri ontem. Depois eu explico. O que importa é que estou libertando você. Mas por um preço.

— Que preço?

Sinto o frio do aço contra o pescoço e olho de relance para baixo. Ela está segurando contra a minha garganta a faca que eu lhe dei. Então tira dois grampos do cabelo, mantendo-os um pouco além do meu alcance.

— Esses grampos são seus. Você pode abrir as correntes. Usar a confusão para sumir daqui. Deixar Blackcliff para sempre, como você queria. Com uma condição.

— Que é...

— Você me tira de Blackcliff. Me guia até a Prisão Kauf. E me ajuda a tirar o meu irmão de lá.

São três condições.

— Achei que o seu irmão estava em...

— Ele não está. Ele está em Kauf, e você é a única pessoa que eu conheço que já esteve lá. Você tem as habilidades para me ajudar a sobreviver a uma viagem para o norte. Aquele seu túnel... ninguém sabe dele. Podemos usá-lo para escapar.

Dez malditos infernos. É claro que ela não vai me soltar simplesmente por soltar. Dada a confusão à nossa volta, é evidente que ela passou por um trabalho considerável para aprontar essa.

— Decida, Elias. — As nuvens de poeira que nos protegem de ser vistos estão lentamente se dissipando. — Não temos muito tempo.

Preciso de um instante. Ela me oferece a liberdade, sem perceber que, mesmo acorrentado, mesmo diante de uma execução, minha alma já é livre. Minha alma se tornou livre quando rejeitei a maneira distorcida de pensar de minha mãe. Ela se tornou livre quando decidi que morrer pelo que eu acreditava valia a pena.

A verdadeira liberdade, do corpo e da alma.

O que aconteceu na cela da prisão foi a libertação da minha alma. Mas isso... essa é a libertação do meu corpo. Isso é Cain cumprindo sua promessa.

— Está bem — digo. — Vou ajudá-la. — Não sei como, mas esse é um detalhe menor agora. — Passe os grampos para cá. — Estendo a mão para pegá-los, mas ela os segura.

— Jure!

— Eu juro pelo meu sangue, ossos, honra e nome que vou ajudar você a escapar de Blackcliff, a chegar em Kauf e a salvar o seu irmão. Os grampos. Agora.

Segundos mais tarde, estou sem algemas. Os grilhões em torno dos meus tornozelos são os próximos. Atrás do palco, os Máscaras se mexem. Helene ainda está caída de bruços, mas murmura algo enquanto começa a despertar.

No pátio, minha mãe se levanta, perscrutando através da poeira e da fumaça na direção do tablado. Bruxa. Mesmo com o mundo explodindo à sua volta, sua principal preocupação é se estou morto. Logo ela terá toda essa maldita academia atrás de mim.

— Vamos lá. — Pego a mão de Laia e a tiro de debaixo do palco.

Ela para e encara a forma imóvel de um Máscara, um dos que me acompanharam até o pátio. Ergue a adaga que lhe dei e sua mão treme.

— Ele matou os meus avós — ela diz. — Ele queimou a minha casa.

— Eu entendo totalmente o seu desejo de matar o assassino da sua família — digo, olhando de relance para trás, para minha mãe. — Mas vá por mim, nada que você fizer chegará aos pés do tormento que ele vai enfrentar quando a comandante colocar as mãos nele. Ele estava me vigiando e falhou. Minha mãe odeia falhas.

Laia mira intensamente o Máscara por um segundo antes de concordar comigo num movimento rápido de cabeça. Enquanto seguimos curvados pelos arcos na base da torre do sino, olho sobre o ombro. Sinto um aperto no estômago. Helene está me encarando. Nossos olhares se cruzam por um momento.

Então me viro e abro as portas para o prédio das salas de aula com um empurrão. Estudantes passam correndo pelos corredores, mas são na maioria novilhos, e nenhum deles olha duas vezes para nós. A estrutura rimbomba sinistramente.

— Que raios você fez com este lugar?

— Coloquei explosivos em sacos de areia por todo o pátio. E tem mais alguns em outros lugares. No refeitório, no anfiteatro, na casa da comandante... — ela diz, acrescentando rapidamente: — Mas todos esses lugares estão vazios. Não queríamos matar ninguém, apenas criar uma distração. Também... peço desculpas por ter ameaçado você com uma faca. — Ela parece constrangida. — Eu queria ter certeza que você diria sim.

— Não precisa se desculpar. — Olho à minha volta em busca da saída mais segura, mas a maioria está cheia de alunos. — Você vai ter que ameaçar cortar a garganta de mais gente antes que tudo isso termine. Mas vai precisar praticar a técnica. Eu poderia ter desarmado você...

— Elias?

É Dex. Faris está atrás dele, boquiaberto e desconcertado de me ver vivo, sem algemas e de mãos dadas com uma garota erudita. Por um segundo, penso que terei de lutar contra eles. Mas então Faris agarra Dex e usa o seu corpanzil para virá-lo e empurrá-lo na direção da confusão de alunos, para longe de mim. Ele olha sobre o ombro uma vez. Acho que o vejo sorrir.

Laia e eu deixamos o prédio correndo e escorregamos por uma encosta gramada. Sigo na direção das portas de um prédio de treinamento, mas ela me puxa.

— Outro caminho — diz, o peito ofegante por causa da corrida. — Aquele prédio...

Ela agarra meu braço enquanto o chão treme. O prédio estremece e desaba. Chamas explodem de suas entranhas, mandando nuvens de fumaça negra para o céu.

— Espero que não tenha ninguém lá dentro — digo.

— Nem uma alma. — Laia solta meu braço. — As portas foram trancadas antes.

— Quem está ajudando você? — Ela não pode ter feito tudo isso sozinha. Aquele sujeito ruivo do Festival da Lua, talvez? Ele tinha a aparência de um rebelde.

— Não importa! — Damos a volta nos destroços do prédio de treinamento a toda a velocidade, e Laia começa a ficar para trás. Eu a puxo para junto de mim impiedosamente. Não podemos diminuir o passo agora. Não me permito pensar em quão próximo estou da liberdade, ou quão próximo cheguei da morte. Penso apenas no próximo passo, na próxima esquina, no próximo movimento.

A caserna dos caveiras se ergue à nossa frente e nos enfiamos lá dentro. Olho para trás — nenhum sinal de Helene.

— Para dentro. — Abro a porta do meu quarto com um empurrão e a tranco atrás de nós. — Puxe a pedra no centro da lareira — digo para Laia. — A entrada fica embaixo dela. Só preciso pegar algumas coisas.

Não tenho tempo para vestir a armadura completa, mas coloco as placas peitorais e braçais. Então encontro uma capa e prendo um cinto com as minhas facas. Minhas espadas telumanas se foram, abandonadas sobre o tablado do anfiteatro ontem. Sinto uma pontada de perda. A comandante provavelmente se apossou delas.

De minha escrivaninha, tiro a moeda de madeira que Afya Ara-Nur me deu. Ela significa um favor devido, e vamos precisar de todos os favores que pudermos conseguir nos próximos dias. Quando a guardo no bolso, alguém bate à porta.

— Elias — Helene fala em voz baixa. — Eu sei que você está aí. Abra a porta. Estou sozinha.

Olho fixamente para a porta. Ela jurou lealdade a Marcus. Ela quase arrancou minha cabeça alguns minutos atrás. E, pela rapidez com que nos alcançou, está claro que veio atrás de mim como um cão de caça seguindo uma raposa. Por quê? Por que eu valho tão pouco para ela, depois de tudo que passamos juntos?

Laia conseguiu levantar a pedra da lareira e olha de mim para a porta.

— Não abra. — Ela percebe minha indecisão. — Você não viu a cara dela antes da sua execução, Elias. Ela estava calma. Como... como se quisesse levar aquilo adiante.

— Preciso perguntar por quê. — Ao dizer as palavras, sei que isso significará a vida ou a morte para mim, o que acontecer primeiro. — Ela é a minha amiga mais antiga. Preciso entender.

— Abra. — Helene bate novamente. — Em nome do imperador...

— Do imperador? — Escancaro a porta, com a adaga na mão. — Você quer dizer o vagabundo assassino estuprador que vem tentando nos matar há semanas?

— Ele mesmo — diz Helene. Ela passa por baixo do meu braço com as cimitarras ainda embainhadas e me estende, para o meu espanto, as espadas telumanas. — Você parece o seu avô, sabia? Mesmo enquanto o levávamos às escondidas para fora da maldita cidade, tudo que ele conseguia falar era que Marcus é um plebeu.

Ela tirou meu avô da cidade?

— Onde ele está? Como você conseguiu essas armas? — Ergo as cimitarras.

— Alguém as deixou em meu quarto na noite passada. Um adivinho, imagino. Quanto ao seu avô, ele está seguro. Provavelmente infernizando a vida de algum estalajadeiro neste exato momento. Ele queria liderar um ataque a Blackcliff para te libertar, mas eu o convenci a ficar quieto por um tempo. Ele é esperto o bastante para manter certo controle sobre a Gens Veturia, mesmo escondido. Esqueça o seu avô e me ouça. Preciso explicar...

Neste instante, Laia limpa a garganta incisivamente, e Helene saca sua cimitarra.

— Achei que ela estivesse morta.

Laia segura a adaga firmemente.

— *Ela* está viva e bem, obrigada. *Ela* o libertou. O que é mais do que podemos dizer de você. Elias, precisamos ir.

— Estamos fugindo. — Sustento o olhar de Helene. — Juntos.

— Vocês têm alguns minutos — diz Helene. — Mandei os legionários para o outro lado.

— Venha conosco — digo. — Quebre o juramento. Vamos escapar de Marcus juntos. — Laia solta um ruído de protesto; isso não faz parte do seu plano. Sigo em frente, apesar disso. — Podemos pensar numa maneira de derrubá-lo juntos.

— Bem que eu gostaria — diz Hel. — Você não sabe quanto. Mas não posso. O problema não é o juramento a Marcus. Eu fiz outra promessa... uma promessa diferente... que não posso quebrar.

— Hel...

— Escute. Logo depois da formatura, Cain veio falar comigo. Ele me disse que você estava muito próximo de morrer, Elias, mas que eu podia impedir a sua morte. Eu podia fazer com que você vivesse. Tudo que eu precisava fazer era jurar lealdade a quem quer que vencesse as Eliminatórias, e manter essa lealdade, não importa quanto custasse. Quer dizer que, se você vencesse, eu juraria lealdade a você. Se não...

— E se você tivesse vencido?

— Ele sabia que eu não venceria. Disse que não era o meu destino. E Zak jamais foi forte o suficiente para encarar o irmão. A disputa sempre ficou entre você e Marcus. — Ela estremece. — Eu sonhei com Marcus, Elias. Durante meses. Você acha que eu simplesmente o odeio, mas eu... eu tenho medo dele. Medo do que ele vai me obrigar a fazer, agora que não posso dizer não a ele. Medo do que ele vai fazer com o Império, com os Eruditos, com as tribos. Foi por isso que eu tentei fazer com que Elias matasse você na Eliminatória da Lealdade — ela olha para Laia. — Por isso que eu mesma quase a matei. Você teria sido uma vida perdida, em comparação com as trevas do reinado de Marcus.

Todas as atitudes de Helene nas últimas semanas subitamente fazem sentido. Ela estava desesperada para que eu vencesse, porque sabia o que aconteceria se isso não se concretizasse. Marcus ascenderia e soltaria sua loucura sobre o mundo, e ela se tornaria sua escrava. Penso na Eliminatória da Coragem. "Não posso morrer", ela disse. "Preciso viver." Para poder me salvar. Penso na noite anterior à Eliminatória da Força. "Você não faz ideia do que eu abri mão por você, do acordo que fiz."

— Por quê, Helene? Por que você não me contou?

— Você acha que os adivinhos deixariam? Além disso, eu conheço você, Elias. Você não a teria matado, mesmo que soubesse.

— Você não devia ter feito essa promessa — sussurro. — Eu não valho tanto. Cain...

— Cain manteve sua parte no acordo. Ele disse que, se eu jurasse lealdade e a mantivesse, você viveria. Marcus ordenou que eu jurasse lealdade, e foi o que fiz. Ele ordenou que eu desse aquela machadada em sua cabeça, e foi o que fiz. E aqui está você. Ainda vivo.

Toco o ferimento em meu pescoço — alguns centímetros mais e eu estaria morto. Ela confiou tudo aos adivinhos — sua vida, minha vida. Mas esta é Helene: sua fé é inabalável. Sua lealdade. Sua força. *Eles sempre me subestimam.* Eu a subestimei mais que qualquer um.

Cain e os outros adivinhos viram tudo. Quando ele me disse que eu tinha uma chance de alcançar a liberdade de corpo e alma, sabia que me forçaria a escolher entre manter minha alma e perdê-la. Ele viu o que eu faria, que Laia me libertaria, que eu escaparia. E ele sabia que, no fim, Helene juraria lealdade a Marcus. A vastidão desse conhecimento me atordoa. Pela primeira vez, percebo minimamente o fardo que os adivinhos têm de carregar pela vida toda.

Mas não há tempo para refletir sobre essas coisas agora. Ouço o ranger das portas da caserna sendo abertas, e alguém grita ordens. São legionários com a missão de fazer uma varredura na academia.

— Depois que eu fugir — digo. — Quebre o juramento então.

— Não, Elias. Cain manteve sua promessa. Eu manterei a minha.

— Elias — avisa Laia suavemente.

— Você esqueceu uma coisa. — Helene ergue as mãos e puxa minha máscara. Ela se prende tenazmente, como se soubesse que, assim que for tirada, jamais se prenderá a mim de novo. Lentamente, Hel a arranca, lacerando a pele do meu pescoço à medida que o metal se solta. Sangue escorre pelas minhas costas, mas mal reparo.

Passos ecoam no corredor. Uma mão blindada bate com um ruído metálico na porta. Ainda tenho tanta coisa para dizer a ela.

— Vá. — Helene me empurra na direção de Laia. — Vou lhe dar cobertura pela última vez. Mas, depois disso, eu pertenço a ele. Lembre-se, Elias. Depois disso, nós somos inimigos.

Marcus a mandará atrás de mim. Talvez não logo em seguida, talvez não até ela provar seu valor. Mas em algum momento ele o fará. Nós dois sabemos disso.

Laia entra no túnel e eu a sigo. Quando Helene estende a mão para que a pedra da lareira se feche sobre mim, eu seguro seu braço. Quero lhe agradecer, me desculpar com ela, implorar pelo seu perdão. Quero arrastá-la comigo.

— Me solte, Elias. — Ela toca meu rosto com dedos suaves e abre um sorriso triste e doce e que é somente meu. — Me solte.

— Não se esqueça disso, Helene — eu digo. — Não se esqueça de nós. Não se torne como ele.

Ela anui uma vez, e rezo para que seja uma promessa. Então ela levanta a pedra e fecha a lareira.

À minha frente, Laia caminha cuidadosamente, a mão estendida enquanto tateia o trajeto no escuro. Segundos mais tarde, ela cai do meu túnel para as catacumbas com um grito sobressaltado.

Por ora Helene pode nos dar cobertura. Mas, quando a ordem for restaurada em Blackcliff, os portos de Serra serão fechados, os legionários barrarão os portões da cidade, e as ruas e os túneis estarão tomados de soldados. Os tambores tocarão daqui até Antium, alertando cada posto de controle e de guarda sobre a minha fuga. Recompensas serão oferecidas; grupos de caça serão formados; barcos, carruagens, caravanas serão revistados. Eu conheço Marcus e conheço a minha mãe. Nenhum dos dois vai parar até que consigam a minha cabeça.

— Elias? — Laia não soa com medo, apenas cautelosa.

As catacumbas estão um breu total, mas sei onde estamos: em uma câmara mortuária que não é patrulhada há anos. À nossa frente existem três entradas, duas bloqueadas e uma que só parece assim.

— Estou com você, Laia. — Estendo o braço e pego sua mão. Ela a aperta.

Dou um passo, com Laia ao meu lado. Então outro. Minha mente vasculha as possibilidades, planejando nossos próximos movimentos: escapar de Serra. Sobreviver à viagem para o norte. Invadir Kauf. Salvar o irmão de Laia.

Tantas coisas mais vão acontecer até lá. Tantas incertezas. Não sei se vamos sobreviver às catacumbas, que dirá ao resto.

Mas não importa. Por enquanto, bastam estes passos. Estes primeiros passos preciosos rumo à escuridão. Rumo ao desconhecido.

Rumo à liberdade.

AGRADECIMENTOS

Meus mais profundos agradecimentos, em primeiro lugar e sempre, aos meus pais: à minha mãe, minha estrela guia, meu porto seguro, por ser exatamente o oposto da comandante; e a meu pai, que me ensinou o significado da perseverança e da fé e jamais duvidou de mim.

Ao meu marido, Kashi, meu maior defensor e o homem mais destemido que já conheci. Obrigada por me convencer a escalar esta montanha e por me carregar quando caí. Aos meus meninos, minhas fontes de inspiração: que vocês cresçam com a coragem de Elias, a determinação de Laia e a capacidade de amar de Helene.

A Haroon, desbravador e apreciador da boa música, obrigada por me apoiar como ninguém, e por me lembrar o que significa ser família. A Amer, meu Gandalf pessoal e ser humano perfeito, obrigada por mil coisas, mas acima de tudo por me ensinar a acreditar em mim mesma.

Meu mais profundo apreço a Alexandra Machinist, agente ninja, exterminadora de dúvidas e fonte de resposta para 32.101 perguntas — tenho grande admiração por você. Obrigada por sua crença inabalável neste livro. A Cathy Yardley, cuja orientação mudou minha vida — é uma honra tê-la como mentora e amiga. A Stephanie Koven, minha incansável agente internacional — obrigada por me ajudar a compartilhar meu livro com o mundo. E a Kathleen Miller, cuja amizade é um presente tão precioso.

Não posso imaginar uma editora melhor que a Penguin. Meus agradecimentos a Don Weisberg, Ben Schrank, Gillian Levinson (que me adora, mesmo quando eu lhe envio catorze e-mails em um único dia), Shanta Newlin, Erin Berger, Emily Romero, Felicia Frazier, Emily Osborne, Casey McIntyre, Jessica Shoffel, Lindsay Boggs e o incrível pessoal de vendas, marketing e publicidade que promoveu este livro.

Pela fé inabalável em mim, tenho uma dívida de gratidão com a minha família: tio e tia Tahir; Heelah, Imaan e Armaan Saleem; Tala Abbasi; e Lilly, Zoey e Bobby.

Agradeço de coração a Saul Jaeger, Stacey LaFreniere, Connor Nunley e Jason Roldan, por servirem ao país e me mostrarem o que significa ter a alma de um guerreiro.

Os mapas da edição original são de Jonathan Roberts, extraordinário cartógrafo. Obrigada, Jonathan, por dar vida a Blackcliff e ao Império tão belamente.

Pelo encorajamento e o brilhantismo, muito obrigada a Andrea Walker, Sarah Balkin, Elizabeth Ward, Mark Johnson, Holly Goldberg Sloan, Tom Williams, Sally Wilcox, Kathy Wenner, Jeff Miller, Shannon Casey, Abigail Wen, Stacey Lee, Kelly Loy Gilbert, Renee Ahdieh e a comunidade da Writer Unboxed.

Meus sinceros agradecimentos aos Angels & Airwaves por "The Adventure", ao Sea Wolf por "Wicked Blood" e ao M83 por "Outro". Sem essas músicas, este livro não existiria.

Por fim (mas apenas porque eu sei que Ele não se importa com isso), agradeço àquele que esteve comigo desde o início. Procuro seus 7s em toda parte. Sem você, eu não sou nada.

Impresso no Brasil pelo Sistema Cameron da Divisão Gráfica da
DISTRIBUIDORA RECORD DE SERVIÇOS DE IMPRENSA S.A.